빌리 서머스 2

STEPHEN KING

빌리 서머스 2

BILLY SUMMERS

스티븐 킹

이은선 옮김

황금가지

차례

14장

1

"여기 어디예요? 아저씨 누구예요? 나 성폭행했어요? 그죠,
맞죠?"

여자는 눈이 빨갛고 머리가 사방으로 뻗쳤다. 숙취를 설명
하는 사진으로 써도 될 정도다. 그런가 하며 죽도록 겁에 질린
표정이기도 한데, 그럴 만도 하다.

"네가 성폭행을 당하기는 했지만 내가 그런 건 아니야."

그녀가 든 칼은 어제 발에 박힌 가시를 빼느라 썼던 과도다.

빌리는 손을 내밀어 그녀의 손에서 칼을 거둔다. 그는 부드럽
게 접근하고 그녀도 반항하지 않는다.

"아저씨 누구예요? 이름이 뭐예요?"

"돌턴 스미스."

"내 옷은 어디 있어요?"

"화장실 샤워 커튼봉에 걸어 놨어. 네 옷을 벗기고……"

"내 옷을 벗겼다고요?"

그녀는 티셔츠를 내려다본다.

"젖은 몸을 닦았어. 흠뻑 젖었었거든. 부들부들 떨었고. 머리는 어떠니?"

"아파요. 밤새 술을 마신 느낌인데 맥주 한 잔밖에 안 마셨거든요……. 그거랑 아마 진토닉……. 여기 어디예요?"

빌리는 발을 바닥으로 내린다. 여자는 두 손으로 방어 자세를 취하며 뒷걸음질 친다.

"커피 한잔 마실래?"

그녀는 고민하지만 길게 하지는 않고 손을 내린다.

"네. 그리고 아스피린 있어요?"

2

빌리는 커피를 끓인다. 여자는 기다리는 동안 아스피린 두 알을 삼키고 천천히 화장실로 들어간다. 문이 잠기는 소리가 들리지만 빌리는 걱정하지 않는다. 그 잠금장치는 다섯 살짜리도 부술 수 있고 열 살짜리는 아예 문짝을 뜯어 낼 수 있을 것이다.

여자가 다시 부엌으로 들어온다.

"물을 안 내렸네요? 으웩."

"너 깰까 봐."

"내 전화기 어딨어요? 재킷에 넣어 놨는데."

"모르겠는데. 토스트 먹을래?"

그녀는 얼굴을 찡그린다.

"아뇨. 지갑은 있는데 전화기는 없어요. 아저씨가 가져갔어요?"

"아니."

"지금 그거 거짓말이에요?"

"아니."

"내가 그 말을 믿을 줄 알아요?"

경멸조의 자신 없는 목소리다. 여자는 의자에 앉으며 티셔츠 자락을 잡아당기지만, 티셔츠가 길어서 가려야 할 곳은 이미 가려져 있다.

"내 속옷은 어디 있어요?"

검사처럼 비난하는 투다.

"브래지어는 커피 테이블 아래에 있어. 한쪽 끈이 끊어졌더라. 그건 내가 묶어 줄 수 있을 거야. 팬티는 안 입고 있었어."

"거짓말. 나를 뭘로 보는 거예요? 내가 무슨 논다니인 줄 알아요?"

"아니."

빌리의 눈에 비친 그녀는 난생처음 고향을 떠나와 저질스러운 사람들이 있는 저질스러운 곳에 발을 들인 아이다. 나쁜 놈들이 뭔가를 먹이고 그녀를 이용했다.

"맞아요, 아니에요." 그녀가 왈칵 울음을 터뜨린다. "나 처녀예요. 어제까지는 그랬다고요. 이건 막장이에요. 최악의 막장이에요."

"그 말 공감한다."

100퍼센트 진심이다.

"왜 경찰을 부르지 않았어요? 왜 날 병원에 데려가지 않았어요?

"네가 엉망이긴 했지만 끝장까지 가지는 않았거든. 그게 무슨 말인가 하면……"

"무슨 말인지 알아요."

"네가 일어날 때까지 기다려서 결정을 맡기는 편이 좋겠다고 생각했어. 커피 한잔하면 생각하는 데 도움이 될 거야. 손해 볼 건 없잖니. 그나저나 이름이 뭐니?"

자기도 모르게 말해 버리지 않게 이름부터 받아 내는 것이 상책이다.

3

커피를 따르며 빌리는 그녀가 그걸 그의 얼굴에 집어 던지고 문을 향해 달려가려고 하면 피할 준비를 한다. 조금 진정한 분위기라 그럴 것 같지는 않지만 상황이 얼마든지 나빠질 수 있다. 이미 나쁘지만 이보다 더 나빠질 수 있다는 것이다.

그녀는 커피를 집어 던지지 않는다. 몇 모금 마시고 얼굴을 찡그리며 입을 굳게 다문다. 그는 커피를 다 삼킨 뒤에도 그녀의 목 근육이 움직이는 것을 알아차린다.

"다시 토하려거든 싱크대에 대고 해라."

"안 해요……. 그런데 다시라뇨? 내가 어쩌다 여기 오게 됐어요? 아저씨가 나 성폭행하지 않은 거 확실해요?"

웃을 일이 아닌데 빌리는 자기도 모르게 웃어 버린다.

"성폭행했으면 내가 모를 리 없지 않을까?"

"내가 어쩌다 여기 오게 됐어요? 어떻게 된 거예요?"

그는 자기 커피를 마신다.

"그럼 이야기를 중간에서부터 시작하는 거잖아. 맨 처음으로 거슬러 올라가 보자. 너한테 무슨 일이 있었는지부터."

"기억이 안 나요. 어젯밤 자체가 블랙홀이에요. 여기서 눈을 떠 보니까 술이 덜 깬 것 같고 누가 내…… 거기에다 기둥을 박은 느낌이라는 것밖에 모르겠어요."

그녀는 다시 커피를 마시고 이번에는 헛구역질 없이 잘 넘긴다.

"그 전에는?"

그녀는 파란 눈을 동그랗게 뜨고 입술을 달싹이며 그를 쳐다본다. 그러다 고개를 떨군다.

"트립이 그랬을까요? 걔가 내 맥주에 뭘 넣었을까요? 아니면 진토닉에? 아니면 양쪽 모두에? 지금 그랬을 거라고 얘기하려는 거예요?"

빌리는 식탁 너머로 손을 내밀어 그녀의 손 위에 얹고 싶지만 참는다. 이제 겨우 신뢰를 조금 쌓았는데 몸에 손을 댔다가는 그마저 와르르 무너져 버릴 가능성이 99퍼센트다. 그녀는 남자, 그것도 낡은 트레이닝 반바지 말고는 아무것도 입지 않은 남자의 손길을 감당할 분위기가 아니다.

"나야 모르지. 나는 그 자리에 없었잖니. 너는 있었고. 그러니까 무슨 일이 있었는지 얘기해 봐, 앨리스. 필름이 끊기기 직전 시점까지."

그녀는 얘기한다. 얘기가 이어지는 동안 그는 궁금해하는 그녀의 눈빛을 느낄 수 있다. 나를 성폭행하지 않았다면 왜 병원이 아니라 이 집으로 데려온 거예요?

4

배경 설명까지 더해도 별로 긴 스토리가 아니다. 하도 흔한 얘기라 빌리는 서두를 듣는 순간 내막을 간파한다. 중간쯤 됐을 때 앨리스가 말을 멈추고 눈을 휘둥그레 뜬다. 훅훅 하는 바람 소리와 함께 숨을 가쁘게 몰아쉬며 자기 목을 움켜쥔다.

"천식이니?"

흡입기를 보지는 못했지만 그녀의 핸드백에 들어 있었을지 모른다. 핸드백을 들고 나왔다 한들 지금은 없어졌지만.

그녀는 고개를 젓는다.

"공황……" 훅훅. "……발작이요." 훅훅.

빌리는 화장실로 가서 뜨거운 물이 나오자마자 수건을 적신다. 그걸 대충 짜서 들고 나온다.

"고개 뒤로 젖히고 이걸로 얼굴을 덮어."

앨리스의 눈이 그보다 더 커질 수 있을까 싶었는데 더 커진다.

"그럼 숨 막혀……" 훅훅. "……죽을 거예요!"

"아냐. 숨통이 트일 거야."

그는 직접 앨리스의 머리를 조심스럽게 뒤로 젖혀서 수건으로 눈, 코, 입을 덮는다. 그러고는 기다린다. 15초쯤 뒤에 숨소리가 편안해지기 시작한다. 그녀는 수건을 얼굴에서 떼어 낸다.

"효과가 있어요!"

"촉촉한 공기를 마셔 주니까 효과가 있는 거야."

그 말도 맞을지 몰라도, 그게 다는 아니다. 숨을 쉰다는 그 발상 자체가 효과가 있는 거다. 그는 유령의 분노라는 썩은 사과를 다시 한입 먹으러 돌아가기 전에 위생병이었던 닥터 클레이 브릭스가 신병들에게(그리고 빅풋 로페스 같은 몇몇 베테랑들에게) 여러 번 이 방법을 쓰는 것을 보았다. 가끔 물에 적신 수건이 효과 없을 때 쓰는 다른 방법도 있었다. 닥터가 이 두 방법이 어떤 식으로 머릿속의 원숭이를 달래는지 설명했을 때 빌리는 귀담아들었다. 그는 항상 모든 얘기를 귀담아듣고 다람쥐가 도토리를 모으듯 정보를 저장했다.

"이제 얘기 마저 할 수 있겠니?"

"나 토스트 먹어도 돼요?" 부끄러워하는 듯한 목소리다. "그리고 주스 있어요?"

"주스는 없지만 진저에일은 있어. 그거 줄까?"

"네."

빌리는 토스트를 만든다. 진저에일을 잔에 따르고 얼음을 하나 넣는다. 그녀의 맞은편에 앉는다. 앨리스 맥스웰은 진부한 사연을 이야기한다. 빌리가 들은 적도 있고 읽은 적도 있는 얘기다. 가장 최근에는 에밀 졸라의 작품에서 읽었다.

앨리스는 고등학교를 졸업하고 1년 동안 고향 킹스턴에서 웨이트리스로 일하며 실업대학 학비를 마련했다. 거기에도 괜찮은 실업대학이 두 군데 있었지만 넓은 세상을 구경하고 싶었다. 그리고 엄마하고도 떨어져 지내고 싶었겠지. 왜 그에게 경찰을 부르지 않았느냐고 당장 따지고 들지 않았던 이유를 알 것도 같다. 하지만 "넓은 세상을 구경하고 싶었다"며 이런 별 특징 없는 도시로 온 이유는…… 잘 모르겠다.

그녀는 빌리의 작업실이 있었던 제러드 타워에서 세 블록 거리도 안 되는 에머리 플라자의 커피숍에서 바리스타로 아르바이트를 했고 거기서 트립 도너번을 만났다. 트립은 1~2주 동안 앨리스와 가벼운 대화를 나누었다. 그는 그녀를 웃게 했다. 매력적이었다. 그랬기 때문에 그가 어느 날 퇴근 후에 같이 저녁을 먹자고 했을 때 그녀는 좋다고 했다. 그다음 차례는 영화관 데이트였고, 그런 다음에 이 트립이라는 진도 빠른 녀석이 13번 도로변에 자기가 아는 데가 있는데 같이 가겠느냐고 했다. 그녀는 춤을 잘 못 춘다고 말했다. 그는 당연히 자기도 마찬가지라고, 춤을 추지 않고 그냥 맥주 시켜 놓고 음악을 들으며 노닥거려도 된다고 했다. 포그햇 커버 밴드가 공연을 한다며 포그햇을 좋아하느냐고 물었다. 앨리스는 좋아한다고 말했다. 포그햇이라는 이름을 한 번도 들어 본 적 없었지만 그날 밤에 당장 몇 곡을 다운받았다. 좋았다. 블루스풍도 있었지만 대부분 정통파 로큰롤이었다.

트립 도너번 같은 인간들은 특정 부류의 여자를 귀신같이 찾아내지. 그들이 노리는 여자들은 숫기가 없고 먼저 다가가지 못해서 친구를 사귀는 데 더디다. 예쁜 편이지만 TV, 영화, 인터넷 그리고 가십 잡지 속 미의 기준에 세뇌돼 자신을 평범

하거나 심지어 못생긴 쪽에 가깝다고 생각한다. 너무 큰 입, 간격이 너무 가까운 눈 같은 단점만 보고 장점은 무시한다. 미장원에서 본 패션 잡지에서는 그들에게 살을 10킬로그램 빼라고 하고, 집에서는 어머니가 종종 그런 소리를 한다. 그들은 자신의 가슴, 엉덩이, 발 크기에 슬퍼한다. 데이트 신청을 받는 건 기적 같은 일인데, 뭘 입을지 정해야 하는 괴로움이 따른다. 친구에게 전화해 의논하면 되지만 그것도 친구가 있을 때의 얘기다. 앨리스는 이 도시가 처음이라 친구가 없다. 하지만 영화관 데이트를 하는 날 트립은 그녀의 옷이나 너무 큰 입을 보고도 신경 쓰지 않는 눈치다. 트립은 재밌다. 트립은 매력 있다. 트립은 칭찬을 잘한다. 그리고 완벽한 신사다. 영화관 데이트를 한 뒤에 그가 입을 맞출 때에도 그녀가 원하던 키스, *바라던 키스*를 한다. 입 안으로 혀를 밀어넣거나 가슴을 움켜쥐는 식으로 그걸 망치지 않는다.

트립은 인근 대학에 다닌다. 빌리는 그가 몇 살이냐고 물으면서도 그건 앨리스도 모르겠거니 생각하지만, 페이스북이라는 신문물 덕분에 그녀는 안다. 트립 도너번은 스물네 살이다.

"아직까지 대학을 다니기에는 나이가 좀 많은데."

"대학원생인 것 같아요. 고등 수업을 받고 있거든요."

고등 수업이라. 그렇군.

트립은 버킷으로 가기 전에 자기 집에서 한잔하는 게 어떻겠느냐고 하고 당연히 앨리스는 좋다고 한다. 앞에서 말한 그의 집이란 고속도로 근처에 있는 셔우드 하이츠 아파트였다. 앨리스는 차가 없어서 버스를 탔다. 트립은 완벽한 신사답게 밖에서 그녀를 기다리고 있었다. 그는 그녀의 뺨에 입을 맞추고 엘리베이터에 태워서 2층으로 데려갔다. 아파트가 넓었다. 트립 말로는 룸메이트들과 월세를 분담하기 때문에 감당할 수 있는 거라고 했다. 룸메이트는 행크와 잭이었다. 성은 모른다. 앨리스는 빌리에게 그들이 거실로 나와서 인사하고 TV에서 하는 스포츠 경기를 보러 다시 들어갔다며, 흠잡을 데 없는 친구들인 것 같았다고 말한다. 스포츠 경기가 아니라 비디오 게임이었을 수도 있다고 한다.

"그럼 그 시점에서부터 기억이 흐릿해지기 시작한 거니?"

"아뇨, 그 친구들은 그냥 다시 들어가서 문을 닫았어요."

앨리스가 수건으로 뺨과 이마를 토닥인다.

트립은 앨리스에게 맥주를 마시겠느냐고 물었다. 그녀는 별로 마시고 싶지 않았지만 예의상 좋다고 했다고 빌리에게 말한다. 그런데 그녀의 하이네켄이 줄지 않는 걸 본 트립이 진토닉을 마시겠느냐고 했다. 잭의 방문이 열리며 TV 소리가 끊기더니 잭이 물었다. "누가 진토닉 마시겠다는 얘기가 들린 것 같은데."

이렇게 해서 다 같이 진토닉을 마셨고 앨리스는 그때부터 정신이 가물가물해지기 시작했다고 한다. 자기가 술을 못 마셔서 그런 줄 알았단다. 트립이 한 잔 더 마시겠느냐고 했다.

한 잔 더 마시면 술이 깰 거라고, 그게 정설이라고 했다. 룸메이트 하나가 음악을 틀었고, 앨리스는 거실에서 트립과 춤을 춘 것 같은데 거기서부터 필름이 대부분 끊겼다.

수건을 집어서 얼굴에 댄 앨리스가 다시 잠깐 동안 숨을 쉰다. 아직까지 커피 테이블 아래에 방치된 브래지어가 마치 숨통이 끊긴 조그만 동물 같아 보인다.

"이제 아저씨 차례예요."

빌리는 끼이익 하는 브레이크와 타이어 소리를 들은 때부터 앨리스를 침대에 눕히기까지 그가 무엇을 보았고 어떻게 했는지 이야기한다. 그녀는 곰곰이 생각하더니 말한다.

"트립 차는 밴이 아니에요. 머스탱이에요. 영화 보러 갔을 때 그 차 몰고 나를 태우러 왔어요."

빌리는 켄 호프를 떠올린다. 그도 머스탱을 몰았고 그 안에서 죽었다.

"좋은 차지. 네 룸메이트가 보고 질투하지 않았어?"

"난 혼자 살아요. 그냥 조그만 데서."

앨리스는 그 말을 내뱉자마자 혼자 산다고 실토해 버려서 후회하는 표정을 짓는다. 빌리는 트립 도너번도 그걸 알고 있을 거라고 지적할 수도 있지만 하지 않는다. 그녀는 다시 얼굴에 수건을 얹고 숨을 쉬지만 이번에는 계속 호흡이 거칠다.

"그거 이리 줘." 이번에는 수건을 싱크대로 들고 가서 수돗물로 적시며 계속 앨리스를 주시하지만, 그녀가 얇은 티셔츠

바람으로 문을 박차고 나갈 것 같지는 않다. 빌리는 다시 식탁으로 돌아간다. "다시 한번 해 봐. 천천히 깊게 숨을 쉬면서."

그녀의 호흡이 편안해지자 그는 말한다.

"따라와. 보여 줄 게 있어."

그는 그녀를 데리고 아파트 밖으로 나가서 계단을 올라가 현관으로 간다. 벽에서 말라붙어 가는 토사물을 가리킨다.

"너를 데리고 들어오다가 저렇게 된 거야."

"저건 누구 속옷이에요? 아저씨 속옷이에요?"

"응. 잘 준비를 하고 있었거든. 너 질식하지 않게 처치하는 동안 내려왔어. 좀 웃겼지."

그녀는 웃지 않고 트립의 차는 밴이 아니라는 말만 반복한다.

"그럼 룸메이트 차인가 보네."

눈물이 그녀의 뺨을 타고 흘러내린다.

"말도 안 돼. 말도 안 돼. 엄마한테는 반드시 비밀로 해야 해요. 애초에 내가 여기로 올 때부터 반대하셨어요."

빌리는 알 만하다는 생각을 한다.

"다시 내려가자. 아침다운 아침을 차려 줄게. 달걀이랑 베이컨이랑 해서."

"베이컨은 싫어요."

그녀는 얼굴을 찡그리며 이렇게 말하지만 달걀은 거부하지 않는다.

5

그는 달걀 두 개로 스크램블드에그를 만들고 토스트를 두 장 더 구워서 함께 내놓는다. 앨리스가 그걸 먹는 동안 방으로 들어가 문을 닫는다. 도망치면 도망치는 거다. 그는 온 도시를 샅샅이 뒤지며 반란군을 소탕했던 유령의 분노 작전 때 느꼈던 운명론에 다시금 사로잡혔다. 당시에는 집 안으로 진격 대기할 때마다 벨트 고리에 아기 신발이 제대로 달렸는지 매번 확인하곤 했다. 부상이나 죽임을 당하지 않고 하루를 무사히 보내면 다음 날 그럴 가능성이 높아졌다. 아무리 그 전날까지 운수대통 하더라도 한순간에 끝장날 수 있었다. 운명론은 친구 비슷한 것이 되었다. *씨발, 알 게 뭐야.* 그들은 입버릇처럼 이렇게 말했다. *씨발, 알 게 뭐야. 가서 조져 버리자고.* 지금도 마찬가지다. *씨발, 알 게 뭐야.*

그는 금발의 가발과 수염과 안경을 쓴다. 침대에 앉아서 전화기로 두어 가지를 체크한다. 필요한 정보가 입수되자 화장실로 들어가 배에 베이비파우더를 듬뿍 바른다. 파우더를 발랐더니 쓸린 피부를 가라앉히는 효과가 있었다. 그런 다음 가짜 배를 들고 부엌으로 들어간다.

앨리스가 마지막 한 입 남은 달걀을 포크로 떠서 입으로 가져다가 말고 눈을 동그랗게 뜨고 쳐다본다. 빌리는 스티로폼으로 된 장치를 배에 대고 몸을 돌린다.

"끈 좀 조여 줄래? 나 혼자 하려면 힘들더라."

그는 기다린다. 그녀가 어떤 반응을 보이느냐에 따라 많은 게 달라진다. 그녀는 거부할 수도 있다. 토스트에 버터를 바르라고 준 나이프로 그를 찌를 수도 있다. 치명적인 무기는 아니고 그가 자는 동안 과도로 찌르는 편이 훨씬 심각한 부상을 입힐 수 있겠지만, 제대로 힘을 줘서 알맞은 곳을 찌르면 버터나이프로도 얼마든지 상처를 줄 수 있다.

앨리스는 그를 찌르지 않는다. 오히려 끈을 세게 조여 준다. 그가 플라스틱 버클을 볼 수 있게 가짜 배를 허리 쪽으로 돌리려고 하자 끈이 더 세게 조여진다.

"내가 알아차렸다는 걸 언제 알았어요?"

그녀가 조그만 목소리로 묻는다.

"네 얘기를 듣고 있었을 때. 네가 나를 똑바로 쳐다보고 있다가 갑자기 뭔가를 알아차린 표정을 짓더구나. 그러더니 공황 발작을 일으켰지."

"아저씨가 그 사람을 죽인……"

"맞아."

"그리고 여긴…… 뭐예요, 은신처예요?"

"맞아."

"그리고 그 가발이랑 수염은 변장이고요?"

"응. 그리고 가짜 배도."

앨리스는 입을 벌렸다가 다문다. 물어볼 게 바닥난 모양이지만 숨을 헐떡거리지는 않는다. 빌리는 그걸 보고 올바른 방향으로 한 걸음 내디딘 거나 다름없다고 생각한다. 그러다 다시 생각한다. *지금 장난해? 올바른 방향이 '어디' 있다고.*

"너 거기 봤니?"

그는 그녀의 허벅지를 가리킨다.

"네." 목소리가 작다. "여기가 어딘지 알아보려고 일어나기 직전에요. 피가 묻어 있었어요. 그리고 아프고요. 아저씨나…… 아니면 다른 사람이……."

"그냥 피만 묻어 있는 게 아니야. 나중에 씻으면서 보면 알겠지만 적어도 한 명 이상 피임도구를 쓰지 않았어. 어쩌면 셋다 쓰지 않았을 수도 있고."

그녀는 달걀을 먹지 않고 그대로 내려놓는다.

"나 나간다. 시내 쪽으로 800미터쯤 가면 24시간 영업하는 드러그스토어가 있거든. 차가 없어서 걸어가야 해. 이 주에서는 처방전이 없어도 사후 피임약을 살 수 있어, 내가 좀 전에 휴대전화로 체크도 했고. 네가 종교적, 윤리적 차원에서 먹지 않겠다면 얘기가 달라지겠다만. 그렇니?"

"아뇨, 설마요." 여전히 목소리가 조그맣다. 그녀는 다시 울고 있다. "만약 임신이라도 하면……." 그러면서 고개를 젓는다.

"드러그스토어에서 여성용 속옷을 팔기도 하니까 팔면 사다 줄게."

"나중에 갚을게요. 저 돈 있어요."

그녀는 이게 얼마나 어처구니없는 발언인지 깨닫고 얼굴을 붉히며 시선을 돌린다.

"네 옷은 화장실에 걸려 있어. 내가 나가면 그거 입고 이 집에서 나가도 돼. 내가 막을 수는 없겠지. 하지만 내 말 좀 들어봐, 앨리스."

빌리는 손을 내밀어 앨리스의 얼굴을 잡고 자기에게로 다시 돌린다. 그녀는 어깨가 뻣뻣해지지만 그래도 그를 쳐다본다.

"나는 간밤에 네 목숨을 구했어. 날은 추웠고 비가 내렸고 너는 정신을 잃었지. 뼛속까지 약에 취해서. 너는 어제 저체온으로 죽지 않았으면 네 토사물에 질식해서 죽었을 거야. 이제 나는 내 목숨을 네 손에 맡기려고 하고 있어. 알겠니?"

"그놈들이 나를 성폭행한 거 맞아요? 맹세할 수 있어요?"

"그놈들의 얼굴을 보지 못했으니 법정에서 증언은 못 하겠지만, 남자 셋이 너를 그 밴에 태우고 와서 버렸고 네가 그 아파트에서 필름이 끊겼을 때 남자 셋이랑 같이 있었다고 했잖니."

앨리스는 두 손으로 얼굴을 가린다.

"너무 쪽팔려요."

빌리는 진심으로 당황스러워진다.

"왜? 너는 인간을 믿었다가 배신을 당했어. 그게 다야."

"뉴스에서 아저씨 사진 봤어요. 그 남자를 쏴 죽였다고."

"맞아. 조엘 앨런은 나쁜 놈이었어, 청부살인업자." *나와 같은.* 하지만 최소한 한 가지 차이점이 있지. "그자는 포커 게임

장에서 떼돈을 잃으니까 그 돈을 돌려받겠다고 도박장 앞에
서 기다리고 있다가 남자 둘을 총으로 쐈어. 그중 한 명은 목
숨을 잃었지. 아직 시간이 일러서 길거리에 지나다니는 사람
들이 많지 않을 때 얼른 다녀올게."

"스웨트셔츠 있어요?"

"응. 왜?"

"그 위에 그거 입으세요." 그녀는 가짜 배를 가리킨다. "그
러면 그 배를 가리려고 하는 것처럼 보일 거예요. 뚱뚱한 사람
들은 그렇게 해요."

6

비가 살짝 그쳤지만 여전히 쌀쌀하다. 스웨트셔츠를 입고
나오길 잘했다. 그는 달려오는 차가 빗물을 튀기며 지나갈 때
까지 기다렸다가 공터 쪽으로 길을 건넌다. 밴이 남긴 스키드
마크가 보인다. 그보다 더 길고 까맣게 남아야 정상인데 비가
와서 덜하다. 그는 찾고 싶은 게 있어서 한쪽 무릎을 꿇지만
있을 거라고 생각하지는 않는다. 그런데 있다. 그는 그걸 주워
서 주머니에 넣고 피어스 가를 다시 건넌다. 공터 쪽 인도는
시에서 역사를 철거하느라 동원한 기계들로 인해 깨졌기 때
문이다. 자란 풀을 보니 깨진 지 1년쯤 된 것 같은데 아무도 콘

크리트를 보수할 생각을 하지 않는다.

빌리는 걸어가며 앨리스가 떨어뜨린 귀걸이를 만지작거린다. 그가 경찰에 잡히면 그 귀걸이는 그의 다른 소지품과 함께 증거물로 수거될 테고 앨리스는 그걸 돌려받지 못할 것이다. 빌리는 그녀가 자기를 밀고할 거라고 거의 100퍼센트 확신한다. 그녀는 빌리가 자기 목숨을 구해 주었다고 믿거나 말거나, 기회가 생기자마자 그를 신고하지 않으면 방조죄로 재판을 받을 수 있다고 생각할 것이다.

하지만 아니야. 숫기가 없고 겁에 질렸고 혼란스러워하고 있을지 몰라도 앨리스는 멍청하지는 않다. 그에게 납치당했다고 하면 경찰에서도 그 말을 믿을 것이다. 그녀가 집 안을 뒤져서 전화기를 찾는다 한들 먹통이겠지만, 조니스 편의점이 지척이라 얼마든지 거기서 경찰에 신고할 수 있다. 어쩌면 그녀는 이미 거기 도착했고 그는 드러그스토어에서 돌아가는 길에 체포될 수도 있다. 경찰차가 경광등을 번쩍이며 출동해 그의 앞에서 연석을 타고 넘고, 차가 멈추어 서기도 전에 문이 벌컥 열리면서 경찰들이 총을 꺼내 들고 내릴 것이다. *손 들고 바닥에 엎드려. 바닥에 엎드려.*

그런데도 그는 왜 그랬을까?

간밤에 꾼 꿈 때문이었을지 모른다. 탄 쿠키 냄새. 아니면 샘 애커먼과 그 아이가 그려 준 플라밍고 그림 때문이었을지 모른다. 아니면 괜찮아 보이길래 데이트를 했다고 경찰에 증언

할 필리스 스탠호프 때문일 수도 있다. 그는 전도가 유망해 보이는 작가였으니 사무직 여성이 욕심낼 만한 상대였다. 같이 잤다는 얘기도 할까? 필리스가 그 부분을 생략하더라도 다이앤 파치오는 그러지 않을 것이다. 다이앤은 그들이 집에서 나오는 걸 보았고 심지어 빌리에게 엄지손가락까지 들어 보였다.

어쩌면 이 모든 것 때문이겠지만 어쩌면 차마 앨리스를 죽일 수 없었다는 단순한 사실로 귀결될지 모른다. 그는 절대 그럴 수가 없었다. 그러면 그도 조엘 앨런이나 라스베이거스의 성폭행범이나 남자들이 아이들과 떡 치는 영화를 찍는 칼 트릴비 같은 악당이 되는 것이다. 그래서 그는 가발과 도수 없는 안경을 쓰고 가짜 배를 달고 이렇게 비를 맞으며 드러그스토어를 향해 걸어가고 있다. 앨리스 맥스웰은 그가 윌리엄 서머스라는 걸 알 뿐 아니라 그가 몇 년 동안 공을 들여서 깨끗하게 관리한 돌턴 스미스에 대해서도 안다.

그 새끼들이 다른 데도 아니고 왜 하필 피어슨 가에 그 애를 버렸을까. 피어슨 가에서도 왜 하필 그의 집 앞에 버렸을까. 운명을 비난할 수도 있겠지만 그는 운명을 믿지 않는다. 벌어진 모든 일에는 이유가 있다고 자신을 설득할 수도 있겠지만 그건 민낯의 진실을 대면하지 못하는 사람들이 늘어놓는 바보 같은 헛소리다. 그건 우연이었고 거기에서부터 모든 게 시작됐다. 그들이 그 아이를 버린 순간부터 그는 활송장치에 갇혀서 남들과 함께 도축실로 이동하는 소나 다름없는 신세가

됐을지 모른다. 하지만 사막 시절에 동료들이 자주 했던 또 다른 말처럼 산다는 게 그런 거니 씨발, 알 게 뭔가.

그래도 한 줄기 희미한 희망이 있다. 앨리스는 그에게 스웨트셔츠를 입고 나가라고 했다. 그의 편인 척 안심시키려고 한 말일 수도 있지만 아닐 수도 있다.

정말 아닐 수도 있다.

7

드러그스토어는 CVS 편의점이다. 빌리는 가족 계획 코너에서 사후 피임약을 찾는다. 50달러이니 대안에 비하면 싸게 먹히는 셈이다. 맨 아래 줄에 있어서(그게 필요하게 된 못된 아이들을 최대한 애먹이려는 꼼수일까.) 그걸 집고 허리를 펴는데, 옆옆 통로에서 뻣뻣한 빨간 머리가 언뜻 보인다. 빌리의 심장이 덜컥 내려앉는다. 그는 다시 허리를 숙였다가 배지실*과 모니스탯** 상자를 유심히 들여다보며 천천히 다시 편다. 빨간 머리는 그가 닉의 측근 중에서 가장 위협적이라고 결론을 내린 데이나 에디슨이 아니다. 심지어 남자도 아니다. 뻣뻣한 빨간 머리를 하

---

* 여성 청결제.
** 항진균제.

나로 묶은 여자다.

진정해. 그는 속으로 중얼거린다. *아무것도 아닌 일에 놀라고 있어. 데이나하고 다른 친구들은 이미 오래전에 라스베이거스로 돌아갔다고.*

뭐, 어쩌면 정말 그럴지도 모른다.

여성용 속옷은 뒤편에 있다. 대부분 아주머니용이지만 다른 종류도 몇 개 있다. 그는 손바닥만 한 걸로 살까 하다가 뭔가를 암시하는 듯이 보일 거라는 결론을 내린다. 어떻게 보면 재밌다. 그는 집으로 돌아갔을 때 그녀가 있을 거라는 가정 아래 움직이고 있다. 하지만 다른 무슨 가정을 할 수 있을까? 달리 갈 데가 없으니 그는 그 집으로 돌아갈 것이다.

그는 세 개들이 헤인스 면 드로즈를 집어서 카운터로 들고 가며 밖에 경찰차가 있는지 살피지만 보이지 않는다. 물론 그들이 출동했다 한들 앞에다 주차하지는 않을 것이다. 경찰이 보이면 인질을 잡고 몸을 숨겨야 할지 모른다. 점원은 50대 여자다. 점원은 아무 말 없이 바코드를 찍지만 빌리는 표정을 읽는 재주가 있기 때문에 그녀가 누군지 몰라도 간밤에 바빴나 보다고 생각한다는 걸 안다. 그는 돌턴 스미스의 카드로 계산하고 체포될 마음의 준비를 하며 이제 가늘게 부슬부슬 내리는 빗속으로 나선다. 아무도 없고 서로 재잘재잘 수다를 떠는 여자 셋뿐이다. 세 여자는 드러그스토어로 들어가며 그를 쳐다보지도 않는다.

빌리는 피어슨 가 658번지로 다시 걸어간다. 이제는 희망의 빛이 좀 더 환해져서 그 길이 아주 길게 느껴지는데, 희망은 날개가 달린 것일 수도 있지만 상처를 주는 것일 수도 있다. 뒤쪽이나 아파트에서 *기다리고 있을* 수도 있지. 하지만 3층 건물 뒤에서 달려 나오는 경찰은 없고 아파트 안에는 그 여자아이뿐이다. 지금 빌리의 TV로 「투데이」 쇼를 보고 있다.

앨리스가 그를 쳐다본 순간 둘 사이에서 뭔가가 오간다. 빌리는 비닐봉지를 다른 손으로 옮기고 바지 오른쪽 주머니에 손을 넣는다. 빌리가 손을 내밀자 앨리스는 그가 한 대 때리려나 보다고 생각한 사람처럼 살짝 움찔한다. 얼굴에 생긴 멍이 이보다 더 알록달록할 수 없다. 이보다 더 확실한 구타와 폭행의 증거가 어디 있을까.

"네 귀걸이를 찾았어."

그는 손을 벌려서 그녀에게 보여 준다.

8

앨리스는 화장실에 들어가 새로 사 온 속옷을 입지만 아직 치마가 축축해서 정강이까지 내려오는 티셔츠를 그냥 입고 있는다.

"데님은 말리려면 한참 걸려요."

그녀는 부엌 싱크대에서 받은 물로 약을 먹는다. 그는 어떤 부작용이 있는지 읽어 준다. 오심, 현기증……

"나도 글 읽을 줄 알아요. 이 건물에는 또 누가 살아요? 너무 조용해서 꼭……. 아무튼 너무 조용해요."

빌리는 젠슨 부부의 존재와, 그들이 어떻게 크루즈 여행을 떠나게 되었는지 알려 준다. 6개월 뒤면 다른 모든 것과 함께 크루즈도 운항이 중지된다는 걸 두 사람 모두 알지 못한다. 그는 그녀를 2층으로 데려가—그녀는 기꺼이 따라나선다—대프니와 월터를 보여 준다.

"물을 너무 많이 주고 있어요. 익사시킬 작정이에요?"

"아니."

"이삼일은 물을 주지 말아요." 그녀는 말을 하다 말고 멈춘다. "그동안 여기 있을 거예요?"

"응. 기다리는 편이 안전하니까."

앨리스는 젠슨 부부의 부엌과 거실을 이리저리 둘러보며 여자들 특유의 눈빛으로 평가한다. 그러더니 자기도 같이 있어도 되느냐는 말로 그를 놀라게 한다. 그가 떠난 뒤에도 계속 지층 아파트에서 살아도 되느냐고 한다.

"멍이 가라앉을 때까지 여기 있고 싶어서요. 꼭 교통사고 환자 같잖아요. 게다가 트립이 날 찾아오면 어떻게 해요? 내가 어느 학교 다니고 어디 사는지 다 알거든요."

빌리는 트립과 그 친구들은 재미를 봤으니 이제 그녀에게 관심 없을 거라는 생각을 한다. 아, 그들이 그녀를 버린 곳이 범행 현장이 되지는 않았는지 피어슨 가를 순찰할지 모르고 술이 깨면—또는 뭔지 모를 약의 효과가 사라지면—그녀의 소식이 없는지 지역 신문을 체크하겠지만 그는 이런 얘기를 꺼내지는 않는다. 그녀를 이 집에 붙잡아 놓으면 여러 가지 문제를 해결할 수 있다.

다시 지층으로 내려가자 그녀는 피곤하다며 그의 침대에서 낮잠을 자도 되느냐고 묻는다. 빌리는 그래도 상관없지만 어지럽거나 속이 메스껍지는 않으냐고 묻는다. 만약 그러면 좀 있다가 자는 편이 낫다고 한다.

앨리스는 괜찮다며 방으로 들어간다. 그녀는 빌리를 무서워하지 않는 척 연극을 잘하고 있지만 아직까지 떨고 있을 거라고 그는 장담할 수 있다. 그렇지 않다면 제정신이 아닌 거다. 하지만 아직까지 충격에서 헤어나오지 못하며 그런 일을 겪었다는 데 치욕스러워하고 있다. 그리고 부끄러워하고 있다. 그는 그럴 필요 없다고 했다가 곧바로 반격을 당했다. 나중이 되면 그녀는 분명 그와 함께 있어도 되느냐고 물은 게 오판이 아닌지, 정말 심각한 오판이 아닌지 고민할 것이다. 하지만 지금 당장은 자고 싶은 생각뿐이다. 어깨를 늘어뜨리고 맨발을 바닥에 끌며 걷는 걸 보면 알 수 있다.

침대 스프링이 삐걱거리는 소리가 들린다. 5분 뒤에 들여다 보니 앨리스는 완전히 곯아떨어졌든지 아니면 세계 정상급 연기를 선보이고 있든지 둘 중 하나다.

빌리는 노트북을 켜고 저장해 놓은 글을 띄운다. 오늘은 글을 못 쓰겠지. *이런 일들이 벌어지고 있는 와중에 되겠어? 저 방에서 자고 있는 아이가 언제 일어나 나와 이 집에서 도망치고 싶어 할지 모르는 마당에.*

하지만 공황 발작을 가라앉히는 닥터의 물에 적신 수건 치료법과 그 방법이 앨리스에게 얼마나 효과가 좋았는지가 생각나기도 한다. 사실 기적 비슷했다. 하지만 클레이 브릭스의 기적의 치료법이 그것 말고도 또 있지 않았던가. 빌리는 웃으며 글을 쓰기 시작한다. 처음에는 문장이 밋밋하고 엉성하게 느껴지지만 어느덧 리듬을 타기 시작한다. 이내 머릿속에서 앨리스 생각은 아예 지워진다.

9

닥터라 불리던 클레이 브릭스는 의무중사였다. 그는 보살핌이 필요한 모든 병사를 보살폈지만 머리끝에서부터 발끝까지 핫 나인은 아니었다. 그는 체구가 작고 강단 있었다. 머리술이 없었고 매부리코에 테 없는 안경을 계속 닦았다. 군모 앞쪽에 한 일주일 동안 평화의 상징을 붙이고 다니다 부대장의 명령으로 뗐고, 뒤쪽에는 **우유는 됐고 깔치 있냐?** 스티커를 붙였다.

유령의 분노 작전이 (끝없이) 전개될수록 공황 발작은 흔한 일이 되었다. 해병대는 원래 공황 발작 같은 건 해당 사항 없어야 했지만 당연히 그럴 리 없었다. 여기저기서 숨을 헐떡이며 몸을 반으로 접거나 가끔 쓰러졌다. 대부분 무섭다는 걸 절대 인정할 생각이 없는 모범 해병대원들이었기 때문에 없어질 줄 모르는 연기와 먼지 탓을 했다. 닥터는 먼지 때문이라고, 연기 때문이라고 맞장구치며 물에 적신 수건으로 그들의 얼굴을 덮었다. "거기에 대고 숨을 쉬어 봐. 그럼 깨끗해져서 제대로 숨을 쉴 수 있을 거야."

그에게는 다른 치료법도 있었다. 어떤 건 개수작이고 또 어떤 건 아니었지만 전부 적어도 어쩌다 한 번씩은 효과가 있었다. 종기와 혹이 생기면 책 옆면으로 두드려 가라앉혔고(그는 이걸 성경 치료라고 불렀다.), 딸꾹질과 기침 발작이 나면 코를 꽉 잡고 *아아아아* 하고 노래를 부르게 했고, 코피가 나면 빅스 베이포럽에서 피어오르는 연기를 코로 들이마시게 했고, 각막염에 걸리면 눈꺼풀에 은화를 대고 문질렀다.

"이런 개수작은 대부분 우리 할머니한테 배운 시골 민간요법이야." 그는 예전에 내게 이렇게 말했다. "내가 쓰는 방법들이 효과가 있긴 하지만 대개 내가 효과가 있다고 *얘기하기* 때문이지." 그러더니 내게 이는 좀 어떠냐고 물었다. 나는 그 당시에 이 때문에 골머리를 앓고 있었다.

나는 지랄 맞게 아프다고 말했다.

"뭐, 내가 치료해 줄 수 있어, 친구. 내 배낭에 방울뱀 딸랑이가 있거든. 이베이에서 산 거. 그걸 뺨이랑 잇몸 사이에 넣고 좀 빨면 아픈 게 당장 가라앉았을 거야."

내가 됐다고 하자 그는 다행이라고, 딸랑이가 배낭 맨 밑바닥에 있어서 꺼내려면 온갖 쓰레기를 다 쏟아 내야 된다고 했다. 아직 거기 있을지도 모르겠다며. 이제 와 생각해 보면 과연 효과가 있었을지 궁금해진다. 그 이는 결국 뽑았다.

닥터가 가장 놀라운─적어도 내가 봤던 것 중에서─활약을 펼친 건 2004년 8월이었다. 때는 4월에 단호한 결의 작전이 끝나고 11월에 유령의 분노라는 엄청난 작전이 시작되기 전, 한가한 시간이었다. 그 기간 동안 미국의 정치인들은 나름의 공황 발작을 겪고 있었다. 그들은 우리를 전면 투입하기보다 이라크 경찰과 군 스스로 지하드 게릴라를 소탕하고 질서를 확립할 수 있도록 다시 한번 기회를 주기로 했다. 이라크의 주요 정치인들은 그거 좋은 생각이라고 했지만 모두 바그다드에 있었다. 팔루자에서는 경찰과 군인 다수가 지하드 게릴라였다.

그 기간 동안 우리는 대부분 도시 밖에 머물렀다. 6월과 7월에는 6주 동안 아예 비교적 조용한 라마디에 주둔했다. 팔루자로 들어가더라도 우리의 임무는 '환심'을 사는 것이었다. 그러니까 언제든지 총에 맞거나 폭탄이 터지거나 수류탄이 날아올 수 있다는 마음의 준비를 하고 도로를 고속으로 달리며 확성기를 통해 "나와라, 이 호로 새끼들아." 하고 고함을 지를 게 아니라 통역관들을 통해 이미지 관리를 해야 했다는 뜻이다. 우리는 아이들에게 사탕과 장난감과 슈퍼맨

만화책을 나눠 주며, 반군과 달리 정부에서 제공할 수 있는 서비스가 적힌 전단지를 집에 들고 가라며 쥐여 주었다. 아이들은 사탕은 먹고 만화책은 물물교환하고 전단지는 버렸다.

유령의 분노 작전 때 우리는 (롤라팔루자*를 살짝 바꿔서) 랄라팔루자라고 부르게 된 지역에서 한 번에 며칠씩 머물렀고, 동서남북 네 귀퉁이를 감시하는 지붕 위에서 쪽잠을 자 가며 기물을 파손하고 부상을 입힐 채비를 갖춘 게릴라들이 다른 지붕 위로 몰래 기어 올라가지는 않는지 예의 주시했다. 그건 마치 가랑비에 옷 젖는 식의 고문이었다. 우리는 수백 개의 수류탄과 다른 무기를 수거했지만 이슬람교도의 무기는 바닥날 줄 몰랐다.

하지만 그해 여름에는 순찰이 거의 9~5시 근무나 다름없었다. '환심'을 사러 들어가는 날에는 해가 뜨면 출발해 어두워지기 전에 기지로 복귀했다. 아무리 전투가 소강상태라도 해가 떨어진 뒤의 랄라팔루자는 있을 만한 곳이 못 됐다.

하루는 복귀하던 길에 미쓰비시 이글 스테이션왜건이 길가에서 전복돼 아직까지 연기가 나고 있는 걸 본 적이 있었다. 앞면이 날아갔고 운전석 문이 열려 있었고 남은 앞 유리창에 핏자국이 있었다.

"쌍, 저거 중령님 차잖아." 빅클루가 말했다.

기지에는 야전병원이 설치돼 있었다. 지붕밖에 없어서 양쪽 끝에 큼지막한 선풍기가 달린 대형 천막에 가까웠다. 그날은 기온이 37도

---

* 미국에서 매년 열리는 뮤직 페스티벌이다.

가 넘었다. 그러니까 평소와 비슷했다는 뜻이다. 제이미슨의 비명이 우리 귀에 들렸다.

닥터가 배낭을 벗으며 달려갔다. 우리도 뒤따라갔다. 천막에는 다른 환자가 두 명 더 있었고 둘 다 인생을 확실하게 조졌지만 제 발로 설 수 있었으니 제이미슨만큼 완벽하게 조진 건 아니었다. 한 명은 한쪽 어깨에 삼각 붕대를 맸고 다른 한 명은 머리에 붕대를 감았다.

제이미슨은 아마도 링거라고 하는 게 아닌가 싶은 걸 팔에 달고 침대에 누워 있었다. 왼발이 있었던 곳에 압박 붕대가 감겨 있었지만 발은 사라졌고 이미 붕대 위로 피가 배어 나오고 있었다. 왼쪽 뺨이 벌어졌고 그쪽 눈알은 구멍에 삐딱하게 매달려 피를 흘리고 있었다. 졸병 둘이 그를 붙잡은 가운데 간호병이 모르핀을 먹이려고 했지만 중령이 극구 거부했다. 멀쩡한 쪽 눈을 공포로 부릅뜨고 계속 고개를 좌우로 움찔거렸다. 그러다 시선이 닥터에게 닿았다.

"아파!" 그가 고함을 질렀다. 중령이랍시고 으스대던(하지만 가끔 재밌었던) 예전 모습은 온데간데없었다. 고통이 그 모든 걸 삼켜 버렸다. "아파! 아 씨발 졸라 *아파!*"

"후송 헬리콥터가 오고 있어요." 한 간호병이 말했다. "마음 편히 가지시고 이거 드세요. 그럼 좀 괜찮아……"

제이미슨은 피범벅인 한쪽 손을 들어 약을 쳐 버렸다. 조니 캡스가 달려가 약을 주웠다.

"*아파! 아파! 아파아아아아!*"

닥터가 침대 옆에 무릎을 꿇고 앉았다.

"제 말 잘 들으세요, 중령님. 저한테 모르핀보다 잘 듣는 진통제가 있어요."

제이미슨은 남은 눈알을 닥터 쪽으로 돌렸지만 뭐가 보이는 것 같지는 않았다.

"브릭스? 브릭스 맞나?"

"네, 의무중사 브릭스입니다. 노래를 부르세요."

"너무 아프다!"

"노래를 부르세요. 그럼 통증을 비켜 갈 수 있어요."

"맞습니다, 중령님."

타코가 끼어들더니 *씨발, 알 게 뭐야* 하는 눈빛으로 나를 쳐다보았다.

"시작합니다." 닥터가 말하고 노래를 부르기 시작했다. 목소리가 좋았다. "오늘 네가 숲에 가면…… 이제 중령님 차례입니다."

"아파!"

닥터는 그의 오른쪽 어깨를 잡았다. 제이미슨의 다른 쪽은 셔츠가 갈기갈기 찢어졌고 그 사이로 피가 배어 나오고 있었다.

"노래를 부르면 좀 괜찮아지실 거예요. 장담합니다. 다시 한번 제가 먼저 부를게요. 오늘 네가 숲에 가면……."

"오늘 네가 숲에 가면." 중령은 껄껄대며 노래를 부르다 멈췄다. "'테디 베어의 소풍?' 지금 씨발 장난하……"

"아닙니다, 부르세요." 닥터는 좌우를 두리번거렸다. "나 좀 도와줘. 이 망할 노래 아는 사람?"

마침 내가 아는 노래였다. 여동생이 아기였을 때 엄마가 불러 주던 노래였다. 캐시가 잠이 들 때까지 몇 번이고.

나는 노래라면 젬병이었지만 그래도 불렀다.

"오늘 네가 숲에 가면 깜짝 선물이 널 기다리고 있을 거야. 오늘 네가 숲에 가면……."

"변장을 하고 가는 게 좋을 거야."

제이미슨이 여전히 꺽꺽대는 목소리로 뒷부분을 완성했다.

"짱 잘하셨어요." 닥터가 이어서 불렀다. "왜냐하면 세상 모든 곰들이 거기 모일 거거든……."

머리에 붕대를 감은 남자가 동참했다. 그는 아주 듣기 좋고 힘 있는 바리톤 음색을 자랑했다.

"오늘은 바로 테디 베어들이 소풍을 가는 날아아아알!"

"불러 주세요, 중령님." 닥터가 계속 그의 옆에 무릎을 꿇고 앉은 채로 말했다. "오늘은 바로……."

"테디 베어들이 소풍을 가는 나아아아알!"

제이미슨은 노래라기보다 말을 하는 것에 가까웠지만 날의 첫 음절만큼은 머리에 붕대 감은 사람처럼 길게 뺐고, 이때 조니 캡스가 폭탄 던지듯 그의 입속에 알약으로 된 모르핀을 넣었다.

닥터가 고개를 돌려 다른 핫 나인을 쳐다보았다. 꼭 관객의 참여를 유도하는 빌어먹을 밴드 리더 같았다.

"오늘 네가 숲에 가면…… 자, *다 같이!*"

이렇게 해서 핫 나인 분대원들은 「테디 베어의 소풍」 첫 소절을 제

이미슨 중령에게 불러 주었다. 대부분 처음에는 부르는 척만 했지만 세 바퀴째가 되자 모두 가사를 외웠다. 부상병 둘도 동참했다. 다른 위생병들도 동참했다. 네 바퀴째에는 제이미슨도 땀을 뻘뻘 흘려가며 불렀다. 이게 무슨 일인가 보려고 사람들이 천막으로 달려왔다.

"덜 아프네." 제이미슨이 헉헉대며 말했다.

"약효가 나타나기 시작한 거예요." 앨비 스타크가 말했다.

"그게 아니야. 또 부르자. 응? 또 부르자."

"한 번 더." 닥터가 말했다. "이번에는 감정을 실어서 부릅시다. 소풍이잖아요, 빌어먹을 장례식이 아니라."

그래서 우리는 노래를 불렀다. *오늘 네가 숲에 가면 깜짝 선물이 널 기다리고 있을 거야!*

무슨 일인지 보러 왔던 해병대원들도 동참했다. 제이미슨이 기절했을 무렵에는 40명쯤 되는 대원들이 목이 터져라 그 바보 같은 노래를 부르느라 중령을 호송하러 출동한 블랙 호크가 바로 위에서 먼지를 일으킬 때까지 오는 소리를 듣지 못했다. 나는 절대

10

"뭐 하세요?"

빌리가 화들짝 꿈에서 깨어나 뒤를 돌아보니 엘리스 맥스웰이 방문 앞에 서 있다. 멍 자국이 하얀 피부와 선명하게 대조

된다. 부어서 반쯤 감긴 왼쪽 눈이, 선풍기를 아무리 최고 속도로 돌려도 개뿔 소용없던 그 무더운 천막 속에 누워 있던 중령을 연상시킨다. 그녀의 머리칼은 사방이 눌렸다.

"아무것도 아니야. 그냥 비디오 게임 하고 있었어."

빌리는 저장을 누르고 노트북을 끈 다음 덮는다.

"비디오 게임치고는 타자를 많이 치네요."

"뭐 좀 먹을래?"

앨리스가 이 말을 듣고 고민한다.

"혹시 수프 있어요? 배가 고프긴 한데 씹어야 하는 건 못 먹겠어요. 뺨 안쪽을 씹은 것 같거든요. 기억이 안 나는 걸 보면 필름이 끊겼을 때 그랬나 봐요."

"토마토 아니면 치킨 누들?"

"치킨 누들이요."

현명한 선택이다. 식료품 저장실에 쟁여 놓은 치킨 누들은 두 캔이지만 토마토는 하나뿐이다. 그는 수프를 데우고 그릇 두 개에 담는다. 그녀는 한 그릇 더 달라고 하고 혹시 빵에 버터를 발라서 먹어도 되느냐고 한다. 그녀는 빵을 수프에 적셔 먹다가 그가 빈 그릇을 앞에 두고 자기를 쳐다보고 있는 걸 보고는 미안해하며 웃는다.

"나는 배가 고프면 돼지가 돼요. 엄마가 늘 그렇게 얘기하더라고요."

"엄마는 여기 계시지도 않는걸."

"정말 다행이죠. 있었으면 나더러 미쳤다고 할 거예요. 내가 진짜로 미친 걸 수도 있겠어요. 엄마가 나더러 집 떠나면 탈이 날 거랬는데 엄마 말이 맞았지 뭐예요. 성폭행범이랑 만난 걸로도 모자라서 지금은……."

"괜찮아, 얘기해도 돼."

하지만 그녀는 얘기하지 않는다.

"엄마는 내가 킹스턴에 남아서 언니처럼 미용학원에 다니길 바랐어요. 언니가 돈을 제법 버는데, 나도 자기만큼 벌 수 있다고 그랬거든요."

"그런데 왜 이 도시 실업학교를 선택한 거야? 그게 이해가 안 된다."

"괜찮은 실업학교 중에서 제일 돈이 적게 들었어요. 다 드셨어요?"

"응."

그녀는 그릇과 숟가락을 개수대로 옮기고, 손이 비자마자 그를 의식하며 티셔츠를 아래로 잡아당긴다. 걷는 모양새로 볼 때 아직도 통증이 상당하다는 걸 알 수 있다. 그는 「테디 베어의 소풍」 첫 소절을 부르게 해야겠다는 생각을 한다. 아니면 둘이서 듀엣으로 같이 부르든지.

"왜 그렇게 웃으세요?"

"아무것도 아니야."

"내 얼굴 때문이죠? 권투 시합에 나갔다 온 것 같아서."

"아니. 내가 군대에 있었을 때 겪은 일이 생각나서 그랬어. 이제 네 옷 다 말랐겠다."

"아마도요." 하지만 그녀는 다시 아까 그 자리에 앉는다. "돈 받고 그 남자를 쏜 거예요? 맞죠, 그렇죠?"

빌리는 해외은행에 안전하게 들어 있는 50만 달러—여기서 활동비가 빠지긴 한다—를 생각한다. 그리고 받지 못한 150만 달러를 생각한다.

"얘기가 복잡해."

앨리스는 입술을 꾹 다물고 이를 보이지 낳은 채 엷은 미소를 짓는다.

"뭔들 복잡하지 않겠어요?"

11

앨리스는 빌리의 TV 앞에 앉아서 아래에서부터 위로 케이블 채널을 계속 돌린다. 프레드 애스테어가 진저 로저스와 춤을 추는 TCM을 잠깐 보다가 다시 채널을 돌린다. 뷰티용품 광고를 잠깐 보다가 TV를 끈다.

"아저씨 지금 뭐 하고 있는 거예요?"

기다리고 있지. 그것 말고는 할 일이 없다. 앨리스와 한 공간에서는 글을 쓸 수가 없다. 신경이 쓰일 테고 뿐만 아니라 그

녀가 뭘 쓰는지 궁금해할 것이다. 그는 지금까지 겪은 희한한 사건 중에서—제법 많다—피어슨 가에서 벌어진 이번 사건이 가장 희한하다는 생각을 한다.

"저 뒤에는 뭐가 있어요?"

"조그만 마당. 그 옆에는 주변에 허접한 나무들이 자라는 하수구, 그 옆에는 창고였을지 모르는 건물 몇 개. 열차가 저기 정차했던 시절에 쓰인 건물이겠지." 그는 지금은 커튼이 쳐진 잠망경 유리창 쪽을 가리킨다. 비가 다시 퍼붓고 있고 그 밖에는 볼 게 아무것도 없다. "이제는 아마 그 창고를 쓰지 않을 거야."

그녀는 한숨을 쉰다.

"온 도시를 전부 통틀어서 이보다 더 칙칙한 동네는 없을 거예요."

빌리는 '온 도시'와 '전부'를 같이 쓰면 동의어 반복이라고 짚고 넘어갈까 고민한다. 하지만 내용 자체는 맞는 말이기 때문에 아무 소리도 하지 않는다.

그녀는 꺼진 TV를 멍하니 바라본다.

"넷플릭스는 없겠죠?"

사실 그의 싸구려 노트북에 깔려 있지만 그보다 더 좋은 수가 생각난다.

"젠슨 부부한테 있어. 2층 사람들 말이야. 거기 팝콘도 있을 거야, 둘이서 다 먹지 않고 남겨 놨으면. 내가 사다 줬거든."

"치마 다 말랐는지 볼게요."

앨리스는 화장실로 들어가 문을 닫는다. 잠금장치 돌아가는 소리가 들린다. 빌리가 아직 보호관찰 단계라는 뜻이다. 다시 밖으로 나왔을 때 그녀는 데님 치마와 블랙 키스 티셔츠를 입고 있다. 그들은 2층으로 올라간다. 빌리가 지층에 있는 그의 것보다 네 배는 큰 이들 부부의 TV에서 넷플릭스를 찾으려고 씨름하는 동안 앨리스는 그들의 방 창문 너머로 뒷마당을 내다본다.

"저기 바비큐 그릴이 있네요." 그녀가 돌아오며 말한다. "커버를 안 씌워 놔서 물바다가 됐어요. 뒷마당 전체가 물바다예요."

빌리는 그녀에게 리모컨을 넘긴다. 그녀는 계속 넘겨 가며 뭐가 좋을지 잠깐 동안 고민하다가 빌리에게 「블랙 리스트」 좋아하느냐고 묻는다.

"본 적 없어."

"그럼 1편부터 봐요."

드라마의 전제가 황당하지만 주인공 레드 레딩턴이 흥미진진하고 머리가 잘 돌아가는 인물이라 빌리는 재밌게 본다. 남들보다 항상 한 걸음 앞서 있는 인물이라 부럽다. 밖에서 비가 쏟아지는 가운데 그들은 3화를 연달아 본다. 빌리가 젠슨 부부의 전자레인지로 팝콘을 만들고 둘이서 같이 게걸스럽게 먹는다. 앨리스가 그릇을 씻어서 건조대에 넣는다.

"더 보면 머리 아플 것 같아요. 아저씨는 계속 보고 싶으면 보세요. 나는 지하로 내려갈게요."

별일 아니라는 듯 태평스럽다. 누가 보면 우리가 복층 아파트를 같이 쓰는 룸메이트라도 되는 줄 알겠어. 빌리는 생각한다. 우리를 주인공으로 시트콤을 찍어도 되겠어. '실존적 커플'이란 제목으로. 그는 자기도 질렸다고 말하지만 나중에 이어서 보면 좋겠다는 생각을 한다.

그는 젠슨 부부의 아파트 문을 잠그고 그녀와 함께 지층 아파트로 돌아간다. 팝콘을 먹었더니 둘 다 저녁 생각이 없다. 그들은 저녁 대신 뉴스를 보며 푸딩을 먹는다.

"완전 정크 푸드 파티네요. 우리 엄마가……"

"시작도 하지 마."

조엘 앨런 암살 사건은 더 이상 머리기사가 아니다. 옆 미시시피주의 세나토비아에서 가스가 폭발해 세 명이 죽고 두 명이 중상을 입었다. 그리고 홍수 때문에 레드 블러프 서쪽 고속도로가 일시적으로 폐쇄됐다.

"언제까지 여기 있을 거예요?"

빌리도 그 부분을 고민 중이다. 빌리를 찾는 사람들—지역 경찰, FBI, 어쩌면 닉의 부하들까지—은 그가 이 도시에 발목이 잡혔다면 5일이나 6일, 길게는 일주일까지 숨어 있을 거라고 생각할지 모른다. 그는 암살 직후에 이 도시에서 빠져나간 것처럼 보일 수 있게 피어슨 가에서 충분히 기다려야 한다. 그러니까 앨리스가 도망을 침으로써 문제를 복잡하게 만들지만 않으면 말이다.

"앞으로 4일 더. 어쩌면 5일. 그럴 수 있겠니, 앨리스?"

이름을 부른 게 이번이 처음이던가? 기억이 나지 않는다.

"그 약 얼만지 봤어요. 내가 같이 있겠다고 하면 그거 퉁쳐도 돼요?"

앨리스가 페이크를 쓰는 것일 수도 있지만 그가 보기에는 아닌 것 같다. 그녀에게는 달래야 할 상처가 있고 그가 위험하지 않다고 결론을 내린 것이다. 적어도 그녀에게는. 옷을 입으러 들어갔을 때 화장실 문을 잠갔으니 신뢰 문제가 여전히 남아 있기는 하다. 아니라고 그 자신을 설득하려고 들면 자기기만이 될 것이다.

"그래. 퉁쳐도 돼."

12

그들은 그날 밤 10시 30분에 처음으로 싸운다. 누가 침대에서 자고 누가 소파에서 잘 건가 하는 문제 때문이다. 빌리는 그녀가 침대에서 자야 한다고, 자기는 소파로 충분하다고 한다.

"그거 성차별이에요."

"소파에서 자는 게 성차별이라고? 지금 장난하니?"

"남성미를 과시하려고 하니 성차별이죠. 아저씨는 키가 너무 크잖아요. 발이 바닥에 닿을 거예요."

"여기 올려놓으면 돼."

그는 소파 팔걸이를 토닥인다.

"그럼 다리에서 피가 다 빠져나가 감각이 없어질 거예요."

"너는⋯⋯." 그는 잠깐 머뭇거리며 알맞은 단어를 찾는다. "⋯⋯다쳤잖니. 쉬어야 해. 자야 하고."

"아저씨가 소파에서 자겠다고 하는 이유는 내가 여기 이 거실에서 자면 도망칠 수도 있다고 생각하기 때문이죠? 나 도망치지 않을 거예요. 우리 서로 약속했잖아요."

그렇지, 그리고 이 아이가 그 약속을 지킬 거면 내가 떠나고 났을 때 쏟아질 질문에 어떤 식으로 대처할지 의논해 봐야 해. 빌리는 앨리스가 스톡홀름 증후군이 뭔지 알까 궁금해한다. 모르면 그가 설명해 주어야 할 것이다.

"동전을 던져서 정하자."

그는 주머니에서 25센트짜리 동전을 꺼낸다.

앨리스가 손을 내민다.

"내가 던질게요. 아저씨는 못 믿겠어요. 범죄자잖아요."

그 말을 듣고 빌리는 폭소를 터뜨린다. 앨리스는 그러지 않지만 살짝 미소를 짓는다. 빌리는 그녀가 마음 놓고 웃으면 보기 좋을 거라는 생각을 한다.

그는 동전을 건넨다. 그녀는 떨어지기 전에 선택하라고 말하고 프로처럼 동전을 던진다. 그는 뒷면이라고 말하고(그는 항상 뒷면을 선택한다. 타코에게 배운 거다.) 동전은 정말 뒷면이 나온다.

"네가 침대에서 자기."

빌리의 말에 앨리스는 왈가왈부하지 않는다. 오히려 안도하는 표정이다. 그녀는 아직까지도 아주 조심스럽게 걷고 있다.

그녀는 방문을 닫는다. 불이 꺼진다. 빌리는 신발과 바지와 셔츠를 벗고 소파에 눕는다. 뒤로 팔을 뻗어 스탠드 불을 끈다.

저쪽 방에서 아주 조용히 그녀가 말을 건넨다.

"안녕히 주무세요."

"잘 자라." 그도 마주 말을 건넨다. "앨리스."

15장

1

빌리가 팔루자로 돌아가 보니 아기 신발이 보이지 않는다.

그와 닥터와 타코와 앨비 스타크는 뒤집힌 택시 뒤편에, 핫나인의 나머지 다섯 명은 불탄 빵집 트럭 뒤편에 숨어 있다. 닥터가 앨비의 머리를 타코의 무릎에 얹어 놓고 부상을 수습하려 하고 있지만 헛짓거리다. 세계에서 제일 크다는 메이요 클리닉의 의사를 총동원해도 앨비의 부상은 수습할 수 없을 것이다. 타코의 무릎이 피바다다.

아무것도 아니야, 그냥 스쳐 지나갔어. 이슬람교도들에게 매복 공격을 당하고 그들 넷이 뒤집힌 코롤라 뒤로 숨었을 때 앨비는 이렇게 말했다. 손으로 옆 목을 누르고 있었지만 웃는

얼굴이었다. 하지만 잠시 후 손가락 사이로 피가 뿜어져 나왔고 그는 숨을 헐떡이기 시작했다.

네거리에서 두 집 건너에서 그들을 향해 집중포화가 쏟아진다. 2층 창문뿐 아니라 옥상에도 게릴라들이 진을 치고 있고 그들이 쏜 총알이 퐁 퐁 퐁 하고 택시의 차대를 두드린다. 항공 지원을 요청해 놓은 타코가 빵집 트럭 뒤편에 몸을 숨긴 나머지 대원들에게 무장 헬기가 오는 중이라고, 2분 어쩌면 4분 내로 헬파이어 미사일이 저 새끼들을 조져 버릴 거라고 외치고, 닥터는 지저분한 궁둥이를 치켜들고 엎드려 앨비의 옆 목을 양손으로 누르고 있지만, 앨비의 심장이 뛸 때마다 암적색 액체가 쏟아지고, 빌리는 휘둥그레 뜬 타코의 눈에서 진상을 파악한다.

조지, 똘똘이, 조니, 빅풋 그리고 빅클루는 트럭 뒤에서 대응 사격을 하고 있다. 택시가 워낙 허접한 엄폐물이고 기하학적으로 치명적인 구조라 빌리와 그 나머지가 옥상 위의 그 녀석들에게 거의 노출되어 있기 때문이다. 그들은 헬파이어를 장착한 코브라 헬리콥터가 도착할 때까지 버틸 수도 있고 버티지 못할 수도 있다.

빌리는 방금 잃어버렸을지 모른다고, 이 근처에 있을지 모른다고, 그것만 찾으면 모든 게 요술처럼 괜찮아질지 모른다고, 「테디 베어의 소풍」을 부르는 것처럼 될지 모른다고 생각하며 두리번두리번 아기 신발을 찾는다. 하지만 신발은 이 근처에 없고 그도 그렇다는 걸 안다. 그럼에도 두리번거리며 신발을 찾는 이유는 그러면 최후의 숨을 가쁘게 몰아쉬며 떠나기 전에 모든 세상을 눈에 담으려는 앨비를 보지 않아도 되기 때문이다. 빌리는 그의 눈에 뭐가 보이는지, 저세상으로 건너가면 뭐가 보일지 궁금해진다. 천국의 문일까, 황금빛 해안일까 아니면 그냥 시커먼 허공일까. 트럭 뒤에서 조니 캡스가 *개 거기 둬, 개 거기 두고 이 뒤로 와* 하고 소리를 지르지만 그들은 그러지 않을 것이다. 아무도 두고 가지 않는다는 것이 업핑턴 병장의 빌어먹을 제1원칙이기 때문인데, 신발이 없다, 신발이 아무 데도 없다. 그게 분실되어서 그들의 운도 덩달아 날아갔고 앨비가 끔찍하게 숨을 헐떡이며 죽어 가고 있는데, 거의 죽은 거나 다름없는데, 빌리의 군화에 구멍이 뚫려 있고 이제 보니 거기서 피가 난다. 빌어먹을 총알이……

2

빌리는 벌떡 일어나다가 하마터면 소파에서 굴러떨어질 뻔한다. 거기는 팔루자가 아니라 피어슨 가고 숨을 헐떡이는 앨비 스타크도 없다.

허둥지둥 방 안으로 들어가 보니 앨리스가 침대 위에 앉아서 한 손으로 목을 부여잡고 있다. 맨 처음에 총알이 그냥 스처 지나간 줄 알았을 때의 앨비와 섬뜩하게 닮은 모습이다. 휘둥그레 뜬 눈이 공포로 가득하다.

"수건……" 훅! "……주세요!" 훅!

빌리는 화장실로 들어가 수건을 집는다. 그냥 찬물로 적시고 들고 나와 앨리스의 얼굴에 덮어 주며, 하도 커다랗게 떠서 당장이라도 굴러떨어져 뺨 위로 대롱대롱 매달릴 것처럼 생긴 눈을 가릴 수 있어 다행이라는 생각을 한다.

그녀는 계속 숨을 헐떡인다.

그는 「테디 베어의 소풍」 첫 소절을 불러 준다.

그녀는 훅! 훅!으로 화답한다.

"따라서 불러, 앨리스! 얼른! 그러면 숨구멍이 트일 거야! 오늘 네가 숲에 가면……."

"오늘…… 네가…… 숲에 가면……." 두세 마디마다 숨을 헐떡거린다.

"깜짝 선물이 널 기다리고 있을 거야."

앨리스는 수건을 쓴 채 고개를 젓는다. 그는 그녀의 어깨를, 그것도 다친 쪽을 부여잡는다. 아프겠다는 걸 알지만 그래도 어쩔 수 없다. 그녀를 정신 차리게 할 수 있다면 뭐든 상관없다.

"중간에 끊지 말고. 깜짝 선물이 널 기다리고 있을 거야."

"깜짝 선물이 널…… 기다리고 있을 거야." 훅!

"완벽하진 않지만 그 정도면 나쁘지 않아. 이제 두 소절을 같이, 감정을 실어서. 오늘 네가 숲에 가면 깜짝 선물이 널 기다리고 있을 거야. 같이 부르자. 듀엣으로."

앨리스는 그와 함께 듀엣으로 부른다. 그녀의 파트는 젖은 수건 때문에 웅얼거리는 것처럼 들리는데, 숨을 들이마실 때마다 수건에 입 모양의 초승달 그림자가 생긴다.

그는 숨소리가 마침내 진정이 될 때까지 옆에 앉아 있다가 한 팔로 그녀의 어깨를 감싸안는다.

"이제 괜찮아. 아무 일 없을 거야."

그녀는 얼굴에 덮었던 수건을 치운다. 검은색 머리칼이 젖어서 뭉텅이로 이마에 들러붙었다.

"그 노래 뭐예요?"

"「테디 베어의 소풍」."

"항상 그렇게 효과가 있어요?"

"응."

목이 절반 뜯겨 나가지 않은 이상.

"핸드폰에 저장해 놔야겠다." 그러다 그녀는 기억한다. "아 맞다, 핸드폰이 없어졌지?"

"내가 노트북에 받아 놓을게."

빌리가 거실을 가리킨다.

"노트북이 왜 그렇게 많아요? 뭐에 쓰는 거예요?"

"신빙성 부여. 그러니까……"

"나도 그 단어 무슨 뜻인지 알아요. 변장의 일부분이라는 거죠? 가발이랑 가짜 배처럼." 그녀는 손바닥의 불룩한 부분으로 이마를 덮고 있던 축축한 머리칼을 쓸어넘겼다. "그놈한테 목이 졸리는 꿈을 꿨어요. 트립한테요. 목이 졸려서 죽는 줄 알았어요. 그놈은 평소와 다르게 우스꽝스럽게 으르렁거리는 목소리로 '그 팬티 내리시지.'라고 말하고 있었어요. 그러다 눈을 깼는데……"

"……숨을 쉴 수가 없었지?"

그녀는 고개를 끄덕인다.

"「서바이벌 게임」이라는 영화 본 적 있니? 남자 몇 명이 카누를 타고 가다가 겪는 일을 담은 영화데."

그녀는 제정신이냐고 묻는 듯한 표정으로 그를 쳐다본다.

"아뇨. 그게 이거랑 무슨 상관인데요?"

"'그 팬티 내리시지.'가 거기 나오는 대사거든." 그는 그녀의 옆 목에 남은 손자국을 아주 조심스럽게 건드린다. "네 꿈은 복원된 기억이야. 그놈이 술에 탄 약을 먹은 데다 목까지 졸려서 완전히 의식을 잃기 전에 네가 마지막으로 들은 말이 그거였을 거야. 목숨을 부지한 게 다행이다. 그놈이 너를 죽일 생각은 없었겠지만 그래도 죽을 수 있었어."

"오늘 네가 숲에 가면 깜짝 선물이 널 기다리고 있을 거야. 좋아요, 그다음은 뭐예요?"

"가사를 전부 기억하는 건 아니지만 앞부분은 이런 식이야. 오늘 네가 숲에 가면 깜짝 선물이 널 기다리고 있을 거야. 오늘 네가 숲에 가면 변장을 하고 가는 게 좋을 거야. 엄마가 불러 준 적 없니?"

"우리 엄마는 노래 안 불렀어요. 아저씨 목소리가 좋네요?"

"그렇게 생각해 주니 고맙다."

그들은 잠깐 더 같이 앉아 있는다. 앨리스의 숨소리가 다시 괜찮아지고 위기의 순간이 지나가자 그녀는 블랙 키스 티셔츠(웬일로 토사물 폭탄을 면했다.), 자기는 사각팬티만 입고 있다는 것이 빌리의 의식 안으로 들어온다. 그는 침대에서 일어선다.

"이제 괜찮을 거야."

"가지 마세요. 아직은 안 돼요."

그는 다시 침대에 앉는다. 그녀가 옆으로 자리를 옮긴다. 빌리는 그녀 옆에 눕지만 처음에는 몸에 힘을 주고 두 팔을 뒤로 넘겨 머리를 받친다.

"그 남자를 왜 죽였는지 얘기해 주세요." 그녀는 말을 하다 말고 잠깐 멈춘다. "네?"

"잠자기 전에 들을 만한 얘기는 아닌데."

"듣고 싶어요. 이해하고 싶어요. 왜냐하면 아저씨는 나쁜 사람 같아 보이지 않거든요."

나도 항상 내가 나쁜 사람은 아니라고 스스로 주문을 걸어 왔지. 하지만 최근 벌어진 일들로 인해 과연 그런지 빌리는 의문이 생겼다. 그는 죄책감을 느끼며 침대 옆 테이블에 놓은 플라밍고 인형 그림을 흘끗 쳐다본다.

"여기서 나온 얘기가 밖으로 새어 나갈 일은 없을 거예요."

그녀는 머뭇머뭇 미소를 지어 보인다.

침대 머리맡에서 꺼내기에는 심란한 얘기지만 그래도 그는 프랭크 매킨토시와 폴리 로건이 그를 데리러 호텔로 찾아온 순간에서부터 얘기를 시작한다. (처음에 썼던 원고에서 그랬던 것처럼) 사람들 이름을 바꿀까 하다가 의미 없다는 결론을 내린다. 앨리스는 켄 호프의 이름을 뉴스에서 들었고 조르조도 마찬가지다. 빌리는 닉 머제리언만 벤지 콤슨으로 바꾼다. 그 이름을 알면 나중에 그녀의 목숨이 위험해질 수도 있기 때문이다.

그는 모든 걸 털어놓으면 머릿속이 정리가 될지 모른다고 생각했다. 그런 일은 벌어지지 않지만 그녀의 숨소리가 다시 편안해진다. 차분해진다. 그의 얘기가 그런 역할은 했다. 그녀는 잠깐 생각을 하더니 묻는다.

"이 벤지 콤슨이라는 사람이 아저씨한테 일을 맡겼고 그럼 그 사람한테는 누가 의뢰한 거예요?"

"나도 몰라."

"그리고 호프라는 다른 사람을 끌어들인 이유는 뭐예요? 총은 조직원이 구해 줄 수도 있었지 않아요? 체포될 걱정 없이?"

"호프가 그 건물 주인이라 그랬겠지. 내가 총을 쏜 거기 말이야. 음, 이제는 그 건물 주인이었다고 과거형을 써야겠다만."

"아저씨가 한참 동안 대기했던 그 건물 말이죠? 파견 근무하듯이 말이에요."

파견 근무. 그렇지. 이라크에 와서 방호복에 철모를 쓰고 다

니다 기사를 송고하고 집으로 돌아갈 때가 되면 벗어 던졌던 기자들처럼.

"뭐 그리 한참은 아니었어."

사실 한참이기는 했다.

"그래도 일이 엄청 복잡해진 것 같은데요."

빌리가 보기에도 그렇다.

"이제 다시 잘 수 있을 것 같아요." 그녀는 그를 쳐다보지 않은 채 덧붙인다. "아저씨는 여기 있고 싶으면 있어도 돼요."

아랫도리가 그를 다시 배신할 수도 있기 때문에 빌리는 소파로 돌아가는 게 좋을 것 같다고 말한다. 앨리스도 이해하는지 그를 쳐다보며 고개를 끄덕이고는 옆으로 돌아누워서 눈을 감는다.

3

아침이 되자 앨리스는 우유가 거의 다 떨어졌는데 치리오스는 그냥 먹으면 맛이 없다고 얘기한다. *나도 알아.* 빌리는 생각한다. 그가 달걀을 먹으면 어떻겠느냐고 하자 그녀는 달걀도 하나밖에 안 남았다고 한다.

"왜 여섯 개짜리를 산 거예요?"

손님이 올 줄 몰랐거든.

"하긴 2인분을 준비해야 할 줄은 몰랐으니 그랬겠죠."

"조니스 다녀올게. 거기서 우유랑 달걀 파니까."

"파인 플라자에 있는 하프스에 가면 폭찹이나 뭐 그런 것도 살 수 있어요. 비가 멈추면 뒷마당 그릴에서 구워 먹을 수 있고 좋잖아요. 그리고 샐러드도 팔아요. 봉지에 담긴 그런 거. 거기 그렇게 멀지도 않아요."

처음에 빌리는 앨리스가 그를 내보내고 도망치려고 그러나 보다고 생각한다. 하지만 그녀의 뺨과 이마에서 누르스름해져 가는 멍 자국과 부었다가 이제 가라앉기 시작한 코를 보며 그 반대라는 걸 깨닫는다. 그녀는 이 생활에 적응하고 있다. 도망칠 생각이 없다. 적어도 현재로서는.

남들이 보기에는 정신 나간 발상일지 몰라도 이 안에서는 타당한 선택이다. 빌리가 없었다면 그녀는 길가 도랑에서 죽었을 테고 그는 2차 성폭행을 감행하려는 징조를 보이지 않았다. 오히려 임신이 됐을 경우에 대비해 나가서 사후 피임약까지 사다 주었다. 그리고 리스해 놓은 포드 퓨전도 생각해야 한다. 그 차가 이 도시 반대편에서 그를 기다리고 있다. 안전해 졌다 싶으면 그 차를 몰고 네바다주로 출발할 수 있게 이쪽으로 옮길 때도 됐다.

게다가 그는 앨리스가 좋다. 그녀가 이런 식으로 점점 정신을 차리고 있어서 좋다. 지금까지 두어 번 공황 발작을 일으키긴 했지만, 자기도 모르는 새 약을 먹고 집단 성폭행을 당하면 어느 누구라도 그럴 수밖에 없을 것이다. 그녀는 학교를 다시 다니고 싶다는 얘기도, 친구나 지인이 걱정할지 모른다는 얘기도 한 적 없고, 어머니에게(또는 미용사로 일한다는 언니에게) 전화해야 한다고 안달복달하지도 않는다. 그가 보기에 앨리스는 공백기로 접어들었다. 인생을 일시 정지시켜 놓고 앞으로 어떻게 해야 할지 고민하고 있다. 빌리는 정신과 의사는 아니지만 그러는 편이 건강에 좋을지 모른다는 걸 안다.

개새끼들. 빌리는 다시 한번 생각한다. *정신을 잃은 아이를 성폭행하다니. 인간이 어떻게 그럴 수가 있나.*

"좋아, 슈퍼마켓이라. 너는 여기 있을 거지?"

"네." 당연하지 않으냐는 식이다. "제가 남은 우유에 시리얼 먹을게요. 아저씨는 달걀 드세요." 그녀는 불안한 눈빛으로 그를 쳐다본다. "그래도 괜찮으시면요. 안 괜찮으시면 반대로 해도 돼요. 어쨌거나 아저씨가 사놓으신 거니까."

"괜찮아. 아침 먹고 나서 이번에도 복대 차는 거 도와줄래?"

그 말을 듣고 그녀는 폭소를 터뜨린다. 처음 있는 일이다.

4

아침을 먹으며 빌리는 앨리스에게 스톡홀름 증후군이 뭔지 아느냐고 묻는다. 그녀가 모른다고 하자 그는 설명해 준다.

"내 정체가 들통나서 체포되면 경찰이 이 집으로 들이닥칠 거야. 그럼 무서워서 여기 계속 있었다고 해."

"그 말은 맞아요. 하지만 아저씨가 무서워서 그런 건 아니에요. 이런 내 꼴을 보이고 싶지 않은 거지. 그리고 들통날 일 없어요. 변장하면 엄청 달라 보이거든요." 앨리스는 경고조로 손가락을 하나 들어 보인다. "*하지만*."

"하지만 뭐?"

"우산을 써야 해요. 가발은 비를 맞으면 티가 나거든요. 물방울이 맺혀서. 진짜 머리는 그냥 젖어서 납작해지는데."

"우산 없는데."

"젠슨 씨네 붙박이장 안에 있어요. 들어가면 문 앞에 달린 거기."

"그 집 붙박이장을 언제 들여다봤니?"

"아저씨가 팝콘 만드는 동안에요. 여자들은 다른 집에는 뭐가 있는지 들여다보는 거 좋아하거든요." 그녀는 자기 몫의 치리오스와 빌리 몫의 달걀이 차려진 식탁 너머로 그를 쳐다본다. "아저씨는 진짜 그거 몰랐어요?"

5

우산은 금색 가발이 비를 맞지 않게 막아 주기만 하는 것이 아니라 얼굴까지 가려 준다. 덕분에 그는 집을 나서 가장 가까운 버스 정거장까지 걸어가는 동안 현미경 슬라이드 위에 놓인 곤충이 된 기분을 전보다 덜 느낀다. 그는 앨리스의 심정을 이해한다. 그도 똑같은 심정이기 때문이다. 드러그스토어만 돼도 긴장되는 마당에 그보다 더 먼 곳까지 가려니 끔찍하다. 파인 플라자까지는 별로 멀지 않은 데다 빗줄기도 다시 가늘어져서 걸어가도 되지만 이 도시 반대편까지 걸어갈 수는 없다. 그리고 또 하나. 이 도시를 떠나는 시점이 가까워질수록 그전에 체포될까 봐 두려운 마음이 점점 더 커지고 있다.

경찰과 닉의 부하들은 둘째 치고 데이비드 로크리지 시절에 알고 지내던 사람을 만나면 어쩔 건가. 그는 하프스에서 장바구니를 팔에 걸고 모퉁이를 돌았다가 폴 래글랜드나 피트 파치오와 정면으로 맞닥뜨리는 상상을 한다. 그들은 그를 못 알아볼지 몰라도 여자라면 알아볼 것이다. 앨리스는 그가 가발을 쓰고 가짜 배를 달면 달라 보인다고 했지만 필리스는 알아볼 것이다. 코린 애커먼도 알아볼 것이다. 심지어 알딸딸하게 취한 제인 켈로그도 마찬가지일 것이다. 장담할 수 있다. 그런 식으로 마주칠 가능성이 낮다는 건 그도 알지만 가능성이 아예 없는 건 아니다. 여행은 사랑하는 이를 만나면서 끝이 나게 되어 있다는 걸 모든 현명한 자의 자식들은 알고 있다.*

---

* 셰익스피어의 『십이야』에 나오는 구절이다.

그는 집을 나서기 전에 인터넷으로 버스 시간표를 검색했기에 램파트 가의 3번 정거장으로 가서 다른 세 명과 함께 기다린다. 이상해 보일 수 있기 때문에 우산은 접는다. 그를 쳐다보는 사람은 없다. 다들 휴대전화만 들여다보고 있다.

주차장에서 퓨전에 시동이 걸리지 않자 진땀이 나지만 브레이크를 밟고 시동을 걸어야 한다는 걸 뒤늦게 기억해 낸다. 뭐야. 그는 생각한다.

파인 플라자까지 운전해서 가는 동안 다시 운전대를 잡은데서 쾌감을 느끼지만, 또 한편으로는 접촉사고가 나거나 다른 이유로(5킬로미터를 가는 동안 순찰차 두 대가 그의 옆을 지나간다.) 경찰의 이목이 집중될까 봐 안절부절못한다. 하프스에 가서는 고기, 우유, 달걀, 빵, 크래커, 봉지에 담긴 샐러드, 드레싱, 그리고 깡통 식품을 몇 개 산다. 아는 사람은 한 명도 만나지 않는다. 사실 만날 이유가 없다. 에버그린 가는 미드우드에 있고 미드우드 사람들은 세이브 마트에서 장을 본다.

그는 돌턴 스미스의 마스터카드로 계산을 하고 피어슨 가로 돌아간다. 집 옆의 바스러져 가는 진입로에 차를 대고, 장 본 물건을 들고 지하로 내려간다. 아파트에 아무도 없다. 앨리스가 보이지 않는다.

6

그는 하프스와 여러분 곁의 신선식품이라고 적힌 천으로 된 장바구니를 두 개 사서 그 안에 식료품을 담아 왔다. 바닥에 거의 닿을 지경인 그 장바구니를 들고 아무도 없는 거실과 부엌을 쳐다본다. 방문이 열려 있고 그 안에도 아무도 없는 게 보이지만 그래도 화장실에 있을지 모른다는 생각을 하며 그녀의 이름을 불러 본다. 하지만 화장실 문도 열려 있고 만약 안에 있다면 아무리 빌리가 없더라도 문을 닫았을 것이다. 그는 안다.

그는 겁이 나지는 않는다. 그보다는…… 뭐라고 해야 할까? 상처를 받았다? 실망했다?

그런 것 같네. 바보 같지만 그러네. 그 애는 선택지를 다시 고민했을 뿐이야. 이렇게 될 줄 너도 알았잖아. 아니, 이렇게 될 줄 너도 알았어야지.

그는 부엌으로 들어가 바구니를 조리대에 내려놓고 아침을 먹을 때 썼던 접시가 식기건조대에 들어가 있는 것을 본다. 앞으로의 행보에 대해 고민해 보려고 의자에 앉았다가 설탕통에 기대고 세워져 있는 키친타월을 본다. 그녀가 거기다 두 단어를 적어 놓았다. 뒷마당에 있어요.

그렇군. 그는 생각하고 긴 숨을 토한다. *그냥 뒷마당에 나간 거였군.*

빌리는 냉장고에 넣어야 할 것들을 넣은 다음 앞문으로 나가서 이번에도 우산으로 얼굴을 가려 가며 집을 뱅 돌아간다. 앨리스가 바비큐 그릴을 물웅덩이 밖으로 꺼내 놓았다. 그를 등지고 그걸 열심히 닦고 있다. 젠슨 부부네 문 앞 붙박이장을 또 뒤졌는지 돈이 입고 다니는 초록색 우비를 입고 있다. 우비가 종아리까지 내려온다.

"앨리스?"

그녀는 비명을 지르며 펄쩍 뛰다가 하마터면 그릴을 쳐서 넘어뜨릴 뻔한다.

"왜 사람을 놀래고 그래요?"

그녀는 숨을 크게 훅 내뱉는다.

"미안. 뒤에서 덮칠 생각은 없었는데."

"하지만……." 훅! "……덮쳤잖아요."

"「테디 베어의 소풍」 첫 소절을 불러 봐."

반은 농담이다.

"기억이……." 훅! "……안 나요."

"오늘 네가 숲에 가면……."

그는 두 손을 들고 한번 불러 보라는 뜻에서 손가락을 꿈틀거린다.

"오늘 네가 숲에 가면 깜짝 선물이 널 기다리고 있을 거야. 뭐 좀 사 왔어요?"

"응."

"폭찹은요?"

"샀어. 처음에는 네가 떠난 줄 알았어."

"안 떠났어요. 집에 스크러비스 세제 없죠? 이층집에 있는 게 이거 하난데 다 써서 얼마 안 남았거든요."

"세제 사 오라는 얘기는 없었잖아. 비가 오는데 대청소를 할 줄은 몰랐다."

그녀는 바비큐 그릴 뚜껑을 닫고 희망에 찬 표정으로 그를 쳐다본다.

"「블랙 리스트」 몇 편 더 볼래요?"

"그래." 그래서 그들은 「블랙 리스트」를 본다. 세 편 더. 두 번째 편이 끝나고 세 번째 편이 시작되기 전에 그녀가 창문 앞으로 다가간다. "비가 멈추고 있어요. 해가 거의 나왔어요. 오늘 저녁에 바비큐 파티 할 수 있겠어요. 샐러드 안 잊어버렸죠?"

이거 성공하겠는데. 이러면 안 되고 미친 짓이지만 이거 성공하겠어.

7

그날 오후에 해가 비치기는 하지만 마지못한 듯 천천히 고개를 내민다. 앨리스가 폭찹을 굽는다. 겉은 살짝 타고 중간은 살짝 덜 익었지만("나 요리 잘 못해요, 죄송해요.") 빌리는 자기 몫을 다 먹고 뼈까지 뜯는다. 그것도 맛있지만 샐러드가 압권이다. 그는 샐러드를 입에 넣기 시작하자마자 채소가 얼마나 고팠는지 깨닫는다.

그들은 2층으로 올라가 「블랙 리스트」를 좀 더 보지만 앨리스는 가만히 있지 못하고, 소파에 앉아 있다가 돈 젠슨의 둥지일 게 분명한 스프링 쿠션 달린 안락의자로 자리를 옮겼다가 다시 소파로 돌아온다. 빌리는 그녀가 아마도 어머니와 언니와 이미 다 본 드라마이지 않냐고 자신의 마음을 다독인다. 그도 레드 레딩턴의 수법을 파악하고 났더니 조금 지루해지려고 한다.

"돈 좀 두고 가야 하는 거 아니에요?" TV를 끄고 지하로 내려갈 준비를 하는데, 그녀가 말한다. "넷플릭스 시청료로."

빌리는 그래야겠다고 대답하지만 횡재를 맞은 돈과 베벌리에게 금전적인 지원은 필요 없을 거라는 생각을 한다.

앨리스는 빌리가 침대에서 잘 차례라고 하고, 하룻밤 소파 신세를 지고 난 뒤라 그도 왈가왈부하지 않는다. 그는 거의 눕자마자 잠이 들지만 앨리스가 공황 발작을 일으키지 않는지 귀를 기울이도록 뇌 스스로 훈련이 됐는지 그녀가 숨을 토하는 소리를 듣고 2시 15분에 번쩍 눈을 뜬다.

이럴 경우에 대비해 문을 살짝 열어 놓았다. 그는 문을 열려다가 문손잡이 위에 손을 올려놓은 채 멈추어 선다. 앨리스가 아주 나지막이 노래를 부르고 있다.

"오늘 네가 숲에 가면⋯⋯."

그녀는 첫 소절을 두 번 반복한다. 숨을 헐떡이는 간격이 점점 멀어지다가 그친다. 빌리는 다시 자리에 눕는다.

8

반년 뒤에 고약한 바이러스 때문에 미국과 전 세계 거의 모든 나라가 봉쇄될 줄은 빌리도 앨리스도 모르고 있지만—아무도 모른다—지층 아파트에서 지낸 지 4일째 되던 날에 그들은 자택 격리가 어떤 건지 맛보기로 경험한다. 빌리는 서부 황금의 땅을 향해 떠나기로 결단을 내리기 하루 전인 그날, 전력 질주로 3층까지 올라갔다가 내려오길 반복하는 중이다. 앨리스는 집 청소에 나섰지만 둘 다 별로 어지럽히지 않는 스타일이라 딱히 할 필요가 없는 일이긴 하다. 청소가 끝나자 그녀는 소파에 몸을 묻는다. 빌리가 계단 오르내리기를 대여섯 번 하고 숨을 헐떡이며 들어가 보니 그녀가 TV로 요리 프로그램을 보고 있다.

"로티세리 치킨이라. 근사한데?"

"저만큼 맛있는 걸 슈퍼에서 살 수 있는데 뭐 하러 집에서 만들어요?" 앨리스는 TV를 끈다. "읽을 게 있으면 좋겠어요. 책 하나만 다운받아 주면 안 돼요? 탐정 소설로. 아저씨 것 말고 싸구려 노트북에다가요."

빌리는 아무 대답도 하지 않는다. 과감하고 섬뜩한 생각이 머릿속을 스치고 지나간다.

그녀는 그의 표정을 오해한다.

"뭘 들여다본 건 아니에요. 케이스에 스크래치가 있길래 아저씨 노트북인 걸 안 거예요. 다른 노트북은 새거고."

빌리는 앨리스가 컴퓨터를 몰래 훔쳐봤다고 생각하는 게 아니다. 그녀는 암호 입력 단계에서 넘어가지도 못할 것이다. 그는 M151 망원 조준기 그리고 독자가 자기 혼자뿐이라고 생각했기 때문에, 아무도 그 원고를 읽을 일이 없다고 생각했기 때문에 그게 뭔지 설명하지 않았던 것을 생각하는 중이다. 그런데 이제 독자가 생겼고, 그녀는 그에 대해 이미 알고 있으니보여 준들 안 될 것도 없지 않을까.

물론 안 될 이유가 있긴 하다. 그의 입장에서는. 반응이 별로인 경우. 재미없다며 다른 재밌는 걸 읽고 싶다고 할 경우.

"왜 그러세요? 표정이 이상해요."

"아무것도 아니야. 그게…… 내가 쓰던 원고가 있거든. 일종의 수기야. 너는 관심이 없겠지만……"

"있어요."

9

빌리는 앨리스가 그의 맥 프로를 무릎에 얹고 앉아서 그가 여기와 제러드 타워드 타워에서 쓴 글을 읽는 동안 옆에서 지켜볼 자신이 없었기 때문에 젠슨 부부의 집으로 올라가 대프니와 월터에게 물을 준다. 식탁에 20달러와 함께 넷플릭스 시청료라는 쪽지를 둔 다음 그냥 이리저리 걸어 다닌다. 옛날 만화에서 아이가 태어나길 기다리는 아버지처럼 초조하게 서성인다. 돈의 침대 옆 테이블 서랍에 든 루거를 쳐다보았다가 집어 들었다가 다시 넣고 서랍을 닫는다.

안절부절못하다니 어처구니없는 반응이다. 앨리스는 문학평론가도 아니고 실업학교 학생이다. 아마 고등학교 영어 수업 시간 내내 꾸벅꾸벅 졸았을 테고, 성적은 B와 C로 만족했을 테고, 셰익스피어에 대해서 아는 거라고는 브리트니 스피어스와 이름이 비슷하다는 것뿐일 가능성이 높다. 빌리가 앨리스의 지적 능력을 무시하는 이유는 원고가 별로라고 평가받는 경우에 대비해 자존심을 지키기 위해서인데, 그녀의 반응이나 원고 그 자체에 신경 쓸 필요는 없으니 한심한 작태다. 그에게는 처리해야 하는 훨씬 더 중요한 일들이 있다. 하지만 신경이 쓰인다.

마침내 빌리는 다시 지하로 내려간다. 앨리스는 아직도 원고를 읽고 있는데, 고개를 든 그녀의 눈이 빨갛게 부어 있는 것을 보고 그는 화들짝 놀란다.

"왜 그래?"

그녀는 손바닥의 두툼한 부분으로 코를 닦는다. 어린애 같은 그 행동이 묘하게 매력적이다.

"동생이 정말 그렇게 됐어요? 그 남자한테 정말로…… *밟혀서 죽었어요? 지어낸 게 아니라 진짜예요?*"

"응. 실제 있었던 일이야."

그 부분을 썼을 때는 눈물이 나지 않았는데, 이제 와서 갑자기 울고 싶어진다.

"그래서 날 구해 준 거예요? 동생 생각이 나서?"

내가 널 구해 준 이유는 길거리에 그냥 방치하면 경찰이 결국 이 집을 찾아올 거기 때문이었지. 하지만 그게 다는 아닐지 모른다. 우리는 자기 자신에게 진실을 어느 정도 인정할까?

"글쎄다."

"아저씨가 그런 일을 겪었다니 정말 안타까워요." 앨리스는 울음을 터뜨린다. "나도 끔찍한 일을 당했다고 생각했는데……"

"끔찍한 일 당한 거 맞아."

"……하지만 아저씨 동생한테 벌어진 일이 더 끔찍해요. 정말로 그 인간을 쐈어요?"

"응."

"*잘했어요. 잘했어요!* 그런데 위탁 가정에 맡겨졌다고요?"

"응. 너무 심란하면 그만 읽어도 돼."

하지만 그는 앨리스가 계속 읽어 주길 바라고 그녀를 심란하게 만든 것이 미안하지 않다. 오히려 기쁘다. 그녀의 마음을 움직인 것이지 않은가.

그녀는 그가 빼앗아 가기라도 할 듯이 노트북을 부여잡는다.

"마저 읽을 거예요." 그러고는 비난에 가까운 투로 묻는다. "2층에서 한심한 TV나 보고 있지 말고 그 시간에 이 원고를 쓰지 그랬어요?"

"부끄러워서."

"알겠어요. 이해해요, 나도 똑같은 심정이니까. 그러니까 그만 좀 쳐다봐요. 마저 읽고 싶으니까."

울어 줘서 고맙다고 말하고 싶지만 그러면 이상할 것이다. 그래서 그는 대신 사이즈가 어떻게 되느냐고 묻는다.

"내 *사이즈*요? 왜요?"

"하프스 근처에 굿윌스토어가 있거든. 바지랑 티셔츠 몇 벌 사다 줄게. 어쩌면 운동화도. 너는 글 읽는 동안 내가 보고 있는 게 싫을 테고 나도 너 보고 있고 싶지 않거든. 그리고 너도 그 치마가 질릴 거 아냐."

앨리스가 장난꾸러기처럼 씩 웃자 예뻐 보인다. 아니, 멍만 아니었으면 예뻐 보였을 것이다.

"우산 없이 나가도 괜찮겠어요?"

"차로 갈 거야. 나 말고 경찰이 찾아오거든 무서워서 도망치지 못했다고 해. 내가 찾아내서 해코지하겠다고 그랬다고."

"아저씨가 올 거예요."

앨리스는 자기 사이즈를 적어 준다.

빌리는 그녀에게 여유를 허락하고 싶기에 굿윌스토어에서 서두르지 않는다. 아는 사람은 보이지 않고 아무도 그에게 딱히 관심을 보이지 않는다. 집으로 돌아가 보니 그녀가 원고를 다 읽었다. 그가 몇 달 걸려서 쓴 원고를 두 시간도 안 돼서 다 읽은 것이다. 그녀가 궁금해하는 부분이 몇 군데 있다. 망원 조준기는 아니다. 사람들, 특히 로니와 글렌과 '페인트칠을 하다가 미칠 집'에 살았던 "한쪽 눈 없는 그 딱한 아이"다. 그녀는 그가 어린 시절 이야기를 쓸 때는 어린애가 쓴 것처럼 하다가 나이가 들면서 바뀐 게 마음에 든다고 한다. 계속 써 보라고 한다. 그가 글을 쓰는 동안 그녀는 2층에 올라가서 TV를 보고 낮잠을 자겠다고 한다.

"시도 때도 없이 피곤하거든요. 이상해요."

"이상할 거 없어. 그 새끼들이 저지른 짓을 극복하느라 네 몸이 계속 애를 쓰는 중이라 그래."

앨리스는 문 앞에서 걸음을 멈춘다.

"돌턴 아저씨?" 그의 본명을 아는데도 그녀는 그렇게 부른다. "타코라는 그 친구 죽었어요?"

"전쟁 동안 많은 사람이 죽었지."

"안타까워요."

그러고 나서 그녀는 등 뒤로 문을 닫는다.

10

그는 글을 쓴다. 앨리스의 반응에 힘이 솟는다. 2004년 4월부터 11월, 그러니까 이슬람교도들의 이성과 감정에 호소하려고 했지만 어느 쪽도 성공하지 못했던 중간 휴식기에 대해서는 많은 수고를 할애하지 않는다. 몇 단락으로 설명을 마치고 아직까지 상처로 남은 부분으로 건너간다.

앨비가 죽고 휴전 얘기가 나오면서 이삼일 동안 후퇴 명령이 내려졌다. 핫 나인(이제는 각자 철모에 앨비 S.라고 적은 핫 에잇이었다.)이 기지로 돌아갔을 때 빌리는 아기 신발을 거기다 두고 왔을지 모른다는 생각에 온 사방을 샅샅이 뒤졌다. 다른 대원들도 같이 찾았지만 신발은 보이지 않았고 그들은 다시 가옥소개 작전에 투입됐다. 처음 세 집까지는 아무 문제 없었다. 두 곳은 빈집이었고 다른 한 곳은 열두 살 아니면 열네 살쯤 되어 보이는 남자아이 혼자 지키고 있다가 양손을 들며 비명을 질렀다. *총 싫어요 미국, 총 싫어요 사랑해요 뉴욕 양키스 쏘지 마요!*

네 번째 집이 펜하우스였다.

빌리는 거기서 멈추고 운동을 한다. 앨리스와 함께 피어슨 가에 며칠 더 있으면 어떨까, 사흘 정도 더 있으면 어떨까 하는 생각이 든다. 펜트하우스와 거기서 벌어진 일들에 대해 다 쓸 때까지. 아기 신발을 잃어버린 것이 이쪽으로든 저쪽으로든 아무 상관이 없었다고, 당연히 그렇지 않았겠느냐고 쓰고 싶다. 하지만 속으로는 아직까지도 그렇게 생각하지 않는다는 것도 쓰고 싶다.

그는 계단 오르내리기를 하기 전에 스트레칭을 좀 한다. 햄스트링이라도 터지면 간이 진료소에 가서 치료를 받을 수도 없고 난감해진다. 젠슨네 집 안에서 TV 소리가 들리지 않는 걸 보니 앨리스는 자는 모양이다. 빌리는 그러면서 상처가 치유되고 있길 바라지만 성폭행당한 여성에게 과연 온전한 치유가 가능할지 의심스럽다. 흉터가 남을 테고 어쩌다 한 번씩 그 흉터가 욱신거리지 않을까. 10년이 지난 뒤에도, 20년, 30년이 지난 뒤에도 여전히 욱신거리지 않을까. 어쩌면 그럴 테고 어쩌면 그렇지 않을 수도 있다. 남자들의 경우에는 성폭행을 당해 본 사람만이 정확하게 알 수 있을 것이다.

빌리는 계단을 달리며 앨리스에게 그런 짓을 저지른 인간들에 대해 생각한다. 그들은 남자다. 앨리스가 말하길 트립 도너번은 스물네 살이라고 했고, 같이 가담한 룸메이트 잭과 행크도 같은 나이일 것이다. 그러니까 어린애가 아니라 성인 남자다. 못된 남자들이다.

지층 아파트로 다시 돌아갔을 때는 숨이 차지만 몸이 따뜻하게 풀린 느낌이라 1시간, 어쩌면 2시간 동안 더 글을 쓸 수 있겠다는 생각이 든다. 아직 본격적으로 일에 착수하지 못했을 때 노트북에서 메시지가 도착했다는 알림이 울린다. 어딘지 모를 곳에 납작 엎드려 있는 버키 핸슨이 보낸 것이다. 입금된 돈 없어. 입금하지 않으려나 봐. 어쩔 거야?

알겠어요. 빌리는 답장을 보낸다.

11

그날 저녁에 빌리는 앨리스와 나란히 소파에 앉는다. 앨리스는 잘 어울리는 검은 바지와 줄무늬 티셔츠를 입고 있다. 빌리가 TV를 끄고 할 말이 있다고 하자 그녀는 겁에 질린 표정을 짓는다.

"안 좋은 얘기예요?"

빌리는 어깨를 으쓱한다.

"글쎄."

앨리스는 동그랗게 뜬 눈으로 빌리의 눈을 빤히 쳐다보며 그의 말에 귀를 기울인다. 얘기가 끝나자 그녀가 묻는다.

"아저씨가 그렇게 하겠다고요?"

"응. 그 녀석들은 너한테 그런 짓을 저지른 대가를 치러야 하지만 그게 다는 아니야. 그런 놈들은 같은 짓을 반복하게 되어 있거든. 어쩌면 네 이전에도 희생자가 있었을지 몰라."

"위험을 감수해야 하잖아요. 그러다 잘못될 수도 있고요."

그는 돈 젠슨의 침대 옆 테이블 서랍에 든 권총을 떠올린다.

"아주 많이 위험하지는 않을 거야."

"죽이면 안 돼요. 그건 싫어요. 죽이지 않을 거죠?"

빌리는 죽일 생각조차 한 적이 없다. 놈들은 대가를 치러야 하지만 교훈도 얻어야 하는데, 죽어 버리면 교훈을 얻을 수가 없지 않은가.

"응. 죽이지는 않을 거야."

"그리고 잭하고 행크는 관심 없어요. 나를 좋아하는 척하면서 그 아파트로 부른 게 그 둘은 아니었으니까요."

거기에 아무 말도 하지 않지만 빌리는 잭과 행크에게 관심이 있다. 앨리스의 옷을 벗겼을 때 본 바에 따르면 최소한 둘 중 한 명은 공범이었다. 어쩌면 두 명 다일 것이다.

"하지만 트립은 아니에요." 앨리스가 빌리의 팔에 손을 얹는다. "그 자식이 고통을 당하면 기분이 좋아질 거예요. 그러면 내가 나쁜 사람이 되겠지만요."

"그게 인간적인 반응이지. 나쁜 놈들은 대가를 치러야 해. 그것도 혹독하게."

16장

1

졸란의 다른 지역에서는 소총의 집중포화가 쏟아지고 폭탄이 터지는 소리가 들렸지만 대환장쇼가 벌어지기 전까지 우리 일대는 비교적 조용했다. 우리에게 할당된 리마 블록을 소개할 때 처음 세 집까지는 아무 문제가 없었다. 첫 번째와 두 번째는 빈집이었다. 세 번째 집에는 남자아이 혼자 있었고, 무기를 들고 있거나 몸에 폭탄을 묶고 있지도 않았다. 티셔츠를 벗겨서 확인했다. 우리는 그 아이를 자기들 포로를 데리고 그쪽으로 이동 중이었던 다른 병사들 편에 경찰서로 보냈지만 해 떨어질 무렵이면 다시 길거리로 돌아올지 모른다는 걸 알았다. 경찰서가 기본적으로 회전문이나 다름없었다. 그 아이는 목숨을 부지한 것이 행운이었다. 우리는 앨비 스타크를 잃고 아직까지 분이 풀리지 않은 상태였다. 사실 딘딘이 총구를 들었지만 빅클루가 총을 잡고 내리며 그냥 두라고 했다.

"다음번에 저 아이를 만나면 AK 소총을 들고 있을 거야." 조지가 말했다. "전부 죽여야 해. 바퀴벌레 같은 새끼들."

네 번째 집은 그 블록에서 가장 컸고 전형적인 대저택이었다. 돔형 지붕이 달렸고 안마당에서는 야자수가 그늘을 드리웠다. 돈 많은 아랍 사회주의자가 사는 집인 게 분명했다. 여자 몇 명이 지켜보는 가운데 아이들이 공놀이, 줄넘기, 달리기를 하는 벽화가 그려진 높은 콘크리트 담벼락이 온 집을 에워싸고 있었다. 여자들은 즐거워하고 있겠지만 아바야*로 둘둘 감겨 있어서 표정을 알 수가 없었다. 한쪽에 멀찌감치 서 있는 남자도 있었다. 통역관 파리드 말로는 그가 *무타와엔***이라고 했다. 여자들은 아이들을 감시하고, *무타와엔*은 여자들이 문란한 짓을 저지르지 않는지 감시하는 거라고 했다.

우리는 모두 파리드를 재밌는 친구로 여겼다. 억양이 꼭 트래버스시티***출신 같았다. 미시간 억양을 쓰는 통역관이 왜 그렇게 많았는지 아무도 모를 일이다.

"저 그림, 이 *알앗팔*, 그러니까 이 아이들 저 집에 와서 놀아도 된다는 뜻이에요."

"그러니까 여기가 펀하우스(funhouse)라는 말이네요?" 똘똘이가

---

* 아랍인들이 옷 위에 두르는 긴 천.
** 이슬람에서 풍기문란을 단속하는 종교경찰.
*** 미시간주 서북부에 있는 도시.

물었다.

"아니, 집 안에서 놀게(fun in da house)는 안 해요. 그냥 마당에
서만."

똘똘이는 눈알을 부라렸지만 대놓고 웃는 사람은 아무도 없었다.
우리는 여전히 앨비 생각을, 우리 중 누구라도 그렇게 될 수 있었다
는 생각을 하고 있었다.

"자, 들어가자. 또 가서 조져 버려야지."

타코는 파리드에게 옆면에 네임펜으로 굿모닝 베트남이라고 적은
확성기를 주며

2

빌리는 앨리스가 계단을 달려 내려오는 소리를 듣고 팔루자
에서 현실로 홱 돌아온다. 그녀는 머리칼을 나부끼며 집 안으
로 들이닥친다.

"누가 오고 있어요! 화분에 물을 주는데 진입로로 들어오는
차가 보였어요."

그 표정을 보고 빌리는 확실하냐고 되물을 필요가 없다는
걸 알아차린다. 그는 일어나 잠망경 창문 앞으로 간다.

"그 부부일까요? 젠슨 부부가 일찍 돌아온 걸까요? TV는 껐
지만 커피를 마셔서 냄새가 남았고 조리대에 접시도 있는데!

빵 부스러기도! 누군가가 그 집에 있었다는 걸 모를 수가 없을 텐데……"

빌리는 커튼을 살짝 젖힌다. 원래는 각도가 나오지 않기 때문에 새로 등장한 차가 진입로로 끝까지 와서 주차했다면 보이지 않았을 텐데 그가 리스한 퓨전이 거길 막고 있기 때문에 보인다. 옆면에 길게 긁힌 자국이 있는 파란색 SUV다. 그는 순간 어디에서 본 차인지 기억하지 못하지만 운전자가 차에서 내리기도 전에 기억이 떠오른다. 이 아파트 임대 계약을 할 때 만난 부동산 중개업자 머튼 릭터의 차다.

"문 잠갔니?"

빌리는 턱으로 위를 가리킨다.

앨리스는 겁에 질려서 눈을 동그랗게 뜨고 고개를 젓지만 어쩌면 그래도 상관없을지 모른다. 심지어 노크를 해도 아무 응답이 없어서 릭터가 문을 열고 안을 들여다보더라도 상관없을지 모른다. 젠슨 부부가 화분에 물을 주라고 부탁하지 않았던가. 하지만 그가 이 집을 찾아온 걸 수도 있는데, 빌리는 지금 복대는커녕 가발도 쓰지 않았다. 티셔츠에 운동용 반바지 차림이다.

대문이 열리고 릭터가 안으로 들어오는 소리가 들린다. 토사물을 치우기는 했지만 그래도 냄새가 날까? 그들이 문을 열고 환기를 하지는 않았다.

빌리는 이 자리를 지키며 릭터가 젠슨 부부의 집으로 올라가는지 확인하고 싶지만 그럴 여유가 없다는 걸 안다.

"노트북 켜." 그는 올테크 노트북 쪽으로 손을 내밀고 휙 훑는다. 그리고 망할, 릭터는 위로 올라가는 게 *아니라* 여기로 내려오고 있다. "너는 내 조카다."

이제 더는 시간이 없다. 그는 맥 프로 덮개를 쾅 닫고 방으로 달려들어 문을 닫는다. 문 뒤편에 복대를 걸어 놓은 화장실로 방을 가로지르는데, 릭터가 문을 두드리는 소리가 들린다. 진입로에 주차된 차를 보고 안에 사람이 있다는 걸 알 테니 앨리스는 문을 열어 주는 수밖에 없을 것이다. 그녀가 문을 열면 릭터의 눈에는 나이가 빌리의 절반밖에 안 되고 얼굴에 멍이 든 데다 계단을 달려 내려오느라 아직까지 얼굴이 벌건 여자가 보일 것이다. 하지만 릭터는 계단을 내려오느라 그랬나 보다고 생각하지 않을 것이다. 이건 비상사태다.

빌리는 허리의 오목한 부분에 가짜 배를 대고 끈을 매려 하지만 버클을 놓쳐서 복대를 바닥으로 떨어뜨린다. 복대를 집어서 다시 시도한다. 이번에는 끈을 버클 안으로 넣지만 너무 세게 당기는 바람에 숨을 아무리 들이마셔도 배를 앞으로 돌릴 수가 없다. 끈을 풀자 빌어먹을 복대가 다시 내려간다. 빌리는 세면기에 머리를 부딪혀 가며 복대를 집고, 침착하자고 중얼거리며 끈을 버클 안에 넣는다. 배를 제자리로 돌린다.

다시 방으로 돌아가 보니 웅얼웅얼 말소리가 들린다. 앨리스가 키득키득 웃는다. 재밌어서 웃는다기보다 불안해서 웃는 것처럼 들린다. 망할, 망할, 망할.

빌리는 치노바지와 스웨트셔츠를 차례대로 입는다. 단추가 달린 셔츠보다 빨리 입을 수 있을 뿐 아니라 앨리스의 말마따나 뚱뚱한 사람들은 헐렁한 옷을 입으면 덜 뚱뚱해 보일 거라고 생각하기 때문이다. 금색 가발은 서랍장 위에 있다. 그는 가발을 집어서 쓰고 검은색 머리를 그 안으로 욱여넣는다. 거실에서 앨리스가 또 웃음을 터뜨린다. 그는 앨리스의 이름을 부르면 안 된다고 머릿속에 새긴다. 그녀가 손님에게 가짜 이름을 댔을 것이 분명하다.

그는 숨을 두 번 크게 쉬며 흥분을 가라앉히고 미소를 머금는다. 그 미소가 볼일을 보던 도중에 나온 사람처럼 멋쩍어 보이길 바라며 문을 연다.

"손님이 오신 모양이네?"

"네." 앨리스는 입가에 미소를 지으며 그를 돌아본다. 노골적으로 안도하는 눈빛이다. "삼촌이랑 이 아파트 임대 계약을 하신 분이라는데요."

빌리는 기억을 더듬으며 미간을 찌푸리다가 생각이 나자 미소를 짓는다.

"아, 그래. 맞아. 리커 씨죠?"

"릭터입니다."

남자가 손을 내민다. 빌리는 계속 웃는 얼굴로 악수를 하며 릭터가 무슨 생각을 하고 있을지 표정을 읽어 보려고 한다. 읽을 수가 없다. 하지만 릭터는 멍이 든 앨리스의 얼굴에서 불안해하는 표정을 감지했을 것이다. 그런 것들은 놓치기 힘든 법이다. 그리고 지금 빌리의 손에서 땀이 나고 있나? 아마도 그럴 것이다.

"제가 저기……."

빌리는 방과 그 너머의 화장실 쪽을 애매하게 가리킨다.

"신경 쓰실 것 없습니다."

릭터는 사전에 다운받아 놓은 온갖 낚시성 기사들이 순서대로 돌아가고 있는 올테크 노트북 화면을 쳐다본다. 아사이베리의 효능, 주름을 없애는 두 가지 특이한 비법, 의사들이 절대 먹지 말라는 채소, 아역 스타 열 명의 현재 모습.

"이런 일을 하십니까?"

"부업으로요. 주로 IT업계 일로 밥벌이를 하고 있죠. 출장도 자주 다니고요. 이 삼촌이 그렇지?"

"맞아요."

앨리스는 또다시 불안하게 웃는다. 릭터가 그녀를 잽싸게 곁눈질하는데, 보아하니 빌리가 그 빌어먹을 복대 때문에 우왕좌왕하는 동안 앨리스가 뭐라고 했는지 몰라도 이 남자는 그녀가 돌턴 스미스의 조카라는 걸 믿느니 차라리 달이 초록색 치즈로 만들어졌다는 걸 믿겠다는 눈치다.

"흥미진진하네요." 릭터는 허리를 숙여서 실눈을 뜨고, 위험한 채소(옥수수라는데 옥수수는 사실 채소가 아니다.)에서 가장 유명한 10대 미제 살인사건(존베넷 램지*가 1등이다.)로 기사가 바뀐 화면을 쳐다본다. "아주 흥미진진해요." 그는 허리를 펴고 주위를 두리번거린다. "집을 잘 꾸며 놓으셨네요."

앨리스가 살짝 정리를 한 것 말고는 그가 맨 처음 이사 왔을 때와 다를 게 없었다.

"저한테 무슨 볼일이라도 있으신가요, 릭터 씨?"

"아, 미리 알려 드릴 게 있어서 왔습니다." 릭터는 본업으로 돌아가 넥타이를 바르게 펴고 전문가다운 미소를 짓는다. "서던 인데버라는 컨소시엄에서 폰드 가에 있는 그 창고들과 여기 이 피어슨 가에 몇 채 남지 않은 주택을 매입했어요. 이 집까지 포함해서요. 여기에 쇼핑몰을 지어서 이 일대에 다시금 활기를 불어넣겠다는 것이 그쪽 업체의 계획이랍니다."

인터넷의 시대에 쇼핑몰로 그들 업체는 물론이고 뭐든 활기를 불어넣을 수 있을지 의심스럽지만 빌리는 아무 말도 하지 않는다.

앨리스가 점점 진정하고 있어서 그건 다행이다.

"저는 방으로 들어갈 테니까 두 분 말씀 나누세요."

그녀는 방으로 들어가 문을 닫는다.

빌리는 주머니에 손을 넣고 몸을 앞뒤로 움직여 스웨트셔츠로 덮은 가짜 배가 좀 더 도드라져 보이게 한다.

---

* 미국의 예쁜 어린이 선발 대회 출신으로 여섯 살 때 의문의 살해를 당했다.

"창고와 집 들이 철거될 거다, 이 말씀인가요? 이 집까지 포함해서요."

"네, 하지만 다른 거처를 찾을 수 있게 6주의 말미를 드릴 겁니다." 그것이 엄청난 선물이라도 되는 듯한 말투다. "그 이상은 절대 안 될 거예요. 이사하시기 전에 새로운 집 주소를 저한테 알려 주세요. 그리고 이미 내신 임대료는 기꺼이 돌려 드리겠습니다." 릭터는 한숨을 쉰다. "나가는 길에 젠슨 부부한테도 알려야 해요. 그 부부는 여기서 지낸 기간이 길어서 말을 꺼내기가 더 어렵겠어요."

빌리는 돈과 베벌리는 유람선 여행을 마치고 돌아오면 안 그래도 새집을 알아볼 거라고, 어쩌면 집을 한 채 살지도 모른다고 알릴 의무가 없다. 하지만 젠슨 부부가 잠깐 집을 비웠다고, 그래서 그가 그 집 화분에 물을 주고 있다는 얘기는 한다.

"저랑 조카랑 둘이서요."

"아주 훌륭한 이웃이시네요. 그리고 조카분도 마음씨 고운 아가씨고요." 릭터는 이렇게 말하고 입술을 핥는데, 입술이 건조해서일 수도 있고 아닐 수도 있다. "젠슨 부부 연락처 알고 계신가요?"

"네. 지갑 안에 있어요. 잠깐 실례 좀 해도 될까요?"

"그럼요."

앨리스가 침대에 앉아서 커다란 눈으로 그를 쳐다본다. 얼굴에 핏기가 거의 없어서 멍 자국이 더 도드라져 보인다. *왜*

요? 그녀는 눈으로 이렇게 묻는다. 그리고 상황이 얼마나 안 좋아요?

빌리는 손을 들어 허공을 토닥인다. 침착해, 침착해.

그는 지갑을 챙기고 뚱뚱한 사람처럼 걸어야 한다는 사실을 기억하며 거실로 돌아간다. 릭터는 무릎에 두 손을 얹고 넥타이를 멈춘 진자처럼 늘어뜨리고서 자연이 선사하는 가장 완벽한 채소인(사실은 과일이건만) 아보카도의 놀라운 효능을 소개하는 올테크 노트북 화면을 들여다보고 있다. 순간 빌리는 손깍지를 끼고 릭터의 뒷덜미를 내리칠까 고민하지만 그가 몸을 돌리자 그냥 지갑을 열고 쪽지를 꺼낸다.

"여기 있어요."

릭터는 안주머니에서 조그만 수첩을 꺼내 은색 연필로 번호를 적는다.

"두 분한테 연락을 드려야겠네요."

"혹시 뭐하면 제가 대신 연락해 드릴까요?"

"감사합니다, 감사합니다. 그래도 제가 직접 연락을 드려야죠. 그게 제 일인데. 번거롭게 해 드려서 죄송했습니다, 스미스 씨. 이제……." 릭터는 방문을 흘끗 쳐다본다. "……하시던 일 계속 하세요."

"현관까지 배웅할게요." 빌리는 이렇게 얘기하고는 목소리를 낮춘다. "드리고 싶은 말씀이 있는데요……."

그는 방 쪽으로 고개를 까딱인다.

"그러실 것 없습니다. 지금은 21세기인걸요."

"알아요, 하지만 생각하시는 그런 일이 아니에요."

두 사람은 현관까지 계단을 올라간다. 빌리는 살짝 헉헉대며 뒤꽁무니를 쫓아간다.

"살을 좀 빼야 하는데."

"헬스클럽에 등록하세요."

"저 딱한 아이는 내 동생 메리의 딸이에요. 메리는 1년 전에 남편에게 버림을 받고 아마도 술집에서 이 찐따를 만난 모양이에요. 이름이 밥인가 뭔가 하는. 그 녀석이 저 아이한테 계속 치근덕대다가 저 아이가 협조를 거부하니 손찌검을 했더라고요, 그게 무슨 말인지 아실지 모르겠습니다만."

"압니다."

릭터는 한시라도 빨리 자기 차로 돌아가고 싶은 사람처럼 현관문 밖을 내다보고 있다. 이런 이야기를 듣고 있으려니 불편한 모양이로군. 아니면 그냥 나한테서 도망치고 싶은 것일 수도 있고.

"그리고 또 하나. 메리가 성격이 대단한 아이라 누가 이래라저래라하는 걸 질색하거든요."

"그런 타입 알죠." 릭터는 계속 밖을 내다보며 말한다. "알다마다요."

"일주일, 어쩌면 열흘 동안 조카아이를 데리고 있다가 동생이 좀 진정되면 저 아이를 데리고 가서 밥 얘기를 할까 해요."

"그러시군요. 행운을 빌겠습니다."

그는 빌리에게로 고개를 돌리고 손을 내밀며 미소를 짓는다. 진심에서 우러난 미소처럼 보인다. 릭터가 빌리의 말을 믿는 것일 수도 있다. 그런가 하면 그는 이 문제에 생사라도 걸린 것처럼 굴고 있는데, 어쩌면 그게 사실일 수도 있다. 빌리는 그의 손을 굳게 잡는다.

릭터가 외친다. "여자들이란! 같이 살 수도 없고 앨라배마주 밖으로 내쫓을 수도 없고!"

웃으라고 한 말이라 빌리는 웃음을 터뜨린다. 릭터는 그의 손을 놓고 문을 열더니 뒤를 돌아본다.

"이제 보니 수염을 깎으셨네요."

빌리는 화들짝 놀라며 손가락 두 개를 윗입술에 갖다 댄다. 서두르느라 콧수염을 깜빡했다. 하지만 오히려 잘된 일일지 모른다. 콧수염은 고무풀로 붙여야 하는데, 그가 삐딱하게 붙였거나 고무풀이 보였다면 릭터가 가짜인 걸 알아차리고 의아하게 여겼을 것이다.

"먹다 흘린 걸 *끄*집어내는 것도 지긋지긋해서요."

릭터가 웃음을 터뜨린다. 억지웃음인지 아닌지 빌리로서는 분간이 잘 가지 않는다. 아마도 억지웃음일 것이다.

"하긴 그렇겠네요."

그는 옆면이 긁힌 SUV 쪽으로 종종걸음친다. 어깨를 살짝 웅크린 이유는 오늘 아침에 날이 쌀쌀해서일 수도 있고 빌리

가 그의 뒷덜미에 총알을 박을 거라고 생각하기 때문일 수도
있다.

그는 차에 올라타기 전에 손을 흔든다. 빌리도 손을 흔들어
주고 잽싸게 지하로 내려간다.

3

"오늘 너를 꼬드긴 그 나쁜 놈을 찾아가야겠다. 내일 도망쳐
야겠거든."

앨리스는 손으로 입을 덮었다가 집게손가락이 부은 코를 건
드리자 손을 내린다.

"어떡해. 아까 그 사람이 아저씨를 알아봤어요?"

"내 직감상 아닌 것 같지만 그 친구가 예리하더라고. 콧수염
이 없는 걸 알아차리고는……"

"맙소사!"

"내가 깎은 줄 알고 있으니 괜찮아. 내가 생각하기에는 그
래. 하루만 더 요행을 바라야겠다. 그 사람한테 네 이름을 알
려 줬니?"

"브렌다 콜린스라고 했어요. 고등학교 때 제일 친하게 지냈
던 친구 이름이에요. 혹시 아저씨가……"

"다른 이름으로 너를 불렀느냐고? 아니, 그냥 조카라고 했

어. 네 엄마 남자친구가 같이 자자는 걸 거부했다가 맞았다고
했고."

앨리스는 고개를 끄덕인다.

"좋네요. 그걸로 모든 게 커버되겠어요."

"그렇다고 해서 그 남자가 그 말을 믿을 거라고 장담할 수는
없지. 얘기를 듣는 것과 눈으로 직접 보는 것은 별개니까. 그
남자 눈에 보인 건 뚱뚱한 중년 남자와 두들겨 맞은 미성년자
였으니 말이다."

앨리스는 기분 나쁜 표정을 지으며 몸을 일으킨다. 다른 때
같았으면 우스꽝스러워 보였을 것이다.

"나 스물한 살이에요! 미성년자 아니에요!"

"술집 가면 신분증 보여 달라고 하니?"

"음……."

빌리는 고개를 끄덕인다. 이로써 상황 종료다.

"우리가 정말로…… 음…… 트립을 *상대할* 생각이면 내일
까지 기다리면 안 되겠어요. 지금 당장 찾아가야 하는 거 아닌
가 싶어요."

4

빌리는 '우리'라는 대명사가 믿기는 동시에 믿기지 않아서

앨리스를 빤히 쳐다본다. 그녀는 한술 더 떠서 기정사실인 듯 그를 쳐다보고 있다.

"맙소사. 너 정말 스톡홀름 증후군이구나."

"아니에요, 인질이 아니니까. 젠슨 부부네 아파트에 있다가 얼마든지 도망칠 수 있었다고요. 계단만 조용조용히 걸으면. 아저씨는 글을 쓰느라 정신없어서 내가 도망쳐도 몰랐을걸요?"

그랬을지도. *게다가……*

앨리스가 대신 얘기한다.

"내가 도망칠 생각이 있었으면 아저씨가 맨 처음 외출했을 때 도망쳤겠죠. 아저씨가 사후 피임약을 사러 갔을 때 말이에요." 그녀는 잠깐 멈추었다가 이렇게 덧붙인다. "그리고 나는 그 사람한테 이름을 숨겼어요."

"그야 무서웠으니까."

앨리스는 격하게 고개를 젓는다.

"아저씨는 다른 방에 있었어요. 법원 앞에서 그 남자를 죽인 윌리엄 서머스라고 얼마든지 조그맣게 얘기할 수 있었어요. 아저씨가 *이걸* 다 두르기도 전에 그 사람이랑 같이 위로 올라가서 얼마든지 차를 타고 내뺐을 수 있었다고요."

그녀는 빌리의 가짜 배를 찌른다.

"너를 데리고 갈 수는 없어. 그건 말도 안 되지."

그래도 그 발상이 마른 땅에 뿌려진 물처럼 그의 머릿속으로 스며들기 시작한다. 그녀를 라스베이거스까지 데리고 갈 수는 없겠지만, 현재 심각한 위기에 처한 돌턴 스미스의 신원을 보호할 만한 스토리를 둘이서 만들어 낼 수 있다면…….

"아저씨가 트립이랑 친구들을 건드리지 않으면 혼자 가도 돼요. 왜냐하면 자기들한테 무슨 일이 생기면 걔네들이 나랑 연관시킬 거 아녜요. 그러니까 트립이랑 그 친구들 말이에요. 걔네들이 경찰에 신고하지는 않겠지만 나를 해코지하기로 마음먹을 수는 있어요."

빌리는 애써 웃음을 참는다. 앨리스는 그를 상대로 사기극을 펼치고 있다. 즉석에서 시도하는 것치고는 제법이다. 빗속에서 건져냈을 때는 반쯤 정신을 잃고 토하는 아이였는데, 지금도 가끔 자다가 공황 발작을 일으키긴 하지만 장족의 발전이다. 빌리가 보기에는 긍정적인 변화다. 게다가 앨리스의 말이 맞는다. 놈들에게 무슨 일이 벌어지면 그녀와 연관시킬 수 있다. 지난주에 데이트 성폭행을 저지른 상대가 그녀 한 명뿐이라는 가정이 전제되어야 하지만 그럴 가능성이 크다.

"그래요." 앨리스는 그를 은근슬쩍 올려다보며 최선을 다해서 계속 사기극을 이어 나간다. "걔네를 혼내지 말고 그냥 내버려 두는 편이 낫겠어요."

그러고는 그에게 왜 그렇게 웃고 있느냐고 묻는다.

"아무것도 아니야. 그냥 귀여워서. 내 친구 타코가 봤다면 너더러 깡다구가 있다고 했겠다."

"그게 무슨 뜻인데요?"

"몰라도 돼. 하지만 그래, 그놈들 잘못을 했으면 혼이 나야지. 이 문제에 대해서 고민을 좀 해 봐야겠다."

"아저씨가 고민하는 동안 짐 싸고 있을까요?"

5

짐은 빌리가 싼다. 오래 걸리지는 않는다. 그의 여행가방에 새로 산 그녀의 옷을 넣을 만한 자리는 없지만 침실 벽장 위 선반에 손잡이가 달린 반스 앤드 노블 비닐 쇼핑백이 있길래 거기다 옷을 쑤셔 넣는다. 올테크 노트북도 한데 쌓아서 퓨전으로 옮긴다.

그동안 앨리스는 행주와 라이솔 스프레이 살균제와 물을 들고 젠슨 부부네 아파트를 샅샅이 돌아다니며 닦는다. 그들 둘 다 썼던 TV 리모컨에 특별히 주의를 기울이고 전등 스위치도 잊지 않는다. 그녀가 지층으로 내려가자 빌리도 닦는 걸 거드는데, 화장실에 특별히 주의를 기울인다. 세면대, 샤워기 헤드, 거울, 변기 물 내리는 레버. 다 닦는데 약 1시간 정도 걸린다.

"이제 된 것 같아요."

"젠슨 부부네 집 열쇠는?"

"아이구머니나. 제가 아직 가지고 있었어요. 잘 닦아서······ 어쩔까요? 문 아래로 넣어요?"

"내가 넣을게."

그는 열쇠를 문 아래로 넣지만 그전에 돈 젠슨의 루거 권총을 챙긴다. 가짜 배 아래로 허리춤에 꽂는다. XL 사이즈 스웨트셔츠가 잘 감추어 준다. 권총은 500에서 600달러 정도 하는 비싼 물건인데, 빌리에게는 현금이 그만큼 없다. 그는 50달러짜리 지폐 두 장과 100달러짜리 지폐 한 장을 침대 옆 테이블에 놓고 얼른 메모를 적는다. *총 가져가요. 나중에 기회 닿으면 나머지 금액 송금할게요.* 하지만 과연 기회가 올까 싶다. 그나저나 대프니와 월터는 어쩐다? 창턱에서 말라 죽으려나? 식물계의 로미오와 줄리엣처럼? 걱정할 게 이렇게 많은데 그런 걸 다 궁금해하다니 어이가 없다.

베브가 화분에 이름을 지어서 붙였기 때문이야. 그는 두 녀석에게 마지막으로 물을 뿌려 주며 행운을 빈다. 그런 다음 샌이 그린 플라밍고를 잘 접어서 넣어 놓은 뒷주머니를 손끝으로 건드린다.

다시 지층으로 내려가 뒷주머니에서 앨리스의 휴대전화를 꺼내 내민다. 유심칩을 교체해 두었다.

그녀는 나무라는 눈빛으로 전화기를 받는다.

"잃어버린 게 아니라 처음부터 아저씨가 가지고 있었던 거로군요."

"너를 안 믿었거든."

"그런데 이제는 믿어요?"

"응. 그리고 나중에 너희 어머니한테도 전화 드려야지. 안 그러면 걱정하실 테니까."

"맞아요." 앨리스는 말하고 나서 씁쓸하게 덧붙인다. "한 한 달 정도 지나면요." 그녀는 한숨을 쉰다. "좋아요, 전화해서 뭐라 그래요? 친구가 생겼다고, 치킨 누들 수프와 「블랙 리스트」로 정을 나누었다고 해요?"

빌리는 고민하지만 뾰족한 수가 생각나지 않는다.

그런데 앨리스가 미소를 짓는다.

"저기요, 엄마한테 학교를 때려치웠다고 할래요. 엄마는 그 말을 믿을 거예요. 친구들이랑 칸쿤 다녀온다고 할래요. 엄마는 그 말도 믿을 거예요."

"진짜?"

"네."

빌리가 보기에는 그 한 단어 안에 눈물, 비난, 문 쾅 닫는 소리가 어우러진 이들 모녀의 모든 사연이 담겨 있다.

"그 시나리오 좀 더 다듬어 봐. 지금은 일단 출발하자."

6

고속도로에는 셔우드 하이츠 출구가 두 군데 있고, 양쪽 모두 패스트푸드점과 주유소 겸 휴게소와 모텔이 옹기종기 모여 있다. 빌리는 앨리스에게 체인점이 아닌 모텔을 찾아보라고 한다. 그녀가 간판을 살피는 데 정신이 팔려 있는 동안 그는 허리춤에서 슬그머니 권총을 꺼내 좌석 아래에 넣는다. 두 번째 출구에서 그녀가 페니 파인스 모텔을 가리키며 어떠냐고 묻는다. 빌리는 괜찮아 보인다고 대답한다. 그는 돌턴 스미스의 신용카드로 서로 연결되어 있는 객실 두 개를 잡는다. 앨리스는 차에서 기다린다. 어메이징 리듬 에이시스의 흘러간 옛 노래 「서드 레이트 로맨스」가 생각나는 대목이다.

그들은 짐을 옮긴다. 그는 숄더백에서 맥북을 꺼내 딱 한 개뿐인 테이블(흔들거려서 한쪽 다리 아래에 뭘 받쳐야겠다.)에 올려놓고 가방의 지퍼를 다시 채워 어깨에 둘러멘다.

"그건 뭐에 쓰려고요?"

"필요한 물건들 담게. 쇼핑을 좀 해야겠다. 그리고 제법 그럴듯하잖아. 프로 같아 보이고. 너 전화번호가 어떻게 되니?"

앨리스가 알려 주자 빌리는 연락처에 저장한다.

"이 인간들이 사는 아파트 주소 아니?"

진작 물어봤어야 하는 거였는데 그동안 조금 정신이 없었다.

"호수는 모르지만 10번 길에 있는 랜드뷰 에스테이츠예요. 공항 가는 버스 마지막 정거장이고요." 앨리스는 그의 소매를 잡고 창문 앞으로 데려가 손으로 가리킨다. "저게 랜드뷰 에스테이츠일 거예요. 왼쪽으로 보이는 저 세 동짜리 아파트. 트립은, 그 인간들은 C동에 살아요."

"3층이고."

"맞아요. 호수는 기억나지 않지만 복도 맨 끝집이에요. 안으로 들어가려면 현관문에 달린 키패드에 비밀번호를 입력해야 하는데, 트립이 뭐라고 입력하는지 못 봤어요. 그 당시에는 별로 중요하지 않은 일처럼 느껴졌거든요."

"내가 알아서 들어갈게."

빌리는 장담한 대로 될 수 있길 바란다. 그의 전공 분야는 총이지, 보안문이 달린 건물 안으로 들어가는 것이 아니다.

"물건 사고 여기 다시 왔다가 거기 갈 거예요?"

"아니. 하지만 연락할게."

"우리 오늘 밤에 여기서 자요?"

"모르겠다. 상황이 어떻게 돌아가는지 봐서."

앨리스는 빌리에게 정말로 이 일을 감행하고 싶으냐고 묻는다. 그는 그렇다고 대답한다. 진심이다.

"어쩌면 잘못된 선택일 수도 있어요."

그럴 수도 있지만 빌리는 그래도 여건이 허락하는 한 원래 계획대로 고수하고 싶다. 그놈들은 대가를 치러야 한다.

"네가 싫다면 하지 않을게."

앨리스는 싫다는 말 대신 빌리의 손을 잡고 꼭 쥔다. 손이 차갑다.

"조심하세요."

그는 복도를 반쯤 걸어가다 말고 돌아간다. 물어봤어야 하는 것이 또 하나 있는데 깜빡했다. 그가 노크하자 앨리스가 문을 열어 준다.

"트립이 어떻게 생겼지?"

앨리스는 전화기를 꺼내 사진을 보여 준다.

"영화 보러 갔던 날 찍은 거예요."

술에 약을 타서 성폭행을 한 다음 친구 둘과 함께 그녀를 밴에 싣고 가서 쓰레기처럼 버린 인간이 팝콘 봉지를 들고 웃고 있다. 눈이 반짝거린다. 이는 하얗고 가지런하다. 빌리는 그걸 보며 치약 광고에 나오는 배우처럼 생겼다는 생각을 한다.

"좋아. 나머지 둘은?"

"한 명은 키가 작고 주근깨가 있었어요. 다른 한 명은 훨씬 크고 얼굴이 누르스름한 갈색이었고요. 어느 쪽이 잭이고 어느 쪽이 행크였는지는 기억이 안 나요."

"그건 몰라도 돼."

7

모텔에서 조금 가다 보니 에어포트 몰이 나온다. 미드우드에 있는 것보다 훨씬 큰 월마트가 그 안에 있다. 빌리는 운전석 아래에 둔 총을 감안해서 차 문을 잠그고 필요한 물건들을 산다. 가면은 쉽게 구한다. 핼러윈까지 아직 몇 주 남았지만 상점들은 필요한 용품을 아주 일찍부터 진열한다. 그는 싸구려 쌍안경, 튼튼한 케이블 타이 한 봉지, 얇은 장갑, 매직 완드 핸드 믹서 그리고 이지 오프 오븐 클리너도 산다. 밖으로 나와 보니 경찰—월마트 경비가 아니라 진짜 경찰—둘이 커피를 마시며 선외 모터*를 주제로 토론을 벌이고 있다. 빌리는 그들에게 고개인사를 한다.

"안녕하세요, 경관님."

그들은 마주 묵례를 하고 하던 얘기를 계속한다. 빌리는 주차장 깊숙한 곳까지 뒤뚱뒤뚱 걷다가 퓨전을 향해 걸음을 재촉한다. 총과 사 온 물건을 노트북 가방으로 옮기고 랜드뷰 에스테이츠까지 2.5킬로미터를 간다. 상당히 고급스러운 아파트라 잘나가는 싱글들이 살기에 제격이지만 초소에 경비를 둘 만큼 고급스럽지는 않고, 지금 이 시각에 C동 앞 주차장은 차가 거의 없다시피 하다.

빌리는 입구를 마주 보는 자리에 차를 대고 복대를 풀고 기다린다. 20분쯤 뒤에 스포츠카 같은 기아 스팅어가 들어오더니 젊은 여자 둘이 쇼핑백을 들고 차에서 내린다. 그들이 문 앞으로 가서 키패드에 번호를 입력하지만 한 명이 가리고 있어서 빌리는 아무 소득도 얻지 못한다. 20분 뒤에 다시 등장한 사람은 남자지만…… 빌리가 찾는 사람은 아니다. 이 남자는

---

* 작은 보트의 꼬리 부분에 다는 모터.

50대다. 그 역시 키패드를 가리고 번호를 눌러서 쌍안경이 무용지물이 된다.

이렇게 해서는 안 되겠군.

주민과 함께 들어가는 방법을 시도해 볼 수도 있겠지만("문 좀 잡아 주시겠어요? 감사합니다!") 그건 영화에서나 가능한 얘기일 수 있다. 게다가 지금은 인적이 드문 시간이다. 40분 동안 들어간 사람이 두 명뿐이고 나온 사람은 한 명도 없다.

빌리는 노트북 가방을 둘러메고 건물 뒤편으로 돌아간다. 좀 더 작은 보조 주차장에서 제일 먼저 눈에 들어온 것이 밴이다. 이제 범퍼 스티커가 제대로 보인다. 데드헤드는 밥맛*이다. 밴이 고장난 게 아닌 이상(얼마든지 그럴 수 있다.) 그 개새끼들 중에서 적어도 한 명은 집에 있다는 뜻이다.

뒷문일 게 분명한 곳의 왼쪽에는 커다란 쓰레기통이 두 개 있다. 오른쪽에는 마당용 의자와 재떨이가 놓인 녹슨 테이블이 있다. 문이 살짝 열린 채 벽돌로 받쳐져 있다. 닫자마자 잠기는 방식이라 담배 한 대 피우러 나온 사람 입장에서는 다시 들어갈 때마다 번번이 비밀번호를 누르기가 번거롭기 때문이다.

빌리는 문 앞으로 다가가 틈새로 안을 훔쳐본다. 어두침침한 복도가 보이고 아무도 없다. 액슬 로즈**가 "웰컴 투 더 정

---

* 록밴드 그레이트풀 데드의 팬을 데드헤드라고 한다.
** 록밴드 건스앤로지스의 보컬.

글"이라고 울부짖는 노랫소리가 들린다. 10미터쯤 되는 지점의 왼쪽과 오른쪽에 열린 문이 있다. 노랫소리는 오른쪽에서 흘러나오고 있다. 빌리는 안으로 들어가 성큼성큼 복도를 걷는다. 남의 구역에 발을 들였을 때는 그 구역 사람인 척해야 한다. 왼쪽 방은 빨래방이라 안에 코인 세탁기과 건조기가 있다. 오른쪽에 달린 문은 지하로 내려가는 입구다.

그 아래에서 누군가가 노래를 따라 부르고 있다. 그냥 따라 부르기만 하는 게 아니다. 빌리 쪽에서 그 남자의 모습은 보이지 않지만 그림자는 보이는데, 그 그림자가 춤을 추고 있다. 아파트 관리인이 차단기를 재설정하러 갔는지 아니면 덧바르기용 페인트를 가지러 내려갔는지 몰라도 하던 일을 잠깐 멈추고 「댄싱 위드 더 스타」에 출연했다고 상상의 나래를 펼치고 있는 것이다.

복도 맨 끝에 문이 열려 있고 안에 가구용 패드가 덧대어진 큼지막한 화물 엘리베이터가 있지만 빌리는 그 엘리베이터를 탈 생각조차 하지 않는다. 작동 장치가 지하에 있어서 엘리베이터가 움직이면 새도 댄서에게 그 소리가 들릴 것이다. 엘리베이터 왼편에 계단 팻말이 달린 문이 있다. 빌리는 3층 층계참으로 올라간다. 거기서 노트북 가방을 연다. 장갑과 가면을 쓴다. 바지 주머니에 케이블 타이를 넣는다. 왼손에는 권총을, 오른손에는 오븐 클리너를 든다. 계단 문을 조심스럽게 열고 조그만 로비를 훔쳐본다. 아무도 없다. 로비 너머의 복도도 마찬가지다. 왼쪽과 오른쪽과 맨 끝에 아파트 문이 하나씩 달려 있다. 성폭행범들이 사는 곳이 맨 끝집일 것이다.

빌리는 복도를 걸어간다. 초인종이 달려 있지만 그는 문을 세게 두드린다. 그러고는 잠깐 멈추었다가 아까보다 더 세게 두드린다.

다가오는 발소리가 들린다.

"누구세요?"

"경찰입니다, 도너번 씨."

"그 친구 없는데요. 저는 룸메이트예요."

"그게 무슨 자랑인 줄 알아요? 문 여세요."

문을 열어 준 남자는 얼굴이 누르스름한 갈색이고 키가 빌리보다 아무리 못해도 15센티미터 크다. 기껏해야 150센티미터 후반인 앨리스 맥스웰을 이런 거구가 덮쳤을 광경을 상상하니 빌리는 피가 거꾸로 솟는다.

"무슨……"

멜라니아 트럼프 가면을 쓰고 노트북 가방을 어깨에 멘 남자를 보고 그의 표정에서 긴장이 풀린다.

"그 팬티 내리시지."

빌리는 그 녀석의 눈에 이지 오프 스프레이를 뿌린다.

8

잭인지 행크인지 모를 녀석은 눈을 비비며 비틀비틀 뒷걸음질 친다. 뺨을 타고 턱으로 흘러내린 거품이 아래로 철퍼덕 떨어진다. 그는 두건을 씌운 등나무 의자—빌리가 짐작하건대 '방갈로 의자'가 아닌가 싶다—앞에 놓인 쿠션에 발이 걸려서 대자로 넘어진다. 대화면 TV를 마주 보고 둥그스름한 2인용 소파—이게 뭔지는 확실하게 안다. '러브 시트'다—가 있는, 누가 봐도 잘나가는 싱글들이 살게 생긴 거실이다. 노트북이 놓인 원형 테이블도 있고 넓은 창가에는 공항이 보이는 바가 있다. 빌리의 눈에 이륙하는 비행기가 보이고, 이 개새끼도 앞을 볼 수 있다면 그 비행기에 타고 싶을 거라는 생각이 든다. 이 녀석은 눈이 멀었다고 소리를 지르고 있다.

"아니야. 하지만 얼른 씻어 내지 않으면 정말 눈이 멀 수 있으니까 내 말 잘 듣도록 해. 손 내밀어."

"안 보여요! 안 보여요!"

"손 내밀면 내가 알아서 처리해 줄게."

잭인지 행크인지 모를 녀석은 이쪽 끝에서 저쪽 끝까지 카펫을 데굴데굴 구른다. 손을 내밀지 않고 일어나 앉으려고 하는데, 데리고 놀기에는 덩치가 너무 크다. 빌리는 노트북 가방을 내려놓고 놈의 배를 걷어찬다. 그는 숨을 헉하고 토한다. 거품이 후두둑 튀어서 카펫 위로 떨어진다.

"내가 잘 못 알아듣게 말을 했나? 손 내밀라니까."

그는 두 눈을 질끈 감고 시뻘게진 뺨과 이마를 하고서 손을 내민다. 빌리는 무릎을 꿇고 앉아서, 바닥으로 쓰러진 녀석이 사태를 파악하기 전에 얼른 손목을 한데 모으고 케이블 타이로 묶는다.

"안에 또 누가 있지?"

빌리는 아무도 없다고 자신할 수 있다. 누가 있다면 이자의 고함을 듣고 달려 나왔을 것이다.

"아무도 없어요! 아악, 내 눈! 불에 덴 것 같아요!"

"일어나."

잭인지 행크인지 모를 녀석은 휘청휘청 일어선다. 빌리는 그의 어깨를 잡고 부엌 쪽으로 돌려세운다.

"걸어."

잭인지 행크인지 모를 녀석은 두 팔을 앞으로 내밀고 흔들어 장애물이 있는지 확인해 가며 비틀비틀 걷는다. 숨을 가쁘게 몰아쉬지만 앨리스처럼 헉헉거리지는 않는다. 그래서 「테디 베어의 소풍」 첫 소절을 가르쳐 줄 필요가 없다. 빌리는 바지 버클이 개수대에 부딪힐 때까지 놈을 밀친다. 수도꼭지에 스프레이 장치가 달려 있다. 빌리는 물을 틀고 스프레이 장치를 들고 잭인지 행크인지 모를 녀석을 향해 겨눈다. 그러느라 그도 젖지만 상관없다. 오히려 상쾌하다.

"화끈거려요! 계속 화끈거려요!"

"가라앉을 거야." 너무 금세 가라앉지만은 않길 바랄 따름이다. 앨리스의 몸도 많이 화끈거렸을 것이다. 어쩌면 아직까지 그럴지도 모른다. "이름이 뭐야?"

"원하는 게 뭐예요?"

이제 그는 울고 있다. 나이는 20대 중후반, 키는 최소 220인데 어린애처럼 울고 있다.

빌리는 권총을 그의 허리 오목한 곳에 대고 누른다.

"이거 총이니까 두 번 물어보게 하지 마라. 이름이 뭐야?"

"*잭이요!*" 거의 비명을 지르다시피 한다. "잭 마르티네스요! 쏘지 마세요, *제발요!*"

"거실로 가자, 잭." 빌리는 마르티네스를 앞세우고 떠민다. "등나무 의자에 앉아. 이제 보이니?"

"조금요." 마르티네스가 흐느낀다. "겁나 부옇네. 누구세요? 무슨 일로……"

"앉아."

"지갑 드릴게요. 거기에는 몇 푼 없지만 트립 방 책상 맨 위 서랍에 200달러쯤 있으니까 그거 가지고 가세요!"

"앉아."

빌리는 마르티네스의 어깨를 잡고 돌려서 방갈로 의자 쪽으로 민다. 갈고리와 밧줄 세트로 천장에 매달려 있어서 육중한 몸과 부딪치자 가볍게 흔들리기 시작한다. 마르티네스는 충혈된 눈으로 빌리를 빤히 쳐다본다.

"거기 잠깐 앉아서 정신을 추스르도록 해."

바의 얼음 통 옆에 냅킨이 있다. 종이가 아니라 천으로 된, 아주 근사한 냅킨이다. 빌리는 그걸 하나 집어서 마르티네스에게 다가간다.

"움직이지 마."

마르티네스는 꼼짝하지 않는다. 빌리는 뺨을 타고 흘러내린 남은 거품을 닦아 준다. 그런 다음 뒤로 물러난다.

"다른 두 녀석은 어디 있어?"

"왜요?"

"너는 묻지 마, 잭. 질문은 내가 한다. 네가 할 일은 대답이야. 거품 한 방 더 맞고 싶지 않으면. 내 짜증을 돋우면 무릎에 총알을 박아 줄 수도 있어. 알겠니?"

"네!"

마르티네스가 입은 치노바지의 사타구니가 짙은 색으로 변해 있다.

"남은 두 녀석 어디 있어?"

"트립은 지도교수 만나러 RBCC 갔어요. 행크는 출근했고요. 조스뱅크 영업사원이에요."

"조스뱅크가 뭐야?"

"조지프 A. 뱅크요. 남성 의류……"

"아, 어딘지 알아. RBCC는 뭐야?"

"레드 블러프 커뮤니티 컬리지요. 트립이 거기 대학원생이에요. 파트타임이고 역사 전공이고요. 오스트레일리아와 헝가리 전쟁을 주제로 논문을 쓰고 있어요."

빌리는 이 바보에게 1848년 헝가리 혁명과 오스트레일리아는 아무 상관 없다고 얘기해 줄까 하다가 관두기로 한다. 그가 이 집을 찾은 이유는 다른 가르침을 주기 위해서다.

"그 친구는 언제 돌아오지?"

"몰라요. 미팅 시간이 2시라고 했던 것 같은데. 이후에 커피 마시고 올 수도 있어요, 가끔 그러거든요."

"카페 직원이랑 수다를 떨려고 가는 거겠지. 그 직원이 근사한 사람을 만나고 싶어 하는 다른 지방 출신이라면 말이야."

"에?"

빌리는 마르티네스의 다리를 찬다. 세게 차지도 않았는데 마르티네스는 비명을 지르고 방갈로 의자가 다시 흔들리기 시작한다. 잘나가는 세 명의 룸메이트에 어울리는 잘 흔들리는 방갈로 의자.

"행크는? 그 친구는 언제 돌아오지?"

"4시에 퇴근해요. 무슨 일로⋯⋯"

빌리는 이지 오프 캔을 든다. 마르티네스 눈에는 부예 보이겠지만 그래도 그는 뭔지 알아차리고 입을 다문다.

"너는? 너는 어떤 일을 해서 생활비를 벌지?"

"저는 데이 트레이더예요."

빌리는 원형 테이블 위에 놓인 노트북 앞으로 간다. 숫자들이 휙휙 지나가는데, 대부분 초록색이다. 토요일이지만 누군가가 어딘가에서 주식 매매를 하고 있다. 돈은 절대 잠을 자는 법이 없다.

"뒤편 주차장에 세워 놓은 밴이 네 차야?"

"아뇨, 행크 차예요. 제 차는 미아타예요."

"밴이 고장 났나?"

"네, 헤드 개스킷이 터졌어요. 그래서 이번 주에 제 차로 출퇴근하고 있어요. 매장이 에어포트 몰에 있거든요."

빌리는 평범한 의자를 천장에 매달린 방갈로 의자 앞으로 끌고 온다. 마르티네스 앞에 앉는다.

"너 그냥 곱게 놔줄 수도 있어. 말 잘 들으면. 말 잘 들을래?"

"네!"

"그럼 룸메이트들이 돌아왔을 때 아주 얌전히 있어야 해. 조심하라고 소리 지르지 말고. 내가 제일 상대하고 싶은 친구는 트립이지만, 네가 트립이나 행크한테 경보를 울리면 트립한테 하려고 했던 걸 너한테 할 거야. 알아들었니? 응?"

"네!"

빌리는 전화기를 꺼내 앨리스에게 전화를 건다. 그녀는 아무 일 없느냐고 묻고 빌리는 그렇다고 대답한다.

"내가 지금 잭 마르티네스라는 녀석하고 같이 있거든. 이 녀석이 너한테 할 말이 있대." 빌리는 마르티네스에게로 전화기를 내민다. "너는 아무짝에도 쓸모없는 똥바가지라고 이 아이한테 말해."

잭 마르티네스는 반항하지 않는다. 겁에 질려서 그럴 수도 있고 지금 딱 그 심정이라 그럴 수도 있다. 빌리는 그런 경우이길 바란다. 데이 트레이더들도 깨달음을 얻을 수 있길 바란다.

"나는…… 아무짝에도 쓸모없는 똥바가지다."

"이제 미안하다고 해."

"미안해요." 마르티네스가 전화기에 대고 말한다.

빌리는 전화기를 다시 거둔다. 앨리스는 우는 듯한 목소리로 몸조심하라고 하고, 빌리는 알겠다고 한다. 그는 통화를 종료하고 시뻘건 얼굴로 방갈로 의자에 앉아 있는 남자에게로 눈을 돌린다.

"뭐 때문에 사과했는지 알아?"

마르티네스는 고개를 끄덕이고 빌리는 그럼 됐다고 결론을 내린다.

9

그들은 앉아서 기다리고 시간이 흐른다. 마르티네스가 계속 눈이 화끈거린다고 하길래 빌리는 바에 있는 냅킨을 그쪽 개수대에서 적셔 특별히 눈 주변을 꼼꼼히 닦아 준다. 마르티네스는 고맙다고 한다. 빌리가 생각하기에 이 녀석은 나중에 허세남으로 되돌아갈지 모르겠지만 그래도 상관없다. 마르티네스가 두 번 다시 성폭행을 저지를 일은 없다고 생각하기 때문이다. 그는 갱생한 몸이다.

3시 30분쯤에 누가 문 앞으로 다가온다. 빌리는 문 뒤로 가서 서기 전에 멜라니아 가면의 입술에 손가락을 갖다 댄다. 마르티네스는 고개를 끄덕인다. 행크는 아직 퇴근할 시각이 아니니 트립 도너번일 수밖에 없다. 열쇠가 덜거덕거리며 구멍에 꽂힌다. 도너번은 휘파람을 불고 있다. 빌리는 루거 총신을 잡고 얼굴 옆으로 들어 올린다.

도너번은 계속 휘파람을 불며 안으로 들어온다. 디자이너 브랜드 청바지에 짧은 가죽 재킷을 입고 있어서 놀기 좋아하는 젊은 남자의 이미지에 딱이다. 상표가 모노그램으로 찍힌 서류가방과 검은색 머리에 멋들어지게 얹은 헌팅캡이 그림을 완성한다. 도너번은 손이 묶인 채 방갈로 의자에 앉아 있는 마르티네스를 보고 휘파람 불기를 멈춘다. 빌리가 앞으로 나가 권총 개머리판으로 그를 내리친다. 너무 세게 치지는 않는다.

도너번은 앞으로 비틀거리지만 TV에서 권총에 맞은 사람들이 그러듯 쓰러지지는 않는다. 그는 눈을 동그랗게 뜨고 뒤통수에 손을 대고 고개를 돌린다. 이제 빌리는 총구를 그에게 겨누고 있다. 도너번이 자기 손을 쳐다본다. 피가 묻어 있다.

"나를 치다니!"

"내가 당한 것보다는 나은 줄 알아." 마르티네스가 우습게 들릴 수도 있는 투로 투덜거린다.

"그 가면은 왜 쓰고 있는 거예요?"

"양손 서로 맞붙여. 손목끼리."

"왜요?"

"안 그러면 내가 널 쏠 거니까."

도너번은 더 이상 군소리하지 않고 손목끼리 맞붙인다. 빌리는 권총을 앞쪽 허리춤에 쑤셔 넣는다. 도너번이 그를 향해 달려들지만 빌리가 예상한 행보다. 그는 옆으로 비켜서 도너번이 달려오던 속도를 이용해 그를 닫힌 문에 대고 힘차게 밀친다. 도너번은 비명을 지른다. 빌리는 트렌디한 가죽 재킷의 칼라를 잡고—조지프 A. 뱅크에서 산 옷일지 모른다—그를 뒤로 잡아당긴 뒤 한쪽 다리를 내밀고 그 위로 넘어뜨린다. 그는 똑바로 쓰러진다. 코에서 피가 나고 있다.

빌리는 그 옆에 무릎을 꿇고 앉아서 먼저 그가 낚아채지 못하게 돈 젠슨의 총을 허리 뒤춤에 꽂고 케이블 타이 하나를 꺼낸다.

"손목 마주 대고 양손을 붙여."

"싫어!"

"네 코에서 지금 피가 나지만 부러지지는 않았지? 양손 붙여, 안 그러면 그 코 어떻게 돼도 난 모른다."

도너번이 양손을 한데 모은다. 빌리는 그의 손목을 묶고 앨리스에게 전화해 둘 해치웠고 하나 남았다고 알린다. 도너번을 바꿔 주지는 않는다. 그는 사과할 마음의 준비가 되지 않았기 때문이다. 아직까지는.

10

트립 토너번은 러브 시트에 앉아서 빌리에게 계속 대화를 시도한다. 그는 빌리가 여길 찾아온 이유를 알지만 앨리스라는 그 아이가 뭐라고 했을지 몰라도 전부 자기 방어 차원의 헛소리라고 했다. 그녀가 흥분해서 관계를 원했고, 원한 대로 됐고, 각자 좋게 헤어졌고, 그걸로 끝이라고 한다.

빌리는 선뜻 고개를 끄덕인다.

"그런 다음 집까지 데려다줬겠지?"

"맞아요, 우리가 집까지 데려다줬어요."

"행크의 밴에 태워서."

이 말에 도너번의 눈빛이 흔들린다. 그는 매력과 허풍의 신비로운 조합을 갖추었고 평생 그걸 우려먹으며 살았기에 멜라니아 트럼프 가면을 쓴 침입자에게도 그것이 먹힐 거라 생각했는데, 그 질문이 영 찜찜한 것이다. 다 알고서 하는 질문이기 때문이다.

"아뇨, 그 러브 머신은 고장 나서 뒤 주차장에 세워 놨어요."

빌리는 아무 말도 하지 않는다. 마르티네스도 아무 말 하지 않고, 도너번은 *너 새 됐다*고 말하는 룸메이트의 눈빛을 보지 못한다. 빌리에게만 집중한다.

"저거 맥 프로예요?" 도너번이 바닥에 놓인 노트북 가방을 턱으로 가리키며 묻는다. "좋은 거 들고 다니네요."

빌리는 아무 말도 하지 않는다. 그는 플라스틱 가면 안에서 땀을 흘리며 가면을 벗는 순간만을 기다리고 있다. 얼른 이 일을 해치우고 이 잘나가는 싱글남의 보금자리에서 빠져나가는 순간만을 기다리고 있다.

4시 45분에 열쇠가 덜거덕거리며 구멍에 꽂히는 소리가 들리고 세 번째 돼지가 들어온다. 검은색 쓰리피스 정장에 앨리스 맥스웰의 허벅지에 묻어 있었던 핏자국처럼 새빨간 넥타이로 포인트를 준, 키가 작고 멀끔한 꿀꿀이다. 행크는 반항하지 않는다. 그는 도너번의 얼굴에 묻은 피와 마르티네스의 퉁통 부은 눈을 보고 빌리가 손을 앞으로 내밀라고 하자 예의상 반항하는 척하며 케이블 타이로 묶을 수 있도록 빌리에게 손목을 맡긴다. 빌리는 그를 동그란 테이블로 데려간다.

"자. 환하게 반짝이는 얼굴들이 모두 한자리에 모였군.*"

"내 책상에 돈 있어요." 도너번이 말한다. "내 방에요. 그리고 약도 좀 있어요. 최고급 코카인이에요. 3.5그램."

"저도 현금 좀 있어요. 50달러밖에 안 되지만……."

---

* 유치원에서 아침에 인사할 때 부르는 노래 가사다.

행크는 뭐 어쩌겠느냐는 듯이 어깨를 으쓱한다. 빌리는 이 녀석이 좋아지려고 한다. 그가 저지른 짓을 감안하면 황당한 소리지만 진짜다. 눈 아래와 입가가 공포로 하얗게 질렸지만 그래도 그는 아무렇지 않은 척 잘 버티고 있다.

"아, 내 목적이 돈이 아니라는 걸 아는군."

"내가 말했잖아요……" 도너번이 말문을 연다.

"이분은 다 알고 있어, 트립." 마르티네스가 말한다.

빌리는 행크를 돌아본다.

"성이 뭐지?"

"플래너건이요."

"그리고 뒤에 주차되어 있는 그 러브 머신이라는 밴…… 네 차지, 맞지?"

"네. 하지만 고장 났어요. 헤드 개스킷이……"

"됐어, 알아. 하지만 지난주에는 고장 나지 않았지? 볼일이 끝나니까 앨리스를 거기 태우고 집으로 데려다 줬지?"

"아무 말도 하지 마!" 도너번이 으르렁거린다.

행크는 그 말을 무시한다.

"당신 뭐예요? 그 아이 남자친구? 오빠? 하, 진짜."

빌리는 아무 말도 하지 않는다.

행크는 한숨을 내쉰다. 한숨 소리가 축축하게 들린다.

"우리가 그 애를 집으로 데려다 주지 않았다는 거 알잖아요."

"그럼 어떻게 했지?"

"아무 말도 하지 마!"

그것이 도너번의 경전인 모양이다.

"저 친구 말은 듣지 마, 행크. 나중에 엄청 후회하지 말고 솔직히 털어놓도록 해."

"중간에 내려 줬어요."

"중간에 내려 줬다고? 그걸 그런 식으로 표현하겠다?"

"알겠어요, 버렸어요. 하지만…… 그 애는 뭐라 뭐라 말을 하고 있었어요, 네? 그리고 휴대전화도 있고 우버 부를 돈도 있었고요. 말을 하고 있었다고요!"

"뭐라는지 알아들을 수 있는 말을? 대화를 주거니 받거니 하면서? 어디 한번 그랬다고 얘기해 보시지."

행크는 그렇게 얘기하지 않고 눈물을 흘린다. 빌리가 예상하지 못했던 반응이다.

빌리는 앨리스에게 전화한다. 행크에게 수화기에 대고 자기는 아무짝에도 쓸모없는 똥바가지라고 얘기하라고 하지는 않는다. 눈물을 흘린 걸 보면 이미 그걸 알고 있기 때문이다. 그는 행크에게 미안하다고 얘기하라고만 한다. 행크는 사과도 했고 진심인 것처럼 같다. 빌리가 생각하기에는 그렇다.

빌리는 도너번을 돌아본다.

"이제 너만 남았네."

11

잘나가는 룸메이트들은 겁에 질린다. 문을 향해 달려갈 생각은 아무도 하지 않는다. 그랬다가는 가면을 쓴 침입자의 다리에 걸려 넘어지리라는 걸 알기 때문이다. 빌리는 노트북 가방 앞으로 가서 매직 완드 핸드 믹서를 꺼낸다. 길이가 20센티미터쯤 되는 날씬한 원통 모양의 스테인리스스틸이다. 전기 코드는 두 개의 철끈에 의해 깔끔한 나비 모양으로 묶여 있다.

"내가 어떤 생각을 했는가 하면, 남자들도 직접 당해 봐야 성폭행을 당하면 어떤 기분인지 알 수 있겠다는 생각을 했어. 도너번 선생, 자네는 그것과 상당히 유사한 경험을 하게 될 거야."

도너번이 러브 시트에서 일어나 달려들려고 하지만 빌리가 그를 밀친다. 그가 쿠션에 철퍼덕 주저앉자 방귀 소리가 난다. 마르티네스와 플래너건은 꼼짝하지 않고 눈을 휘둥그레 뜬 채 믹서만 쳐다본다.

"일어나서 바지 내리고 속옷 벗고 바닥에 엎드려 줬으면 하는데."

"싫어!"

도너번은 하얗게 질렸다. 눈을 룸메이트들보다 더 동그랗게 뜨고 있다. 빌리는 그가 고분고분하게 말을 들을 거라고 생각하지는 않았다. 하여 허리춤에서 권총을 꺼낸다. 그들 분대에서 나온 펜하우스 사상자 중 한 명이었던 파블로 로페스를 떠올린다. 빅풋 로페스는 영화 「더티 해리」의 주인공 해리의 대사를 완벽하게 읊었다. '여기서 관건은 하나야. 오늘 내가 기분이 좋은 날일까, 하는 거. 어때, 오늘 내가 기분이 좋은 날인 것 같으냐, 이 양아치 새끼야?'로 끝나는 그거 말이다. 빌리는 전부 기억하지는 못하지만 대강의 요지는 안다.

"이건 내 총이 아니야. 빌린 거지. 그래서 장전이 됐다는 건 알지만 어떤 총알이 들었는지는 몰라. 확인 안 해 봤거든. 바지 벗고 엎드리지 않으면 네 발목을 쏠 거야. 바로 앞에서. 그러니까 여기서 관건은 하나야. 안에 든 총알이 소구경 실탄일까, 중공탄*일까? 하트 포인트가 들어 있다면 너는 다시 걸을 수 있을지 모르지만 엄청난 고통을 참아 가며 재활 치료를 받은 다음일 테고 평생 다리를 절게 될 거야. 소프트 노즈가 들어 있다면 네 발과는 바이바이하게 될 테고. 그러니까 요약하자면 이거야. 총에 맞을 것인가, 뒤치기를 당할 것인가. 네가 선택해."

도너번은 흐느껴 울기 시작한다. 그의 눈물에 빌리는 연민을 느끼지 않는다. 권총 개머리로 입을 후려쳐 그 치약 광고에 나올 것 같은 옥수수가 몇 개 빠지는지 보고 싶어진다.

"다른 식으로 표현해 줄게. 순간의 고통과 쪽팔림을 견딜 것인가, 평생 왼쪽 발을 끌고 다닐 것인가. 병원에서 절단해 버

---

* 표적의 내부를 헤집기 위해 탄두 속에 구멍을 파놓은 탄환.

리면 그도 안 되겠지만. 5초 줄게. 5…… 4…….”

3에 트립 도너번은 일어나 바지를 벗는다. 거시기가 우동처럼 쪼그라들었고 불알은 거의 보이지도 않는다.

“선생님, 꼭 그렇게……” 마르티네스가 말을 꺼낸다.

“입 닥쳐. 저놈은 당해도 싸. 어쩌면 우리 모두 마찬가지야.” 행크가 이번에는 빌리에게 말한다. “참고로 말씀드리자면 저는 안에 넣지 않았어요. 그냥 배에 대고 했지.”

“거기다 대고 쌌나?”

빌리는 답을 알고 있다.

행크는 고개를 숙인다.

도너번은 카펫에 엎드려 있다. 하얀 엉덩이에 잔뜩 힘을 주고 있다.

빌리는 엎드린 자의 골반 옆에 한쪽 무릎을 꿇고 앉는다.

“꼼짝하지 않는 게 좋을 거야, 도너번 선생. 그게 가능할지 모르겠지만 아무튼 최대한. 코드를 꽂지 않는 게 다행인 줄 알아. 꽂을까 고민도 했었거든.”

“너, 내가 조져 버린다.” 도너번은 흑흑거린다.

“오늘은 아무도 조져지지 않아. 너만 빼고.”

빌리는 핸드 믹서의 아랫부분을 도너번의 오른쪽 볼기에 놓는다. 도너번은 움찔하며 숨을 토한다.

“장을 보면서 미끌미끌한 것도 하나 살까 했었거든. 보디로션이나 마사지 오일이나 하다못해 바셀린이라도. 그런데 안

샀어. 앨리스도 윤활제 안 발랐을 거 아냐. 네가 안에 넣기 전에 손에 침이라도 뱉었으면 모를까."

"이러지 마세요." 도너번이 흑흑거린다.

"앨리스도 그런 말을 했었나? 안 했겠지. 약에 취해서 별말도 하지 못했을 테니까. 앨리스가 한 말이 있다면 '목 조르지마.'뿐이었을걸? 할 수만 있었다면 더 여러 말을 했겠지만. 시작한다, 도너번 선생. 가만히 있어. 긴장 풀고 즐기라고는 못하겠네."

12

빌리는 원래 계획했던 것처럼 한참 동안 뜸을 들이지 않는다. 그럴 마음이 생기지 않는다. 그럴 만한 배짱이 없다고 할까. 모두 끝나자 그는 휴대전화로 트립 도너번과 나머지 두 명의 사진을 찍는다. 그런 다음 믹서를 꺼내 그의 지문을 닦고휙 던진다. 핸드 믹서는 마르티네스의 노트북이 있는 동그란테이블 아래로 데굴데굴 굴러간다.

"다들 그 자리에 가만히 있어. 다 끝나 가니까 막판에 망치지 마라."

빌리는 부엌으로 들어가 과일 칼을 챙긴다. 거실로 돌아가보니 다들 제자리에 있다. 빌리는 행크 플래너건에게 손을 내밀라고 한다. 행크가 손을 내밀자 그는 손을 묶었던 케이블 타이를 잘라 준다.

"선생님?" 행크가 소심하게 부른다. "가발이 벗겨졌는데요."

행크의 말이 맞는다. 금색 가발이 조그만 동물의 사체처럼 걸레받이 앞에 떨어져 있다. 토끼라고 해야 할까? 빌리가 돌진하는 도너번을 문에 대고 내동댕이쳤을 때 벗겨진 모양이다. 지층 아파트에서 나오면서 풀로 잘 붙였던가? 기억이 나지 않지만 붙이지 않은 모양이다. 그는 가면이 있으니 가발을 굳이 쓰지는 않고 루거 GP를 들고 있지 않은 다른 쪽 손으로 그냥 들고 있다.

"너희 셋 모두의 사진을 찍었지만 엉덩이에 핸드 믹서를 꽂고 있는 사람은 도너번 선생뿐이니 이 친구가 주인공이라고 해야겠지. 경찰에 연락하면 내가 쳐들어와서 돈이나 귀중품은 건드리지도 않고 그냥 나간 이유를 설명해야 할 테니 너희들이 그럴 일은 없다고 본다만, 집단 성폭행은 쏙 빼놓고 있지도 않은 얘기를 지어내면 이 사진이 인터넷에 올라갈 거야. 설명과 함께. 질문 있는 사람?"

아무도 없다. 이제 떠나야 하는 시간이다. 3층 로비로 가는 길에 마스크를 벗고 가발을 써도 된다. 하지만 빌리는 가기 전에 한마디 하고 싶다. 그래야 할 것만 같다. 맨 처음 떠오른 생각은 이거다. 너희들은 누나나 여동생도 없냐? 어머니는 다들 있겠지. 빌리에게도 있었는데. 별로 유능한 어머니는 아니었지만. 하지만 그런 질문은 너무 빤하다. 뭘 가르치자는 게 아니라 훈계조다.

"다들 부끄러운 줄 알아라."

빌리는 그 집에서 나와 황급히 발걸음을 옮기며 가면을 벗어 지퍼가 열려 있는 노트북 가방에 넣는다. 그도 아까 그놈들과 별다를 게 없고, 솔직히 뭐 묻은 개가 뭐 묻은 개 나무라는 꼴이라는 생각이 들지만, 그런 식으로 생각한들 득이 될 게 하나 없다. 그는 가발을 쓰고 계단을 내려가며 이왕 이렇게 된 거 어쩔 수 없으니 나름 최선을 다하는 수밖에 없다고 마음을 다잡는다. 심심한 위로지만 아무 위로도 할 수 없는 것보다는 낫다.

17장

1

문 바로 앞에서 기다리고 있었는지 앨리스는 빌리가 노크하자마자 문을 연다. 그러고는 그를 끌어안는다. 그는 화들짝 놀라서 몸을 빼려다 상처받은 그녀의 표정을 보고 마주 끌어안는다. 닉이나 조르조와 아무 의미 없이 남자 대 남자로 살짝 안았던 거라면 모를까, 포옹다운 포옹은 오랜만이다. 그러다 그렇지 않다는 걸 깨닫는다. 섀니스 애커먼도 그를 여러 번 끌어안았다. 그럴 때마다 기분이 좋았는데, 이번 역시 마찬가지다.

그들은 안으로 들어간다. 빌리는 랜드뷰 에스테이츠를 나서 차를 타고 오는 동안 앨리스에게 전화해 별일 없다고 전했지만 그녀는 다시 묻고 그는 다시 별일 없었다고 대답한다.

"그리고…… 그 인간들도 처리했고요?"

"응."

"셋 다요?"

"응."

"어떤 식으로 처리했는지 물어봐도 돼요?"

"다들 병원에 갈 필요는 없지만 하나같이 대가를 치렀어. 그렇게만 알고 있으면 돼."

"알았어요. 하지만 전에 물어봤던 거 또 물어봐도 돼요?"

빌리는 된다고 한다.

"날 위해서 그런 거예요 아니면 아저씨 동생을 위해서 그런 거예요?"

그는 고민 끝에 대답한다.

"양쪽 다인 것 같아."

앨리스는 이제 됐다는 듯이 고개를 끄덕인다.

"그 가발, 허리케인이 훑고 지나간 것처럼 됐어요. 빗 있어요?"

면도용품 가방 안에 있다. 앨리스는 손가락을 벌려서 그 위에 가발을 텐트처럼 얹고 힘차게 빗질을 하기 시작한다.

"오늘 밤에 여기서 자고 가는 거예요?"

빌리는 여기까지 얼마 안 되는 거리를 이동하는 동안 생각해 보았다.

"그래야 할 것 같아. 그 바보 삼총사가 경찰에 신고할 리는 없다고 보거든." 전화기에 담긴 사진을 떠올리며 하는 말이다.

"그리고 날이 저물어 가고 있기도 하고."

앨리스는 빗질을 멈추고 그를 똑바로 쳐다본다.

"갈 때 나도 데리고 가 주세요. 네?" 그녀는 그가 아무 대꾸도 하지 않는 이유를 내키지 않아서라고 오해한다. "여긴 나한테 남은 게 없어요. 실업학교로 돌아가 카페에서 아르바이트를 할 수는 없어요. 이런 일이 벌어진 마당에 집으로 돌아갈 수도 없고요. 여기서 탈출해야 해요. 새로 시작해야 해요. 부탁할게요, 돌턴 아저씨. 네?"

"알았다. 하지만 언젠가는 각자의 길을 가야 해. 그건 알지?"

"네." 앨리스가 가발을 내민다. "좀 괜찮아졌죠?"

"그러네. 그리고 친구들은 나를 빌리라고 불러. 알겠니?"

그녀는 미소를 짓는다.

"알겠어요."

2

지선 도로를 타고 400미터쯤 가자 슬림 치킨스가 나온다. 빌리는 드라이브스루로 음식과 셰이크를 사 온다. 입에 넣고 씹는 동안에도 치킨 베이컨 샌드위치에서 시선을 떼지 않고 다시 한 입 먹을 준비를 하는 그녀를 보며 뿌듯해한다. 왠지 모르겠지만 아무튼 그렇다. 그들은 지역 뉴스를 본다. 법원 앞

암살 사건 관련 보도는 하나뿐이다. 새로운 내용은 없고 일기 예보 전에 그냥 2분짜리 시간 때우기다. 세상이 움직이고 있다.

"오늘 밤에 괜찮겠니?"

"네."

앨리스는 자기 말을 증명이라도 하려는 듯 빌리의 프라이를 한 개 슬쩍한다.

"숨이 차기 시작하면……"

"「테디 베어의 소풍」 부르라고요? 알아요."

"그래도 소용없으면 벽을 두드려. 그럼 내가 건너올게."

"알았어요."

그는 일어나서 쓰레기를 치운다.

"그럼 나는 이만 가 봐야겠다. 할 일이 있어서."

"글 쓸 거예요?"

빌리는 고개를 젓는다.

"다른 일이야."

앨리스는 심란한 표정을 짓는다.

"아저씨…… 한밤중에 나 버리고 도망치는 건 아니죠?"

너무 뜬금없는 질문이라 폭소를 터뜨리지 않을 도리가 없다.

"아니, 그러지 않을 거야."

"약속해요."

그는 새니스와 가끔 그랬던 것처럼, 캐시와 자주 그랬던 것처럼 새끼손가락을 구부린다.

"새끼손가락 걸고 약속할게."

그녀도 웃으며 새끼손가락을 구부리고 그와 손가락을 건다.

"내일 아침 일찍 출발할 테니 일찍 자. 차 타고 한참 갈 거야."

이제 어디로 가면 되는지만 알아내면 된다.

3

벽 저쪽의 객실에서 빌리는 버키 핸슨에게 문자를 쓴다.

제가 지금 버키 씨의 은신처로 가도 될까요? 사실 제가 아니라 우리예요, 동행이 한 명 있거든요. 그 녀석 걱정은 하지 않아도 되는데 새로운 신분증이 필요해요. 오래 있지는 않을게요. 남은 돈을 받으면 약속한 금액을 버키 씨에게 줄게요.

문자를 전송하고 기다린다. 빌리와 버키는 거의 처음부터 같이 일한 사이다. 빌리는 그를 전적으로 신뢰하고 버키도 그를 신뢰할 거라고 본다. 게다가 100만 달러면 상당한 금액이다.

5분 뒤에 전화기에서 땡 하는 소리가 들린다.

SCOTS 라이브 쇼 스키퍼스 스모크하우스 2007 69 엘 카미노 YT. 삭제하고 DTA.

그들이 이런 식으로 연락을 주고받은 지는 몇 년 안 됐지만 빌리는 DTA가 뭔지 안다. 다시는 문자하지 말라(Don't text again)는 뜻이다. 버키가 그런 말까지 덧붙일 정도면 아주아주 몸을 사리고 있다는 뜻이다. 어쩌면 무슨 소문을 들었는지도 모른다. 그렇다면 좋은 소문은 아니었을 것이다.

빌리는 SCOTS도 무슨 뜻인지 안다. 버키가 좋아하는 록밴드 서던 컬처 온 더 스키즈(Southern Culture on the Skids)의 약자다. 「엘 카미노 69번지」는 그들이 부른 곡이다. 빌리는 유튜브에 접속해 *SCOTS 스키퍼스 스모크하우스 라이브*라고 입력한다. 서던 컬처 온 더 스키즈가 거기서 공연을 한 적이 많은지 동영상이 40개가 넘고 곡도 여러 개다. 그중 다섯 개가 '69 엘 카미노'지만 2007년 영상은 하나뿐이다. 빌리는 그걸 선택하지만 재생을 누르지는 않는다. 지저분한 휴대전화로 촬영한 동영상이라 사운드가 후질 테고 그가 찾는 건 노래가 아니다.

조회수가 4000이 조금 넘고 수백 명이 댓글을 남겼다. 빌리는 맨 마지막 댓글로 스크롤을 내린다. Hanson199가 2분 전에 단 것이다.

끝내주네요. 사이드와인더의 에지우드 설룬에서 10분짜리 대박 공연 본 적 있어요.

빌리는 Taco04란 이름으로 그 아래에 댓글을 단다. 간단하다. 조만간 공연 볼 수 있으면 좋겠어요!

그는 버키에게 보낸 문자와 버키의 답문을 삭제하고 구글에 접속한다. 미국 본토에 사이드와인더라는 이름의 도시는 한 개뿐이다. 콜로라도주에 있다. 에지우드 설룬은 없지만 에지우드 마운틴 드라이브라는 간선도로는 있다.

그는 앨리스에게 문자를 보낸다. 아침 5시에 출발하자, 오케이? 오케바리요라는 답장이 곧바로 날아온다.

빌리는 올테크 노트북에 앱을 하나 다운받는다. 모텔 와이파이가 개떡 같아서 받느라 한세월이 걸린다. 다운로드가 끝나자 그는 1시간 동안 책을 읽고 뜨거운 물로 한참 동안 샤워를 한다. 필요 없긴 하지만 휴대전화 알람을 맞춰 놓고 침대에 눕는다. 그는 랄라팔루자 꿈을 꾼다. 예상했던 바다.

4

그들은 아직 동이 트기 전에 몇 개 안 되는 짐을 퓨전의 뒷자리에 싣는다. 빌리는 싸구려 올테크 노트북 한 개를 운전석과 조수석 사이 콘솔에 놓고 시가 잭에 꽂는다.

"이 싸구려가 언젠가는 유용하게 쓰일 줄 알고 있었지."

"진짜요?"

앨리스는 아직까지도 잠이 덜 깬 얼굴이다.

"아니, 하지만 가끔 운이 따라 줄 때도 있지."

그녀가 안전벨트를 매는 동안 빌리는 간밤에 다운받아 놓은 앱을 연다. 그 옛날 모뎀이 연결될 때처럼 높고 날카로운 소리가 난다. 그는 볼륨을 낮춘다.

"그건 뭐에 쓰는 거예요?"

빌리는 허리를 숙여서 사물함 왼편으로 저 아래에 숨어 있는 단자를 가리킨다.

"저게 OBD야. 운행정보 확인 장치(On-board diagnostic). 별의별 기능을 수행하는데, 이게 리스한 차량이기 때문에 대리점에서 우리 위치를 파악하려고 하면 그걸 콕 집어서 알려 주는 역할도 하거든. 그래서 우리가 주 경계선을 넘으면 그쪽에서 바로 위치를 파악할 거야. 주 경계선을 넘으면 알리도록 프로그램되어 있으니까. 이 앱은 방해전파를 쏘는 앱이야. 대리점 측에서 우리 위치를 확인하려고 하더라도 OBD가 고장 난 줄 알 거야."

"그건 아저씨 희망사항 아니에요?"

"성공할 가능성이 커. 이제 출발할까? 객실 다시 한번 체크하지 않아도 되겠어?"

"출발해도 돼요." 앨리스는 이제 완전히 깼다. "우리 어디로 가요?"

"콜로라도."

"콜로라도라니 맙소사." 어린애 같은 말투다. "거리가 얼마나 돼요?"

"1600킬로미터가 넘어. 이틀 거리야."

그녀는 미소를 짓는다.

"그럼 얼른 출발하는 게 좋겠네요."

빌리는 "오케바리."라고 하고 퓨전의 기어를 D로 옮긴다. 5분 뒤에 그들은 고속도로로 진입해 서쪽으로 달린다.

5

그들은 머스코기에서 기름을 넣고 끼니를 해결하기로 한다. 머스코기는 멀 해거드* 덕분에 유명해진 도시다. 앨리스는 올테크를 열심히 들여다보며 빌리에게 애로헤드 몰로 가는 길을 알려 준다. 거기 도착하자 그녀는 밝은 주황색 어닝이 달린 건물을 가리킨다.

"얼타가 뭐 하는 덴데?"

"화장품 가게요. 아저씨가 사다 주세요. 이런 얼굴로 돌아다니고 싶지 않아서요."

빌리는 앨리스의 심정을 이해한다. 그녀는 젊고 건강해서 멍 자국이 옅어지기 시작했지만, 그래도 최근에 누군가에게 얻어맞은 티가 난다. 그녀가 뭘 사 오면 되는지 알려 주고 그는 그걸 사다 준다. 기초 제품은 더마블렌드 커버 크림이다. 그것 자체는 사후 피임약보다 저렴하지만 거기다 붓과 세팅 파우더를 추가하자 80달러에 육박한다.

"너 돈이 많이 드는 상대로구나."

---

* 미국의 컨트리 가수. 「오키 프럼 머스코기」라는 노래를 불렀다.

빌리는 앨리스에게 봉지를 건넨다.

"결과물을 보면 생각이 달라질걸요?"

앨리스가 당돌하게 되받아친다. 빌리는 그래서 좋다. 그녀는 거울에 비친 자기 얼굴을 차마 들여다보지 못하던 상태에서 먼 길을 되돌아왔지만…… 아직 완전히 돌아오지는 않았다. 그날 오후에 계속 남서쪽으로 달리는 와중에 그녀는 잠이 들었다가 1시간쯤 지났을 때 끙끙거리기 시작한다. 저리 가라는 듯이 손을 내젓는다. 그러다 한 손으로 계기판을 때리고는 헉하고 숨을 토하며 눈을 뜬다. 그러더니 다시 한번 숨을 토한다. 세 번째로 숨을 토할 때는 한 손으로 목을 감싼다.

"「테디 베어의 소풍」, 얼른!"

빌리는 이미 속도를 늦추며 갓길로 들어서고 있다.

"괜찮아요, 그냥 가요. 이제 괜찮아요. 나쁜 꿈을 꿨을 뿐이에요."

"어떤 꿈이었는데?"

빌리는 깜빡이를 끄고 다시 주행선으로 진입한다.

"기억이 안 나요."

거짓말이지만 그래도 상관없다.

6

그들은 캔자스주의 프로텍션이라는 조그만 마을에서 차를 멈춘다. 목적지까지 거의 절반을 온 데다 프로텍션 모텔이라는 곳에서 하룻밤 쉬었다 간다는 것이 마음에 들기 때문이다.* 이번에는 체크인할 때 앨리스도 동행하는데, 데스크 남자 직원은 그녀를 제대로 쳐다보지도 않는다. *여자 직원이었다면 안 그랬을 텐데.* 빌리는 생각한다. 화장품이 효과가 좋고 그녀가 솜씨 있게 바르기도 했지만 그래도 완벽하지는 않다. 그가 먹을 걸 사 올까 하고 묻자 앨리스는 고개를 젓는다. 남들 앞에 나설 준비가 됐다는 건데, 그것 역시 다행스러운 변화다. 그들은 돈스 플레이스라는 가게에서 저녁을 해결한다. 프로텍션에 있는 음식점이 거기 한 군데뿐이다. 메뉴는 대부분 햄버거와 핫도그다.

"우리가 만나게 될 이 남자 말이에요. 어떤 사람이에요?"

"버키는 이제 65살 아니면 70살쯤 됐겠다. 비쩍 말랐고 해병대 출신이야. 주식은 맥주, 담배, 슬림 짐 육포 그리고 로큰롤. 컴퓨터의 귀재고 마당발이고 끈을 연결해 주는 일을 하지."

"끈이요?"

"전문 총잡이. 어린애나 마약쟁이나 총질하면서 행복해하

---

* 영어로 프로텍션이 보호한다는 뜻이다.

는 다혈질은 해당사항 없어. 버키는 에이전트이기도 하고 인재 스카우터이기도 하지."

"암흑가에서요."

빌리는 미소를 짓는다.

"이제는 암흑가라는 게 존재하는지 모르겠다. 컴퓨터 시대가 시작되면서 거의 죽지 않았나 싶은데."

"그리고 아저씨 같은 사람들한테 일거리를 찾아 준단 말이죠." 그녀는 목소리를 낮춘다. "청부살인업자 말이에요."

빌리가 아는 한 버키와 함께 일하는 청부살인업자는 그 하나뿐이지만 그래도 아니라고 하지 않는다. 맞는 말인데 어떻게 아니라고 할 수 있을까. 그는 죽어 마땅한 사람들만 죽인다고 다시 한번 짚고 넘어갈 수도 있겠지만 무슨 소용일까. 그녀가 그 말을 믿건 믿지 않건 상관이 없다. 그는 과거를 바꿀 수는 없겠지만 미래를 바꿀 작정이다. 그리고 보수도 챙길 작정이다. 그는 그 돈을 받을 권리가 있다.

"버키가 아마 네 신분증을 마련해 줄 거야. 그런 일도 하거든. 너는 다른 사람이 될 수 있어. 그러고 싶다면."

"그러고 싶어요." 일말의 고민도 없는 대답이다. "나중에 엄마한테 다시 연락하고 싶어질 수는 있겠지만." 앨리스는 조그맣게 웃음을 터뜨리며 살짝 고개를 젓는다. "엄마가 나한테 마지막으로 연락한 게 언젠지 기억이 안 나요. 진짜로요."

"그래도 너는 전화 드렸지?"

"네. 아저씨가 음…… 트립이랑 룸메이트를 만나러 갔을 때요."

"정말로 칸쿤 놀러 간다고 한 건 아니겠지?"

그녀는 미소를 짓는다.

"혹했지만 안 그랬어요. 남자친구를 사귀었는데 학교를 때려치우면서 헤어졌다고, 그래서 앞으로 어떻게 할지 찬찬히 고민해 보고 싶다고 했어요."

"그래도 아무 말씀 없으시디?"

"내가 뭘 하든 엄마가 아무 말 하지 않은 지 한참 됐어요. 우리 다른 얘기 하면 안 돼요?"

7

다음 날도 그들은 차를 타고 주로 70번 고속도로를 계속 달리기만 한다. 아직까지 정신적으로 육체적으로 트라우마에 시달리는 앨리스는 잠을 많이 잔다. 빌리는 USB에 담아 노트북 가방에 챙긴 원고에서 팔루자 부분을 생각한다. 그러자 고향으로 돌아가면 창고에서 할리 오토바이를 꺼내 뉴욕에서부터 샌프란시스코까지 여행을 떠나겠다고 입버릇처럼 말했던 앨비 스타크가 생각난다. *그 개떡 같은 국도는 처다보지도 않을 거야. 처음부터 끝까지 고속도로만 달릴 거야.* 앨비는 그럴 기회를 누리지 못했다. 앨비는 오래돼서 녹슨 팔루자의 택시 뒤편에서 숨을 거두었는데 *아무것도 아니야, 그냥 스쳐 지나갔어*란 말을 마지막으로 남겼다. 그 말을 남기자마자 그는 앨리스가 공황 발작을 일으켰을 때 그랬듯이 숨을 헐떡이기 시작했고 「테디 베어의 소풍」 첫 소절을 부르지도 못했다.

두 사람은 캔자스주의 퀸터라는 조그만 마을에서 기름을 넣고 끼니를 해결하기로 한다. 와플 딜라이트라는 곳인데, 퓨전에서 내려 다가가 보니 주 경찰 둘이 바 카운터에 앉아 있다. 앨리스는 멈칫하지만 빌리는 계속 걸음을 옮긴다. 알고 보니 걱정할 필요가 없었다. 경찰들은 그들을 거의 쳐다보지도 않는다.

"태연하게 행동하면 저들은 대개 신경 쓰지도 않아."

차를 세워 놓은 곳으로 다시 돌아가며 빌리가 말한다.

"대개요?"

빌리는 어깨를 으쓱한다.

"무슨 일이 벌어질지 모르니까. 확률 게임을 하면서 잘되길 바라야지."

"아저씨는 운명론자군요."

빌리는 웃음을 터뜨린다.

"나는 현실주의자야."

"그게 그거 아니에요?"

그는 한 손을 퓨전의 문손잡이에 올려놓은 채 앨리스를 쳐다본다. 그녀는 그를 놀라게 하는 재주가 있다.

"실업학교 학생치고는 너무 똑똑한데? 너는 그런 학교에 다니기에는 아깝다고 본다."

8

앨리스는 와플과 베이컨으로 잔뜩 부른 배를 안고 다시 잠이 든다. 빌리는 어쩌다 한 번씩 그녀를 흘끗 쳐다본다. 시간이 지나면 지날수록 그녀가 점점 더 좋아진다. 그녀라는 인간이 마음에 든다. 한 인생을 대차게 마감하고 새로운 인생을 시작한다? 기회가 주어진다 한들 그럴 수 있는 사람이 몇이나 될까?

4시쯤에 앨리스가 일어나 기지개를 켜더니 헉하고 숨을 토한다.

"우와, 대 투 더 박!"

빌리는 웃음을 터뜨린다.

"그런 감탄사는 또 처음 듣네."

"로키다! 오 마이 갓, 저것 좀 보세요!"

"맞아, 대단하지."

"사진으로 본 적 있지만 차원이 다르네요. 아니 그냥 갑자기 시작되잖아요."

맞는 말이다. 평지가 수백 킬로미터 이어지다가 느닷없이 산맥이 쑥 등장한다.

"오늘 중으로 버키가 사는 집에 도착할 수 있을 줄 알았고 마음만 먹으면 그럴 수 있을 것 같다만, 해가 떨어진 뒤에 19번 도로를 타고 산속으로 들어가고 싶지가 않네. 구불구불하지 않을까 싶어서." 말은 그렇게 하지만 사실은 밤 10시에서 12시 사이에 전조등을 환히 밝혀 가며 버키의 집을 찾아가고 싶지 않기 때문이다. 버키가 그렇게 몸을 사려 가며 집 주소를 알려 준 마당에 그럴 수는 없다. "덴버 동쪽에 평범한 모텔 있는지 찾아봐."

앨리스는 젊은 친구답게 그의 돌턴 휴대전화를 능수능란하게 다룬다.

"프롱혼 모터 레스트라는 데가 있어요. 그 정도면 충분히 평범해요?"

"응. 거리가 얼마나 되지?"

"50킬로미터쯤 되는 것 같아요." 그녀는 자판을 좀 더 두드리고 화면을 넘긴다. "바이어스라는 마을에 있어요. 야생 칠면조 사냥에 이어서 성대한 댄스 축제가 열리는 곳인데, 11월이래요. 우리는 구경 못 하게 생겼네."

"안타까워라."

"뭐, 살다 보면 개떡 같은 일이 벌어지기 마련이죠. 산다는 건 파티와 같고 언젠가는 끝나는 것이 파티의 운명이니까요."

그는 살짝 놀라워하며 그녀를 곁눈질한다.

"F. 스콧 피츠제럴드가 한 말이니?"

"프린스요. 이 풍경이 너무 환상적이라 적응이 안 돼요. 해가 지면 안 보이겠죠? 그러면 가슴이 아플 수도 있을 것 같아요. 내가 지금 여기에 있는 이유는 그 자식들이 나를 성폭행하고 빗속에 내다 버렸기 때문이잖아요. 벌어지는 모든 일에는 이유가 있는 것 같아요."

빌리는 지금까지 그 말을 숱하게 들었고 들을 때마다 화가난다.

"나는 그렇게 생각하지 않아. 그렇게 생각하지 않을 거야."

"알았어요. 죄송해요." 약간 겁에 질린 투다. "나는……"

"그렇게 생각해 버리면 내 동생보다 더 중요한 사람이나 뭔가가 있었다고 인정하는 게 되잖아. 앨비 스타크도 마찬가지야. 타코도. 다시는 걷지 못할 조니 캡스도. 그 모든 일에 논리는 존재하지 않아."

앨리스는 아무 대꾸도 하지 않는다. 빌리가 돌아보니 그녀는 단단히 깍지 낀 손을 내려다보고 있고 뺨 위로 눈물이 흐른다.

"맙소사 앨리스, 너 울리려고 한 소리는 아닌데."

"안 울어요." 그녀는 말하며 뺨에 남은 증거를 닦는다.

"그냥 내 말은 신이 있다 한들 일을 하는 솜씨가 형편없다는 거야."

앨리스는 파랗고 삐죽빼죽한 전면의 로키산맥을 가리킨다.

"신이 있다면 저걸 만드신 분이 그분이에요."

흠. 이 아가씨 말이 일리가 있네.

9

그들은 프롱혼 모터 레스트에서 아무 문제 없이 서로 연결되어 있는 객실에 체크인한다. 빌리는 주차장에 주차된 차량의 숫자를 보고 복도의 모든 객실을 그들이 독차지할 수도 있었겠다는 생각을 한다. 끼니는 가까운 버거 반에서 해결한다. 다시 모텔로 돌아갔을 때 빌리는 원고가 담긴 USB를 노트북에 꽂는다. 문서를 열어 어디까지 썼는지 확인한다. 타코가 파리드에게 **굿모닝 베트남**이라고 적힌 확성기를 건네고 있다. 그는 문서를 다시 닫는다. 사실 펀하우스에서 있었던 일을 기록하는 것이 두렵지는 않지만 몇 번으로 나눠서 쓸 생각은 없다. 조용한 데서 병에 든 독약을 붓듯 쏟아 내고 싶다. 시간이 오래 걸리지는 않겠지만 *강렬함의* 강도는 높을 것이다.

그는 창문 앞으로 가서 밖을 내다본다. 각 방마다 앞에 싸구려 마당 의자가 두 개씩 놓여 있다. 앨리스가 자기 객실 앞 의자에 앉아서 별을 쳐다보고 있다. 빌리는 그런 그녀를 한참 동안 쳐다본다. 정신과 의사에게 묻지 않아도 그녀가 그에게 어떤 존재인지 안다. 어른이 된 캐시다. 정신과 의사는 그녀가 페인트칠을 하다가 미칠 집에서 같이 살았던 로빈 매콰이어, 다른 이름으로는 로니 기븐스이기도 하다고 주장할 수도 있겠지만 그건 아니다. 왜냐하면 빌리는 로빈과 자고 싶었고 그런 황당한 상상을 하며 밤에 딸딸이를 친 날이 하루 이틀이 아니었지만 앨리스와는 자고 싶은 생각이 없기 때문이다. 그는 그녀를 아끼고 그 감정은 성욕 이상의 의미가 있다.

앨리스를 아끼는 것이 위험한 감정일까? 물론이다. 앨리스가 그를 아끼게 된 것, 그를 믿고 의지하게 된 것도 마찬가지로 위험한 감정일까? 물론이다. 하지만 저기 앉아서 별을 올려다보는 그녀를 지켜보는 것이 빌리에게는 의미 있는 순간이다. 일이 잘못되면 그 의미가 빛바랠지 몰라도 지금 이 순간만큼은 그렇지가 않다. 그는 그녀에게 산과 별을 선물했고, 그 풍경을 가지지는 못하고 쳐다보는 데 그칠지 몰라도 그건 엄청 의미 있는 일이다.

10

그들은 일찌감치 출발해 아침 8시에 덴버를 우회한다. 땅이 평지다. 그들은 9시 15분에 볼더를 관통한다. 여기도 평지다. 그러다 벼락같이 산길이 시작된다. 빌리가 예상했던 것처럼 길이 구불구불하기 그지없다. 앨리스는 머리를 헤드 레스트에 대고 똑바로 앉아서 눈을 동그랗게 뜨고 오른쪽의 깊은 골짜기와 왼쪽의 가파른 나무 비탈길을 쳐다본다. 빌리는 그 이유를 이해한다. 그녀는 뉴잉글랜드에서만 살다 딱 한 번 잠깐 중남부에 왔다가 안 좋은 일을 겪게 된 아이라 모든 것이 새롭고 놀랍게 느껴지는 것이다. 그는 앨리스가 여기 이 로키산맥의 고원을 구경하기 위해 성폭행을 당할 수밖에 없었던 거라고 생각할 일은 절대 없겠지만 그래도 그녀가 구경할 수 있어서 다행이다. 놀라워하는 모습이 보기 좋다. 아니, 사랑스럽다.

"나는 여기서 살아도 좋겠어요."

그들은 네덜란드를 지난다. 네덜란드는 얼기설기 뻗은 변두리 쇼핑센터의 부속품 같아 보이는 조그만 마을이다. 쇼핑센터 주차장은 꽉 찼다. 웬만한 건 거의 다 믿는 빌리지만, 누가 이듬해 초봄이 되면 영업을 하는 날에도 여기 주차장에 차가 없다시피 하고 대부분의 상점이 문을 닫을 거라고 하면 믿기지 않아 할 것이다.

"저기 다녀와야겠어요." 앨리스가 손으로 가리킨다. 뺨에 홍조가 생겼다. "드러그스토어요."

그는 들어가 주차할 자리를 찾는다.

"어디 안 좋니?"

"아뇨, 하지만 친구가 찾아올 것 같아서요. 평소보다 2주 빠르지만 느낌이 와요. 배가 아파요."

그는 사후 피임약에 들어 있던 설명서를 떠올린다.

"내가 같이 안 가도……"

"네, 알아서 할게요. 금방 올게요. 으아, 이 바지에 묻지 않았으면 좋겠는데."

"묻었으면 새로……"

빌리는 *새로 한 벌 사면 되지*라고 말하려고 하지만 앨리스는 이미 차에서 내려 월그린스를 향해 거의 달려가고 있다. 그녀는 몇 분 뒤에 봉지를 들고 돌아온다.

그는 괜찮으냐고 묻는다. 그녀는 괜찮다고 거의 퉁명스럽게 대답한다. 그 마을에서 벗어나 경치 좋은 쉼터에 다다르자 그녀는 다른 몇 대의 차량 뒤에 세워 달라고 한다. 그러고는 그에게 반대편을 보고 있으라고 한다. 그가 반대편으로 고개를 돌리자, 칼에 찔린 자국처럼 깊은 골짜기 위를 행글라이더를 타고 날아가는 바보가 보인다. 이 정도 거리에서는 거의 움직이지 않는 것처럼 보인다. 그녀가 자세를 옮기며 지퍼를 내리는 소리, 봉지 부스럭거리는 소리에 이어 어딘가에서—아직은 탐폰을 쓰고 싶지 않을 테니 생리대일 것이다—종이를 떼어 내는 소리, 이어서 다시 지퍼를 올리는 소리가 들린다.

"이제 이쪽 봐도 돼요."

"아니, 네가 저쪽을 봐 봐."

빌리는 행글라이더를 가리킨다. 남자는 밝은 빨간색 민소매 티셔츠에 산비탈에 추락할 경우 아무 역할도 하지 못할 노란색 헬멧을 쓰고 있다.

"오…… 마이…… 갓!" 앨리스는 눈 위로 손차양을 한다.

"대 투 더 박이지?"

앨리스가 씩 웃는다. 진심으로 웃는다. 정말 보기가 좋다. 그녀는 아까 했던 말을 반복한다.

"여기서 살아도 좋겠어요."

"여기 살면서 *저거* 하려고?" 빌리가 손가락으로 가리킨다.

"저건 아니고요." 앨리스는 말을 잠깐 멈추고 고민한다. "하지만 할지도 몰라요."

"이제 그만 출발할까? 준비 다 됐으면?"

"오케바리요."

앨리스가 아주 씩씩한 목소리로 대답한다.

11

빌리는 어제 무리하지 않길 잘했다는 생각을 한다. 사이드와인더까지 가는 데 거기서 다시 2시간이 걸린 것이다. 여기에 쇼핑센터는 없고 기념품 가게, 식당, 서부극 스타일의 옷가게, 술집이 빽빽하게 들어선 길 하나짜리 도심이 전부다. 대부분 상호가 러프 라이더 설룬, 부츠 앤드 스퍼스, 홈스테드, 187, 이런 식이다. 에지우드 설룬은 없지만 빌리는 있을 거라고 기대하지도 않았다.

"저 술집 이름 특이하네요." 앨리스가 187을 가리킨다.

"그러게."

빌리는 맞장구치지만 그 앞에 줄줄이 주차된 오토바이들을 보며 전혀 특이하지 않다는 생각을 한다. 캘리포니아의 형법에서 살인을 지칭하는 숫자가 187이다.

퓨전의 GPS가 위치 탐지기와 맞물려 있기 때문에 앨리스는 그의 휴대전화를 내비게이션으로 쓰고 있다.

"1.5킬로미터, 아니면 그보다 조금 더 가서 왼쪽이에요."

1.5킬로미터 더 달리자 그들은 그 마을에서 벗어난다. 빌리는 속력을 늦추고, 에지우드 마운틴 드라이브라고 적힌 팻말이 보이자 그쪽으로 핸들을 돌린다. 그들은 도로와 어느 정도 거리를 두고 있는 근사하게 생긴 주택과 스위스 스타일의 오두막들을 지난다. 스키 시즌이 시작되려면 아직 6주가 남았기 때문에 대부분 진입로를 체인으로 막아 놓았다. 에지우드 108번지에서 포장도로가 끝난다. 지금까지 평탄했던 도로가 처음에는 살짝 울퉁불퉁하다가 이내 차가 덜커덩거릴 지경에 이른다. 빌리는 급격한 S자 커브를 무사히 통과하고 비가 와서 무너진 도랑을 쌩하니 넘는다. 이번에는 안전벨트가 잠길 정도로 차가 심하게 요동친다.

"이 길 맞아요?"

"맞아. 199번지를 찾는 중이야."

그녀는 휴대전화를 들여다본다.

"여기에 그런 번지수는 없다는데요."

"충분히 그럴 수 있어."

800미터쯤 더 가자 흙길이 끝나고 바퀴 자국 사이로 불룩 솟은 땅에서 들꽃이 자라는 풀길이 나온다. 빌리는 그 옛날에 벌채한 나무를 운반하던 길의 잔재일지 모른다는 생각을 한다. 나무들이 옥죄어 온다. 나뭇가지들이 퓨전의 옆면을 때린다. 길이 점점 더 가팔라진다. 빌리는 마지막 빙하기가 남긴 뾰족한 돌부리를 피해 핸들을 돌린다. 앨리스는 점점 더 불안해한다.

"이 길이 이대로 끝나면 3킬로미터를 후진해야 해요. 왜냐하면 차를 돌릴 데가……"

그 어느 때보다 심한 급커브를 간신히 돌자 길이 정말로 끝이 난다. 그 막다른 곳에 길쭉한 통나무집이 가파른 산비탈 위로 고개를 내밀고 있는데, 전봇대를 자른 것처럼 생긴 기둥이 그 집을 받치고 있다. 문이 열려 있는 현관 베란다 아래에 지프 체로키가 주차돼 있다. 뒤편 어딘가에서 발전기가 나지막하지만 힘차고 꾸준하게 돌아가는 소리가 들린다.

빌리와 앨리스는 차에서 내려 손차양을 하고 현관 베란다를 올려다본다. 버키 핸슨이 앉아 있던 흔들의자에서 일어나 나무를 쪼개 만든 난간 앞으로 다가온다. 뉴욕 레인저스 야구모자를 쓰고 담배를 피우고 있다.

"어이, 빌리. 못 찾고 헤매고 있나 생각하던 참이었어."

"이 아이도 그렇게 생각하더군요. 버키, 이쪽은 앨리스 맥스웰이에요."

"만나서 반가워요, 앨리스. 그리고 빌리, 몰라보겠어. 우리가 이렇게 만나는 게 얼마 만이지?"

"최소한 4년은 됐을 거예요. 아니면 5년이요."

"아무튼 올라와. 옆쪽으로 계단이 있어. 배들 고픈가?"

12

빌리는 그의 오랜 해결사 겸 에이전트가 긴급 피신처인 게 분명한 이곳으로 모르는 사람을 데려왔다고 불쾌하게 여길지 모른다고 걱정했었는데, 버키는 앨리스를 다정하게 대한다. 대놓고 빌리의 친구라면 어쩌고저쩌고 하지는 않지만 누가 봐도 그런 태도라 앨리스는 처음에는 낯을 가리다(아니면 경계하다) 긴장을 푼다. 그래도 빌리의 곁을 떠나지는 않는다.

부엌은 깔끔하고 널찍하며 햇빛이 환하게 비춘다. 버키는 전자레인지로 마카로니 앤드 치즈를 데워 준다.

"내가 솜씨가 괜찮은 편이라 우에보스 란체로스*라도 만들어 주고 싶지만 아직 이 집에 적응이 제대로 안 돼서. 필요한

---

* 달걀프라이나 수란을 토르티야에 얹고 토마토소스와 함께 먹는 멕스코 요리.

물품 조달을 마쳐야 이 일의 결론이 내려질 때까지 여기서 숨어 지낼 텐데 말이지. 행복한 결론이 내려졌으면 좋겠고."

"저 때문에 난처하게 되셨네요. 죄송하게 됐습니다."

버키는 그를 향해 손을 젓는다.

"내가 중개한 일이고 어떤 위험부담이 따르는지 알고 있었어." 그는 김이 나는 그릇을 그들 앞에 하나씩 놓는다. "우리 앨리스 양의 사연이 궁금하네. 아가씨는 어쩌다 이 조지 부시가 벌인 전쟁의 참전용사를 만나게 됐나 그래?"

앨리스는 어마어마하게 흥미진진한 물건이라도 되는 듯 자기 앞에 놓인 마카로니 앤드 치즈를 내려다본다. 뺨이 발그레해진다.

"이분이 저를 길에서 구출하셨다고 보면 맞을 거예요."

"그래요? 흠. 이 친구가 바보 연기 보여 주던가? 아주 볼 만한데. 한번 보여 줘, 빌리."

앨리스는 닉이나 조르조 같은 깡패와 다르기 때문에 빌리는 내키지 않지만, 버키가 당분간 지낼 곳을 내주었으니 그런 간단한 부탁을 거절하기도 난처하다. 그런데 연기를 보여 줄 필요가 없어진다.

"이미 봤어요." 앨리스는 잠깐 멈추었다가 덧붙인다. "어떤 의미에서는요."

그녀는 빌리를 흘긋 쳐다보고 다시 그릇을 응시한다. 아주 잠깐이지만 그가 쓴 원고의 맨 첫 부분을 두고 하는 얘기라고 장담할 수 있을 만큼은 된다. 닉이나 조르조가 들여다보고 있을 거라는 가정 아래 쓴 부분 말이다.

"끝내주지 않아요?" 버키가 물으며 자기 그릇을 들고 와서 자리에 앉는다. "빌리는 온갖 어려운 책을 다 읽지만 리버데일 고등학교에 다니는 모든 학생과 배트맨이 망토를 입게 된 사연까지 알려 줄 수 있지."

에라 모르겠다, 맛보기 정도야 상관없겠지. 빌리는 눈을 동그랗게 뜨고 말하는 속도를 늦춘다.

"사실 그 사연에 대해서는 모르는데요."

버키는 웃음을 터뜨리고는 마카로니가 꽂혀 있는 포크로 빌리를 겨눈다.

"어이구, 여전하구먼."

그는 앨리스에게로 고개를 돌린다.

"이 친구가 아가씨를 길에서 구출했다고? 그게 도대체 무슨 뜻이오?"

"제 목숨을 구해 주셨다고요."

버키는 눈썹을 추켜올린다.

"그래요? 어떻게 된 사연인지 듣고 싶군그래. 모두 다. 특히 뭐가 어떻게 잘못됐는지에 대해."

빌리는 조심스럽게 고민한다.

"전부 얘기해 드릴게요, 앨리스에 관계된 부분만 빼고요."

그는 웃음을 터뜨린다. 터져 나오는 웃음을 어쩔 도리가 없다.

13

　그는 또다시 프랭크 매킨토시와 폴리 로건이 호텔로 그를 태우러 온 시점에서부터 끝까지 찬찬히 설명을 하되 맨 마지막 부분만 건너뛴다. 그냥 어떤 남자들이 앨리스를 괴롭혀서 손봐 주었다고만 한다.

　버키는 어떤 식으로 손봐 주었느냐고 묻지 않는다. 그저 그릇을 챙겨 개수대로 들고 가서 뜨거운 물을 튼다. 에지우드 마운틴 드라이브의 막창에 있는 이 작은 집에 전자레인지가 있고 지붕에 위성 안테나가 달려 있을지 몰라도 식기세척기는 없다.

　"제가 할게요." 앨리스가 자리에서 일어난다.

　"아니, 괜찮아요. 몇 개 안 되고 스튜 냄비는 물에 담가 놓을 거니까. 치즈가 딱딱하게 굳어서 어찌나 안 떨어지는지. 빌리, 여기 얼마나 있다가 갈 건가? 오래 있을 거면 킹 수퍼스에 장을 보러 다녀와야 하기 때문에 묻는 거야."

　"잘 모르겠지만 장은 제가 보고 올게요."

　"저도 같이 갈게요. 뭘 사야 하는지 알려만 주세요." 앨리스는 냉장고를 들여다본다. "채소가 좀 있어야겠네요."

　버키는 그 말을 못 들은 척한다. 개수대에서 그녀를 등진 채 이렇게 말한다.

　"저들이 자네를 찾고 있어, 빌리. 닉의 조직뿐 아니라 다른 네 군데 경쟁사와 몇 명인지 모를 무소속까지. 모두가 힘을 합친, 드물지만 전례가 없지는 않은 경우인 거지. 자네는 특정 대화방에서 서머로크 씨로 불리며 화제의 중심이 되고 있지."

"빌리 서머스와 데이비드 로크리지를 합친 이름이로군요."

"맞아."

"돌턴 스미스를 운운하는 사람도 있나요?"

그는 제발 없었으면 좋겠다고 생각한다.

"내가 아는 한 돌턴 스미스는 아직 무사하지만, 이자들은 최고의 수사기관이나 FBI도 풋내기 같아 보일 정도로 엄청난 팀을 거느리고 있으니 자네가 뭐가 됐든 일말의 실마리라도 남기면 돌턴 스미스도 가망이 없다고 봐야 해."

버키는 몸을 돌려서 벌게진 손을 행주에 닦고 앨리스를 똑바로 쳐다본다. 그게 무슨 말인지 부연할 필요가 없다.

"저 애는 걱정 마세요. 제가 여길 떠날 때 저 애도 신분 세탁을 할 거예요. 버키 씨가 서류를 준비해 주시면요."

"아, 그거야 가능하지. 이미 하나 준비해 놨어. 최첨단 장비와 연결된 인터넷만큼 훌륭한 도구도 없지." 버키는 다시 식탁으로 돌아와서 앉는다. "엘리자베스 앤더슨으로 사는 것에 대해 어떻게 생각해요?"

앨리스는 놀라워하다가 머뭇머뭇 미소를 짓는다.

"괜찮은 것 같아요. 제가 이름을 고르면 안 되나요?"

"안 그러는 게 좋아요. 과거와 연관이 있는 이름을 고르기

십상이거든. 내가 선택한 것도 아니에요. 컴퓨터가 선택했지. 네임 제너레이터라는 사이트에서." 버키는 빌리를 쳐다본다. "자네가 저 아가씨를 믿는다면 그걸로 충분해. 이 젠슨 부부 쪽은 어떤가? 그 부동산 중개업자는? 그들이 돌턴 스미스라는 자네 신원을 의심할 가능성이 있을까?"

빌리는 고개를 젓는다.

"그럼 안전하다는 뜻인데 다행이로군. 왜냐하면 자네 목에 현상금이 걸렸거든."

"얼마나요?"

"채팅룸에서 거론된 바로는 600만 달러."

빌리는 입을 떡 벌린다.

"지금 장난하세요? 왜요? 애초에 나한테 일을 맡겼을 때 주 겠다고 한 돈은 겨우 200만 달러였는데!"

"그러게."

앨리스는 테니스 경기 관람객처럼 이쪽과 저쪽을 번갈아 쳐 다보고 있다.

"닉이 계약을 주관하고 있지만 자네한테 주겠다고 약속했던 돈이 그 인간 돈이 아니었던 것처럼, 이번도 마찬가지라고 봐."

빌리는 팔꿈치로 식탁을 받치고 느슨하게 주먹 쥔 손을 얼 굴 양옆에 댄다.

"다른 총잡이를 죽인 어떤 총잡이를 죽여 주면 600만 달러 를 주겠다는 사람이 있다니 누구일까요?"

버키는 웃음을 터뜨린다.

"그거 적어 놔야겠네. 내가 그린 기린 그림 수준이로군."

"누굴까요? 그리고 이유가 뭘까요? 제가 알기로 조엘 앨런은 잔챙이였어요."

버키는 고개를 젓는다.

"모르겠어. 아니면 닉 머제리언은 알겠지. 자네에게 직접 물어볼 기회가 생길지도."

"닉 머제리언이 누구예요?" 앨리스가 묻는다.

빌리는 한숨을 쉰다.

"벤지 콤슨. 나를 이 아수라장에 끌어들인 인간."

그건 거짓말에 가깝다. 그는 제 발로 걸어 들어왔다.

14

결국 빌리는 앨리스와 함께 버키의 은신처에 3일, 어쩌면 4일 동안 있기로 한다. 펜트하우스 부분을 끝내고 싶다. 그건 오래 걸리지 않겠지만 다음 행보도 고민해야 한다. 루거 권총 말고 조준기가 달린 장총이 한 자루 더 필요할까? 모르겠다. 탄환이 달랑 여섯 개가 아니라 열일곱 개가 들어가는 글록 같은 권총이 한 자루 더 필요할까? 모르겠다. 하지만 루거에 소음기를 달면 쓸모가 있을지 모른다. 그는 소음기를 좋아하지 않지만 그걸 써야 하는 상황이 생길까? 그것도 모르겠지만 버키는 루거용 수동 소음기야 얼마든지 구할 수 있다고 한다. 사제품이라 몇 번 쓰면 부서질 수도 있지만. 버키가 말하길 이 일대 고산지역에서 온갖 부대용품을 입수할 수 있다고 한다.

"필요하면 M249도 구해 줄 수 있어. 수소문을 좀 해야겠지만 물어볼 만한 사람들을 알거든. 입단속을 잘할 안전한 사람들."

그러니까 분대자동화기를 구할 수 있다는 말이다. 빅 조 클렉제프스키가 바로 그 총을 들고 펜하우스 앞에 서 있었던, 짧지만 선명한 기억이 떠오르자 빌리는 고개를 젓는다.

"일단은 소음기부터요."

"루거 GP용 소음기, 오케이."

앨리스도 3일 있으면 필요한 서류가 완비되겠지만, 버키는 빌리와 함께 사이드와인더로 장을 보러 나서는 그녀에게 염색약을 사 오라고 한다.

"면허증에 금발 사진을 넣는 게 좋겠어. 하지만 눈썹은 그냥 까맣게 둬요. 그럼 잘 어울릴 거야."

"그렇게 생각하세요?"

그녀는 미심쩍어하는 투로 반문하지만 재미있어하는 표정을 짓고 있다.

"그렇다니까. 실업학교에 다녔다고 하니 거기 걸맞은 이력을 만들어 줄게요. 속기는 가능한가?"

"네. 로드아일랜드에서 여름학기로 들었는데 금세 배웠어요."

"그리고 전화 응대도 가능하겠지? 디그넘 쉐보레입니다, 어느 부서로 연결해 드릴까요?"

앨리스가 눈을 부라린다.

"좋아요, 적어도 초급 실무 능력은 갖추었군. 요즘 경기가 활황이니 그 정도면 충분할 거예요. 거기에 훌륭한 옷차림, 근사한 구두, 기분 좋은 미소를 더하면 베스 앤더슨이 알맞은 일자리를 찾지 못할 이유가 없겠어."

하지만 버키는 영 마뜩잖아한다. 앨리스는 그걸 모르지만 빌리는 알아차린다. 다만 이유를 모를 따름이다.

15

장을 보러 나서며 빌리는 가발과, 버키가 아직 풀지 않은 잡동사니 가방―그는 이민가방이라고 부른다―안에서 찾아준 선글라스를 쓴다. 킹 수퍼스에서 빌리는 현금으로 계산한다. 그들은 에지우드 마운틴 드라이브로 돌아가 마지막 3킬로미터 동안 퓨전을 사납게 쿵쾅거리고 덜커덩거려 가며 달린다.

앨리스가 버키와 함께 장 본 물건을 정리한다. 그는 그녀가 사 온 플랜틴 바나나를 미심쩍은 듯 쳐다보지만 아무 말도 하지는 않는다. 그 일이 끝나자 그녀는 집콕도 지긋지긋하다며 잠깐 걷고 와도 되느냐고 묻는다. 버키는 뒷문으로 나가면 숲속으로 이어지는 오솔길이 보일 거라고 한다.

"경사가 가파르긴 하지만 아가씨는 젊고 튼튼해 보이니. 벌레 퇴치제를 좀 바르는 게 좋을지 모르겠네. 화장실에 있는지 찾아봐요."

앨리스는 트럭 운전사 스타일로 소매를 걷어붙이고 커터 벌레 퇴치제를 문대며 돌아온다. 뺨에도 그걸 발라서 반짝거린다.

"늑대들은 신경 쓸 것 없어요." 그렇게 말한 버키는 앨리스가 놀란 표정을 짓자 덧붙인다. "농담이에요. 노인들은 1950년대 이후로 이 근처에서 늑대를 본 적 없다고 해요. 사냥을 당해서 씨가 말랐다고. 곰들도 마찬가지고요. 하지만 1.5킬로미터만 어찌어찌 걸어가면 엄청난 장관을 볼 수 있을 거예요. 몇 킬로미터일지 모르는 협곡과 골짜기 너머로 그 반대편의 널따란 평지를 볼 수 있거든. 예전에는 그 자리에 리조트 호텔이 있었는데, 오래전에 불이 나서 전소됐어요." 그는 목소리를 낮춘다. "들리는 소문으로는 유령이 출몰했다던데."

"발밑을 잘 보고 걸어." 빌리가 말한다. "발목이 부러지지 않게."

"조심할게요."

앨리스가 나가자 버키는 웃으며 빌리를 돌아본다.

"'발밑을 잘 보고 걸어. 발목이 부러지지 않게.' 자네 뭔가, 그 아이 아빠라도 되나? 자네가 아버지뻘이긴 하지만."

"괜히 정신 분석하고 그러지 마세요. 저 애는 그냥 친구예요. 어쩌다 그렇게 됐는지는 얘기할 수 없지만 아무튼 그렇게 됐어요."

"어떤 놈들이 괴롭혔다며? 내가 짐작한 그거 맞나?"

"네."

"전원이?"

"셋 중 두 명이요. 한 명은 배에다 쌌대요. 그 자식 말로는."

"맙소사, 겉으로는 아주…… 괜찮아 보이는데."

"그렇지 않아요."

"그래, 당연히 그렇겠지. 앞으로도 완전히 괜찮아지지는 않을 테고."

빌리는 다른 수많은 우울한 진단들과 마찬가지로 그 말이 맞을 거라고 생각한다.

버키가 맥주 두 개를 들고 오자 두 사람은 현관 앞 베란다로 나간다. 빌리는 그 아래에다가 체로키와 바짝 붙여서 퓨전을 주차해 놓았다.

"그래도 그 아이가 잘 대처하고 있는 것 같네." 버키가 다시 흔들의자에 앉아서 말한다. 빌리도 다른 흔들의자를 차지하고 앉았다. "배짱이 있어."

빌리는 고개를 끄덕인다.

"맞아요."

"그리고 이른바 분위기 파악도 할 줄 알고 말이지. 산책 나가고 싶지 않은데 우리 둘이 얘기를 나눌 수 있게 자리를 비워 준 걸 테지."

"그렇게 생각하세요?"

"응. 자네가 여기서 지내는 동안 그 아저씨는 손님방을 쓰라고 해. 지금은 내 짐이 거기 잔뜩 있지만 치워 줄 테니까. 침대에 매트리스만 있고 시트가 있는지 모르겠지만 벽장에 담요두어 장 있는 거 봤어. 그거면 사나흘 동안 지내기에 충분하겠지. 자네는 그 아가씨와 같이 자지 않을 테니 다락방을 쓰도록하고. 그 방은 거의 1년 내내 냉골 아니면 열탕인데 지금은 딱좋을 때야. 어딘가에 침낭 있어. 체로키 뒷자리에 있을 수도있겠네."

"좋네요. 감사합니다."

"100만 달러를 주겠다는 사람한테 이 정도 못 해 줄까. 자네생각이 바뀐 건 아니겠지?"

"그럼요." 빌리는 버키를 곁눈질한다. "제가 못 받을 거라고생각하시는군요."

"받을 수 있을지도." 버키는 셔츠 주머니에서 폴 몰 담뱃갑을 꺼내—빌리는 아직도 이런 담배가 생산되는 줄 미처 몰랐다—빌리에게 권하지만 그는 고개를 젓는다. 버키는 옆면에해병대의 상징과 *Semper Fi*라고 새겨진 오래된 지포 라이터로 불을 붙인다. "자네를 과소평가하면 안 된다는 걸 나는 오

---

* 항상 충성스럽다는 뜻의 라틴어. 미국 해병대 모토다.

래전에 터득했지, 윌리엄."

두 남자는 현관 베란다 흔들의자에 앉아서 잠시 아무 말도 하지 않는다. 빌리는 피어슨 가가 조용하다고 생각했었는데, 여기에 비하면 피어슨 가는 도심이다. 저 멀리 어딘가에서 누가 체인톱 아니면 나무 파쇄기를 쓰고 있다. 그 소리와, 산들바람이 소나무와 사시나무를 지나며 한숨을 쉬는 소리가 사운드트랙의 전부다. 빌리는 새 한 마리가 날개를 뻣뻣하게 펴고 파란 하늘을 가로지르는 것을 구경한다.

"그 아가씨를 데려가."

빌리는 놀란 얼굴로 그를 돌아본다. 버키는 필터 없는 담배 꽁초가 수북이 쌓인 오래된 양철 재떨이를 무릎에 올려놓고 있다.

"네? 제정신이세요? 제가 라스베이거스에서 닉을 추적하는 동안 그 아이는 여기서 버키 씨와 같이 지낼 수 있을 줄 알았는데요."

"그래도 되지만 데려가야 해." 버키는 담배를 끄고 재떨이를 옆에 내려놓고 몸을 앞으로 숙인다. "이제 내 말 잘 들어. 지금까지 자네가 내 말을 들은 적 있나 싶거든. *사람들이 자네를 찾고 있어.* 자네가 거론한 데이나 에디슨처럼 터프한 녀석들이. 그놈들은 경찰이 자네를 잡지 못했다는 것도, 닉이 자네 돈을 떼먹었다는 것도, 자네가 빚을 회수하러 나설 가능성이 크다는 것도 알아. 자네가 다른 방법이 없으면 그 인간 가죽을 벗겨서라도 그 돈을 가져갈 거라는 것도."

"샤일록처럼 말이죠." 빌리는 중얼거린다.

"영화를 본 적 없어서 거기에 대해서는 잘 모르겠지만 저걸로 놈들을 속일 수 있을 거라고 생각한다면……" 버키는 이제후줄근해져서 새로 사야 하게 생긴 금색 가발을 휙 쳐다본다. "……자네는 바보 병에 걸린 거지. 저들은 자네가 변장했다는 걸 알아, 그렇지 않고서는 레드 블러프에서 빠져나갈 방법이 없었을 테니. 그리고 자네가 라스베이거스까지 차를 몰고 간다면 길이 몇 개 안 되잖아. 놈들이 그 길을 전부 예의 주시하고 있을 거야."

그 말에는 일리가 있지만 빌리는 앨리스를 위험한 곳으로 데려간다는 발상이 마음에 들지 않는다. 그녀를 위험한 곳에서 구출하려는 것이 그의 생각이었다.

"맨 처음 생각해야 하는 부분은 자네 저 차에 달린 번호판이야." 버키가 덱과 그 아래 주차된 차를 가리킨다. "남부 번호판을 달고 있는 차가 이 일대에도 있긴 하지만 그리 많지 않지."

빌리는 아무 대꾸도 하지 않는다. 자신의 어리석은 행동에할 말을 잃었다. 퓨전에 내장된 컴퓨터를 차단한답시고 전파방해 앱까지 설치했지만 그 파란색 다이아몬드 번호판을 반짝이며 중서부까지 달려오다니. 나 여기 있다는 표지판을 달고온 거나 다름없었다.

버키는 빌리의 생각을 읽을 필요가 없다. 표정에서 모든 게 드러난다.

"자책할 것 없어. 행동이 빠른 사람치고는 대부분을 제대로 처리했으니까."

"하나만 실수해도 올가미 신세를 면치 못하는걸요."

버키는 아니라고 하지 않고 그저 새 담배에 불을 붙이며 추격자들이 오클라호마나 캔자스 같은 데서 빌리를 찾고 있을 것 같지는 않다고 한다.

"서쪽을 집중적으로 이 잡듯이 뒤질 거야. 아이다호, 유타, 어쩌면 애리조나까지, 하지만 가장 우선적으로는 네바다. 자네가 라스베이거스로 건너가 그쪽에서 상황이 분명해질 때까지."

빌리는 고개를 끄덕인다.

"게다가 놈들이 자네를 보았고 추적했다면 이미 여기로 들이닥쳤겠지." 버키가 손짓하자 허공에 연기 자국이 길게 남는다. "고립된 공간. 총질 파티를 벌이기에 좋은 곳이지. 자네는 괜찮은 것 같아, 행운의 여신이 자네 편이야. 그게 다른 면에서 또 다행인 것이, 저 리스한 차의 서류는 돌턴 스미스의 이름으로 작성이 되어 있지?"

"네."

"다른 이름으로 된 신분증 있나?"

빌리는 데이비드 로크리지의 면허증과 마스터카드를 아직 가지고 있긴 하지만 아무 쓸모가 없긴 하다.

"다 태웠어요."

"내가 만들어 줄게, 쓸 만한 걸로. 네임 제너레이터를 돌려서. 다만 내가 신용카드를 만들어 주더라도 쓰지는 마. 그냥 보여 주기용이니까. 그리고 번호판 바꿀 것 없어, 차를 바꿔야 하니까. 리스한 그 차는 당분간 여기 두도록 하지, 어차피 구역질 나게 생겼으니."

"그래도 편해요." 빌리는 말하고 맥주를 조금 마신다.

"돈 있나? 나한테 선금 10퍼센트 보내 준 걸 보니 있을 것 같은데."

"4만 정도 있지만 현금은 아니에요. 레드 블러프의 자산 관리 계좌에 넣어 놨어요."

"하지만 돌턴 스미스의 이름으로 된 계좌지?"

"네."

버키의 담배가 꽁초가 됐다. 그는 담배를 비벼서 끈다.

"사이드와인더 동쪽에 리키네 중고차라는 데가 있어. 쉽게 돈 벌려고 차린 가게지. 거기 가면 괜찮은 매물을 살 수 있어. 아니, *내가* 사야겠네. 내가 현금으로 계산할 테니까 자네가 돌턴 스미스의 이름으로 그 금액만큼 수표를 써 주게. 그 수표는 자네가 이 염병할 작전을 완수할 때까지 기다렸다가 현금으로 바꾸기로 하지."

"만약 제가 죽으면 이러지도 저러지도 못하게 되실 텐데요."

버키는 그를 향해 손을 내젓는다.

"지금 BMW를 사겠다는 게 아니야. 더 이상 쓸모가 없어질 때까지 굴러갈 만한 걸 사겠다는 거지. 1500 어쩌면 2000이면 될 거야. 어쩌면 승용차가 아닐 수도 있어. 겉은 녹이 슬고 스프링도 다 나갔지만 모터는 쓸 만한 낡은 픽업트럭이 될 수도 있어." 그는 태양을 올려다보며 계산한다. "그리고 조경하는 친구들이 잔디 깎는 기계, 낙엽 날리는 블로어, 기타 등등을 싣고 다니는 그 조그만 오픈 트레일러를 연결하는 거지."

빌리의 머릿속에서 그 광경이 그려진다. 문짝의 칠은 갈라지고 로커 패널은 녹이 슬었고 전조등 주변에는 본도 필러를 바른 트럭. 그의 머리에 턱하니 얹힌 카우보이모자. 그렇다, 훌륭한 변장이 될 수 있겠다. 그는 하루 벌어 하루 먹고사는 떠돌이로 보일 것이다.

"놈들은 계속 혼자 다니는 남자를 찾을 거야. 바로 거기서 앨리스가 등장하지. 현상금 사냥꾼들이 커피를 마시며 50번 고속도로를 예의 주시하고 있는 대로변 카페에 자네 둘이 들어가더라도 놈들 눈에는 딸 아니면 조카와 고물 닷지 아니면 F-150을 타고 온 어떤 남자밖에 안 보일 테니까."

"다칠 수도 있는 일에 앨리스를 끌어들일 수는 없어요."

여기서 가장 걱정이 되는 부분이 있다면 그녀가 같이 가겠다고 할지 모른다는 것이다.

"그 아이를 성폭행한 등신들을 처리하러 갔을 때도 데리고 갔나?"

당연히 근처 모텔에 두고 갔지만 빌리가 그 말을 하기도 전에 뒷문이 열리면서 앨리스가 들어온다.

16

현관 앞 베란다로 나온 앨리스는 발그스레한 얼굴로 웃고 있고 머리칼은 바람에 날려서 난리가 났다. 빌리는 그걸 보며 오늘만큼은 그녀가 눈부시게 화사해 보인다는 생각을 하고, 그런 생각을 했다는 데 거의 놀라워하지는 않는다.

"저기 정말 끝내줘요! 바람이 하도 불어서 하마터면 날아갈 뻔했지만 와 진짜 빌리 아저씨, *평생*을 보고 있어도 질리지 않겠어요!"

"맑은 날에는." 빌리는 웃으며 맞장구친다.

앨리스는 빌리가 "맑은 날에는."이라고 받아친 이유를 알아차리지 못했거나* 감동에서 헤어나오지 못했는지 예의상 웃어주지도 않는다.

"머리 위 하늘에 구름이 떠 있었지만 *발아래*에도 있었어요. 그리고 어마어마하게 커다란 새가…… 콘도르였을 리는 없을 테지만……"

---

* 가수 바브라 스트라이샌드가 주연한 「맑은 날 영원히 볼 수 있으리」라는 뮤지컬 영화의 주제곡을 말하는 것이다.

"콘도르 맞을 거예요." 버키가 알려 준다. "요즘 이 일대에 출몰한다고 하거든, 나는 한 마리도 보지 못했지만."

"그리고 저쪽, 골짜기 건너편에서, *정신 나간 소리처럼 들리겠지만* 아저씨가 얘기한 그 호텔이 보이는 것 같았어요. 그러다 바람이 너무 심하게 불어서 눈이 찢어질 것 같기에 깜빡였는데 다시 보니까 사라지고 없지 뭐예요."

버키는 웃지 않는다.

"그 호텔을 봤다는 사람이 아가씨 말고도 여럿 있지. 내가 미신을 믿는 사람은 아니지만 그래도 오버룩 호텔 부지 근처에는 얼씬도 하지 않겠어요. 끔찍한 사건이 벌어졌던 곳이라."

앨리스는 그 말을 못 들은 체한다.

"경치도 좋고 걷기에도 좋았어요. 그런데 그거 알아요, 빌리 아저씨? 한 400미터쯤 걸으니까 조그만 통나무집이 있더라고요."

버키는 고개를 끄덕인다.

"여름 별장 비슷하게 쓰인 곳일 거예요. 옛날 옛적에."

"아무튼 깨끗하고 보송보송하고 테이블이랑 의자 몇 개가 있어요. 문을 열어 놓으면 햇볕도 들고요. 거기서 글을 쓰면 되겠어요, 빌리 아저씨." 앨리스가 머뭇거린다. "그러니까 쓸 생각이 있으면요."

"그래도 되겠네." 그는 버키를 돌아본다. "이 집을 산 지 얼마나 되셨어요?"

버키는 곰곰이 생각한다.

"12년인가? 아니다, 14년이 다 됐네. 세월이 참 빠르기도 하지. 해마다 한두 번씩 일주일 동안 아니면 주말에라도 꼭 왔다 가곤 했어. 동네 사람들한테 눈도장 찍으려고. 아는 얼굴이 되면 좋거든."

"여기 사람들한테는 어떤 이름으로 불리세요?"

"엘머 랜돌프. 내 진짜 이름과 중간 이름이지." 버키는 자리에서 일어난다. "달걀 사 온 거 봤으니까 지금쯤 우에보스 란체로스를 만들면 딱 좋겠군."

그는 안으로 들어간다. 빌리가 따라 들어가려고 자리에서 일어나지만 앨리스가 그의 손목 바로 위를 잡는다. 그는 쏟아지는 비를 맞으며 앨리스를 안고 피어슨 가를 가로질렀을 때 그녀가 어떤 모습이었는지 기억한다. 실눈을 뜨고 탁한 대리석 같은 눈동자로 앞을 보고 있었다. 이 아이는 그때 그 아이가 아니다. 그때보다 훨씬 나아졌다.

"여기서 살아도 좋겠어요."

전에도 했던 말이다.

18장

1

버키는 손님들을 예우하기 위해 현관 앞 베란다에서 담배를 피우지만, 그가 뉴욕에서 건너온 이후에 피운 수백 대의 폴 몰 담배 냄새가 집안 곳곳을 유령처럼 떠다닌다. 다음 날 아침에 빌리가 그와 함께 현관 앞 베란다에 나와 있는 동안 앨리스는 샤워를 한다. 그러면서 노래를 부르고 있으니 이보다 더 훌륭한 회복의 증거는 없을 것이다.

"저 아이가 그러는데 책을 쓰고 있다며?"

빌리는 웃음을 터뜨린다.

"책이라고 하기에는 민망한 수준이에요."

"자네가 오늘 그 여름 별장에서 작업을 하고 싶을지 모른다고.”

“그럴지도요.”

“저 아이 말로는 훌륭하다는데.”

“비교 대상이 많지 않아서 그렇게 생각하는 거겠죠.”

버키는 캐묻지 않는다.

“자네가 오늘 아침에 미뤄 둔 작업을 하는 동안 저 아이하고 나는 쇼핑을 좀 할까 하는데. 자네 새 가발도 필요하고 저 아이는 여성용품을 사야 해서. 염색약뿐 아니라 이것저것.”

“벌써 의논을 마치셨어요?”

“음. 나는 대개 5시쯤, 아니면 방광이 나를 깨울 때 일어나는데 볼일을 보고 담배 피우러 나왔더니 저 아이가 이미 나와 있더군. 둘이서 해가 뜨는 걸 같이 보았지. 얘기도 좀 하고.”

“어때 보이던가요?”

버키는 노랫소리가 들리는 쪽으로 고개를 기울인다.

“어떤 것 같나?”

“사실 아주 좋아진 것 같아요.”

“내 생각도 그래. 우리 둘이 차를 타고 볼더까지 가야 할지 몰라. 거기가 뭐가 더 많거든. 오는 길에 리키 패터슨의 중고차 대리점에 들를 거야. 어떤 매물이 있는지 보려고. 점심은 핸디 앤디슨에서 먹을 것 같고.”

“저들이 버키 씨도 찾고 있으면 어쩌시려고요?”

“표적은 빌리, 자네야. 저들은 뉴욕에서 나를 찾아보았고 어쩌면 퀸스에 사는 내 동생네 집도 체크했을지 모르지만 그러다 물 건너간 일이라고 포기했을 거야."

"버키 씨 짐작이 맞았으면 좋겠네요."

"우리가 맨 처음 들를 곳은 버펄로 익스체인지 아니면 커먼 스레즈가 될 거야. 카우보이모자를 하나 써서 푹 눌러쓰려고. 이히." 버키는 피우고 있던 담배를 끈다. "저 아이는 자네를 엄청 좋아해. 자네가 대존잘인 줄 알아."

"저 아이가 그런 단어를 쓴 건 아니겠죠?"

화장실에서 샤워하는 소리가 끊길 줄 모른다. 앨리스는 계속 노래를 부르고 있고 그래서 다행이지만 빌리는 그녀가 이제 됐다 싶을 만큼 몸을 깨끗이 씻지 못해 애를 먹고 있는 걸지 모르겠다는 생각이 든다.

"사실 자네를 자기 수호 천사라고 하더군."

2

30분 뒤에 김이 다 빠져나간 욕실에서 빌리가 수염을 깎고 있는데 앨리스가 문 앞으로 다가온다.

"나 진짜 다녀와도 돼요?"

"당연하지. 눈 크게 뜨고 재밌게 놀다 와. 그리고 골이 울리기 시작하면 라디오 볼륨을 좀 낮춰 달라고 해도 돼. 버키는 전부터 크리던스나 제플린 노래가 나오면 항상 볼륨을 끝까지 올렸거든. 그 습관이 바뀌지 않았을 거야."

"내 염색약이랑 아저씨 가발 말고 치마랑 윗도리도 몇 벌 사고 싶어요. 싸구려 테니스화도. 그리고 속옷도 사고 싶은데……." 그녀는 말끝을 흐린다.

"지금 입고 있는 건 아무것도 모르는 삼촌이 급하게 사 온 티가 너무 나지? 내 생각 해서 말 아낄 필요 없어. 난 괜찮아."

"아저씨가 사다 주신 것도 괜찮은데 몇 개 더 있었으면 해서요. 그리고 끈으로 묶는 스타일 말고 다른 브래지어도요."

그건 빌리가 깜빡하고 놓친 부분이다. 퓨전의 번호판처럼.

버키가 다시 현관 앞 베란다로 나가서 담배를 피우며 오렌지 주스를 마시고 있지만(그 조합을 무슨 수로 견디는지 빌리로서는 알 수 없는 일이다.) 앨리스는 목소리를 낮춘다.

"그런데 돈이 없어요."

"버키 아저씨더러 계산해 달라고 해. 그럼 나중에 내가 처리할게."

"진짜요?"

"응."

그녀는 그의 남은 손을 잡고 꼭 쥔다.

"고마워요. 모두 다요."

그에게 고맙다고 하다니 어이없는 동시에 아주 지당한 반응이다. 이른바 역설이라고 할까. 그는 혼자 이런 생각을 하며 그녀에게는 그럴 것 없다고 말한다.

3

버키와 앨리스는 8시 15분에 체로키를 타고 떠난다. 앨리스는 화장을 해서 멍 자국이 전혀 보이지 않는다. 빌리가 보기에는 화장을 하지 않았더라도 별로 티가 나지 않았을 것 같다. 트립 도너번과 그런 일이 있은 지 일주일이 지났고 젊은 사람들은 상처가 금세 아문다.

"뭐 필요한 거 있으면 연락해."

"네, 아빠." 버키가 대신 대꾸한다.

앨리스는 빌리에게 알겠다고 하지만 표정을 보니 마음은 이미 버키와 평범한 대화를 나누고(지금 이 상황에서 평범한 게 뭐가 있겠는가마는) 처음 가 보는 가게에 어떤 물건이 있을지 궁금해하며 차를 타고 달리고 있다는 것을 알겠다. 오늘 아침에 그가 느낀 성폭행의 흔적이 있었다면 샤워 소리가 그칠 줄 몰랐다는 것뿐이다.

그들이 떠나자 빌리는 앨리스가 어제 갔던 길을 걷는다. 버키가 여름 별장이라고 한 조그만 통나무집 앞에서 걸음을 멈추고 안을 들여다본다. 바닥에는 페인트를 칠하지 않은 널빤지가 깔려 있고 가구라고는 카드 테이블과 접이식 의자 세 개가 전부지만 그것 말고는 필요한 것도 없다. 노트북과 냉장고에 넣어 둔 콜라만 있으면 된다.

아, 부러운 작가의 팔자! 빌리는 그 말을 한 사람이 누구였는지 기억을 더듬는다. 어브 딘 아니었나? 제러드 타워의 경비. 아주 먼 옛날, 다른 생애에서 있었던 일처럼 느껴진다. 그리고 사실 그렇기도 하다. 데이비드 로크리지로 살았던 시절의 일이니.

그는 길이 끝나는 곳까지 걸어가 골짜기 너머로 평지를 바라보며 앨리스가 보았다는 없어진 호텔이 그의 눈에도 보일지 궁금해한다. 호텔은 보이지 않고, 건물이 있었던 자리에 검게 그을은 기둥만 몇 개 남아 있을 뿐이다. 콘도르도 없다.

그는 집으로 돌아가 맥 프로와 그 콜라를 챙긴다. 그걸 여름 별장 카드 테이블에 놓는다. 문을 활짝 열어 놓으니 햇빛이 잘 들어온다. 그는 조심스럽게 접이식 의자에 앉아 보는데, 걱정할 필요가 없을 만큼 튼튼한 것 같다. 그는 파일을 띄우고 타코가 통역관 파리드에게 그들 분대의 확성기를 건네는 시점으로 스크롤을 내린다. 그는 머튼 릭터 때문에 끊겼던 부분에서부터 작업을 재개하려다 벽에 그림이 하나 걸려 있는 걸 본다. 안쪽 구석에 걸려 있고—그림을 걸기에 어울리지 않는 자리다—아침 햇살이 거기까지는 잘 닿지 않아서 그는 좀 더 가까이서 들여다보려고 자리에서 일어난다. 동물 모양으로 잘라 놓은 생울타리를 그린 그림인 것 같다. 왼쪽에는 개, 오른쪽에는 토끼 두어 마리, 가운데에는 사자 두 마리가 있고 사자 뒤는 황소인가 싶다. 아니면 코뿔소일 수도 있겠다. 서툴게 그려진 그림이라 생울타리의 초록색은 너무 쨍하고, 화가가 무슨 이유에서인지 몰라도 사자의 눈에 빨간 점을 찍어서 사악해 보인다. 빌리는 그림을 내려서 벽 쪽을 보도록 돌려놓는다. 그렇지 않으면 시선을 계속 그쪽으로 빼앗길 것이다. 잘 그린 그림이라서가 아니라 그 반대라서.

그는 콜라 캔을 따서 길게 한 모금 마시고 작업을 시작한다.

4

"자, 들어가자. 또 가서 조져 버려야지."

타코는 파리드에게 옆면에 네임펜으로 **굿모닝 베트남**이라고 적은 확성기를 주며, 지금 항복하면 제 발로 걸어 나올 수 있지만 나중이 되면 시체로 실려 나올 거라고 평소처럼 외치게 했다. 파리드는 그렇게 외쳤지만 아무도 나오지 않았다. 평소 같으면 그걸 신호 삼아 우리는 *다크호스다 그렇다 그렇다* 구호를 외치고 안으로 들어갔을 텐데 이번에는 타코가 파리드에게 다시 한번 외치게 했다. 파리드는 궁금해하는 눈빛으로 그를 흘끗 쳐다보았지만 그가 시킨 대로 했다. 여전히 아무 반응이 없었다. 타코는 그에게 한 번 더 외치라고 했다.

"왜 그래?" 똘똘이가 물었다.

"모르겠어. 그냥 영 찜찜해. 일단 빌어먹을 발코니가 돔 지붕을 뱅 두르고 있는 것부터 마음에 안 들어. 저거 보이지?" 당연히 보였다. 야트막한 시멘트 난간이 달린 발코니였다. "저 뒤에 게릴라들이 숨어 있을 수 있어." 타코는 자기를 쳐다보는 우리들을 보았다. "아니야, 나 맛탱이 가지 않았어. 느낌이 안 좋아서 그래."

파리드가 경고를 반쯤 외쳤을 때 새로 중대장으로 임명된 허스트 대위가, 자기가 무슨 조지 S. 패튼 경이라도 되는 줄 아는지 뚜껑 열린 지프에 다리를 쩍 벌리고 앉아 있다가 일어났다. 그로부터 도로 맞은편에는 아파트 건물 세 채가 있었다. 두 채는 완공됐고 하나는 짓다 말았는데 세 군데 모두 소개 완료(cleared)를 의미하는 대문자 C가 스프레이로 적혀 있었다. 물론 소개가 완료됐다고 장담할 수는 없었다. 허스트는 풋내기라 이슬람교도들이 가끔 몰래 역습을 감행하기도 한다는 사실을, 아무리 형편없는 조준기를 쓰더라도 그의 머리는 핼러윈 호박만큼 크게 보일 거라는 사실을 아마 몰랐을 것이다.

"병장, 지금 뭣 때문에 망설이고 있나?" 그가 호통쳤다. "귀한 시간을 낭비하고 있잖나! 저 빌어먹을 대저택을 얼른 청소하도록!"

"네, 중대장님, 알겠습니다!" 타코는 말했다. "저들에게 목숨을 부지할 기회를 다시 한번 주고 있습니다."

"그럴 것 없어!" 허스트 대위는 외치고 쌩하니 지나갔다.

"라고 얼간이가 말했습니다." 빅풋 로페스가 말했다.

"오케이." 타코가 말했다. "다 같이 손을 모으자."

한때는 핫 나인이었던 우리 핫 에잇은 몸을 바짝 붙이고 한데 모였다. 타코, 딘-딘, 빅클루, 똘똘이, 빅풋, 조니 캡스, 마법의 의료행낭을 짊어진 닥터 그리고 나였다. 나는 유체이탈이라도 한 것처럼 우리 여덟 명을 바라보았다. 가끔 그런 현상이 벌어질 때가 있었다.

간헐적으로 총소리가 들렸던 기억이 난다. 뒤편의 블록 킬로 어딘가에서 나지막이 쿵 하며 수류탄이 터졌고 블록 파파인가 싶은 앞쪽 어딘가에서 RPG의 포성이 들렸다. 어떤 멍청이가 휫-휫-휫 하고 휘파람을 불었던 기억이 나는데, 그 이유는 아무도 모른다. 너무 더워서 우리의 지저분한 얼굴 위로 땀이 흐른 곳만 깨끗해졌던 기억이 난다. 그리고 길거리를 오가던 아이들. 항상 로큰랩 티셔츠를 입은 아이들이 총성과 폭발음은 들리지도 않는 것처럼 딱지가 앉은 무릎 위로 허리를 숙이고 탄피를 줍고 다녔다. 재활용해서 게릴라군에게 나누어 주려는 것이었다. 나는 아기 신발을 찾으려고 벨트 고리를 더듬었지만 찾지 못했던 기억이 난다.

우리는 마지막으로 손을 한데 모았다. 내가 생각하기에는 타코도 그때가 마지막이라는 예감을 느꼈던 것 같다. 다들 그랬을지 모른다, 잘은 모르겠지만. 그들의 얼굴이 기억난다. 조니의 잉글리시 레더 애프터셰이브 냄새도 기억난다. 그는 조금씩 아껴 가며 날마다 그걸 발랐다. 그 나름의 행운의 부적이었다. 그가 내게 어떤 인간도 점잖은 향을 풍기며 죽을 수는 없다고, 신이 그걸 허락할 리 없다고 했던 게 기억난다.

"자, 시작하자."

타코의 말에 우리는 시작했다. 바보 같고 유치한 짓이었지만—전쟁 중에는 바보 같고 유치한 짓이 허다하게 벌어졌다—그러고 나면 사기가 올라갔다. 돔 지붕이 달린 그 대저택 안에서 기다리고 있던 게릴라가 있었다면 잠깐 하던 일을 멈추고 서로 쳐다보며 저 인간들이 뭘 하나, 나이 먹어서 노망이 든 이맘[*]이나 섬길 법한 신을 위해 목숨을 내놓으려는 이유가 뭔지 궁금해했을 것이다.

"우리는 다크호스다, 그렇다 그렇다! 우리는 다크호스다, 그렇다 그렇다!"

우리는 한데 모은 손을 한 번 흔들고 일어났다. 나는 M4를 들고 어깨에는 M24를 메고 있었다. 내 옆의 빅클루는 11킬로그램쯤 되는 완전 장전한 분대자동화기를 한쪽 팔로 붙잡고 우람한 어깨 위로 넥타이처럼 탄띠를 걸치고 있었다.

우리는 바깥마당과 연결된 대문 앞에 옹기종기 모였다. 길 건너편의 짓다 만 아파트 건물이 드리운 십자 모양의 그림자 때문에 담벼락의 벽화가 체커판 위에 그린 것처럼 바뀌었다. 몇 개의 사각형에 아이들이, 다른 사각형에 여자와 *무타와엔*이 들어가 있다. 빅풋은 M870 브리칭 툴을 들고 있었다. 대문에 달린 잠금장치를 쏴서 산산이 부술 산탄총이었다. 풋이 잠금장치를 쏠 수 있게 타코가 옆으로 비켜섰지만 파블로가 시험 삼아 문을 밀어 보니 공포영화에서나 나옴직한 끼이익 소리와 함께 문이 열렸다. 타코는 나를 쳐다보았고 나는 그를 쳐다보았다. 미천한 해병대 보병 둘이 같은 생각을 하고 있었

---

[*] 이슬람교의 종교 지도자.

다. 이게 무슨 염병할 상황이지?

타코는 뭐 어쩌겠냐는 듯이 어깨를 으쓱하더니 고개를 숙이고 허리를 접고서 앞장서 마당을 단숨에 가로질렀다. 우리도 그 뒤를 따라갔다. 자갈 위에 축구공 하나 외로이 놓여 있었다. 조지 디너스타인이 그 앞을 지나며 공을 옆으로 찼다.

우리가 마당을 지나 시멘트 담벼락의 쌍여닫이문을 사이에 두고 양쪽으로 네 명씩 몸을 바짝 붙이는 동안 철창이 달린 창문에서 총알 한 발 날아오지 않았다. 쌍여닫이문은 묵직한 나무였고 높이가 아무리 못해도 2.5미터는 됐다. 날개 달린 닻 위로 언월도가 X자로 포개어진 그림이 양쪽 문에 새겨져 있었다. 바트주의 부대의 상징이자 이 역시 부적이었다. 내가 두리번거리며 파리드를 찾아보니 뒤편의 대문 옆에 있었다. 그는 나와 시선이 만나자 어깨를 으쓱했다. 나는 그게 무슨 뜻인지 알아차렸다. 그에게 주어진 임무 가운데 이건 해당 사항이 없었다.

타코가 똘똘이와 빅클루를 가리키며 왼쪽으로 가서 그쪽 창문을 체크하라는 신호를 보냈다. 나와 빅풋은 오른쪽으로 갔다. 나는 내 머리를 날려 버리려고 작정한 게릴라가 있으면 얼른 뒤로 물러날 수 있길 바라며 내 쪽 창문을 슬쩍 들여다보았지만 아무도 보이지 않았고 아무도 나를 쏘지 않았다. 바닥에 러그가 깔려 있는 넓고 동그란 방이었고, 야트막한 소파와 이제는 페이퍼백 한 권 외로이 꽂혀 있는 책꽂이와 옆으로 쓰러진 커피 테이블이 있었다. 한쪽 벽에는 달리는 말들을 짜 넣은 태피스트리가 걸려 있었다. 방의 높이는 조그만 마을의 가톨릭교회 신도석에 육박해 돔 지붕까지 최소 15미터였고, 춤을 추는 먼지 때문에 거의 고체처럼 느껴지는 햇빛이 레이저처럼 그 안을 밝히고 있었다.

나는 빅풋이 내 자리에 설 수 있게 고개를 숙이고 뒤로 물러났다. 내 머리가 날아가지 않았으니 그는 좀 더 오랫동안 안을 들여다보았다.

"여기서는 문이 안 보이네." 빅풋이 내게 말했다. "각도가 안 맞아서."

"그러게."

우리는 타코를 돌아보았다. 나는 괜찮을지, 안 괜찮을지 잘 모르겠다는 뜻에서 손을 좌우로 흔들었다. 저쪽 창문 옆에서 똘똘이도 어깨를 으쓱하는 것으로 같은 메시지를 전달했다. 멀리서, 또 가까이서 총성이 들렸지만 블록 리마에서는 총성이 전혀 들리지 않았다. 돔 지붕을 얹은 대저택은 고요했다. 딘-딘이 발로 찬 축구공은 마당 한쪽 구석으로 굴러가 있었다. 그 집안에는 아무도 없는 것 같았지만 나는 계속 벨트 고리를 만지작거리며 그 빌어먹을 신발을 찾았다.

우리 여덟 명은 문을 사이에 두고 같이 뒤로 물러났다.

"차례대로 진입해야겠다. 먼저 들어갈 사람?"

"나." 내가 말했다.

타코는 고개를 저었다.

"너는 지난번에 1번으로 들어갔잖아, 빌리. 다른 친구들한테도 기회를 줘."

"내가 할게."

조니 캡스가 말하자 타코가 "그럼 네가 선두다."라고 말했다. 나는 지금 멀쩡히 걸어 다니고 조니는 그렇지 못한 이유가 그 때문이다. 그렇게 간단하다. 신에게는 계획이라는 것이 없다. 그는 제비를 내밀 뿐이다.

타코가 먼저 빅풋을 가리키고 그런 다음 쌍여닫이문을 가리켰다. 오른쪽 문에는 시커먼 혀를 건방지게 내밀고 있는 것처럼 생긴 특대형 걸쇠가 꽂혀 있었다. 빅풋이 풀어 보려고 했지만 걸쇠는 꿈쩍하지 않았다. 태평했던 시절에 아이들이 들어와서 놀 수 있게 마당은 공개됐을지 몰라도 집은 잠겨 있었다. 타코가 빅풋을 보며 고개를 끄덕이자 빅풋은 문을 부수는 용도의 특수 총탄이 장전된 산탄총을 어깨에 얹었다. 그 나머지 인원은 조니 뒤로 가서 한 줄—가장 인기 있는 행렬이다—로 섰다. 분대자동화기를 든 빅클루가 2번이었다. 타코는 빅클루 뒤에 섰다. 나는 4번이었다. 늘 그렇듯 닥터가 맨 뒤였다. 조니는 숨을 몰아쉬며 마음의 준비를 했다. 그의 입술이 이렇게 중얼거리는 것이 보였다. *해치우자, 해치우자, 씨발 해치우자.*

빅풋은 기다리다가 타코가 신호를 보내자 잠금장치를 날렸다. 오른쪽 문이 상당 부분 잠금장치와 함께 날아갔다. 문이 안쪽으로 흔들렸다.

조니는 머뭇거리지 않았다. 그는 왼쪽 문을 어깨로 치고 안으로 돌진하며 고함을 질렀다.

"가자, 야 이 씨발……"

조니가 거기까지 외쳤을 때 그쪽 문 뒤에서 기다리고 있던 게릴라 병사가 조니의 등이 아니라 다리를 향해 AK를 발사했다. 그의 바지가 바람을 맞은 듯 나풀거렸다. 그는 고함을 질렀다. 통증은 아직 느끼지 못했을 테니 놀라서 그랬을 것이다. 빅클루가 방을 등지고 "뒤로 물러나라 해병대!"라고 외쳤다. 우리가 그 명령대로 물러나 안전거리가 확보되자 그는 분대자동화기를 발사했다. 다발이 아니라 속사로 세팅했기 때문에 문이 그 뒤에 숨어 있던 녀석을 때리며 폭파했고, 나무 조각들이 사방으로 튀었고, X자로 놓인 언월도가 사라졌다. 게릴라 병사는 온몸이 으스러진 채 쓰러졌다. 그럼에도 벨트에 매단 수류탄을 집으려고 했다. 그는 수류탄을 집는 데 성공했지만 그게 핀이 꽂힌 채 손에서 떨어졌다. 빅클루가 발로 차서 멀리 보냈다. 타코의 어깨 너머로 조니가 보였다. 이제 그는 통증을 느끼고 있었다. 비명을 지르며 비척비척 걷는데, 피가 군화 위로 쏟아지고 있었다.

"가서 데려와." 타코는 빅클루에게 말한 뒤 외쳤다. "*위생병!*"

조니는 한 걸음 더 내디뎠다가 쓰러졌다. 그는 "나 맞았어, 으악, 심하게 맞았어!"라고 비명을 질렀다. 빅클루가 타코를 바로 뒤에 거느리고 앞으로 다가가려 했을 때 그들이 위에서 우리를 향해 발포를 시작했다. 우리는 알아차렸어야 했다. 높다란 돔 천장에서 내리꽂히던 부연 빛줄기를 보고 알아차렸어야 했다. 밖에서 봤을 때에는 분명 천장에 창문이 없었다. 허리 높이인 발코니 외벽으로 가릴 수 있는 콘크리트 아래쪽에 구멍을 뚫은 것이었다.

빅클루는 가슴을 맞고 분대자동화기를 꼭 잡은 채 뒤로 비틀거렸다. 방탄복이 그건 막았지만 다음번에는 목을 맞았다. 타코는 빛줄기를 올려다보고는 분대자동화기를 붙잡았다. 총탄 하나가 그의 어깨를 때렸다. 그 뒤로 두 발이 벽을 맞고 튕겨 나왔다. 네 번째 총탄이 그의 하관을 명중했다. 경첩이 달리기라도 한 것처럼 턱이 돌아갔다. 그가 사방으로 피를 뿜어내며 우리 쪽으로 핵 몸을 돌려 후퇴하라고 손을 흔들었을 때 그의 정수리가 날아갔다.

누군가가 나를 치자 순간 나는 뒤에서 쏜 총알에 맞은 줄 알았다. 잠시 후에 닥터가 짊어졌던 의료 행낭의 한쪽 끈을 손으로 잡고 행낭을 대롱거리며 나를 지나 달려갔다.

"안 돼, 안 돼, 놈들은 저 위에 있어!"

빅풋이 외치며 행낭의 다른 쪽 끈을 잡고 우리 위생병을 뒤로 핵 당겼다. '닥터' 클레이턴 브릭스가 아직까지 이승에 머물러 있는 이유는 오로지 그 덕분이다.

총탄이 바닥을 때리자 타일 조각이 사방으로 튀었다. 총탄이 러그를 때리자 먼지와 실이 일어났다. 태피스트리에도 총탄이 관통해 달리는 말의 가슴에 구멍이 뚫렸다. 총탄 하나가 커피테이블을 때리자 테이블이 빙글빙글 돌았다. 발코니의 무자헤딘*은 이제 꾸준히 발포 중이었다. 그들이 확인 사살 차원에서 아니면 분풀이 삼아 아니면 양쪽 모두를 노리고 타코와 빅클루를 향해 몇 번 더 총을 발사하자 그들의 시신이 몇 번이고 들썩였다. 하지만 마루 한복판에 쓰러져 점점 번져가는 피 웅덩이 위에서 미친 듯이 비명을 질러 대고 있는 조니는

---

* 성전에서 싸우는 이슬람교 전사.

건드리지 않았다. 마음만 먹으면 얼마든지 그를 처치할 수 있었지만 그들이 노리는 건 그게 아니었다. 그들에게 조니는 말뚝에 묶인 제물이었다.

빅풋이 문을 날리고 게릴라 군이 발코니에서 타코와 빅클루의 시신 위로 총질을 해 대기까지, 이 모든 것이 1분 30초 만에 벌어진 일이었다. 어쩌면 그보다 짧았을 수도 있다. 일이 잘못되려면 이렇듯 순식간에 잘못된다.

"캡스를 데리고 나와야해." 똘똘이가 말했다.

"저들이 노리는 게 그거야." 딘-딘이 말했다. "저들은 바보가 아니라고. 그러니까 너도 정신 차려."

"그냥 두면 과다 출혈로 죽을 거야." 닥터가 말했다.

"내가 데리고 나올게."

빅풋이 몸을 거의 반으로 접고 안으로 달려들어갔다. 그는 사방에서 총탄이 빗발치는 가운데 조니의 방탄복 뒷고리를 잡고 끌어당기기 시작했다. 그는 조니를 죽은 게릴라 병사가 쓰러진 곳까지 끌고 오는 데 성공했지만 거기서 얼굴을 맞았고, 텍사스주 엘파소에서 온 파블로 로페스의 삶은 그것으로 끝이었다. 그가 뒤로 쓰러지자 반군들은 사격 연습용 표적을 그로 바꾸었다. 조니는 계속 비명을 질렀다.

"손을 내밀면 닿을 것 같은데." 딘-딘이 말했다.

"빅풋도 그렇게 생각했지. 저 새끼들은 총을 제대로 쏠 줄 알아." 똘똘이가 나를 돌아보았다. "어떻게 하면 좋을까, 빌리? 항공 지원을 요청해?"

헬파이어 미사일 한 방이면 발코니의 이슬람 반군을 처리할 수 있겠지만 그 와중에 조니 캡스도 끝장날 것이었다.

"내가 처치할게."

나는 논의가 이루어질 때까지 기다리지 않았다. 그럴 단계는 지났다. 나는 마당을 되짚어 달리며 자갈 위로 M4를 던졌다.

"이제 철수하시나요?" 파리드가 물었다.

나는 대답하지 않고 길을 건너 짓다 만 아파트 건물로 달려갔다. 문은 없었다. 안은 어두컴컴했고 축축한 시멘트 냄새가 났다. 로비는 캔, 과자 봉지, 허시 초코바로 이루어진 보물섬이었다. 코카콜라 화물 운반대와 맨 위에 《필드 앤드 스트림》이라고 적힌 잡지 더미도 있었다. 이라크 타지르*가 여길 교역소로 쓰고 있었던 것이다.

나는 계단을 달려 올라갔다. 1층 계단에는 쓰레기가 많았다. 2층 층계참에 누군가가 페인트로 양키 고 홈이라고 써놓았다. 그 인기가 사라질 줄 모르는, 만인이 사랑하는 해묵은 문구였다. 길 건너편에서 연속 사격 소리와 조니 캡스의 비명이 계속 들렸다. 피트 캐시먼이 자기가 해 보겠다고 외치는 소리는 들리지 않았지만 그는 분명 그랬을 것이다. 딘-딘이 말하길 똘똘이가 마지막으로 남긴 말은 "내가 저 친구를 후딱 끌고 나올게. 이제 바로 앞이잖아."였다고 했다.

4층에서 벽이 끊기자 햇빛이 주먹처럼 나를 강타했다. 나는 딱딱하게 굳은 시멘트가 담긴 손수레를 피하고 쌓인 나무판자를 치워 가

---

* 장사꾼이라는 뜻이다.

며 계속 전진했다. 온몸에서 땀을 폭포수처럼 흘려가며 개처럼 헐떡거렸다. 계단은 6층에서 끝났지만 그래도 상관없었다. 길 건너편의 돔 지붕 꼭대기와 같은 높이라 발코니를 내려다볼 수 있었다.

그들은 세 명이었다. 나를 등지고 무릎을 꿇고 앉아 있었다. 나는 M24 스트랩을 오른쪽 어깨에 단단히 메고, 마침 짓다 만 벽에서 삐죽 튀어나온 강철봉 위에 총신을 얹었다. 그들은 자기편이 이기고 있는 축구 경기라도 보는 것처럼 웃으며 서로 환호성을 지르고 있었다. 나는 가운데 있는 녀석의 머리를 조준했다. 핼러윈 호박만큼은 아니었지만 그래도 그 정도로 커다랗게 보이면 충분했다. 내가 방아쇠를 당기자 삽시간에 그 머리가 사라졌다. 머리가 있었던 쪽의 둥그스름한 돔 지붕 표면 위로 흐르는 피와 뇌만 남았다. 남은 두 명은 당황한 표정으로 서로 쳐다보았다. *방금 이게 무슨 일이지?*

내가 두 번째 녀석을 맞히자 세 번째 녀석은 시멘트 난간에 몸을 바짝 붙였다. 그러면 엄호가 될 줄 알았겠지만 아니었다. 한참 낮았다. 나는 그의 등을 맞혔다. 그는 가만히 쓰러졌다. 방탄복이 없었다. 그는 알라가 자기 뒤를 지키고 있다고 믿었겠지만 그날 알라는 다른 일로 바빴다.

나는 계단을 달려 내려가 길을 건넜다. 파리드는 계속 그 자리에 서 있었다. 딘-딘과 닥터는 펜트하우스 안에 있었다. 닥터는 조니 옆에 무릎을 꿇고 앉아 있었고 조니의 바지 다리를 이미 찢어 놓았다. 뼛조각이 옷에 들러붙었는가 하면 조니의 살갗을 찢고 고개를 내밀었다. 딘-딘은 닥터의 무전기에 대고 사상자가 있다고, 사상자가 많다고, 블록 리마이고, 돔 지붕이 달린 대저택이고, 후송, 후송, 후송용 헬리콥터가 필요하다고 소리를 질렀다.

"아파!" 조니는 비명을 질렀다. "와 씨발 허벌나게 아파!"

"이거 먹어." 닥터가 모르핀 정제를 들고서 말했다.

"씨발 차라리 죽는 게 낫겠어. 저놈들 손에 죽어 버렸어야 하는데 씨발 이거 좀 어떻게 해 봐!"

닥터가 두 손가락으로 조니의 입을 벌리고 약을 넣었다.

"그거 씹어 먹으면 천국을 보게 될 거야."

"무슨 일인가, 해병대?"

내가 고개를 돌려보니 허스트였다. 계속 다리를 벌리고 서서 패튼 장군 흉내를 내고 있었지만 얼굴이 파랗게 질렸다.

"무슨 일로 보이십니까?" 딘-딘이 물었다. "팔루자 사태입니다, 대위님."

닥터가 말했다. "얼른 수혈을 받지 않으면……"

5

빌리를 이라크에서 현실로 불러들인 것은 랄라팔루자에서 반복 재생된 사운드트랙 중 한 곡이다. 「더티 디즈 던 더티 칩」을 으르렁거리며 관통하는 앵거스 영의 기타 연주다. 버키와 앨리스가 쇼핑을 마치고 돌아오는 모양이다. 빌리가 손목시계를 확인해 보니 오후 3시 15분이다. 시간 가는 줄도 모르고 이렇게나 오랫동안 여기 앉아 있었던 것이다.

그는 끝이 잘린 마지막 문장을 마무리 짓고 문서를 저장하고 노트북 덮개를 닫고 나가려던 찰나, 떼어 내서 그 화려한 원색 때문에 산만해지지 않도록 벽 쪽으로 돌려놓은 그림에 우연히 시선이 닿는다. 그는 그림을 다시 벽에 건다. 아마도 아직까지 해병대 모드라 '염병할' 업핑턴 병장의 지침을 기억하고 있기 때문일 것이다. *머물렀던 흔적을 남기지 마라.*

그는 미간을 찌푸리고서 그림을 들여다본다. 울타리를 깎아서 만든 개가 오른쪽, 토끼가 왼쪽이다. 좀 전에는 그 반대 아니었나? 그리고 사자들이 이보다 더 가깝게 있지 않았나?

내가 잘못 기억한 모양이네. 그는 생각하지만 별장을 나서기 전에 그림을 다시 떼어 내서 잊지 않고 벽 쪽으로 돌려놓는다.

6

집과 가까워질수록 음악 소리가 점점 더 커진다. 주변에 이웃이 없으니 볼륨을 있는 대로 높여도 된다. 빌리가 걸어가는 동안 AC/DC에서 메탈리카의 노래로 바뀌는 걸 보면 믹스 테이프인 모양이다.

두 사람이 새 차—적어도 그들 입장에서는 새 차다—를 몰고 왔길래 빌리는 계단을 올라가기 전에 잠깐 살펴본다. 현관 앞 베란다 아래에는 자리가 없어서 진입로 끝에 세워 놓았다. 닷지 램이고 21세기 초반의 쿼드 캡 모델이며 예전에는 파란색이었겠지만 지금은 회색에 가깝다. 전조등 주변을 본도 필러로 바르지는 않았지만 벤치 시트를 검정 테이프로 때웠고 로커 패널에는 녹이 어마어마하게 슬었다. 이 픽업트럭보다 더 연식이 오래됐을 수 있는 론보이 잔디 깎는 기계가 실려 있는 짐칸도 마찬가지다. 뒤에 매달려 있는 바퀴 두 개짜리 트레일러는 우글쭈글하고 안에 아무것도 없다.

빌리가 계단을 올라가기 시작했을 무렵에는 메탈리카가 "30-06 탄환 열여섯 개"를 꽥꽥대는 톰 웨이츠로 바뀌었다. 빌리는 현관문 앞에서 걸음을 멈춘다. 버키와 앨리스가 거실 한가운데에서 춤을 추고 있다. 새로 산 셸 톱을 입은 그녀의 얼굴은 발그스레하고 두 눈은 반짝거린다. 등 중간까지 내려올 정도로 긴 머리를 하나로 묶어서 꼭 10대 소녀 같다. 깔깔대며 즐겁게 웃고 있다. 버키가 가망 없는 몸치라 그러는 것일 수도 있고 그냥 신이 나서 그러는 것일 수도 있다.

버키는 빌리에게 양손으로 V자를 그려 보이고 계속 탭 댄스를 춘다. 그가 제자리에서 빙그르르 돌자 앨리스는 반대편으로 돈다. 그녀는 문에 기대고 선 빌리를 보더니 더 신나게 웃음을 터뜨리고는 하나로 묶은 머리를 좌우로 흔들어 가며 엉덩이를 흔든다. 톰 웨이츠의 노래가 끝난다. 빌리는 오디오 앞으로 가서 밥 시거가 베티 루 노래를 시작하기 전에 꺼 버린다. 그런 다음 소파에 털썩 앉아서 자기 가슴을 토닥인다.

"이 몸은 부갈루를 추기에는 너무 노쇠해서."

그 정도로 노쇠해지려면 한참 남은 앨리스는 신이 나서 어쩔 줄 몰라하며 빌리를 돌아본다.

"트럭 봤어요?"

"응."

"완벽하죠, 그죠?"

빌리는 고개를 끄덕인다.

"그 트럭이 지나가고 5분 있으면 아무도 기억하지 못하겠어." 그는 앨리스의 어깨 너머로 버키를 쳐다본다. "달리는 건 어때요?"

"리키 말로는 차생 2회차 늙다리치고는 괜찮대. 기름을 좀 많이 먹는 게 유일한 단점이라고. 뭐, 좀 많이보다는 많이 먹겠지. 앨리스하고 내가 시운전해 봤는데 별문제 없는 것 같았어. 서스펜션이 딱딱하지만 이만큼 오래된 트럭은 그러려니 해야지. 리키가 3300달러에 줬어."

"제가 몰아봤어요." 앨리스는 쇼핑 때문인지 댄스 때문인지 아니면 양쪽 모두인지 아직까지 기분이 좋다. "수동인데 제가 수동으로 운전을 배웠거든요. 삼촌한테. 기어는 1, 2, 3단, 뒤로 가고 싶으면 왼쪽 위로."

빌리는 웃음을 터뜨리지 않을 수가 없다. 그는 페인트칠을 하다가 미칠 집에서 개즈던(그의 글에서는 글렌 더튼)이 군에 입대하자 집안일을 거들 수 있게 운전을 배웠다. 스테프넥 씨(그의 글에서는 스펙 씨)도 그에게 똑같은 2구절 라임으로 가르쳐 주었다.

"드릴 게 있어요. 잠깐 기다려 보세요."

그녀는 방으로 달려 들어가고 빌리는 버키를 쳐다본다. 버키는 고개를 끄덕이고 얼른 엄지손가락을 들어 보인다. 걱정 말라는 사인이다.

앨리스가 구불구불한 글씨체로 위에 스페셜티 코스튜머라고 적힌 상자를 들고 와서 그에게 내민다.

빌리는 상자를 열고 그가 아마존에서 주문한 것보다 두 배 비싸 보이는 가발을 꺼낸다. 이건 금발이 아니라 흰머리가 섞인 검은색이고 돌턴 스미스 가발보다 더 길다. 숱이 더 많기도 하다. 그걸 보고 맨 처음에 든 생각은 이걸 쓰고 가다가 검문을 당하면 면허증 사진과 다른 인물로 보이겠다는 것이다. 그러다 잠시 후 훨씬 더 어마어마한 생각이 떠오르자 머릿속의 다른 모든 생각이 지워진다.

"마음에 안 드시나 봐요."

앨리스의 얼굴에서 미소가 점점 지워지고 있다.

"아, 마음에 들어. 아주 많이."

빌리는 과감하게 앨리스를 안아 준다. 그녀도 마주 안아 준다. 그러니까 그래도 괜찮다는 뜻이다.

7

빌리와 앨리스가 도착한 날은 여름 같았지만 두 번째 날 저녁에는 기온이 떨어지고 몰아치는 바람은 아예 서늘할 정도다. 빌리가 현관 앞 베란다 아래에서 단풍나무 쪼갠 장작을 몇 개 들고 오고 버키는 부엌에 설치된 요틀 벽난로에 불을 지핀다. 그런 다음 다 같이 식탁에 앉아 버키가 일부는 구글 어스에서, 그 나머지는 부동산 사이트에서 출력한 사진을 본다. 사실상 라스베이거스 북쪽 근교라 할 수 있는 파이우트 시 체로키 드라이브 1900번지의 주택 외부 전경과 내부 공간, 생활 편의 시설을 촬영한 사진이다. 여기가 니콜라이 머제리언의 주소지다.

이 집은 파이우트 언덕을 등지고 있다. 새하얗고 4층인데, 한 층 올라갈수록 뒤로 물러나게 지어져서 꼭 거인의 계단 같다. 특히 지붕에서 내려다보는 라스베이거스 도심의 야경이 아주 끝내주겠네. 빌리는 생각한다.

부지를 에워싼 높은 담벼락, 대문, 건물로 연결되는 진입로—길이가 거의 1.5킬로미터니 사실상 그냥 도로다—가 구글 어스 사진에 찍혀 있다. 본채에서 200미터쯤 떨어진 곳에 축사가 있다. 그 근처에 방목장과 말 훈련장이 있다. 별채가 세 개 더 있는데, 하나는 크고 두 개는 그보다 작다. 가장 큰 별채가 예전에는 벙크하우스라고 불렸고 어쩌면 지금도 그렇게 불릴지 모르는, 일꾼들의 숙소일 것이다. 나머지 두 개는 관리실과 창고일 것이다. 차고임직한 곳이 보이지 않길래 그는 그 부분에 대해 버키에게 묻는다.

"여기 이 첫 번째 경사지 안에 짓지 않았을까 싶은데." 버키는 나무가 우거진 집 뒤편의 오르막을 손끝으로 두드리며 말한다. "다만 차고라기보다 격납고에 가깝겠지. 차를 열 대씩 세워 둘 수 있는. 어쩌면 그보다 더 많을 수도 있고. 닉은 클래식 카를 좋아한다고 들었어. 인간은 누구나 돈으로밖에 해결이 안 되는 가려운 구석이 있잖아."

돈으로 해결 안 되는 가려운 구석도 많은데.

앨리스는 부동산 사이트에서 출력한 사진을 들여다보고 있다.

"우와, 방이 스무 개는 되겠어요. 그리고 뒤에 있는 이 수영장 좀 보세요!"

"멋지네." 버키는 맞장구친다. "이거저거 없는 게 없겠어. 닉이 여기에 뭘 더 추가했을 수도 있어. 이건 그 인간이 이 집을 매입하기 전에 찍은 사진이거든. 1500만 달러 주고 샀던데. 부동산 사이트에서 검색해 보니까."

그런데 나한테는 겨우 150만 달러를 주기 싫어서 떼먹었단 말이지.

구글 어스에서는 볼 수 없는 사진이 부동산 사이트의 외부 전경 사진에는 있다. 예를 들면 새파랗고 군데군데 화단이 있는 잔디밭 같은 것. 방목장도 똑같이 파랗다. 종려나무 숲의 고마운 나무 그늘 아래에는 야외용 가구가 더러 놓여 있다. 이 저택을 사막의 에덴동산처럼 가꾸려면 몇백 톤의 물이 필요할까? 관리인은 몇 명이나 있어야 할까? 빌리 서머스라는 청부 살인업자가 잔금을 받겠다며 찾아올지 모른다는 실낱같은 희망을 품고 여기서 시간을 죽이고 있는 독사가 몇 명이나 될까?

"그자는 이 집을 프로몬토리 포인트라고 부르지. 내가 좀 찾아봤거든. 요즘은 어딜 뒤져야 하는지 파악하기만 하면 컴퓨터로 알아낼 수 있는 어둠의 정보가 얼마나 많은지 아나? 닉은 2007년부터 거기서 살고 있는데 산을 등지고 있으니 아무도 그자를 건드리지 못하고 있어. 그자가 조금 해이해졌을 수도 있겠지만 나라면 기대하지 않겠네."

그렇지. 그걸 기대하면 안 되지. 조르조 피그릴리처럼 오랫동안 함께했던 오른팔을 쳐낼 수 있는 사람은 얕보면 안 된다. 빌리가 장담할 수 있는 딱 한 가지가 있다면 닉이 그를 찾고 있다는 것이다. 그를 기다리고 있다는 것이다. 닉이 모르는 게 있다면 빌리가 얼마나 화가 났는가 하는 것이다. 그들은 약속을 했다. 빌리는 약속을 지켰다. 그런데 닉은 그의 돈을 떼먹었다. 그러더니 그를 죽이려고 했다. 면전에 대고 물으면 딱 잡아떼겠지만 빌리는 안다. 그들 둘 다 안다.

버키는 구글 어스에서 출력한 항공 사진의 한 지점을 손끝으로 두드린다.

"여기 이 조그만 사각형이 정문 경비실이고 사람이 지키고 있을 거야. 경비가. 그건 장담해도 좋아."

빌리가 보기에도 그건 의심의 여지가 없다. 닉이 그의 조그만 왕국을 지키는 데 몇 명을 동원하고 있는지 다시금 궁금해진다. 실버스터 스탤론이나 제이슨 스테이섬이 출연한 영화라면 수십 명일 테고, 가스 추진식 경기관총에서부터 어깨에 장착하는 미사일 발사기에 이르기까지 온갖 무기로 무장했을 테지만, 이건 영화가 아니다. 아마 다섯 명, 어쩌면 네 명밖에 안 될 수도 있고 자동 권총이나 산탄총이나 아니면 양쪽 모두를 들고 있을 것이다. 하지만 그는 혼자고 그는 실베스터 스탤론이 아니다.

앨리스가 구글 어스 사진 한 장을 식탁 중앙으로 옮긴다.

"이건 뭐예요? 부동산 사이트 사진에서는 이거 못 봤는데."

버키와 빌리는 사진을 들여다본다. 서쪽 담벼락이 바위로 덮인 언덕 비탈과 맞닿은 지점이다. 잠시 후에 버키가 말한다.

"관리인용 출입문인 것 같은데. 부동산 사이트에서는 그 문을 보여 줄 필요가 없지. 쓰레기차가 올 때까지 쓰레기를 어디 모아 두지는 보여 줄 필요가 없는 것처럼. 부동산 사이트는 으리으리한 부분에 초점을 맞추니까. 빌리, 자네 생각은 어때?"

"글쎄요."

하지만 빌리의 머릿속에서 그림이 그려지기 시작한다. 생각하면 할수록 고물 트럭이 점점 더 마음에 든다. 그리고 새로 산 가발도 그렇다.

8

저녁을 먹은 뒤에 앨리스가 화장실을 독차지하고 염색을 한다. 버키가 맥주 한 병 주느냐고 묻자("기운을 북돋는 차원에서") 그녀는 좋다고 한다. 그녀가 문을 잠그는 소리가 들린다. 빌리는 놀라워하지 않는다. 그가 생각하기에는 버키도 마찬가지이지 않을까 싶다.

버키는 냉장고에서 맥주를 두 병 더 꺼낸다. 가벼운 점퍼를 걸친 버키가 빌리에게 스웨트셔츠를 한 벌 던져 주고 이렇게 두 사람은 현관 앞 베란다로 나가 흔들의자에 나란히 앉는다. 버키가 자기 맥주병을 빌리의 맥주병에 대고 부딪친다.

"성공을 위하여."

"건배사 마음에 드네요." 빌리는 맥주를 한 모금 마신다. "저희를 받아 주셔서 다시 한번 감사드려요. 손님이 생길 줄은 생각도 못 하셨을 텐데."

"루거용 소음기 찾는 건 아직도 유효한가?"

"네. 그리고 글록17과 양쪽 실탄도 구해 주실 수 있을까요?"

버키는 고개를 끄덕인다.

"이 일대에서 그 정도야 일도 아니지. 또 필요한 건?"

"앨리스가 사다 준 가발과 색이 비슷한 콧수염이요. 기를 만한 시간이 없어서요."

그것 말고 더 있지만 그 나머지를 조달하는 방법은 앨리스가 잘 알 것이다.

"뭘 어쩔 생각인데? 나한테 털어놓을 때도 되지 않았나? 여차하면 내가 말릴 수 있게."

빌리는 그에게 얘기한다. 버키는 유심히 듣고 있다가 잠시 후 고개를 끄덕이기 시작한다.

"그자의 집으로 찾아가는 건 호랑이 굴에 제 발로 들어가는 것만큼 위험한 일이지만 성공할 수도 있겠어. 자네를 찾는 현상금 사냥꾼들은 대개 도심, 그중에서도 특히 닉의 카지노 주변에서 잠복하겠지. 더블 듀스인가 뭔가 하는 거기 말이야."

"더블 도미노요."

버키는 그를 쳐다보며 몸을 앞으로 숙인다.

"혹시 나한테 주기로 약속한 돈이 마음에 걸려서 이러는 거면……"

"그럴 리가요."

"……잊어버려도 돼. 그 돈 없어도 사는 데 지장 없고 뉴욕을 탈출해서 좋으니까. 애초에 거기서 왜 그리 오래 살았는지 모르겠네. 언젠가는 누군가가 5번가에서 지저분한 폭탄을 터뜨리거나 전염병이 터져서 맨해튼에서부터 스태튼 아일랜드까지 모든 곳이 세균 배양용 페트리 접시로 바뀔 거야."

빌리는 버키가 라디오 토크쇼를 너무 많이 듣고 있다는 생각을 하지만 아무 말도 하지는 않는다.

"그놈에게 돈이 있으면 받아 오겠지만 버키 씨 돈이나 제 돈

때문에 이러는 건 아니에요. 그놈은 저를 속였어요. 저를 엿
먹였어요. 나쁜 놈이에요." 빌리는 자신이 점점 *바보 빌리* 같
은 말투를 쓰고 있다는 걸 느끼지만 상관하지 않는다. "그놈은
조르조를 죽였어요. 직접 아니면 사람을 시켜서. 저한테도 똑
같이 그러려고 했고요."

"그래." 버키는 조용히 말한다. "알겠네. 명예의 문제로군."

"명예가 아니라 *정직*의 문제죠."

"정정할게. 이제 맥주 마시게."

빌리는 맥주를 한 모금 마시고 또다시 샤워하는 소리가 들
리는 집 쪽으로 고개를 까딱인다.

"저 아이는 쇼핑하는 동안 어땠어요? 괜찮던가요?"

"대부분. 자네가 쓸 카우보이모자 사러 커먼 스레즈에 갔거
든? 그걸 보여 준다는 걸 깜빡했네, 아주 그냥 죽여주는데. 아
무튼 가게 안에 들어가려고 했을 때 숨을 헐떡거리더니 중얼
중얼 노래를 부르더라고. 무슨 노래였는지 모르겠지만 그 뒤
로 다시 괜찮아졌어."

빌리는 무슨 노래였는지 안다.

"중고차 매장에서는 저 아이가 거길 아주 쥐락펴락했지. 저
트럭을 찾아내더니 4400에서 3300으로 깎아 달라고 리키를
상대로 흥정을 하더라고. 리키가 3500에서 그 이하는 절대 안
된다고 하니까 그 아이가 나를 붙잡고는 '엘머 아저씨, 이분 사
람은 좋은데 장사할 생각은 없나 봐요.'라지 뭔가. 믿어지나?"

"믿어집니다."

빌리는 웃음을 터뜨린다. 하지만 버키는 덩달아 웃지 않고 표정이 점점 심각해진다. 빌리는 무슨 문제라도 있느냐고 묻는다.

"지금은 아니지만 나중에는 그럴 가능성이 있지." 버키는 맥주병을 내려놓고 빌리의 얼굴을 똑바로 쳐다본다. "우리 둘은 범법자잖아, 응? 요즘은 그런 단어를 별로 쓰지 않지만 우리는 범법자야. 앨리스는 아니지만 계속 자네와 함께 도망 다니면 범법자가 될 거야. 왜냐하면 자네를 사랑하고 있거든."

빌리도 맥주병을 내려놓는다.

"버키, 저는…… 저는 전혀……."

"자네가 저 아이와 잘 생각이 없다는 건 알고 저 아이도 자네와 잘 생각이 없겠지, 그런 일을 겪고 났으니. 하지만 자네가 저 아이의 목숨을 구했고 정신을 수습하게 했으니……"

"제가 그런 게……"

"그래, 자네가 그런 게 아닐 수 있지. 하지만 자네가 저 아이 스스로 정신을 수습할 수 있게 시간과 장소를 제공했잖은가. 어느 쪽이 됐건 간에 저 아이는 자네를 사랑하게 됐고, 자네가 허락하는 한 끝까지 자네를 따라다닐 테고, 그렇게 따라다니도록 내버려 두면 저 아이는 망가질 거야."

빌리는 버키가 이 말을 하기 위해 여기로 나왔다는 걸 이제 알아차린다. 버키는 잠깐 숨을 고르고 맥주병을 집어서 반을 마시고 우렁차게 트림을 한다.

"반박하고 싶으면 해 봐. 며칠 동안 지낼 곳을 내주었다고 해서 반대 의견을 막을 권리가 생기는 건 아니니까 자, 반박해 봐."

하지만 빌리는 반박하지 않는다.

"저 아이를 네바다로 데려가는 건 그래, 좋아. 외곽의 저렴한 숙소를 찾아서 자네가 일을 처리하는 동안 저 아이는 거기 있게 해. 돈을 들고 멀쩡히 빠져나오면 저 아이에게 한몫 쥐여 주고 동부로 돌려보내. 돌아가는 길에 여기 들러서 나를 보게 하고, 그 가짜 서류는 일시적인 위장이라는 것도 알려 주고. 앨리스 맥스웰로 다시 돌아가도 된다고 말이야."

버키는 관절염의 첫 징조로 살짝 뒤틀리고 마디가 지기 시작한 손가락을 들어 보인다.

"하지만 자네가 이 일에 저 아이를 끌어들이지 않는 경우에나 가능한 얘기지. 알겠나?"

"네."

"자네는 멀쩡히 빠져나오거나 아니면 아예 빠져나오질 못하거나 둘 중 하나겠지. 후자의 경우 저 아이로서는 받아들이기 힘들겠지만 소식을 알려야 한다고 봐. 동의하나?"

"동의합니다."

"저 아이에게 며칠이 지나도록 자네한테서 소식이 없으면, 며칠이라고 할지는 자네가 정하고, 여기로 돌아오라고 해. 내가 돈을 좀 줄 테니까. 1000 아니면 1500정도."

"그러실 필요는……"

"주고 싶어서 그래. 저 아이가 마음에 들거든. 그런 일을 당했으니 징징거릴 만도 한데 징징거리질 않잖아. 게다가 그거 자네한테 받은 돈이야. 이제는 내 고객이 자네밖에 없거든. 4년 전부터. 이 몸은 더 이상 권총강도들에게 수수료를 받지 않아. 그중 하나라도 잘못되면 쉽게 꼬리가 밟힐 텐데 철창신세를 지기엔 내가 너무 늙었거든."

"알겠습니다. 감사합니다. 감사합니다."

샤워 소리가 멈춘다. 버키가 흔들의자 팔걸이를 넘어 빌리 쪽으로 몸을 숙인다.

"새끼 고양이는 자기를 쫓아내거나 잡아먹지 않고 몸을 핥아 준 개에게 정을 붙일 수밖에 없지. 아니, 새끼 오리도 그럴 거야. 각인이 돼서. 저 아이에게는 빌리, 자네가 각인이 됐는데, 나는 저 아이가 다치는 걸 원치 않아."

화장실 문이 열리고 앨리스가 현관 앞 베란다로 나온다. 버키의 것일 게 분명한 낡은 파란색 샤워 가운을 입고 있다. 너무 길어서 맨 발등에 쓸린다. 머리는 올려서 열 몇 개쯤 되어 보이는 핀을 꽂아 투명 비닐을 씌워 놓았다. 원래 머리색이 워낙 까매서 플래티넘 금발 근처에도 가지 못할 테지만 그래도 엄청난 변화다.

"어때요? 아직은 잘 모르시겠지만…….."

"괜찮아 보인다." 버키가 말한다. "난 원래부터 칙칙한 금발을 좋아했어. 첫 번째 부인이 칙칙한 금발이었거든. 주크박스에 매달려 있는 그녀를 본 순간 가져야겠다는 생각을 했지. 바보 같으니라고."

앨리스는 특유의 멍한 미소를 짓지만 시선은 빌리에게로 향해 있다. 그의 생각을 듣고 싶은 것이다. 빌리는 버키가 한 말이 무슨 뜻인지 정확히 안다. 그는 유튜브에서 본 영상을 기억한다. 그레이트데인이 앉아서 지켜보는 가운데 새가 그 개의 물그릇에서 목욕을 하는 영상이었다. 그리고 누군가의 목숨을 구하면 그들을 책임져야 한다는 옛 속담도 떠올린다.

"아주 잘 어울려."

빌리의 말에 앨리스는 미소를 짓는다.

19장

1

빌리와 앨리스는 5일 동안 버키의 집에서 지낸다. 신이 땅의 짐승과 하늘의 새를 창조했다는 6일째 날 아침, 그들은 닷지 램에 짐을 싣고 떠날 채비를 한다. 빌리는 금색 가발과 도수 없는 안경을 쓰고 있다. 트럭이 쿼드 캡 모델이라 몇 개 안 되는 짐을 벤치 시트 뒤편에 실을 수 있다. 구닥다리 잔디 깎는 기계는 여전히 트럭 짐칸에 실려 있다. 그 옆으로 생울타리 트리머, 낙엽 날리는 블로어, 묵은 슈틸 체인톱이 추가됐다. 빌리가 맨 처음 봤을 때만 해도 아무것도 없었던 트레일러에는 이제 로우스에서 산 종이 통이 네 개 실려 있다. 두 남자가 그걸 잠깐 발로 차서 제대로 우그러뜨린 뒤에 네덜란드에 있는 어느 은행의 압류물 경매에서 헐값에 산 수동 공구를 가득 채웠다. 그런 다음 트레일러 옆면에 두꺼운 고무줄로 고정시켜 놓았다.

"자네는 21세기의 방랑자처럼 보여야 해." 종이 통 차기 놀이를 하는 동안 버키가 말했다. "웨스트 나인에는 그런 방랑자가 얼마나 많다고. 떠돌아다니면서 여기서 조금 일을 하다가 다시 이동하는 식이지."

앨리스가 웨스트 나인이 뭐냐고 묻자 버키는 어디를 말하는지 줄줄이 읊었다. 콜로라도, 와이오밍, 몬태나, 유타, 애리조나, 뉴멕시코, 아이다호, 오리건 그리고 두말하면 잔소리인 네바다. 빌리는 보기에는 트럭이 훌륭하다. 이것이 그들의 여행에 불필요한 조치일 수도 있다. 버키의 말마따나 현상금 사냥꾼들은 라스베이거스 도심에 집중되어 있을 것이다. 하지만 프로몬토리 포인트에 관한 한 트럭의 생김새가 결정적인 역할을 할 수 있다.

"재밌게 지내다 가는군." 버키는 오버올과 올드 97's* 티셔츠를 입고 있다. "와 줘서 고마웠어."

앨리스가 그를 끌어안는다. 금발로 염색한 머리가 아침 햇살 아래에서 보기 좋게 반짝인다.

"빌리?" 버키가 손을 내민다. "몸조심하게."

---

* 미국의 얼터너티브 컨트리 밴드.

빌리는 그를 끌어안을 뻔하지만 그러지 않는다. 요즘은 그게 유행이긴 하지만 그는 모래 전장에서도 남자끼리 부둥켜안고 그러는 스타일이 아니었다.

"고마웠어요, 버키." 그는 두 손으로 버키의 손을 감싸고 관절염을 감안해 살짝 누른다. "모두 다요."

"별말씀을."

그들은 차에 올라탄다. 빌리는 시동을 건다. 처음에는 굉음이 나지만 이내 소리가 부드러워진다. 버키가 돌턴 스미스의 신용에 금이 가지 않게 퓨전을 몰고 가서 본거지에 반납할 사람을 알아봐 주기로 했다. *장부에 항목이 하나 더 추가되겠네.*

빌리는 고물 트럭의 전면을 도로 쪽으로 돌린다. 그가 기어를 1단에 넣었을 때 버키가 *워 워* 하는 제스처와 함께 조수석 쪽으로 다가온다. 앨리스가 자기 쪽 차창을 내린다.

"너를 여기서 다시 만났으면 좋겠다. 그때까지 저 친구 일에 끼어들지 말고 조신하게 지내. 알았지?"

"네."

앨리스는 그렇게 대답하지만 그저 버키를 안심시키려고 하는 말일지 모른다. *그래도 상관없어. 내 말은 들을 테니까. 바라건대.*

그는 마지막으로 클랙슨을 한 번 누르고 출발한다. 1시간 30분 뒤에 그들은 70번 고속도로에서 라스베이거스를 향해 서쪽으로 방향을 돌린다.

2

그들은 유타주 비버에서 하룻밤 쉬었다 가기로 한다. 역시 나 아무 브랜드 없는 모텔이지만 그럭저럭 괜찮다. 그들은 크 레이지 카우에서 치킨 바스켓을 먹고 돌아오는 길에 레이스 66에서 버드와이저를 두 캔 산다. 나중에 서로 연결되어 있는 객실 밖으로 나와 의무적으로 마당용 의자를 가까이 붙이고 시원한 맥주를 마신다.

"차를 타고 오는 동안 아저씨 원고 뒷부분 다 읽었어요. 완 전 짱이에요. 얼른 더 읽고 싶어요."

빌리는 미간을 찌푸린다.

"팔루자 이후는 쓸 생각이 없는데."

"랄라팔루자 말이죠?" 그녀는 웃으며 묻고는 이렇게 덧붙 인다. "하지만 어쩌다 돈을 받고 사람을 죽이는 일을 하게 됐 는지 안 쓰실 거예요?"

너무 단도직입적이라, 물론 너무 정확하기도 하지만, 빌리 는 움찔하고 놀란다. 그녀는 그의 심정을 알아차린다.

"그러니까 나쁜 사람들 말이에요. 그리고 버키 아저씨를 만 나게 된 사연도 궁금한데."

그래. 거기에 대해서 쓰면 되겠네. 아니, 거기에 대해서 써야 겠네. 왜냐하면 문 뒤에 숨어 있던 반군이 조니 캡스의 다리를 갈가리 찢어 놓는 게 아니라 그를 쏴서 죽였다면 지금 빌리 서

머스는 여기 없었을 것이다. 앨리스도 마찬가지였을 것이다. 만약 조니 캡스가 죽었다면 앨리스 맥스웰은 피어슨 가에서 쇼크와 저체온증으로 죽었을지 모른다는 사실이 일종의 계시처럼 느껴진다. 그러면 안 되는 것일지 모르겠지만.

"그 부분에 대해서 써야겠다. 기회가 닿으면. 나는 너에 대해서 듣고 싶은데, 앨리스."

그녀는 웃음을 터뜨리지만 빌리가 사랑하게 된 그 자유분방하고 서글서글한 웃음이 아니다. 이번에는 경계하는 웃음이다.

"별로 할 얘기가 없어요. 나는 어렸을 때부터 배경 같은 사람이었거든요. 아저씨랑 같이 지내는 게 지금까지 살면서 유일하게 경험한 흥미진진한 일이에요. 집단 성폭행을 당한 거 빼고는."

그녀는 살짝 서글픈 코웃음을 친다.

하지만 빌리는 그런가 보다 하고 넘어갈 생각이 없다.

"킹스턴에서 자랐다고 했지? 어머니가 너랑 언니를 키웠고. 그게 다야? 분명 더 있을 텐데."

앨리스는 점점 어두워져 가는 하늘을 가리킨다.

"평생 저렇게 별이 많은 거 처음 봐요. 버키 아저씨네 집에서도 저렇지는 않았는데."

"말 돌리지 말고."

그녀는 어깨를 으쓱한다.

"알았어요, 재미없어도 책임 못 져요. 우리 아버지는 가구점

사장이었고 어머니는 거기 경리였어요. 아버지는 내가 여덟 살, 미용학교에 다니던 제리 언니가 열아홉 살이었을 때 심장마비로 돌아가셨고요." 앨리스는 자기 머리칼을 건드린다. "이걸 보면 언니가 나더러 완전 망쳐 놨다고 할 거예요."

"그럴지 모르겠지만 보기 좋아. 얘기 계속해 봐."

"나는 B급 고등학생이었어요. 데이트는 몇 번 했지만 남자친구는 없었고요. 인기 많은 애들이 더러 있었지만 나는 아니었어요. 인기 없는 애들도 더러 있었죠. 늘 맞고 놀림을 당하는 애들 말이에요. 그치만 나는 또 이 그룹도 아니었어요. 대부분 엄마랑 언니가 시키는 대로 하면서 지냈어요."

"미용학교만 빼고 말이지."

"그것도 거의 알았다고 할 뻔했죠. 내가 똑똑한 애들이 가는 대학교에 다니지는 못할 게 분명했거든요. 그런 대학교에 가려면 들어야 하는 수업을 많이 듣지 않아서." 앨리스는 곰곰이 생각한다. 빌리는 재촉하지 않는다. "그러던 어느 날 밤에 침대에 누워서 잠이 들기 직전이었는데 갑자기 눈이 떠졌어요. *번쩍* 하고요. 하마터면 침대에서 떨어질 정도로. 아저씨도 그런 적 있어요?"

빌리는 이라크를 떠올리며 대답한다.

"많지."

"이런 생각이 들었어요. '미용학교에 다니면, 엄마랑 언니가 시키는 대로 하면 앞으로 끝이 없을 거야. 평생 두 사람이 시키는 대로 하다가 어느 날 정신을 차려 보면 여기 이 킹스턴에서 늙어 가고 있을 거야.'" 그녀는 그를 돌아본다. "엄마랑 언니가 트립의 아파트에서 내가 당한 일이랑 지금 아저씨랑 이러고 있는 걸 알면 뭐라고 할지 알아요? '꼴좋다.'"

빌리는 앨리스의 어깨를 토닥여 주려고 손을 내민다. 하지만 그 전에 그녀가 그를 돌아보자 세월과 운명이 그녀 편이라면 어떤 여인으로 자랄지 머릿속에 그려진다.

"그럼 제가 뭐라고 대답할지 알아요? 상관없다고 할 거예요. 이건 내 인생이고, 나는 내 인생을 누릴 *자격*이 있고, 이게 내가 원하는 삶이라고."

"그래. 그래, 앨리스. 그래도 돼."

"맞아요. 그래도 돼요. 당연히 그래도 되죠. 죽지만 않으면 돼요."

그건 빌리가 약속할 수 없는 부분이기에 그는 아무 말도 하지 않는다. 그들은 조금 더 별을 보며 맥주를 마시고 그녀는 묵묵히 있다가 이제 자러 들어가겠다고 한다.

3

빌리는 자러 들어가지 않는다. 버키가 문자를 두 통 보냈다. 첫 번째는 프로몬토리 포인트의 공사를 맡은 조경업체가 그린스 앤드 가든스라는 문자다. 작업반장은 켈턴 프리먼 아니면 헥터 마르티네스지만 워낙 이직이 잦은 업계라 전혀 다른 사람일 수도 있다고 한다.

두 번째는 닉이 주중에는 종종 더블 도미노에서 자지만 주말에는 되도록 파이루트로 가려고 한다는 문자다. 일요일에는 특히 더 그렇다고 한다. 미식축구 시즌에는 뉴욕 자이언츠 경기를 절대 놓치지 않는데. 버키는 이렇게 덧붙인다. 그자를 아는 사람들 사이에서는 그걸 모르는 사람이 없다고 해.

뉴욕을 떠나도 뉴욕 사랑은 여전하군. 그는 답문을 보낸다. 차고와 관련해서는 소득 있나요?

버키가 당장 답문을 보낸다. 아니.

빌리는 구글 어스와 질로에서 출력한 사진을 들고 왔다. 그는 그 사진을 잠깐 들여다본다. 그런 다음 노트북을 열고 스페인어 문구를 몇 개 검색해 본다. 나중에 때가 됐을 때 이 말을 쓸 필요는 없겠지만 여러 번 반복해 가며 기억에 새긴다. 이 많은 게 전부 필요하지는 않을 것이다. 어쩌면 아예 필요 없을 수도 있다. 하지만 언제나 그렇듯 유비무환이다.

메 야모 파블로 로페스.(제 이름은 파블로 로페스입니다.)

에스타 에스 미 이하.(이 아이는 제 딸입니다.)

에스토스 손 파라 엘 하르딘.(이것들은 정원용입니다.)

미 에스 소르도 이 무도.(저는 농인입니다.)

4

그들은 크레이지 카우에서 다시 아침을 먹고 길을 나선다. 빌리는 오래된 트럭으로 무리하고 싶지 않고 그럴 필요도 없다. 라스베이거스까지는 몇백 킬로미터밖에 안 되고, 그는 프로미식축구 경기가 열리고 체로키 드라이브 맨 끝집이 가장 잠잠해지는 일요일이 되어서야 닉을 상대로 행동을 개시할 것이다. 그날에는 관리인도 조경사도 없을 테고 바라건대 독사들도 없을 것이다. 스케줄 확인 결과 동부 시간으로 오후 4시에 자이언츠와 카디널스의 경기가 시작된다고 하니 네바다 기준으로는 오후 1시인 셈이다.

그는 시간도 때울 겸 이제 은퇴를 고민 중인 이 세계에 발을 들이게 된 계기를 앨리스에게 들려준다. 70번 고속도로 서쪽 방면에서 끝날 그 연결 고리―새로 만들어야 하는 고리가 아직 한 개 이상 남았다―의 시작점은 조니 캡스였다.

"그 집에서 다리에 총 맞은 친구요? 반군이 아저씨네를 안으로 끌어들이려고 미끼 삼아 살려 두었던?"

"응. '닥터' 클레이 브릭스가 진정제를 먹었고 헬리콥터로 후송됐거든. 쓰레기 같은 재향군인병원에서 되지도 않을 재활 치료를 받는다고 한참 동안 약에 취해서 지냈지. 그러다 결국에는 머리 꼭대기까지 약에 찌든 채 휠체어를 타고 퀸스로 돌아가게 됐고."

"너무 슬퍼요."

빌리는 그래도 조니의 이야기에서 약물 중독 부분은 해피 엔딩으로 끝난다고 말한다. 조이 캡스라고 불렸지만 카피차노라는 이탈리아 성을 고수하던 사촌이 그에게 연락했다. 조이 캡스는 좀 더 대규모인 뉴욕 어느 조직의 허락 아래―그리고 두말하면 잔소리지만 마약 사업을 관장하는 시날로아 카르텔*의 허락 아래―사실상 동네 건달 패거리 수준의 조그만 자기 사업체를 굴리고 있었다. 그가 부상병인 사촌에게 장부를 맡아 주겠느냐고 물으며 약을 끊어야 한다는 조건을 걸었다.

"그리고 그분은 약을 끊었어요?"

"응. 다시 연락이 됐을 때 그 친구한테 전말을 들었어. 사촌이 돈을 대 줘서 재활시설에 입소했고, 일주일에 서너 번씩 익명의 약물중독자 모임에 출석 도장을 찍었다더군. 그러다 몇 년 전에 죽었어. 간암으로."

앨리스는 미간을 찌푸리고 있다.

"그런 모임에까지 참석해 가며 약을 끊었으면서 하는 일은 약을 *파*는 거였다고요?"

"약을 판 게 아니라 판매 수입을 계산하고 세탁했지. 하지만 맞아, 그게 그거지. 나도 예전에 그 친구한테 짚고 넘어갔거든. 그랬더니 뭐랬는지 아니? 알코올 중독을 이겨 내고 술집

---

* 멕시코 최대의 범죄 조직.

을 하는 사람들이 전 세계적으로 얼마나 많은지 아느냐고. 그 친구는 후원도 한다고, 개중에 완전히 손을 떼고 제2의 인생을 살기 시작한 사람도 있다고 했어. 그 친구가 쓴 표현이야, 제2의 인생을 살기 시작했다는 거."

"맙소사, 이거야말로 오른손이 하는 일을 왼손이 모르게 하라는 거네요."

빌리는 다시 한번 파병을 신청할 뻔했지만 미친 짓―미친 자살행위―이라는 결론을 내리고 해병대 제복을 벗었노라고 그녀에게 얘기한다. 그는 이후에 이리저리 떠돌아다니며 오랫동안 저격을 업으로 삼았던 사람은 앞으로 무슨 일을 하며 먹고살아야 할지 고민했다. 바로 그때 조니와 연락이 닿았다.

그는 술집에서 꼬신 여자를 두들겨 패는 걸 좋아하는 뉴저지 녀석이 있다고 했다. 어렸을 때 겪은 트라우마를 그런 식으로 해결하려는 건지 몰라도 트라우마고 나발이고 아주 나쁜 놈이라고 했다. 녀석이 마지막으로 두들겨 팬 여자가 혼수상태에 빠졌는데 이 여자가 하필이면 카피차노 집안이었다. 6촌인가 8촌이기는 했지만 아무튼 친척이었다. 다만 한 가지 문제가 있다면 여자들을 패고 다니는 이놈이 강 건너편 호보켄에 본부가 있는, 더 규모가 크고 막강한 조직의 조직원이었다.

조이가 조니 캡스를 데리고 이 조직의 보스와 담판을 지으러 갔는데, 알고 보니 뉴저지 조직에서도 이 개차반은 별 쓸모 없는 녀석이었다. 골칫덩어리였고, 다른 정상적인 남자들처럼 여자를 집으로 데리고 가서 떡을 치거나 포티미 넬 쿨로(항문성교)를 하는 게 아니라 죽도록 팰 때 쓰려고 양손가락에 반지를 끼고 다니는 저질 스트론초 마드레(호래자식)였다. 뒤치기는 일부 남자 심지어 일부 여자도 좋아했다. 하지만 얼굴 얻어맞는 것을 좋아하는 여자는 없었다.

결론부터 밝히자면 그 조직의 *카포*(두목)는 조이 캡스에게 *스트론초 마드레*를 처치해도 좋다고 허락할 수 없었다. 그랬다가는 보복이 자행될 수밖에 없었다. 하지만 외부인에게 맡기고 양쪽—호보켄 조직과 그보다 훨씬 작은 퀸스 조직—에서 비용을 부담하면 눈엣가시를 제거할 수 있었다. 이야말로 조폭 외교였다.

"그래서 조니 캡스가 아저씨한테 연락을 한 거로군요."

"그렇지."

"아저씨 솜씨가 최고라서요?"

"그 친구가 아는 한도에서는. 그리고 내 이력도 알았으니까."

"아저씨 동생을 죽인 남자요?"

"응, 그거. 나는 일을 수락하기 전에 이력을 좀 알아보려고 그 남자의 뒷조사를 했어. 심지어 그 남자에게 맞아서 혼수상태에 빠진 여자도 보러 갔고. 생명 유지 장치를 달고 있었는데, 누가 봐도 가망이 없겠다는 걸 알 수 있었지. 모니터 화면이……." 빌리는 핸들 위로 일직선을 그렸다. "그래서 내가 놈을 해치웠어. 사실 이라크에서 했던 일과 크게 다르지도 않았지."

"그 일이 좋았어요?"

"아니." 빌리는 주저 없이 대답한다. "거기서도 여기에서도. 한 번도 좋아한 적 없어."

"조니의 사촌이 다른 일도 소개해 줬어요?"

"두 번 더. 그리고 한 번은 내가 거절했어. 상대가…… 뭐랄 까……."

"그 정도로 나쁜 사람 같지 않았어요?"

"그 비슷해. 그러고 얼마 안 있어서 조이가 나를 버키한테 소개했고 버키가 나를 닉한테 소개했고 그래서 지금 이렇게 된 거야."

"숨겨진 이야기가 훨씬 많을 것 같은데요."

그녀의 짐작이 맞지만 빌리는 닉과 다른 사람들에게 어떤 일을 받아서 했는지 시시콜콜 설명하고 싶지 않을뿐더러 이쯤에서 대화를 접고 싶다. 지금까지 어느 누구에게도 이런 얘기를 한 적이 없었고 그의 인생에서 그 부분을 공개하고 보니 소름이 돋는다. 추잡하고 바보 같다. 실업학교 학생이자 성폭행 생존자인 앨리스 맥스웰은 지금 돈을 받고 사람을 죽인 남자와 고물 트럭을 같이 타고 있는 셈이다. 그게 그의 빌어먹을 직업이었다. 그리고 그는 닉 머제리언을 죽이게 될까? 기회가 생기면 그럴 가능성이 매우 크다. 여기서 질문. 명예를 위한 살인은 돈을 위한 살인보다 나은가? 아닐지 모르지만 그래도 그는 멈추지 않을 것이다.

앨리스는 잠깐 아무 말도 없이 곰곰이 생각한다. 그러다 묻는다.

"아저씨가 그 얘기를 한 이유는 글로 쓸 기회가 없을지 모른다고 생각하기 때문이죠? 그렇죠?"

맞지만 그는 인정하고 싶지 않다.

"아저씨?"

"네가 궁금해했기 때문에 얘기한 거야."

그는 라디오를 켠다.

5

그들은 또 다른 이름 모를 호텔에 체크인한다. 라스베이거스 외곽에는 이런 호텔들이 그 도시를 감싸고 엉성한 원을 그리며 떼거리로 모여 있다. 빌리가 돌턴 스미스와 엘리자베스 앤더슨으로 체크인을 하는 동안 앨리스는 로비에 있는 슬롯머신에 4달러를 넣는다. 다섯 번째 판에 1달러짜리 가짜 동전 열 개가 구멍으로 와르르 쏟아져 나오자 그녀는 아이처럼 비명을 지른다. 데스크 직원이 선택권을 준다. 10달러를 받을 건지 그 금액만큼 모텔 적립금을 받을 건지.

"여기 식당이 어때요?"

"뷔페가 제법 괜찮아요." 그러더니 직원이 목소리를 낮춘다. "그냥 현금으로 받으세요, 아가씨."

앨리스는 돈을 받고 그들은 같은 블록에 있는 설로인 슈퍼 버거에서 포장을 한다. 앨리스는 자기가 사겠다고 하고 빌리는 왈가왈부하지 않는다.

빌리의 객실로 돌아갔을 때 앨리스는 창가에 앉아서 도심을 향해 끝없이 이어지는 차량의 행렬과 하나둘씩 불을 밝히는 호텔과 카지노들을 바라본다.

"죄악의 도시." 그녀는 경이로워한다. "그리고 나는 여기 이 객실에 잘생긴 남자와 함께 있는데 어쩌다 보니 그 남자의 나이가 나보다 두 배 많네. 엄마가 알면 아주 *기겁*하겠어."

빌리는 고개를 뒤로 젖히고 웃음을 터뜨린다.

"그럼 너희 언니는?"

"못 미더워할 거예요." 그녀는 손가락으로 가리킨다. "저거 파이우트 산이에요?"

"저쪽이 북쪽이면 맞아. 그리고 아마 언덕이라고 불릴 거다. 중요한 문제는 아닐지 모르겠다만."

그녀는 웃음기 가신 얼굴로 그를 돌아본다.

"어쩔 작정인지 얘기해 주세요."

그는 얘기한다. 준비물을 마련하는 데 앨리스의 도움이 필요하기 때문만은 아니다. 그녀는 귀를 쫑긋 세우고 듣는다.

"어마어마하게 위험한 작전 같은데요."

"수상한 낌새가 느껴지면 후퇴해서 작전을 다시 짤 거야."

"수상한지 아닌지 아저씨가 알 수 있을까요? 팔루자의 그 집 앞에서 아저씨 친구 타코가 그랬던 것처럼?"

"그걸 기억하는구나?"

"알 수 있을까요?"

"아마도. 응."

"하지만 아저씨는 그래도 들어갈지 몰라요. 펜하우스 때 그랬다가 어떻게 됐는지 보세요."

빌리는 아무 대꾸도 하지 않는다. 할 말이 없다.

"나도 같이 갈 수 있으면 좋겠어요."

거기에 대해서도 아무 대꾸도 하지 않는다. 그 생각 자체만으로도 소름이 끼치는 건 둘째 치고, 앨리스가 옆에 있으면 빌리의 작전은 성공할 가능성이 없고 그녀도 그렇다는 걸 안다.

"그 돈이 꼭 있어야 해요?"

"그 돈 없어도 사는 데에는 아무 지장 없고 돈을 받아 봐야 대부분 버키한테로 넘어갈 거야. 나는 돈 때문에 가려는 게 아니야. 닉이 내 뒤통수를 쳤어. 그러니까 대가를 치러야 해, 너를 성폭행한 녀석들이 대가를 치러야 했던 것처럼."

이번에는 앨리스가 아무 말도 하지 않을 차례다.

"또 다른 이유도 있어. 내가 보기에는 일을 처리한 뒤에 나를 죽이려는 게 닉의 머리에서 나온 생각이 아니거든. 내 목에 600만 달러의 현상금을 걸기로 한 건 누가 *봐*도 닉의 머리에서 나온 생각이 아니고. 그자가 누군지 알아야겠어."

"그리고 이유도요?"

"응. 이유도."

6

다음 날 아침에 빌리는 닷지 트럭의 짐칸부터 확인한다. 공구를 잠가 놓은 게 아니라 묶어 놓기만 했기 때문이다. 전부 무사히 잘 있다. 그걸 보고 그는 놀라지 않는다. 트럭 짐칸과 트레일러에 실린 모든 게 낡아 빠진 고물일 뿐 아니라 그가 수년간 경험한 바에 따르면 대다수의 사람은 정직하기 때문이다. 그런 사람들은 남의 것을 함부로 들고 가지 않는다. 남의 것을 들고 가는 사람들—트립 도너번, 닉 머제리언, 그리고 누군지 모를 닉의 배후—을 보면 그는 열이 받는다.

그는 버키에게 문자를 보내 닉이 현재 어떤 차를 타고 다니는지 알아봐 줄 수 있느냐고 물어보려다—분명 더블 도미노의 주차장 VIP 칸에 세워져 있을 테고 맞춤형 번호판이 달린 고급 차일 것이다—관둔다. 버키라면 알아낼 수 *있겠지만* 그랬다가 경보를 울릴 수도 있다. 그것이야말로 빌리가 가장 피하고 싶은 사태다. 그는 지금쯤 닉이 슬슬 긴장을 풀고 있길 바란다.

가게들이 문을 열자 그와 앨리스는 가장 가까운 얼타 뷰티

216

에 간다. 이번에는 화장을 해야 하는 사람이 그지만 앨리스에게 상품 선택을 맡긴다. 쇼핑이 끝나자 그녀는 카지노에 가고 싶어 한다. 현명한 선택이 못 되지만 그녀가 엄청 흥분하며 기대하니 안 된다고 할 수가 없다.

"하지만 특급 호텔이나 스트립*은 안 돼."

앨리스는 휴대전화로 검색에 나서고 이스트 라스베이거스에 있는 빅 토미스 호텔 앤드 갬블링으로 앞장선다. 입장 전에 신분증 검사가 이루어지자 그녀는 새로 만든 엘리자베스 앤더슨의 운전면허증을 태연하게 보여 준다. 그녀가 이리저리 돌아다니며 룰렛, 크랩스**, 블랙잭, 계속 빙글빙글 돌아가는 머니 휠을 넋 놓고 구경하는 동안 빌리는 좌우를 둘러보며 특정 분위기를 풍기는 사람이 없는지 확인한다. 그런 사람은 보이지 않는다. 여기 이 오지를 찾은 손님들은 대부분 몇 푼 잃어도 별 지장이 없는 엄마 아빠들이다.

그는 자신이 쏟아지는 비를 맞으며 안고 들어온 그때의 앨리스와 지금의 앨리스는 다른 사람이라는 사실을 다시금 상기한다. 더 괜찮은 사람으로 발전해 나가는 중인데, 만약 빌리의 계획이 어긋나서 그녀가 이미 받은 것보다 더 심한 상처를 입게 된다면 그건 그의 책임이다. 그는 생각한다. 이 헛짓거리

---

* 유명 호텔과 카지노가 밀집한 라스베이거스의 대로.
** 주사위 두 개로 하는 도박.

를 때려치우고 이 아이를 콜로라도로 다시 *데려다주어야 하지 않을까.* 하지만 이른바 '은신처'에서 닉이 위스콘신은커녕 차를 타고 한 10킬로미터쯤 가다가 데이나 에디슨이 그의 머리를 총으로 쏘기로 계획을 다 세워 놓고는 도주 작전을 열심히 설명했던 것이 생각난다. 닉은 대가를 치러야 한다. 그리고 빌리 서머스의 본모습을 알아야 한다.

"너무 *시끄러워요!*" 뺨이 시뻘게진 채 앨리스는 두 눈으로 온 사방을 한꺼번에 보려고 하느라 정신이 없다. "어떻게 해야 해요?"

빌리는 룰렛 테이블을 체크한 뒤에 속으로 계속 이건 바보짓이라고 중얼거리며 앨리스를 그쪽으로 데려가 칩을 50달러어치 사 준다. 그녀에게 따르는 초보자의 행운이 경이로운 수준이다. 10분 만에 200달러를 따서 사람들의 응원을 받는다. 빌리는 못마땅해하며 이번에는 5달러짜리 슬롯머신이 길게 늘어선 곳으로 그녀를 데려간다. 거기서도 그녀는 30분 만에 다시 30달러를 따고는 그를 돌아본다.

"버튼 누르고 확인하고, 버튼 누르고 확인하고, 반복 또 반복. 좀 바보 같지 않아요?"

빌리는 어깨를 으쓱하지만 웃음이 나오는 건 어쩔 수 없다. 처음에는 그냥 평범한 미소지만 이가 반짝이기 시작하는 순간 다른 건 아무것도 보이지 않는다고, 로빈 매과이어가 했던 말이 생각난다.

"동감이다."

그는 말한다. 그러고는 이를 반짝인다.

7

그들은 카지노 이후에 카지노 센추리16으로 자리를 옮겨 코미디와 액션, 이렇게 두 편의 영화를 본다. 영화까지 보고 나와 보니 해가 거의 졌다.

"뭐 좀 먹을까요?"

"어디든 네가 가고 싶은 데로 기꺼이 따라가겠다만 나는 팝콘이랑 사워 패치 키즈 젤리를 너무 먹어서 배가 터질 지경이야."

"간단하게 샌드위치라도요. 우리 엄마가 잘했던 거 하나 알려 드릴까요?"

"좋지."

"가끔 내가 착하게 굴면 이른바 스페셜 데이를 허락하셨어요. 그날은 아침으로 초콜릿 칩을 뿌린 팬케이크를 먹고, 원하는 걸 거의 뭐든 할 수 있었어요. 예를 들면 그린 라인 어포커 서리에서 에그 크림*을 마시거나 비싸지 않은 동물 인형을 사거나 버스를 타고 종점까지 가거나. 내가 그걸 좋아했거든요.

---

* 우유, 탄산수, 시럽을 넣어서 만든 음료.

한심한 아이였죠?"

"아니."

그녀는 둘도 없이 자연스럽게 그의 손을 잡고 앞뒤로 흔들며 트럭을 향해 그와 함께 걸어간다.

"오늘이 그날 같았어요. 스페셜 데이."

"다행이네."

그녀는 그를 돌아본다.

"죽으면 안 돼요." 격한 목소리다. "절대 안 돼요."

"안 죽을게. 됐지?"

"그럼 됐어요. 전부 됐어요."

8

하지만 그날 밤에 그녀는 위기를 맞는다. 빌리는 비몽사몽의 경계에 있지 않았다면 앨리스의 노크 소리를 듣지 못했을 것이다. 그 정도로 희미하고 조심스럽다. 처음에 그는 섀니스 애커먼이 등장하는 꿈속의 한 장면인 줄 알았다가 라스베이거스 외곽의 모텔 객실이라는 현실로 돌아온다. 그는 일어나 문 앞으로 가서 구멍으로 내다본다. 그녀가 버키와 같이 가서 산 헐렁한 파란색 잠옷 차림으로 문 앞에 서 있다. 맨발에 한 손으로 목을 잡고 있고 헉헉대는 숨소리가 들린다. 그 소리가 노크 소리보다 더 크다.

그는 문을 열고 그녀의 다른 쪽 손을 잡고 방 안으로 들인다. 문을 닫으며 노래를 부른다.

"오늘 네가 숲에 가면…… 같이 불러, 앨리스."

그녀는 고개를 젓고 다시 한번 숨을 헐떡이며 눈물을 흘린다.

"……못 하겠……"

"아냐, 할 수 있어. 오늘 네가 숲에 가면……."

"변장을 하고……." 훅. "……가는 게…… 가는 게……." 훅!

앨리스는 선 채로 흔들거리고 기절하기 직전이다. 빌리가 보기에는 복도에서 기절하지 않은 게 기적이다.

그는 그녀를 붙잡고 흔든다.

"아니, 틀렸어. 다시 한번 불러 봐. 다음 가사가 뭐지?"

"깜짝 선물이 널 기다리고 있을 거야?"

여전히 숨을 헐떡이고 있지만 아까보다는 정신을 좀 차렸다.

"맞아. 이제 같이 부르자. 그리고 말로 하지 말고 노래를 불러. 오늘 네가 숲에 가면……."

그녀도 같이 부른다.

"깜짝 선물이 널 기다리고 있을 거야. 오늘 네가 숲에 가면 변장을 하고 가는 게 좋을 거야." 그녀는 숨을 크게 마셨다가 움찔거리며 연달아 토한다. 헉……헉……헉. "좀 앉아야겠어요."

"쓰러지기 전에 그러는 게 좋겠다."

빌리도 맞장구친다. 아직까지 앨리스의 손을 잡고 있던 그는 커튼을 쳐 놓은 창문 앞 의자로 그녀를 데려간다.

그녀는 앉아서 그를 올려다보며 금발로 염색한 머리를 이마에서 쓸어넘긴다.

"내 방에서 불러 봤을 땐 효과가 없었어요. 왜 지금은 효과가 있었을까요?"

"같이 불러 주는 사람이 있어야 해." 빌리는 침대가에 걸터앉는다. "왜 그래? 나쁜 꿈을 꿨니?"

"끔찍했어요. 그 인간들…… 그 족속 중에서 한 명이 내 입에다 행주를 쑤셔 넣었어요. 소리를 못 지르게 하려고. 아니면 내가 비명을 지르고 있었을지도 몰라요. 잭이었던 것 같아요. 숨을 쉴 수가 없었어요. 숨이 막혀서 죽겠구나 하는 생각이 들었어요."

"그 녀석들이 실제로 그랬니?"

앨리스는 고개를 젓는다.

"기억이 안 나요."

하지만 빌리는 그들이 그랬다는 걸 알고 그녀도 마찬가지다. 남들처럼 끔찍하게 또는 자주는 아닐지 몰라도 그 역시 이비슷한 현상을 경험한 바 있다. 그는 이라크에서 알고 지냈던 해병대원들과 연락이 끊겼지만—조니 캡스만 예외였다—웹사이트가 있어서 가끔 그들의 근황을 체크한다.

"자연스러운 현상이야. 전투에서 살아남은 사람들의 정신세계는 그런 식으로 트라우마를 극복하거든. 아니, 극복하려고 하거든."

"내가 그거예요? 전투에서 살아남은 사람?"

"맞아. 노래가 효과가 없을 때도 있을지 몰라. 젖은 수건을 얼굴에 얹어 봐야 효과가 없을 때도 있을지 몰라. 공황 발작을 이기는 다른 방법들도 있어. 인터넷에서 검색하면 다 나와. 하지만 가끔은 그냥 기다리는 수밖에 없을 때도 있어."

"괜찮아진 줄 알았는데." 앨리스는 속삭인다.

"괜찮아진 것 맞아. 하지만 스트레스 상황이기도 하잖니."

그리고 내가 원흉이지.

"오늘 밤에 여기서 자도 돼요? 아저씨랑 같이?"

그는 안 된다고 말할 뻔하다가 애원하는 표정을 짓고 있는 창백한 얼굴을 보며 좀 전에 했던 생각을 다시 한다. *내가 원흉이지.*

"그래."

헐렁한 사각팬티 한 장만 입고 있는 것이 부담스럽지만 어쩔 수 없다.

앨리스가 침대에 눕고 빌리도 그 옆에 눕는다. 둘 다 똑바로 눕는다. 침대가 좁아서 골반이 서로 닿는다. 그는 천장을 올려다보며 생각한다. *발기하지 않을 테다.* 그건 마치 개에게 고양이를 쫓지 말라고 하는 거나 다름없다. 그들의 다리도 서로 맞닿아 있다. 면 잠옷 너머로 따뜻하고 단단한 다리가 느껴진다. 필리스 이후로 여자와 같이 밤을 보낸 적이 없고 이 아이와는 밤을 보내고 싶은 마음이 없지만 오, 주여.

"내가 도와줄까요?" 그 목소리는 조용하지만 소심하지는 않다. "관계는 할 수 없지만…… 그러니까 정식으로 그럴 수는 없지만…… 도와줄 수는 있어요. 도와주고 싶어요."

"아니야, 앨리스. 고맙지만 사양할게."

"진심이에요?"

"응."

"알겠어요."

앨리스는 그를 등지고 벽 쪽으로 돌아눕는다.

빌리는 그녀의 숨소리가 길고 부드럽고 일정해질 때까지 기다린다. 그런 다음 화장실에 들어가 혼자 해결한다.

9

며칠이 거의 휴가처럼 지나가고 이제 결전의 날이 다가온다. 같은 블록에 타깃 매장이 있길래 그들은 아침을 먹고 거기서 쇼핑을 한다. 앨리스는 큼지막한 플라스틱 병에 담긴 로션과 스프레이를 산다. 그들은 수영복도 산다. 그녀의 것은 얌전한 파란색 탱크톱이다. 그의 것은 열대어 무늬가 있고 나풀거리는 트렁크다. 그녀는 그를 위해 물 빠진 오버올과 노란색 작업용 장갑, 데님으로 된 캐주얼 재킷, 라스베이거스 슬로건이 찍힌 티셔츠를 골라 준다.

그들은 모텔 수영장에서 수영을 한다. 알고 보니 이 모텔의 가장 훌륭한 장점이 수영장이다. 앨리스는 다른 아이들과 수중 배구를 하고, 빌리는 그동안 선베드에 누워서 구경한다. 모든 게 자연스럽게 느껴진다. 그들은 일거리를 찾아서, 아니면 장기로 돈을 빌리거나 잠깐 신세를 질 수 있는 친척을 찾아서 로스앤젤레스로 이동 중인 아버지와 딸로 보일 것이다.

데스크 직원이 뷔페를 두고 한 말은 맞았지만—맥 앤드 치즈와 선사시대 스타일의 로스트 비프 오쥬스*가 주력이다—앨리스는 거의 2시간 동안 수영장에서 놀더니 접시 한가득 떠온 걸 다 먹고 한 번 더 뜨러 간다. 빌리는 예컨대 기본 훈련 기간처럼 두 접시 정도는 우습게 해치웠던 시절이 있었건만 지금은 그녀와 보조를 맞출 수가 없다. 점심 식사가 끝나자 그녀는 낮잠을 자겠다고 한다. 그럴 만도 하다.

4시쯤에 그들은 다시 쇼핑에 나서 이번에는 그로 베이비 그로라는 농장 및 정원용품 전문점에 간다. 아침에는 그리 신나 했던 앨리스의 얼굴에 이제는 그늘이 졌지만 그렇다고 내일 계획을 변경하라고 설득하려 들지 않는다. 그래서 빌리는 고맙다. 설득하려다 옥신각신하게 될 수도 있는데, 앨리스와 싸우는 것만큼은 절대 피하고 싶기 때문이다. 둘이 함께 보내는

---

* 육즙을 곁들였다는 뜻이다.

마지막 시간이 될 수도 있는 이날에 그럴 수는 없다.

모텔로 돌아가 차를 세웠을 때 빌리는 뒷주머니에서 접어 놓은 종이를 꺼낸다. 그걸 반듯하게 펴서 타깃에서 산 스카치 테이프로 계기판에 붙인다. 앨리스는 분홍색 플라밍고를 끌어 안고 있는 조그만 여자아이를 쳐다본다.

"저 아이 누구예요?"

섀니스가 크레용으로 꼼꼼하게 그린 그림이 조금 문대어졌 지만 플라밍고의 머리에서 섀니스의 머리로 연결된 하트 행 렬은 이 정도면 아직 선명한 편이다. 빌리는 하트 하나를 손끝 으로 건드린다.

"미드우드에서 내 옆집에 살았던 꼬맹이. 하지만 내일은 이 아이가 내 딸이 될 거야. 그래야 하는 경우가 생기면."

10

빌리는 대부분의 사람이 남의 물건에 손을 대지 않는다고 믿지만 그것도 어느 정도까지다. 낡은 기계와 지저분한 통이 라면 마음을 놓아도 되지만, 그들이 그로 베이비 그로에서 산 걸 보고 눈독을 들이는 사람이 생길 수도 있으니 쇼핑백을 안 으로 들고 가서 빌리의 객실 화장실에 둔다. 20킬로그램짜리 미라클 고 화분용 흙 네 봉, 5킬로그램짜리 버커루 지렁이 분

변토 다섯 봉, 10킬로그램짜리 블랙 카우 비료 한 봉이다.

앨리스는 블랙 카우 옮기는 걸 빌리에게 맡긴다. 봉지를 뜯지 않았는데도 냄새가 난다며 콧잔등을 찡그린다.

앨리스의 객실에서 둘이 TV를 보던 도중에 그녀가 오늘 밤에 같이 자겠냐고 그에게 묻는다. 빌리는 그러지 않는 편이 좋을 것 같다고 말한다.

"혼자 못 잘 것 같아서 그래요."

"나도 그럴 것 같지만 너나 나나 노력해 봐야지. 이리 와. 한번 안아 주라."

앨리스는 빌리를 힘껏 끌어안는다. 그녀가 벌벌 떨고 있는 게 느껴진다. 그가 무서워서 그런 게 아니라 걱정돼서 그런 거다. 빌리는 그런 그녀가 안쓰럽지만 벌벌 떨 수밖에 없다면 걱정이 돼서 그러는 편이 낫다는 생각을 한다. 그 편이 훨씬 낫다고 말이다.

"알람 6시에 맞춰 놔." 그는 그녀를 놓아주며 말한다.

"알람 맞출 필요 없을 거예요."

그는 미소를 짓는다.

"그래도 맞춰 놔. 뜻밖의 사태가 벌어질 수도 있잖아."

그는 바로 옆 자기 객실로 돌아가 버키에게 문자를 보낸다. N 소식 들으신 거 있나요?

버키의 답문이 재깍 날아든다. 아니. 아마 거기 있겠지만 확실하지는 않아. 미안.

괜찮습니다. 빌리는 답장을 보낸 다음 5시로 알람을 맞춘다. 그도 잠이 오지 않을 것 같지만 그에게 뜻밖의 사태가 벌어질 수도 있다.

그러다 풋잠에 드니 꿈에서 섀니스가 나온다. 아이가 플라밍고 데이브 그림을 찢으며 *아저씨 미워 아저씨 미워 아저씨 미워*라고 한다.

4시에 일어나 새로 산 장갑을 들고 밖으로 나가 보니 앨리스가 I LOVE LAS VEGAS라고 적힌 스웨트셔츠를 단단히 챙겨 입고 모텔의 붙박이 의자에 앉아서 눈썹 같은 달을 올려다보고 있다.

"일어났네?" 빌리는 인사를 건넨다.

"네."

그는 시멘트 보도 가장자리로 걸어가 새 장갑에 흙을 묻댄다. 이 정도면 됐겠다 싶어지자 장갑에서 흙을 털어내고 일어선다.

"춥네요. 그래서 다행이겠어요. 그 재킷을 입을 수 있을 테니까."

빌리는 해가 뜨면 금세 따뜻해질 거라는 걸 안다. 10월이지만 여긴 사막이다. 어쨌거나 그는 그 재킷을 입을 테지만.

"뭐 좀 먹을래? 에그 맥머핀? 이 블록에 있는 맥도널드 24시간이던데."

그녀는 고개를 젓는다.

"배 안 고파요."

"커피는?"

"그거 좋겠다, 커피 마실게요."

"크림이랑 설탕 넣어서?"

"블랙으로요."

그는 아무도 없는 로비로 가서 모텔의 붙박이 머신인 분 커피메이커에서 커피를 두 잔 따른다. 그걸 들고 돌아가 보니 그녀는 그때까지 계속 달을 쳐다보고 있다.

"손을 내밀면 닿을 듯이 가까워 보여요. 정말 예쁘지 않아요?"

"맞아. 그런데 너 벌벌 떨고 있잖아. 이제 그만 들어가자."

그녀는 그의 객실 창문 앞 의자에 앉아서 커피를 마시다가 조그만 테이블에 내려놓고 잠이 든다. 스웨트셔츠가 너무 커서 목이 옆으로 쏠리며 한쪽 어깨가 드러난다. 빌리는 그게 달 못지않게 예쁘다는 생각을 한다. 그는 앉아서 커피를 마시며 앨리스를 지켜본다. 그녀의 길고 느린 숨소리가 좋다. 시간이 흐른다. *시간은 속절없이 흐르는 재주가 있지.*

11

그가 7시 30분에 깨우자 그녀는 자게 됐다고 그를 나무란다.

"아저씨 그 스프레이 뿌려야 하잖아요. 적어도 4시간은 지나야 효과가 나타나기 시작할 텐데."

"괜찮아. 경기는 1시에 시작하고 나는 최소 1시 30분은 되어야 그에게 접근할 거니까."

"그래도 지금으로부터 1시간 전에 시작하고 싶었다고요, 만일의 경우에 대비해서." 그녀는 한숨을 쉰다. "내 방으로 가요. 거기서 해요."

몇 분 뒤에 그는 셔츠를 벗고 손과 팔과 얼굴에 로션을 바른다. 그녀는 눈꺼풀과 뒷목도 놓치지 말라고 한다. 로션 바르기가 끝나자 그녀가 태닝 스프레이를 뿌린다. 1차로 색을 입히는 데 5분이 걸린다. 그는 화장실로 들어가 확인한다. 누르스름하게 탄 백인이 그를 맞이한다.

"이 정도로는 부족한데."

"알아요. 로션 다시 바르세요."

그녀가 스프레이를 한 번 더 뿌린다. 그는 다시 화장실로 들어가 확인한다. 아까보다는 나아졌지만 여전히 만족스럽지는 않다.

"잘 모르겠네." 그는 화장실에서 나와서 앨리스에게 말한다. "작전을 잘못 짰나?"

"아니에요. 내가 한 말 기억 안 나요? 앞으로 4시간에서 6시간 동안 점점 더 까매질 거예요. 거기다 카우보이모자를 쓰고 오버올을 입으면……." 그녀는 예리한 눈빛으로 그를 뜯어

본다. "아무리 봐도 치카노* 같지 않다는 생각이 들면 얘기할 게요."

이제 이쯤에서 포기하고 자기랑 같이 콜로라도로 돌아가자고 하겠군. 하지만 그녀는 그러지 않는다. 그에게 '의상'을 입으라고 한다. 티셔츠, 가슴받이가 달린 오버올, (주머니에 장갑을 쑤셔 넣은) 캐주얼 재킷, 버키와 앨리스가 볼더에서 사 온 너덜너덜한 카우보이모자다. 그는 귀까지 내려오는 모자를 쓰며, 때가 되면 잊지 말고 살짝 올려서 희끗희끗한 길고 까만 머리를 보여 주어야 한다고 기억에 새긴다.

"괜찮아 보여요." 눈가가 빨개졌어도 말투는 진지하기 짝이 없다. "수첩이랑 연필 챙겼어요?"

그는 가슴받이에 달린 주머니를 손으로 토닥인다. 주머니가 커서 필기도구뿐 아니라 소음기를 단 루거까지 넉넉하게 넣을 수 있다.

"벌써 점점 까매지고 있어요." 그녀는 희미하게 웃는다. "인종 차별 운운할 사람이 이 자리에 없어서 다행이에요."

"어쩔 수 없잖니." 빌리는 글록17을 넣지 않은 쪽 주머니에서 돌돌 만 지폐 뭉치를 꺼낸다. 20달러짜리 지폐 두어 장만 빼고 남은 돈 전부다. "이거 받아라. 보험이다 생각해."

앨리스는 군소리 않고 받아서 주머니에 넣는다.

---

* 멕시코계 미국인.

"오늘 오후에 내 전화가 없더라도 기다려. 여기 북쪽에서는 휴대전화가 얼마나 잘 터지는 전혀 모르겠거든. 오늘 저녁 8시, 아무리 늦어도 9시까지 내가 돌아오지 않으면 그레이하운드 버스를 타고 골든이나 에스티스 파크까지 가서 버키한테 연락해. 그러면 그가 태우러 올 거야. 오케이?"

"전혀 오케이라고 하고 싶지 않지만 무슨 말인지 알겠어요. 비료 봉지 트럭까지 나르는 거 도와 드릴게요."

둘이서 두 번 왔다 갔다 한 뒤에 빌리가 뒷문을 쾅 닫는다. 그들은 그 자리에 서서 서로 쳐다본다. 졸려서 눈을 제대로 뜨지도 못한 사람들 몇 명—세일즈맨 두어 명과 일가족—이 짐을 옮기며 떠날 준비를 하고 있다.

"1시까지 가도 되는 거면 여기 1시간 더 있다 가도 되지 않아요? 심지어 2시간도 되지 않아요?"

"이제 그만 출발하는 게 좋을 것 같아서."

"맞아요, 그게 좋을지 몰라요. 내가 울음을 터뜨리기 전에."

빌리는 앨리스를 안아 준다. 그녀는 그를 와락 끌어안는다. 그는 그녀가 몸조심하라고 얘기할 거라고 짐작한다. 죽지 말라고 다시 한번 강조할 거라고. 안 가면 안 되느냐고 다시 한번 묻거나 어쩌면 애원할 거라고. 그런데 아니다. 앨리스는 빌리를 올려다보며 이렇게 말한다.

"*아저씨 것을 되찾아오세요.*"

그녀는 빌리를 두고 모텔을 향해 걸어간다. 모텔 앞에 다다르자 그에게로 몸을 돌리고 휴대전화를 들어 보인다.

"다 끝나면 전화해요. 잊어버리지 말고."

"그래."

할 수 있으면. 할 수 있으면 전화할게.

20장

1

45번 도로를 타고 라스베이거스 북쪽을 1시간 동안 달리자 아르코 주유소, 테러블 허브스트라는 믿기 힘든 상호를 쓰는 편의점과 한 세트인 두기스 도넛이 나온다. 광활한 주차장으로 에워싸였고, 한쪽에서는 트레일러 트럭들이 곯아떨어진 야수처럼 으르렁거리는 트럭 휴게소다. 빌리는 기름을 넣고 오렌지주스와 꽈배기 도넛을 사 들고 뒤쪽에 차를 댄다. 앨리스에게 전화할까 고민한다. 오로지 목소리가 듣고 싶어서인데, 앨리스도 그의 목소리를 듣고 싶어할 것 같다. *내 인질*. 스톡홀름 증후군에 걸린 인질. 다만 그녀는 이제 그런 인질이 아니고 과거에도 과연 그런 인질이었을까 싶다. 그는 그녀가 어떤 식으로 *아저씨 것을 되찾아오세요*라고 했는지 기억을 떠올린다. 만화 속의 여전사로 변신한 게 아니라(아직은 그렇다.) 용감무쌍하지는 않았지만 상당히 험상궂었다. 그는 전화기를 쥐었다가 간밤에 그녀도 그 못지않게 잠을 설쳤다는 걸 기억해 낸다. 그녀가 문에 방해하지 마시오 팻말을 걸고 다시 침대 속으로 들어갔다면 깨우고 싶지 않다.

그는 주스를 마시고 꽈배기를 먹으며 시간을 흘려보낸다. 의구심이 스멀스멀 번질 만큼 시간이 많다. 어떻게 보면, 아니, 사실은 여러 면에서 이번 작전은 펀하우스의 재연이다. 그의 뒤를 받쳐 주는 분대원들만 없을 뿐이다. 닉이 주말을 맞아서 프로몬토리 포인트로 돌아갔는지, 그것조차 확실하지가 않다. 돌아갔다면 부하를 몇 명이나 데리고 갔을지도 전혀 알 수가 없다. 몇 명은 분명 데리고 갔겠지만 다른 팀의 현상금 사냥꾼 말고 자기 측근만 데리고 갔을 테고, 그들이 어디에 배치됐을지 그것도 전혀 알 수가 없다. 부동산 사이트에서 출력한 사진을 보고 내부 구조는 대충 파악했지만 닉이 그 집을 매입한 뒤에 구조를 변경했을 수도 있다. 닉이 그 집에서 죽치고 자이언츠 경기를 보고 있다 한들 어디서 보고 있을지 빌리로서는 알 도리가 없다. 심지어 옆문으로 들어갈 수 있을지조차 알 수가 없다. 가능성은 반반이다.

일렬로 설치된 이동식 화장실에서 그는 마신 커피와 주스를 배출한다. 밖으로 나와 보니 홀터 톱에 팬티 끝자락이 보일 만큼 짧은 데님 치마를 입은 흑인 여자가 근처에 서 있다. 밤을 꼴딱 새워 가며 뜨거운 시간을 보낸 눈치다. 눈 아래로 번진 마스카라를 보고 빌리―바보 빌리―는 개인 벼룩시장에서 가끔 사는 그 옛날 도널드 덕과 스크루지 아저씨 만화의 비글 보이스를 떠올린다.

"안녕, 잘생긴 오빠." 주차장의 도마뱀*이 말한다. "나랑 데이트할래요?"

그의 시나리오가 먹힐지 시험해 볼 좋은 기회다. 그는 가슴 주머니에서 메모지와 연필을 꺼내서 쓴다. *미 에스 소르도 이 무도.*

"그래서 뭐라는 거야?"

빌리는 두 손으로 귀를 건드린 다음 한 손으로 입을 두드린다.

"아, 뭐야." 여자가 몸을 돌리며 말한다. "멕시코 새끼 거시기는 관심 없네요."

빌리는 기뻐하며 멀어져 가는 그녀를 바라본다. *멕시코 새끼 거시기는 관심 없다고? 그렇다고 해서 내가 존 하워드 그리핀**이 되는 건 아니지만 칭찬으로 듣겠어.*

---

* 트럭 휴게소에서 호객하는 매춘부를 지칭하는 별명이다.
** 미국의 작가. 1950년대에 온몸을 검게 칠하고 인종 차별이 심한 지역을 여행한 뒤 『블랙 라이크 미』라는 역작을 집필했다.

2

빌리는 도넛가게 뒤편에 차를 대고 11시까지 기다린다. 그러는 동안 그 흑인 아가씨와 그녀의 동료들이 트럭 기사들에게 말을 거는 게 보이지만 어느 누구도 그의 근처에는 얼씬하지 않는다. 그래도 상관없긴 하다. 그는 가끔 트럭에서 내려 상품을 체크하는 척하지만 사실은 다리를 스트레칭하고 긴장을 풀기 위해서 나가는 거다.

11시 15분이 되자 그는 시동을 걸고(시동이 단박에 걸리지 않아서 그의 등골이 잠깐 송연해진다.) 45번 도로를 타고 계속 북쪽으로 달린다. 파이우트 언덕이 점점 가까워진다. 8킬로미터 멀리서부터 프로몬토리 포인트가 보인다. 빌리가 일을 처리한 그 도시에서 닉이 임대한 집과는 다르게 생겼지만 어느 모로 보나 흉물스럽기는 마찬가지다.

내비게이션이 1.5킬로미터 앞에서 체로키 드라이브로 진입하라고 알리자 빌리는 다시 휴게소로 들어간다. 이번에는 그냥 쉼터다. 그는 그늘에 트럭을 대고 다시 이동식 화장실에 들어가며 타코 벨의 격언을 떠올린다. *총격전 벌이기 전에 오줌 쌀 기회가 생기면 절대 그냥 넘기지 말 것.*

화장실에서 나왔을 때 손목시계를 체크한다. 12시 30분이다. 새하얗고 으리으리한 대저택에서 닉은 지금쯤 독사 두어 명을 거느리고 프리게임 쇼를 보려고 자리를 잡고 앉는 중일지 모른다. 나초를 먹고 도스 에키스 맥주를 마셔 가며. 시리를 띄우자 목적지까지 40분 남았다고 알려 준다. 그는 용을 써 가며 좀 더 기다리고 용을 써 가며 앨리스에게 전화하고 싶은 걸 참는다. 대신 트럭에서 내려 지저분한 통에서 쇠지렛대를 하나 꺼내 이미 맛이 간 트럭의 머플러에 구멍을 두어 개 낸다. 연기를 품으며 방귀를 뀌어 대는 고물 트럭을 몰고 옆문으로 다가가면 그의 캐릭터와 훨씬 더 잘 어울릴 것이다.

"좋았어."

빌리는 다크호스의 주문을 외울까 하다가 한심한 짓 저지르지 말자고 속으로 중얼거린다. 게다가 마지막으로 다 같이 손을 모으고 그 주문을 외웠을 때 일이 잘 끝나지도 않았다. 그는 열쇠를 돌린다. 스타터가 계속 헛돈다. 도는 속도가 느려지자, 끄고 기다렸다가 액셀을 한 번 밟고 다시 시동을 걸어 본다. 트럭이 당장 깨어난다. 전에는 그냥 시끄러웠다면 지금은 엄청 시끄러워졌다.

빌리는 차량의 흐름을 살펴 가며 45번 도로에 합류했다가 체로키 드라이브로 빠져나온다. 경사가 점점 가팔라진다. 처음 1.5킬로미터 정도까지는 좀 더 수수한 집들이 도로 양옆으로 이어지다가 전부 자취를 감추고 프로몬토리 포인트만 앞에 어렴풋이 등장한다.

전부터 언젠가는 여길 올 줄 알았지. 빌리는 무슨 예언자 같고 허세 가득한 이런 생각이 들자 웃어넘기려고 하지만 그 생각은 사라질 줄 모른다. 아마도 진짜라 그런 모양이다. 그는 전부터 언젠가는 여길 올 줄 알았다. 정말이다.

3

라스베이거스라는 스모그 분지 바깥은 공기가 쨍하니 맑고 살짝 돋보기 같은 효과가 있는지 빌리가 건물 정문 가까이 다가가 보니 저택이 그를 덮치지 않으려고 앞발을 들고 뒤로 몸을 젖힌 것처럼 느껴진다. 담벼락이 너무 높아서 안이 들여다보이지 않지만 대문 바로 안쪽에 경비초소가 있을 테고 경비가 지키고 있다면 그의 고물 트럭이 벌써 카메라에 잡혔을 것이다.

체로키 드라이브 맨 끝이 프로몬토리 포인트다. 길이 끝나기 전에 왼쪽으로 흙길이 하나 갈라져 나온다. 이 길 양옆으로 팻말이 하나씩 꽂혀 있다. 왼쪽 팻말에 적힌 문구는 관리인&배달이다. 오른쪽 팻말에 적힌 문구는 승인된 차량 외 출입 금지다. 이 중에서 금지는 빨간색이다.

빌리는 이 길로 진입하며 모자를 살짝 올려쓰는 걸 잊지 않는다. 오버올 가슴 주머니(소음기를 단 루거)와 옆 주머니(글록)도 손으로 토닥인다. 권총은 사실 근접 사격용이라 조준기를 장착한다는 것이 황당한 헛소리인데, 그리고 보니 두 총 모두 시험 사격은커녕 총알이 몇 발 들어 있는지 체크조차 하지 않았다. 글록을 써야 하는데 어디가 걸려서 움직이지 않으면 그만 우스운 꼴이 될 것이다. 아니면 필로폰에 조예가 깊은 어떤 남자가 차고에서 만들었을지 모르는 루거의 소음기 때문에 총신이 막혀서 그의 손안에서 터져 버릴 수도 있다. 이제 와서 그런 걱정을 한들 엎질러진 물이지만.

건물 담벼락이 오른쪽에 있다. 왼쪽에서는 잣나무가 빽빽하게 자라 나뭇가지가 트럭 옆면을 철썩철썩 때린다. 이보다 큰 쓰레기차, 프로판가스 배달차, 분뇨 수거차가 여기 올 일이 생길 때마다 속사포로 욕을 쏟아 내는 운전자를 싣고 이 길을 뒤뚱뒤뚱 달리는 광경이 빌리의 머릿속에 그려진다.

그러다 잠시 후 담벼락이 오른쪽으로 90도 꺾이면서 숲이 끝난다. 20도 경사도 마찬가지다. 이제 이 집과 부지를 조성하느라 불도저로 평평하게 다졌을 고원이 등장한다. 관리인용 도로는 굽이굽이 이어지다 훨씬 수수한 출입문을 향해 다시 구부러진다. 빌리가 찾던 문이다. 갈색이 도는 붉은색으로 칠한 축사 꼭대기가 담벼락 너머로 4.5미터쯤 보인다. 지붕이 메탈이라 햇빛을 반사한다. 빌리는 흘끗 한번 쳐다보고 얼른 눈을 돌린다. 눈앞이 어두컴컴해지면 큰일이다.

문이 열려 있다. 문 양옆에는 화단이 있다. 담벼락에 보안 카메라가 달려 있지만 목이 부러진 새처럼 대롱거린다. 마음에 든다. 닉이 경계를 조금 늦추고 쉬고 있을지 모른다고 생각했더니 이것이 바로 그렇다는 증거다.

왼쪽 화단에서 큼지막한 파란색 원피스를 입은 멕시코 여자가 무릎을 꿇고 앉아서 모종삽으로 흙을 파고 있다. 여자의 곁에 자른 꽃으로 반쯤 채워진 등나무 바구니가 있다. 그녀가 낀 노란색 장갑도 빌리가 장갑을 산 데서 샀을지 모른다. 쓰고 있는 밀짚모자가 어찌나 큰지 우스꽝스러워 보일 정도다. 여자는 처음에는 그를 등지고 있다가 트럭 소리가 들리자—안 들릴 수가 없다—고개를 돌리는데, 이제 보니 멕시코 출신이 아니다. 피부가 가죽처럼 까무잡잡하게 탔지만 백인이다. 그것도 백인 할머니다.

여자는 일어나서 다리를 벌리고 트럭 앞을 막아선다. 빌리가 트럭을 멈추고 창문을 내린 다음에서야 운전석 쪽으로 다가온다.

"당신 누구야? 원하는 게 뭐야?" 그러고는 고장 난 보안 카메라와 잘 어울리는 행운을 선사한다. "*케 데세아스?*(원하는 게 뭔데?)"

빌리는 잠깐 기다리라는 뜻에서 손가락 하나를 들어 보이고 오버올 가슴 주머니에서 메모지를 꺼낸다. 잠시 머릿속이 하얘지지만 이내 생각이 난다. 그는 이렇게 적는다. *에스토스 손 파라 엘 하르딘.* 정원에 쓸 물건이에요.

"알겠는데 일요일에 여긴 어쩐 일이냐고. 말을 해, 페드로."

그는 메모지를 한 장 넘겨서 다시 적는다. *미 에스 소르도*

이 무도. 저는 농인입니다.

"그래? 영어는 할 줄 알고?"

여자는 입술을 아주 신경 써서 움직여 가며 묻는다.

그녀는 좁은 얼굴에 자리 잡은 짙은 파란색 눈으로 그를 유심히 들여다보고 있다. 두 가지 생각이 빌리의 머릿속에 떠오른다. 첫 번째는 닉이 경계를 늦췄을지 몰라도…… 아예 풀지는 않았다는 것이다. 보안 카메라는 고장 나고 부하들은 집 안에서 그와 함께 미식축구 경기를 보고 있을지 몰라도 이 여자는 모종삽과 꽃바구니를 들고 여기 나와 있지 않은가. 예전 친구 로빈의 표현을 빌자면 '우연과 일치'일지 모르지만, 근처 나무 그늘에 놓여 있는 물병과 유산지로 싼 샌드위치를 보면 그게 아닐 수도 있다. 그녀가 당분간 여기 있을 작정으로 나왔다는 뜻이지 않은가. 어쩌면 경기가 끝나고 임무 교대가 이루어질 때까지.

그게 첫 번째로 든 생각이고 두 번째 생각은 여자가 낯이 익다는 것이다. 그렇다고 손가락을 걸고 맹세할 수도 있겠다.

그녀는 운전석 안으로 손을 집어넣어서 그의 코 앞에 대고 손가락을 퉁긴다. 손에서 담배 냄새가 난다.

"로 엔티엔데스?(알아듣겠어?)"

빌리는 알아듣긴 하지만 조금밖에 안 된다는 뜻에서 엄지와 집게손가락을 들고 살짝 벌린다.

"내가 취업 허가증 보여 달라고 하면 더럽게 재수 없는 날이 되겠지?" 그녀는 웃음소리도 말소리처럼 탁하다. "그래서 일요일에 온 이유가 뭐야, *미 아미고*(내 친구)?"

빌리는 어깨를 으쓱하고 담벼락 너머로 어렴풋이 보이는 축사를 가리킨다.

"그래, 차와 쿠키를 먹으러 오진 않았겠지. 축사에 뭘 배달하러 왔는데? 보여 줘."

빌리는 점점 더 불안해진다. 여자가 짐칸에 실린 원예용품을 직접 볼 수 있는데도 물어보는 것 때문이기도 하지만, 그보다는 여자를 전에 본 적 있는 듯한 꺼림칙한 느낌 때문이다. 그럴 리가 없긴 하다. 닉의 경비견이라고 하기에는 너무 나이가 많고 어차피 닉은 그런 일을 여자에게 절대 맡기지 않는다. 그는 고지식한 성격이라 이 여자는 그들이 경기를 보는 동안 옆문을 지키러 나온 나이 많은 가정부고 집 안에 꽂아 놓을 꽃을 꺾으며 시간을 때우고 있었을 것이다. 하지만 여전히 왠지 모르게 꺼림칙하다.

"*안달레, 안달레!*(빨리, 빨리!)"

여자는 다시 그의 얼굴 앞에 대고 손가락을 퉁긴다. 빌리는 그것도 마음에 들지 않지만 그런 식으로 거만하게 나오는 걸 보면—트럼프식 편견으로 똘똘 뭉쳤다고 하겠다—변장이 먹혔다는 뜻이긴 하다.

빌리 차에서 내려 문을 열어 둔 채 여자를 트럭 짐칸으로 안내한다. 그녀는 짐칸을 그대로 지나쳐 트레일러 앞으로 다가

간다. 통을 들여다보고 경멸조로 콧방귀를 한 번 뀌고는 트럭 짐칸을 살피러 되돌아온다.

"어째서 블랙 카우가 한 봉지뿐이야? 그걸 어디다 쓰라고?"

빌리는 무슨 말인지 못 알아듣겠다는 뜻에서 어깨를 으쓱한다.

여자는 까치발을 하고 서서 봉지를 철썩 때린다. 그녀의 밀짚모자가 펄럭인다.

"하나뿐이라고! 하나! 솔로 우노!"

빌리는 그는 배송 담당일 뿐이라는 뜻에서 어깨를 으쓱한다.

여자는 한숨을 쉬고 그를 향해 손을 흔든다.

"뭐, 어쩌겠어? 들어가. 일요일 오후에 헥터한테 전화해서 뭐 하러 농인 편에 아무짝에도 쓸모없는 물건을 보냈느냐고 물을 수는 없지. 그 인간도 그 염병할 경기를 보고 있을 테니. 아니면 다른 경기를 보고 있던가."

빌리는 여전히 엔텐데르(이해)하지 못한다는 뜻에서 어깨를 으쓱한다.

"저 쓰레기 들고 들어가. 토말로!(들고 가!) 그리고 나서 제일 가까운 칸티나(간이 식당)로 달려가면 후반전은 볼 수 있을 거야."

이때 알아차렸어야 한다. 예사롭지 않은 눈빛을. 하지만 그는 알아차리지 못한다. 다만 운이 따른다. 그는 운전석에 올라타 자리에 앉는 동안에 그쪽 사이드 미러로 그녀가 다가오는

것을 본다. 그는 늦지 않게 어깨를 내리며 뒤로 물러나고 모종
삽은 오버올 아래에 입은 셔츠를 지나 팔뚝에 생채기를 내는
데 그친다. 빌리가 그녀의 팔을 끼운 채 문을 세게 닫자 모종
삽이 그의 왼발 아래 바닥으로 떨어진다.

"아야, 썅!"

여자가 팔을 하도 빠르고 세게 **빼**는 바람에 밀짚모자를 쳐
서 떨어뜨리자 높게 쌓아서 핀으로 고정한 백발이 드러난다.
빌리는 그제야 그녀를 어디에서 보았는지 알아차린다.

여자가 정원 일을 할 때 입는 원피스에 달린 큼지막한 옆 주
머니 안으로 손을 넣는다. 빌리는 얼른 트럭에서 내려 그녀의
얼굴 왼쪽 옆면으로 스윙 펀치를 날린다. 그녀는 화단 위에 대
자로 쓰러진다. 그녀가 주머니에서 꺼내려고 했던 게 떨어진
다. 휴대전화다. 그는 여자를 때린 것이 이번이 처음이고 그녀
의 뺨에 멍이 들기 시작하자 앨리스가 생각나지만 후회는 없
다. 전화기가 아니라 총이었을 수도 있다.

그리고 그녀도 그를 알아보았다. 처음에는 아니었을지 몰라
도 결국에는 알아보았다. 그리고 마지막까지 그걸 감쪽같이
숨겼다. 오버올에 태닝 스프레이, 가발, 카우보이모자는 개나
주라지. 계기판에 붙여 놓은 섀니스의 그림도, (아버지의 자부심
으로 미소를 지으며) 딸이 그린 거라고 글로 쓰려고 했는데 개나
주라지. 여자가 레드 블러프에서 빌리를 한 번 만난 적 있는
데다 그의 그림을 찬찬히 들여다보았기 때문일까? 아니면 여

245

자들은 변장을 좀 더 쉽게 간파하기 때문일까? 성차별적인 헛소리일 수도 있지만 빌리는 과연 그럴까 싶다.

"이 시팔 새끼. 너, 그놈이지."

그는 생각한다. 닉의 임시 거처에서 만났을 때는 아주 괜찮아 보였는데. 교양 있다 싶을 정도였다. 물론 그때는 그녀가 서빙 모드이기는 했지만. 이제 생각해 보니 닉이 베이크드 알래스카에 불을 붙였던 요리사 앨런에게 주라며 지폐 뭉치를 건넸지만 그녀에게는 돈을 주지 않았다. 조직원이기 때문이었다. 사실상 가족이었다. 하하하.

여자는 정신이 없어 보이지만 그것 역시 연극일 수 있다. 어찌 됐건 모종삽이 트럭 안에 있어서 다행이다. 그는 그녀의 어깨를 한쪽 팔로 감싸 안고 일어나 앉을 수 있게 부축한다. 그 뺨이 풍선처럼 부풀어 올라서 다시 앨리스 생각이 나지만 앨리스는 지금 이 여자 같은 눈빛으로 그를 쳐다본 적이 없었다. 잡아 죽일 듯이 쳐다본다는 게 이런 거구나 싶다.

빌리는 그녀를 부축하지 않은 다른 쪽 손으로 재킷 주머니에서 루거를 꺼내 주름진 그녀의 이마에 대고 가볍게 누른다. 프랭크 매킨토시는 별명이 프랭키 엘비스고(면전에서는 아무도 그렇게 부르지 않는다.) 가끔은 민둥산 엘비스다. 그녀처럼 머리를 앞쪽으로 빗어서 쌓는다. 머리색도 같고 좁은 얼굴형도 같고 V자인 헤어라인도 같다. 빌리는 밀짚모자만 없었다면 진작 연관성을 알아차리고 수고를 덜 수 있었을 거라는 생각을 한다.

"안녕, 마지. 그날 저녁 시중을 들었을 때처럼 깍듯하지가 않네요?"

"이 배신자 새끼야."

그녀는 빌리의 얼굴에 침을 뱉는다.

빌리는 그녀를 한 대 더 치고 싶은, 거의 참을 수 없는 충동을 느끼지만 얼굴에 침을 뱉어서 그런 건 아니다. 그는 팔로 침을 닦아 내고 그녀 혼자 일어나게 한다. 충분히 그럴 수 있을 것 같아 보인다. 70대에 평생 담배를 피웠을지 몰라도 그녀에게 포기란 없다. 빌리도 그것만큼은 인정하는 수밖에 없다.

"거꾸로 알고 계시네. 배신자 새끼는 닉이야. 내가 일을 완수했는데 돈을 주기는커녕 뒤통수를 치고 나를 죽이려고 했어."

"닉이 절대 그랬을 리 없어. 자기 사람을 얼마나 챙기는데."

그 말은 맞을지 모르지만 나는 그놈의 사람이 아니고 단 한 번도 그놈의 사람이었던 적이 없어. 기본적으로 독자적으로 활동하는 하청업자니까.

"싸우지 맙시다, 마지. 시간이 없으니까."

"씨발, 네가 내 팔을 부러뜨린 것 같은데."

"내 경정맥을 찌르려고 했으니까 그렇지. 내가 보기에는 피장파장이구만. 저 안에서 경기를 보고 있는 녀석이 몇 명이지?"

마지는 대답하지 않는다.

"프랭크도 안에 있나?"

여전히 아무 대꾸가 없지만, 그 짙은 파란색 눈이 홱 움직인 것이 대답이나 다름없다. 그는 마지의 휴대전화를 집어서 흙을 털고 그녀에게 내민다.

"프랭크한테 전화해서 그린스 앤드 가든스 직원이 비료랑 흙 배달하러 왔다고 해. 걱정할 거 없다고. 당신이……"

"안 해."

"당신이 들어가서 축사에 넣으라고 통과시켰다고."

"안 해."

빌리는 내려놓았던 루거의 총구로 이제 다시 마지의 미간을 겨눈다.

"그렇게 얘기해, 마지."

"안 해."

"얘기해, 안 그러면 당신 머리를 날려 버릴 거야. 그다음은 프랭크 차례가 될 테고."

그녀는 그의 얼굴에 다시 침을 뱉는다. 아니, 뱉으려고 하지만 영 신통치가 않다. 입 안이 말라서 그렇겠지. 그녀는 겁에 질렸지만 그래도 전화를 하지 않으려고 한다. 전화를 한들 어색한 말투로 힌트를 주거나 대놓고 요란하게 소리를 지를 것이다. 그놈이 왔어, 빌리 서머스 그 배신자 새끼가.

빌리는 앨리스가 떠오르는 걸 어쩔 수 없지만 이 여자는 앨리스가 아니고 앨리스일 수 없다고 마음을 다잡으며 마지의 관자놀이를 친다. 마지는 눈알을 까뒤집고 꽃 위로 풀썩 쓰러진다. 빌리는 마지를 내려다보며 잠깐 서서 아직 숨을 쉬고 있는지 확인한 다음 그녀의 휴대전화를 트럭 안으로 던진다. 그러고는 그도 트럭에 올라타려다 생각을 바꿔서 바구니에 담긴 꽃을 버린다. 아래에 무전기와 총신이 짧은 357구경 킹 코브라 리볼버가 있다. 그러니까 그녀는 그냥 정원 일을 하고 있었던 게 아니었다. 그리고 그들은 아무 생각 없이 그녀를 여기에 배치한 게 아니었다. 이 여자는 안하무인격이었다. 그는 총과 무전기를 트럭 안으로 던진다.

스타터가 10초 동안 헛돌기만 하고 시동이 걸리지 않는다. *왜 하필 지금이야, 젠장, 왜 하필 지금이냐고.* 그러다 마침내 엔진에 점화가 되고 그는 부지 안으로 들어간다. 담벼락 안으로 3미터쯤 갔을 때 그는 멈추어 서서 기어를 중립에 놓고 문을 닫는다. 큼지막한 철제 빗장이 달려 있다. 그는 이중 고리에 빗장을 꽂고 구멍 난 머플러를 뚫고 우렁찬 소리를 내고 있는 트럭으로 돌아간다. 구멍을 낸 게 그때는 좋은 생각인 것 같았다. 지금은 아니다.

그가 다시 운전석으로 올라타려는데 마지 매킨토시가 문을 두드리며 소리를 지른다.

"이봐! 이봐! 저놈 서머스야! 트럭에 서머스가 타고 있어!"

트럭의 머플러가 멀쩡했더라도 그 소리는 아무도 듣지 못했겠지만 그는 그녀의 기력에 놀라워한다. 온 힘을 실어서 쳤는데 벌써 정신을 차리다니.

네가 온 힘을 실어서 치지는 '않았지'. 앨리스 생각이 나서

살짝 힘을 뺐잖아.

이제는 이미 엎질러진 물이고 그가 생각하기에는 별 상관이 없다. 대문 옆에 있는 경비초소를 지키고 있는 사람에게 알리려면 그녀는 소나무 숲을 헤치고 담벼락을 빙 돌아서 달려야 할 것이다. 그것도 초소에 누가 있을 때 얘기지만.

물론 초소에는 사람이 있다. 빌리가 헛간과 방목장 앞을 지나자 어떤 남자가 초소에서 나온다. 소총인지 산탄총인지를 어깨에 걸치고 있다. 긴장을 전혀 하지 않는 표정이다. 남자가 손바닥을 보이며 두 손을 자기 어깨까지 올린다. *케 파사?*(무슨 일이야?)

애초 계획은 집 쪽으로 가는 것이었지만 빌리는 그 대신 운전석 쪽 창문 밖으로 손을 내밀어 남자에게 엄지손가락을 들어 보이고 경비초소를 향해 메인 진입로 쪽으로 핸들을 돌린다.

그는 차를 세운다. 남자는 총—이제 보니 모스버그 산탄총—을 여전히 어깨에 걸친 채 그에게로 걸어온다. 이제 보니 빌리가 아는 남자다. 그는 이 집에는 와 본 적이 없지만 더블도미노에 있는 닉의 펜트하우스 스위트로는 세 번인가 네 번 찾아간 적이 있었고, 그때 이 남자가 거기 두어 번 있었다. 이름이 살 뭐였다. 하지만 눈썰미가 좋은 프랭크의 어머니와는 다르게 살은 그를 알아보지 못한다.

"무슨 일이야, 파트너? 할멈이 들여보내 줬나?"

"네." 빌리는 스페인어 억양을 내보려는 시도조차 하지 않는다. 그래 봐야 염병할 스피디 곤잘레스˚처럼 들릴 것이다.

"사인 받아야 하는 게 있는데. 여기서 받으면 되나요?"

"글쎄." 살은 이제 불안해하는 표정을 짓기 시작한다. *너무 늦었어, 아미고, 너무 늦었어.* "뭘 말하는 건지 보고."

빌리의 농인용 수첩이 오버올 가슴 주머니에서 고개를 내밀고 있다. 그는 가슴 주머니를 토닥이며 말한다.

"여기 들어 있어요."

그는 수첩을 지나서 돈 젠슨의 루거를 잡는다. 놀랍게도 맨 끝에 알전구 모양의 소음기를 달았는데도 부드럽게 빠져나온다. 그는 총을 발사한다. 살이 입은 웨스턴 스타일의 셔츠 자개 단추 사이에 구멍이 뚫린다. 풍선 터지는 소리가 나고 아니나 다를까, 소음기가 김을 모락모락 내며 양쪽으로 쪼개져 반쪽은 땅바닥에, 나머지 반쪽은 운전석 안에 떨어진다.

"날 쏘다니!"

살은 뒤로 한 발 휘청 물러나며 외친다. 두 눈이 동그래졌다.

두 번째 발은 소리가 훨씬 크게 날 것이기 때문에 빌리는 이 자를 다시 쏘고 싶지 않은데, 다행히 그럴 필요가 없다. 살이 땅바닥에 무릎을 꿇고 고개를 숙인다. 누가 보면 기도를 드리는 줄 알 것이다. 그러다 앞으로 쓰러진다.

빌리는 모스버그를 챙길까 하다가 그냥 두기로 한다. 마지

˚ 워너 브러더스의 루니툰에 나오는 캐릭터. 과장된 멕시코 억양이 특징이다.

에게도 얘기했던 것처럼 시간이 없다.

4

그는 메인 하우스를 향해 트럭을 몬다. 계류장에 차가 세 대 주차되어 있는데, 세단, 소형 SUV, 닉의 차일 게 분명한 람보르기니다. 빌리는 닉이 차를 좋아한다고 했던 버키의 말을 떠올린다. 그는 시끄러운 트럭의 시동을 끄고 메인 계단을 올라간다. 한 손에 농인용 메모지를 쥐고 있다. 그 뒤에 글록이 숨겨져 있다. 그는 방금 한 명을 죽였고 살은 닉의 명령에 따라 나쁜 짓을 숱하게 저지른 나쁜 놈이겠지만 확실하지는 않다. 이제 그는 죽지 않는 한 더 많은 인원을 죽이게 될 것이다. 거기에 대해서는 나중에 생각할 것이다. 나중이 있다면.

그는 초인종 위에 손가락을 올려놓았다가 망설인다. 여자가 문을 열어 주면 어쩐다? 그러면 빌리는 그녀를 쏠 수 있을지 자신이 없다. 그 결과 모든 게 물거품으로 돌아간다 하더라도 쏠 수 없을 것이다. 집 밖을 한 바퀴 돌며 좀 살펴볼 수 있으면 좋겠지만 그럴 만한 시간이 없다. 엄마 엘비스가 씩씩대며 달려오고 있다.

문손잡이를 돌려 본다. 문이 열린다. 빌리는 놀라지만 충격을 받지는 않는다. 닉은 그가 오지 않을 거라고 결론을 내린 것이다. 게다가 일요일 오후고 날이 화창하니 미국에서는 미식축구의 날이다. 자이언츠가 방금 득점을 한 모양이다. 관중들이 함성을 지르고 남자들 몇 명도 마찬가지다. 그 소리가 가깝지는 않지만 그리 멀지도 않다.

빌리는 수첩을 오버올 가슴 주머니에 도로 넣고 소리가 들리는 쪽으로 걸어간다. 바로 그때 그가 우려하던 사태가 벌어진다. 예쁘장하게 생긴 라틴계 메이드가 맥주가 가득 들었을 이글루 아이스박스 위에 김이 모락모락 나는 소시지 번을 담은 쟁반을 얹고 복도를 걸어온 것이다. 빌리는 이 와중에 그 옛날 척 베리가 부른 노래의 가사를 떠올린다. *그녀는 너무 깜찍해, 열일곱이나 됐을까.* 그녀는 빌리를 보고 총을 보자 입을 벌린다. 아이스박스가 기울고 소시지 번이 담긴 쟁반이 미끄러지기 시작한다. 빌리는 쟁반을 다시 원래 위치로 되돌려 놓는다.

"가." 그는 열려 있는 문을 가리킨다. "저 문 밖으로 도망쳐. 멀리."

그녀는 아무 말도 하지 않는다. 쟁반을 들고 복도를 지나 태양이 비추는 곳으로 나선다. 빌리는 그녀의 완벽한 자세와 검은 머리 위로 쏟아지는 햇살을 보며, 신이 뭐 그리 형편없지는 않을지도 모른다는 생각을 한다. 그녀는 등을 꼿꼿하게 펴고 고개를 들고 계단을 내려간다. 뒤를 돌아보지 않는다. 관중들이 환호성을 지른다. TV로 관람하는 남자들도 마찬가지다. 누군가가 외친다. *"조져 버려, 빅 블루!"*

빌리는 타일이 깔린 복도를 중간까지 걸어간다. 양옆으로 한쪽은 메사**, 다른 쪽은 산 풍경을 담은 조지아 오키프의 그림이 걸린 문이 열려 있다. 아래로 내려가는 계단이 경첩 사이 틈새로 보인다. 맥주 광고가 나온다. 빌리는 열린 문 뒤에 서서 광고가 끝나고 그들이 다시 경기에 집중하길 기다린다.

잠시 후에 닉이 계단 발치에서 외친다.

"마리아! 핫도그 어떻게 된 거야?" 아무 대답이 없자 다시 외친다. "마리아! 얼른 들고 와!"

누군가가 "제가 가서 보고 올게요."라고 한다. 확실하지는 않지만 프랭크 같다.

계단을 쿵쾅쿵쾅 올라오는 발소리가 들린다. 누군가가 복도로 나와 그쪽에 부엌이 있는지 왼쪽으로 몸을 돌린다. 과연 프랭크다. 자신을 등지고 있어도 빌리는 그를 알아볼 수 있다. 민둥산을 가리려고 위로 세운 머리 때문이다. 빌리는 문 뒤에서 나와 발날로 걸으며 그를 쫓아간다. 운동화를 신고 있어서 다행이다. 프랭크는 부엌으로 들어가 좌우를 두리번거린다.

"마리아? 어디 있어? 우리 지금……"

빌리는 글록을 높이 들었다가 거기에 온 힘을 실어서 개머

---

* 뉴욕 자이언츠 팀의 별명이다.
** 꼭대기는 평평하고 등성이는 벼랑으로 된 언덕.

리판으로 머리가 벗어진 부분을 내리친다. 사방으로 피가 튀고 프랭크는 앞으로 쓰러지는데, 그 와중에 부엌 한복판에 설치된 고기 자르는 테이블에 이마를 부딪친다. 어머니의 머리가 단단했으니 프랭크가 V자 모양의 헤어라인과 함께 그것도 물려받았을지 모르지만, 빌리가 보기에 이번에는 정신을 차리지 못할 것 같다. 당분간은 물론이고 어쩌면 영영 그럴지 모른다. 영화에서는 어디에 머리를 세게 부딪치더라도 잠시 후에 멀쩡하게 일어나지만 실제로는 그렇게 되지 않는다. 프랭크 매킨토시는 뇌부종이나 경막하혈종으로 죽을지 모른다. 앞으로 5분 안에 그렇게 되거나 아니면 5년 동안 혼수상태로 지낼 것이다. 나중에 정신을 차릴 가능성도 있지만 빌리가 오늘 할 일을 마친 다음일 것이다. 그래도 그는 허리를 숙여서 몸수색을 한다. 총은 없다.

빌리는 조용히 다시 복도를 되짚어 간다. 경기가 다시 시작됐는지 관중들이 다시 함성을 지르고 있다. 닉의 아지트에서 누군가가 외친다. *"씨발, 목을 때려야지! 그래! 바로 그거야!"*

빌리는 너무 빠르지도 않고 너무 느리지도 않게 계단을 내려간다. 세 사람이 어마어마하게 큰 화면으로 TV를 보고 있다. 그중 두 명은 버킷 체어에 앉아 있다. 세 번째 버킷 체어는 프랭크의 자리였는지 비어 있다. 닉은 다리를 벌리고 소파 한가운데에 앉아 있다. 너무 짧고 너무 꼭 끼며 너무 화려한 반바지를 입고 있다. 뉴욕 자이언츠 셔츠 앞으로 불룩 튀어나온 배에 팝콘 그릇이 얹혀 있다. 다른 두 명도 팝콘 그릇을 들고 있어서 손을 못 쓰니 다행이다. 둘 다 빌리가 아는 녀석들이다. 한 녀석은 닉의 스위트룸과 더블 도미노의 메인 사무실에서 본 적 있다. 회계사라고 했나, 아무튼 숫자 담당이다. 이름은 기억이 잘 나지 않지만 미키인가 마키인가 그렇다. 다른 녀석은 트랜짓 밴을 타고 공공사업부 소속인 척했던 레지 어쩌고다.

"왜 이리 오래 걸렸어." 다른 두 명은 빌리를 보았지만 닉은 경기가 중계되고 있는 TV에서 눈을 뗄 줄 모른다. "거기 두고……"

그는 이쯤에서 부하들의 경악한 표정을 알아차리고 고개를 돌려서 카펫이 깔린 바닥에서 두 계단 위에 서 있는 빌리를 본다. 공포와 충격이 번지는 표정을 보고 빌리는 엄청난 만족감을 느낀다. 지난 5개월 동안 한 고생에 대한 보상은 못 되지만, 그 근처에도 못 가지만, 그래도 올바른 방향으로 한 걸음 내디딘 셈이다.

"빌리?"

닉의 배에 얹혀 있던 그릇이 뒤집어지고 팝콘이 카펫 위로 후두둑 떨어진다.

"안녕, 닉. 당신은 나를 만나서 반갑지 않을지 몰라도 나는 반가워." 빌리는 이미 손을 들고 있는 숫자 담당을 글록으로 가리킨다. "당신 이름이 뭐지?"

"마, 마크. 마크 애브로모비츠요."

"바닥에 엎드려, 마크. 레지, 너도. 배를 대고. 팔다리 벌리고. 눈 위에서 천사를 만들 때처럼."

그들은 군소리를 늘어놓지 않는다. 팝콘 그릇을 조심스럽게 옆으로 치우고 바닥에 엎드린다.

"나는 가족이 있어요." 마크 애브로모비츠가 말한다.

"훌륭해. 처신을 잘만 하면 가족을 다시 만날 수 있을 거야. 너희 둘, 무기 있나?"

닉에게는 물을 필요가 없다. 그 우스꽝스러운 경기 관람용 의상에는 심지어 발목에마저 총을 숨길 만한 데가 없다.

두 남자는 바닥을 쳐다보며 고개를 젓는다.

닉이 이번에는 묻는 투가 아니라 반가워서 탄성을 지르듯 빌리의 이름을 다시 부른다. 예전처럼 서글서글한 대저택의 영주 행세를 하려고 애를 쓰지만 영 신통치 않다.

"그동안 도대체 어디 있었어? 연락하려고 내가 얼마나 애를 썼다고!"

빌리는 좀 더 시급하게 해결해야 하는 일이 없었더라도 이 황당한 거짓말에는 대꾸를 하지 않았을 것이다. 네 번째 의자가 있고 그 옆에 반쯤 먹다 만 팝콘 그릇이 있다.

"*바클리가 지상공격을 시도합니다.*" 실황 중계 중인 아나운서가 외친다. "*존스가 앞에서 달리는 가운데……*"

"저거 꺼."

닉이 이 집의 제왕이자 소파의 제왕이니 리모컨도 당연히 그 옆에 있다.

"응?"

"내 말 들었잖아, 저거 끄라고."

리모컨으로 TV를 겨누는 닉의 손이 살짝 떨리는 걸 보고 빌리는 즐거워한다. 경기 중계가 끊긴다. 이제는 그들 넷만 남지만 팝콘 그릇이 옆에 놓여 있는 네 번째 빈 의자를 보면 행방을 알 수 없는 다섯 번째 인물이 있다는 뜻이다.

"저 녀석은 어디 있어?"

"누구?"

빌리는 빈 의자를 가리킨다.

"빌리, 왜 자네한테 당장 연락하지 못했는지 설명할게. 내 쪽에서 문제가 생겼거든. 뭔가 하면……"

"입 닥쳐." 이렇게 말할 수 있어서, 바보인 척하지 않아도 돼서 속이 다 후련하다. "마크!"

회계사가 전기 충격이라도 당한 것처럼 다리를 움찔거린다.

"저 녀석 어디 있지?"

마크는 당장 대답하는 현명한 자세를 보인다.

"화장실 갔어요."

"입 다물어, 개새끼야."

레지가 말하자 빌리는 그의 발목을 쏜다. 실제로 저지르기 전까지는 쏠 수 있을지 몰랐는데 조준이 그 어느 때보다 정확하고 부엌에서 프랭크를 때려 기절시켰을 때처럼 후회가 없다. 레지는 바보 빌리 서머스 제거 작전의 일원이었다. 그를 가짜 공공사업부 밴에 태우고 도시를 빠져나가 몇 킬로미터 달리다 머리에 총알을 박는 것이 작전의 최종 목표였다. 그리고 이 아지트의 3인방은 지금 이 자리의 대빵이 누군지 알아야 한다.

레지는 비명을 지르며 똑바로 몸을 돌려서 발목을 움켜쥐려고 했다.

"쌍! 이 새끼 나를 쐈어!"

"입 닥쳐. 아니면 내가 닥치게 해 줄까? 내 말 못 믿겠으면 어디 한번 시험해 보든가." 빌리는 눈을 부릅뜨고 그를 쳐다보고 있는 애브로모비츠에게로 총을 겨눈다. "화장실이 어디야? 가리켜 봐."

애브로모비츠는 소파 뒤편을 가리킨다. 벽에 일렬로 놓인 핀볼 기계 세 대에서 불빛이 반짝거리지만 경기 때문에 삑삑거리는 소리는 죽여 놨다. 그 너머에 닫혀 있는 나무 문이 있다.

"닉. 저 친구한테 나오라고 해."

"나와, 데이나!"

사라진 녀석이 데이나였군. 레지와 함께 공공사업부 밴에 타고 있었던 파트너. 제러드 타워에서 나한테 땍땍거렸던 빨간 꽁지머리. 딴 녀석이 켄 호프를 처리했을 수도 있지만 빌리가 생각하기에는 데이나였을 가능성이 크다. 당연히 그였을 것

이다. 이야기 속에 등장하는 모든 인물은 최소 두 번은 쓰여야 한다. 그것이 찰스 디킨스의 법칙이고, 에밀 졸라의 법칙이다.

그는 나오지 않는다.

"나와, 데이나!" 닉이 외친다. "괜찮아!"

묵묵부답이다.

"저 친구가 무기를 들고 있나?" 빌리가 닉에게 묻는다.

"뭐? 지금 장난해? 같이 미식축구 경기 보려고 온 친구들이 무기를 들고 있겠나?"

"두고 보면 알겠지. 닉, 바닥에 엎드려 있는 저 친구들은 내가 총을 쏠 줄 안다는 걸 알겠지? 그게 내 *직업*이라는 걸?"

"이 친구는 총을 쏠 줄 알아." 원래 올리브색이었던 닉의 얼굴이 노래졌다. "해병대에서 배웠어. 저격수로."

"내가 화장실로 앞으로 가서 밖으로 나오라고 데이나를 설득할 작정이거든. 레지, 너는 도망치지 못하겠지만 애브로모비츠 씨, 당신은 도망치려는 마음을 먹을 수도 있겠지. 한번 해 봐, 내 손에 죽고 싶으면. 닉, 당신도 마찬가지야."

"난 아무 데도 가지 않아. 우리, 대화로 해결하자고. 내가 설명할게……"

빌리는 닉에게 다시 한번 입 닥치라고 말하고 소파 저편으로 건너간다. 닉이 이제는 그를 등지고 있어서 마음만 먹으면 얼마든지 머리를 쏠 수 있다. 레지와 회계사가 소파로 가려졌지만 레지는 발목이 으스러졌고 가족이 있다는 애브로모비츠는 걱정할 필요가 없어 보인다. 그의 관심 대상은 데이나 에디슨이다.

그는 닫힌 문과 가장 가까이 있는 핀볼 기계 옆에 서서 말한다.

"나와, 데이나. 나오면 목숨을 건질 수 있을지 몰라. 거기 계속 있으면 아니고."

빌리는 대답을 기대하지 않았고 역시 대답은 없다.

"좋아, 그럼 내가 들어간다."

잘도 그러겠다. 그는 생각하며 허리를 숙이고 손을 내밀어 문손잡이를 잡는다. 그가 문손잡이를 흔들자마자 데이나가 총을 네 번 쏘는데, 속도가 어찌나 빠른지 서로 거의 분간이 되지 않을 정도다. 얇은 문이고 구멍이 없어서 나무만 큼지막하게 쪼개져서 튄다. 빌리는 뒤편에서 움직임을 감지하지만 돌아보지 않는다. 닉과 애브로모비츠가 도망치고 있을지 몰라도, 펀하우스로 달려 들어가 조니 캡스를 구출할 생각이 전혀 없었던 그 깜둥이 두 명처럼 그들 역시 데이나의 총에 맞을 각오를 해 가며 그에게 달려들지는 않을 것이다.

데이나는 빌리가 아직 살아 있더라도 주춤거릴 거라고 예상할 테니 그는 허를 찌른다. 쪼개진 문 앞으로 다가가 그 안으로 총을 여섯 방 쏜다. 데이나가 비명을 지른다. 우당탕하는 소리가 들리더니 변기 물이 내려간다. 오로지 현실 속에서만 가능한 황당한 상황이다.

애브로모비츠가 가젤처럼 껑충껑충 1층으로 올려가는 것이 빌리의 곁눈으로 보인다. 닉은 어쩔 생각인지 몰라도 애브로 모비츠를 따라 계단을 올라가지 않고 지금은 자세히 체크할 겨를이 없다. 그는 발을 들어 잠금장치 옆으로 남은 문짝을 걷어찬다. 문이 휙 열린다. 데이나 에디슨이 머리와 목에서 피를 흘리며 변기 위에 가로로 누워 있다. 그의 글록은 조그만 무테안경과 함께 샤워부스 안에 떨어져 있다. 쓰러지면서 변기 레버를 친 모양이다. 그가 눈알을 굴려 빌리를 쳐다본다.

"의……사를……."

빌리는 변기 옆면을 타고 쏟아지는 피를 쳐다본다. 의사를 부른들 데이나를 살릴 수는 없을 것이다. 데이나는 이른바 저승행 티켓을 끊었다. 빌리는 총을 쥐고 그의 위로 허리를 숙인다.

"제러드 타워에 있는 내 사무실로 찾아왔을 때 네가 마지막으로 한 말이 뭐였는지 기억해?"

데이나는 쉰 목소리로 쌕쌕거린다. 그러자 피가 뿜어져 나온다.

"나는 기억해." 빌리는 글록의 총구를 에디슨의 관자놀이에 갖다 댄다. "헛방 날리지 말라고 했지."

그는 방아쇠를 당긴다.

5

나와 보니 레지는 소파 앞에 무릎을 꿇고 앉아 있다. 그의 정수리 꼭대기가 보인다. 그는 빌리를 보더니 쿠션 아래에 숨겨 놓았을 게 분명한 조그만 은색 권총을 든다. 그러니까 닉이 아예 무방비하지는 않았던 것이다. 빌리는 레지에게 방아쇠를 당길 겨를을 주지 않고 소파 등받이를 뚫고 총알 두 방을 날린다. 레지는 뒤로 풀썩 쓰러져 시야에서 사라진다. 빌리는 세 걸음 만에 소파 앞으로 달려가 빼꼼 내다본다. 레지는 똑바로 누워 있고, 권총은 밖으로 뻗은 한쪽 손 옆 카펫 위에 놓여 있다. 뜬눈이 게슴츠레해지고 있다.

발목이 으스러진 걸로 만족했어야지. 병원에서 그건 고칠 수 있었을지 모르는데.

아지트 안쪽 깊숙한 곳에서 뭔가가 쓰러진다. 유리가 박살 나고 욕이 들린다. *"미키피시 카린!"* 빌리는 허리를 숙이고 그쪽으로 달려간다. TV방 뒤편은 불이 꺼져 있지만 어둠 속에 서 있는 닉의 모습이 보인다. 그는 등을 돌리고 철문 옆에 달린 환한 키패드의 버튼을 누르고 있다. 이 옆방에는 당구대와 빈티지 슬롯머신 몇 대와 바 카트가 있다. 바 카트가 옆으로 쓰러져 깨진 유리 조각들이 반짝거리고 쏟아진 위스키 냄새에 눈물이 고일 지경이다.

닉은 어렸을 때 배웠다가 잊어버린 알바니아어인지 뭔지 모를 나라 말로 계속 욕을 하며 버튼을 미친 듯이 누른다. 그만하라는 빌리의 말을 듣고서야 멈추고 몸을 돌린다.

닉은 빌리가 시키는 대로 한다. 꼭 죽음의 낭떠러지 앞에 서 있는 사람 같아 보이는데, 사실 맞는 말이다. 하지만 그는 웃고 있다. 아주 희미하긴 하지만 미소를 머금고 있다.

"내가 방향을 잘못 선택했어. 마크처럼 계단 쪽으로 갔어야 하는데……." 닉이 어깨를 으쓱한다.

"거기가 대피실인가?"

"응. 그런데 그거 아나? 내가 염병할 비밀번호를 잊어버렸지 뭐야." 닉이 고개를 젓는다. "아니, 그건 아니고 머릿속이 하얘졌어. 숫자가 네 개밖에 안 되는데 두 번째 숫자가 2라는 것밖에 기억이 안 나더라고."

"지금은 어때?"

"6247." 말하고 나서 닉이 웃음을 터뜨린다.

빌리는 고개를 끄덕인다.

"누구에게나 벌어지는 현상이고 아무에게나 벌어지는 현상이지."

닉은 그를 유심히 바라본다. 땀으로 번들거리던 입술을 훔친다.

"어째 말투가 전과 다르게 들리는군. 심지어 생김새도 전과 다르고. 바보인 척했지만 사실은 그게 아니었나? 조르조가 그렇게 말했을 때 그 말을 믿지 않았는데."

"너한테 죽임을 당하기 전에 그렇게 말했던 모양이로군."

닉의 눈이 휘둥그레진다. 진심으로 놀란 표정이라고 빌리는 장담할 수 있다.

"조르조는 죽지 않았어, 브라질에 있지." 그는 빌리의 표정을 유심히 살핀다. "내 말을 안 믿는 모양이로군?"

"지금까지 그 많은 개소리를 남발했는데 네 입에서 나온 말을 어떻게 믿을 수가 있겠어?"

닉은 알겠다는 듯이 어깨를 으쓱한다.

"나 좀 앉아도 될까? 다리가 후들거리는데."

빌리는 당구대 옆에 놓인 의자 세 개를 글록으로 가리킨다. 닉은 비틀비틀 가운데 자리로 가서 앉는다. 뒤로 손을 내밀어 당구대 위에 달린 전등 세 개를 켠다.

"그 계약을 하는 게 아니었는데. 하지만 워낙 큰돈이라……내가 눈이 멀었어."

빌리는 이럴 만한 시간이 있다고 생각한다. 너무 여유를 부렸다가는 후회할 수도 있지만 그래도 서두르지 않을 것이다. 왜냐하면 그는 답을 알고 싶다. 돈은 부수적인 이유다. 게다가 지금 당장 해결할 수 없는 부분이기도 하다. 영화에서나 조직 폭력배가 대피실에 돈을 산더미처럼 쌓아 놓는다. 요즘은 전부 온라인으로 송금한다. 현금은 거의 존재하지 않는 셈이다. 현금은 기계 속의 유령이 되었다.

"피그스의 간에 탈이 났어. 그렇게 뚱뚱하니 다들 심장이 망가지고 있을 거라고 생각하겠지만 알고 보니 간이 문제였어. 그래서 이식을 받아야 하는데, 병원에서는 살을 한 90킬로그램 빼지 않는 한 어림도 없다고 하더군. 그러지 않으면 수술대 위에서 죽을 거라고. 그래서 브라질로 갔지."

"체중감량센터에?"

"특별 클리닉에. 일단 들어가면 목표 체중이 될 때까지 나오지 못하는 그런 곳. 그 친구는 그 방법밖에 없다는 걸 알았거든. 그렇지 않으면 치즈 트리플 와퍼를 먹고 싶어지는 순간 끝장일 테니까."

빌리는 그 말이 믿어지기 시작한다. 닉은 조르조 얘기를 할 때 대부분 현재형을 쓰고 말실수를 하지 않고 있다. 어떻게 보면 데이나 에디슨이 치명상을 입고 쓰러지면서 변기 물을 내린 것과 비슷하다고 볼 수 있다. 가끔 보면 너무 황당해서 진짜일 수밖에 없을 때가 있다. 조지 피그스가 체중감량센터에 들어갔다는 것이 그런 경우에 해당한다.

"조르조는 자네가 조엘 앨런을 죽이고 나면 자기 신원이 밝혀질 걸 알고 있었어. 덩치가 좀 컸어야 말이지. 하지만 그건 상관없다고 했지. 간 이식을 받든 못 받든 그래야 늦기 전에 이 일에서 발을 뺄 수 있다고. 게다가 일을 그만두고 싶어 했거든."

"그래?"

빌리는 조르조가 순직할 스타일인 줄 알고 있었다.

"응."

"브라질에서 말년을 보내겠다는 건가?"

"아마 아르헨티나일 거야."

"돈이 많이 들겠는데. 나를 함정에 빠뜨리는 걸 돕고 그가 받기로 한 퇴직 보너스가 뭐지?"

닉은 머뭇거리다가 말했다.

"300만."

"조르조에게는 300만, 나를 처리하는 녀석에게는 600만이란 말이지."

닉의 눈이 동그래지더니 그가 의자에 힘없이 기댄다. 빌리가 그걸 알아차렸으니 이 상황을 무사히 모면할 가능성이 사라졌다고 생각하는 것이다. 어쩌면 그 생각은 맞을지 모른다.

"하지만 나한테는 겨우 150만 달러를 주기로 해 놓고 그걸 떼먹었단 말이지. 네가 저질인 줄은 알았지만 사기꾼일 줄은 몰랐는데."

"빌리, 절대 그럴 생각은……"

"그러려고 했잖아. 인정해, 안 그러면 지금 바로 죽여 버린다."

"어차피 죽일 거잖나."

닉의 목소리는 침착하지만 면도를 제대로 한 통통한 한쪽 뺨 위로 눈물 한 줄기가 흘러내린다.

빌리는 아무 대꾸도 하지 않는다.

"그래, 알았어. 우리는 너를 죽이려고 했어. 그게 계약의 부대조건이었거든. 데이나가 그 일을 맡기로 했지."

"내가 너의 오스왈드가 될 뻔했군."

"내 아이디어는 아니었어, 빌리. 나는 의뢰인에게 너는 무슨 일이 벌어지든 버틸 거라고 얘기했지만 그가 고집을 꺾어야 말이지. 그리고 아까 얘기했다시피 내가 돈에 눈이 멀었어."

빌리는 닉이 얼마를 받기로 했느냐고 물을 수도 있지만 알고 싶지가 않다.

"의뢰인이 누구야?"

닉은 대답 대신 대피실 문을 가리킨다.

"나 돈 있어. 150만은 아니지만 최소 8만은 돼. 어쩌면 10만. 그걸 먼저 주고 나머지도 받을 수 있게 할게."

"그 말 믿어. 우리가 베트남전에서 이겼다는 것과 달 착륙이 조작이었다는 걸 믿는 만큼." 빌리에게 생각난 것이 하나 더 있다. "그 화재 사건에 대해서도 알고 있었나?"

닉은 화제가 바뀌자 눈을 깜빡인다.

"화재 사건? 무슨 화재 사건?"

"그날 플래시팟 말고 다른 시선 돌리기 작전이 있었어. 내가 총을 쏘고 얼마 안 있어 옆 도시의 어느 창고에서 불이 났거든. 나는 호프가 알려 줘서 사전에 알고 있었고."

"호프가 알려 줬다고? 그 *부달라*가?"

---

* 알바니아어로 바보라는 뜻이다.

"너는 몰랐단 말이지?"

"응."

빌리는 그를 믿지만, 그가 그렇게 얘기하는 것을 듣고 그 순간 그의 표정을 보고 싶었다. 어찌됐건 상관없다. 그 모든 게 이제는 과거지사다.

"의뢰인이 누구야?"

"나를 죽일 거지?"

그래야지. 너는 어느 모로 보나 죽어 마땅하거든.

"의뢰인이 누구야?"

닉은 손을 들어서 얼굴을 천천히 쓸어내려 이마에 흘린 땀과 입술에 묻은 침을 닦는다. 눈빛을 보면 포기했다는 걸 알 수 있는데, 애초에 그에게는 희망이 별로 없었다.

"내가 알려 주면 죽기 전에 기도라도 할 수 있도록 허락해 주겠나? 혹시 나를 죽이는 걸로는 부족하니까 내가 영원히 지옥에서 헤매길 바라나?"

"기도해도 돼. 먼저 의뢰인의 이름부터 밝혀."

"로저 클러크."

처음에 빌리는 편의점에서 돈을 받는 그 클러크를 말하는 줄 알지만* 닉이 철자를 알려 준다. 어디서 들어 본 듯한 이름이지만 닉의 측근은 아니다. 그런가 하면 버키 핸슨의 측근도

---

* 영어로 직원을 뜻하는 Clerk인 줄 알았다는 말이다.

아니다. 그보다는 신문이나 블로그나 팟캐스트에서 접한 이름에 가깝다.

"월드 와이드 엔터테인먼트. 그게 뭔지 몰라도 돼. 전 세계에서 가장 규모가 큰 미디어 재벌 네 곳 중에서 한 군데일 뿐이니까."

닉은 애써 미소를 짓지만─죽음을 앞두고 썰렁한 농담을 시도하다니─빌리는 그런 줄도 거의 모른다. 그는 거의 처음으로 필름을 돌리고 있다. 남아메리카로 은퇴할 생각이 절대 없어 보였던 켄 호프와 맨 처음 만난 순간으로.

"설명을 해 봐."

닉이 설명을 시작하자 빌리는 얘기를 듣고 놀라워하느라─그리고 경악하느라─시간 가는 줄을 모른다. 그는 위에서 누군가가 비참하게 울부짖는 소리를 들은 다음에서야 프로몬토리 포인트에 남은 인력이 있다는 걸 알아차린다. 그건 정신을 잃고 대자로 쓰러져 죽어 가고 있을지 모르는, 아니면 이미 죽었을지 모르는 아들을 발견한 엄마만이 낼 수 있는 소리다.

"살고 싶나, 닉?"

물어보나 마나 한 질문이다.

"응. 응! 살려만 주면 그 돈은 내가 꼭 받을 수 있게 할게. 마지막 한 푼까지. 내가 엄숙하게 약속할게."

형 집행이 취소될 가능성이 보이자 설명을 하는 동안 멈췄던 눈물이 다시 흐른다.

빌리는 엄숙하거나 말거나 닉의 약속에는 관심이 없다. 그는 아무 장식 없는 대피실 철문을 가리킨다. 위에서 또다시 울부짖음에 이어 말소리가 들린다. "*도와줘! 누가 나 좀 도와줘!*"

"저 안에 총이 있나?"

닉은 이제 책임자도, 5개월 전에 빌리를 두 팔 벌려 가며 맞이하던 집주인도, 빌리에게 도주할 방법을 알려 주겠고 했던 샴페인 애호가도 아니다. 그저 목숨을 연명하고 싶다는 기본적인 욕망밖에 남지 않은 인간으로 전락했기에 빌리는 놀라는 그의 표정을 진실로 간주한다.

"대피실에? 거기에 뭐 하러 총을 두겠나?"

"대피실로 들어가서 문 닫아. 시계를 봐. 1시간 동안 기다려. 그 전에 나오면 내가 갔을 수도 있고 아직 여기 있을 수도 있어." *퍽이나 그렇겠다.* "아직 여기 있으면 너를 죽여 버릴 거야."

"안 그럴게. 안 그럴게! 그리고 돈은……"

"돈 문제는 나중에 연락할게."

아마도. 내가 누구를 위해 무슨 짓을 저질렀는지를 알게 됐으니 이제는 그 돈을 받고 싶지 않을 수도 있거든. 그 당시에는 몰랐다는 게 변명이 될 수는 있을지 몰라도 훌륭한 변명은 되지 못하지.

"현상금 사냥꾼들 철수시켜. 내가 여기 찾아왔고 총격전 끝에 죽었다고 해. 앞으로 나를 계속 찾아다니는 인간들이 있으면 그들 손에 내가 죽길 바라는 게 좋을 거야. 안 그러면 내가 다시 여기로 찾아와서 널 죽여 버릴 테니까. 클러크한테도 그렇게 얘기해. 내가 그놈한테 물어볼 텐데 그놈이 다르게 얘기하면 다시 찾아와서 널 죽여 버릴 거야. 알겠나?"

"알겠어. 알겠어!"

빌리는 TV가 있는 쪽을 가리킨다.

"그리고 저 난장판 치워. 안 보이게. 알았지?"

"*도와줘! 애가 정신을 못 차려!*" 위에서 소리가 들린다.

"알았지?"

"알았어. 이제 어쩌려고……"

"안으로 들어가."

닉은 이번에는 아무 문제 없이 암호를 입력한다. 문이 우주선의 에어로크처럼 단단히 잠겨 있었는지 희미하게 슈우욱 하는 소리를 내며 열린다. 닉은 안으로 들어간다. 그는 마지막으로 빌리를 쳐다보는데, 전과 다르게 자기를 그 모든 것의 주인으로 여기는 눈빛이 아니다. 그 눈빛이 앞으로도 변함없다면 그것으로 복수는 충분할지 모른다. 하지만 빌리는 그럴 리 없다는 걸 안다.

"평생에 이번 한 번만이라도 부끄럽지 않은 인간이 되길 바란다." 빌리는 말한다.

닉이 문을 닫고 다시 잠그자 쿵 하는 소리가 난다. 빌리는 의자 옆 고리에 당구공이 가득 담긴 성긴 무명 주머니가 걸려 있는 것을 본다. 그는 주머니를 들어서 공을 초록색 당구대 위에 쏟는다. 화장실에서 에디슨의 글록을, 죽은 레지의 손 옆에서 닉이 숨겨 놓은 총을 집는다. 그런 다음 레지의 바지 주머니를 뒤진다. 어째 찜찜하지만, 시동이 잘 걸리지 않는 고물 트럭을 몰고 여기서 빠져나갈 생각은 없다. 그는 레지의 자동차 열쇠를 찾는다.

그가 들고 온 글록은 오버올 가슴 주머니에 넣어 놓았다. 그는 계단을 올라가며 그 총을 꺼낸다. 이제 프랭크의 어머니—빌리가 보기에는 그야말로 터미네이터의 신부—가 전화하는 소리가 들린다. "닉의 집! 그래, 이 바보야, 닉의 집! 내가 왜 병원이 아니라 너한테 전화하고 있는 것 같냐?"

빌리는 또다시 발날로 복도를 걸어서 부엌으로 간다. 마지, 즉 엄마 엘비스의 모습은 보이지 않지만 왔다 갔다 걷는 그녀의 그림자와 유선 전화기 코드의 그림자는 보인다. 그리고 양옆으로 벌린 프랭크 매킨토시의 발 옆에 놓인 모스버그 산탄총도 보인다. 대문을 지키던 살이 어깨에 걸치고 있었던 총일 것이다.

아까 내가 들고 왔었어야 하는데.

"얼른 와 줘! 애가 숨이 거의 끊겼어!"

빌리는 무릎을 꿇고 앉아서 손을 뻗으며 몸을 앞으로 기울인다. 그녀는 수건으로 프랭크의 뒤통수에서 나오는 피를 흡수하고 뒷덜미에 수건을 얹어 놓았다. 빌리는 산탄총의 방아쇠울을 잡고 천천히 끌어당기며 그녀가 그 소리를 듣고 고개를 돌리지 않길 바란다. 마지와는 더 이상 엮이고 싶지 않다.

뒤통수에서 갑작스러운 한기가 느껴지자 빌리는 그 원인이 닉이라는 걸 알아차린다. 대피실에 총이 있었던 것이다. 그가 대피실을 벗어나 계단을 올라와서 빌리의 뒤통수를 향해 총을 겨누고 있다. 빌리는 고개를 돌리다가 목에서 으드득 하는 소리가 나자 이것이 이승에서 듣는 마지막 소리겠구나 하는 생각을 한다. 그런데 거기에는 아무도 없다.

그는 자리에서 일어난다. 무릎에서 뚝 하는 소리가 난다. 프랭크의 어머니가 그 소리를 듣고 냉장고(TV만큼은 아니지만 거의 그 정도로 거대하다.)를 돌아 나와 그를 빤히 쳐다본다. 커다란 멍으로 덮인 얼굴을 보고 빌리는 또다시 앨리스를 떠올린다. 마지는 계속 수화기를 들고 있고, 꼬불꼬불한 선이 끝까지 당겨져서 직선이 되었다. 그녀가 입술을 벌리고 으르렁거린다.

빌리는 엎드리고 누워 있는 그녀의 아들을 글록으로 가리킨 다음 총을 입술에 갖다 댄다. 쉬이이잇.

그녀는 여전히 으르렁거리는 얼굴로 고개를 끄덕인다.

빌리는 현관문까지 복도를 뒷걸음질한다.

6

아스팔트 위에 주차된 SUV에 레지의 열쇠와 동일하게 세 개의 다이아몬드 로고가 달려 있다. 안에 올라타 보니 아직까지 새 차 냄새가 나지만 이제는 저세상 사람이 된 예전 주인이 피운 담배 냄새가 더 지독하다. 담배꽁초가 수북이 담긴 테이블 토크 파이 알루미늄 깡통이 센터 콘솔 위에 놓여 있다. 빌리는 창문을 내리고 깡통을 밖으로 던진다. 닉이 치워야 할 쓰레기가 하나 더 늘었다.

마지가 문밖으로 나온다. 밝은 데서 보니 다 죽어 가는 사람 같다.

"우리 아들이 죽으면 너 내 손에 죽을 줄 알아! 그 아이가 죽으면 내가 지구 끝까지라도 가서 너를 찾아낼 거야!"

정말로 그럴지 몰라. 하지만 프랭크는 응당한 대가를 치렀을 뿐이고 아주머니도 마찬가지랍니다.

빌리는 닉에게 자기 티셔츠에 적힌 슬로건을 보여 주지 못했지만 이제 마지에게 큰 소리로 거기 적힌 슬로건을 알려 준다.

그는 살의 시체를 지나 열린 문을 통과한다. 45번 도로로 진입하자 앨리스에게 전화해 무사하다고 알린다. 모든 악조건에도 불구하고 진짜 그렇다. 마지의 모종삽에 긁힌 것 말고는 다친 데도 없다.

"하느님 감사합니다. 아저씨 지금…… 혹시……."

"내가 두어 시간 안으로, 어쩌면 그보다 더 일찍 도착할 거야. 차를 업그레이드했거든. 이제는 초록색 미쓰비시 아웃랜더를 몰고 있어. 짐 싸 놔. 바로 떠날 거니까. 가면서 전부 얘기해 줄게."

그는 어떤 것도 빼놓지 않을 것이다. 앨리스는 전말을 들을 자격이 있다. 그가 앞으로 도움을 청할지도 모르니 더욱 그렇다. 그 부분에 대해 아직 결론을 내리지 않았고 아주 어렴풋한 계획 비슷한 것만 세워 놓았을 뿐이지만 그쪽으로 마음이 기울고 있다. 칼자루는 그녀가 쥐게 되겠지만 이후 작전에 그녀를 동참시키고 싶은 데에는 여러 가지 막강한 이유가 있다. 그리고 앨리스는 그 이유가 뭔지 알겠지.

"그럼 우리…… 아저씨 친구네 집으로 돌아가는 거예요?"

"일단은. 너는 거기 있어도 되고 나랑 같이 동부로 돌아가서 이 일을 끝내도 돼. 네가 선택하면 돼."

그녀는 곧바로 대답한다.

"같이 갈래요."

"지금 대답하지는 마. 내가 어디로 갈 건지 들어본 다음에 결정해. 그리고 거기로 가는 이유도."

빌리는 전화를 끊는다. 그의 앞은 라스베이거스라는 스모그 분지고, 거길 떠날 수 있어서 기쁘다. 그의 셔츠에 적힌 슬로건은, 프랭크에게는 보여 주지 못하고 그 엄마인 마지에게만 큰 소리로 외친 그 슬로건은 이것이다. 놀고 싶으면 대가를 치러야 한다. 대가를 치러야 하는 사람이 한 명 더 있다. 바로 로저 클러크다.

그자는 아주 나쁜 인간이다.

21장

1

호텔 진입로로 들어가 보니 앨리스가 트럭을 세워 놓았던 주차장 입구에서 그를 기다리고 있다. 그녀는 그가 차에서 내리자마자 끌어안는다. 사실상 자기 몸을 그에게 던지다시피 한다. 주저함 없이. 그도 똑같이 마주 안아 준다. 포옹을 풀었을 때 그는 그녀의 첫 질문을 듣고 재밌어지는 동시에 서글퍼진다. 이제는 범법자의 사고방식으로 살게 된 젊은 여자가 던진 질문이기 때문이다.

"저 차 안전해요? 가다가 경찰에 잡힐 염려 없어요?"

"안전해. 위치 추적기를 이미 작동되지 않게 해 놨더라고. 놀랄 일도 아니지."

게다가 차 주인은 죽었고 닉은 경찰에 신고하지 않을 것이다. 설명해야 할 게 너무 많으니까. 그리고 닉과 그의 작전 전체를 완전히 날려 버릴 수도 있는 정보가 이제 빌리의 손에 있다.

"짐은 전부 싸 놨어요. 몇 개 되지도 않더라고요."

"좋아. 그럼 이제 출발하자. 가는 동안 네가 웬도버의 모텔에 예약하면 되겠다. 유타주 경계선을 넘으면 바로 나오는 곳이야."

앨리스는 지금까지 묵고 있었던 숙소를 둘러본다.

"이런 모텔에 홈페이지가 있을까 싶은데요. 있을 수도 있겠지만……."

그녀는 어깨를 으쓱한다.

"체인점으로 예약해. 돌턴 스미스라는 이름이 아직 별문제 없고 이제는 쫓길 일이 없으니까. 아무도 우리를 찾으려고 하지 않을 거야."

"확실해요?"

빌리는 곰곰이 생각해 보다가 확실하다는 결론을 내린다. 그가 닉에게 했던 마지막 말이 *평생에 이번 한 번만이라도 부끄럽지 않은 인간이 되길 바란다*였고, 자기 아지트에서 죽는 줄 알았던 닉은 그의 말을 실천에 옮기지 않을까 싶다. 적어도 당분간은. 그리고 또 다른 부분도 있다. 만약 빌리가 클러크를 처리하는 데 성공하면 닉 머제리언은 곤경을 면할 테고, 그의 비밀 계좌에 600만 달러의 현상금이 입금될 것이다.

앨리스가 그를 쳐다보며 기다리고 있다.

"확실해. 이제 가자."

2

이야기가 길지만 웬도버까지 5시간 거리니 빌리가 알게 된 정보와 유추한 사실을 설명하기에는 충분하다. 하지만 그는 출발하기 전에 휴대전화를 켜고 로저 클러크를 검색한다. 섬 네일 소개에 따르면 1954년생이라고 하니 올해 예순다섯 살이지만 첨부된 사진상으로는 그보다 최소 열 살은 많아 보인다. 안색이 창백하고 머리는 벗어져 가고 있으며 주름이 많고 턱살이 늘어졌다. 두 눈은 축 늘어진 살주머니 안에서 반짝거리는 조그만 짐승이다. 방탕하게 제멋대로 살아온 사람의 얼굴이다.

"이자가 이 모든 막장쇼의 배후야."

빌리는 앨리스에게 휴대전화를 건넨다.

그녀가 자판을 두드리고 손가락으로 화면을 넘기는 동안 빌리는 주차장을 빠져나와 15번 도로로 향한다. 그녀는 짜증 섞인 손길로 머리칼을 쓸어넘기며 휴대전화 위로 몸을 숙인다.

"맙소사. 위키피디아에 따르면 이 사람은 세상의 주인이에요, 적어도 언론계에서는요."

빌리는 그가 나중에 총을 쏘게 될 건물 바로 맞은편의 선스 팟 카페 앞 파라솔 테이블에서 켄 호프와 단둘이 맨 처음 만났던 날을 다시금 떠올린다. 호프는 와인을, 그는 다이어트 콜라를 마셨고 호프는 그때부터 이미 조금 다급한 분위기를 풍겼다. 하지만 그와 더불어 이란성 쌍둥이와 같은 사고방식을 드러냈으니 그는 '켄 호프의 멋진 인생'이라는 영화의 주인공이고, 아무리 상황이 안 좋아지더라도 결국에는 그가 아가씨와 금시계와 모든 것을 차지하게 될 거라는 믿음이었다. 아마 어렸을 때 주입됐을 이런 발상으로 인해 그는 여러 난처한 일을 겪었고 이후에 더욱 난처해질 예정이었다.

"신문사, 웹사이트, 영화사, 스트리밍 서비스 업체 두 군데……."

"그리고 TV. 그걸 빠뜨리면 안 되지. 법원 앞 살인 사건을 유일하게 취재한 레드 블러프의 채널6도 그자의 것이야."

"아저씨가 생각하기에는……"

"응."

"헐." 앨리스는 나지막이 중얼거린다.

올해에는 내가 좀 여유가 없다는 거예요. 호프는 그렇게 얘기하지 않았나? WWE 주식을 사는 바람에 자금 운용에 문제가 생겨서. 하지만 계열사가 세 갠데 어떻게 거부할 수 있겠어요?

"월드 와이드 엔터테인먼트도 이 사람 거예요. 지상파 플러스 열두 개의 케이블 채널. 그중 하나가 트럼프를 사랑하는 뉴스 채널이에요. 과격한 논설위원들이 우글대는……"

"누구 말하는지 알아."

그는 WWE 뉴스24를 본 적 있다. 누구라도 그럴 것이다. 호텔 로비와 공항 터미널에서 낮이고 밤이고 흘러나온다. 빌리는 가끔 그 앞에서 잠깐 어떤 우익 전문가의 헛소리를 듣다가 걸음을 옮기거나 옆에 리모컨이 있으면 영화 채널로 돌린다. 하지만 그들이 지방의 TV 방송사를 프랜차이즈로 두고 있는 줄은 몰랐다. (처음에) 그는 호프가 무슨 말을 하는지도 몰랐고 궁금해하지도 않았다. 그게 중요하다고 생각하지 않았다. 그런데 중요한 부분이었다. 그것도 아주. 호프가 이 일에 엮인 것도 그 때문이었다. 채널6 뉴스팀이 코디에서 벌어진 화재 현장을 취재하러 가지 않은 이유도 그 때문이었다. 켄 호프가 자기 집 차고에서 죽게 된 것도 그 때문이었다.

"이 남자가 아저씨더러 조엘 앨런을 죽이게 했다고요? 이 남자가? 이렇게 나이가 많은데. 게다가 돈도 많고."

그렇지. 나이도 많고 돈도 많고 황제로 지내는 데 이골이 나 있지. 켄 호프는 자기가 영화 주인공이라고 상상만 했다. 로저 클러크는 실제 주인공이었다. 그는 자신이 뭐든 누릴 자격이 있다고 생각하며, 그것도 그냥 가져다주면 되는 것이 아니라 자신 앞에 완벽하게 바쳐져야 된다고 생각하는 사람이다. 거기에는 조엘 앨런이 죽는 순간을 촬영한 영상도 포함됐다.

그리고 내가 웨이터였지.

"프로몬토리 포인트에서 무슨 일이 있었는지 궁금해요."

빌리는 알려 주되, 못된 짓을 저질러서 방에 갇히게 된 아이처럼 닉을 대피실로 들여보내기 직전에 그에게 들은 얘기만 뺀다. 그의 얘기가 끝나자 그녀가 말한다.

"아저씨는 해야 하는 일을 한 거예요."

맞는 말이지만 이제 간신히 미성년자 딱지를 뗀 젊은 여자가 내린 판결이다. 장담컨대 켄 호프도 그렇게 생각했을 것이다.

"맞아, 하지만 잘못된 선택 때문에 그렇게 할 수밖에 없는 *지경*에 이른 거니까."

"그 할머니." 앨리스는 고개를 젓는다. "대단하시네. 그분 괜찮을까요?"

"아들이 죽으면 괜찮지 않겠지."

앨리스가 째려보자 빌리는 반가워진다. 그녀가 그에게 짜증을 낼 수 있을 만큼 편안해졌다면 치유를 향해 점점 나아가고 있다는 뜻일지 모른다.

"아들이 그런 일을 하게 된 데에는 그분의 책임도 있다는 생각 안 들어요? 조폭 생활을 하게 된 데에는?"

그건 빌리가 대답할 수 없는 부분이다.

"이제 빼먹은 부분을 얘기해 주세요. 그 조폭한테 들은 얘기. *이유* 말이에요."

그들은 이제 주간 고속도로를 달리고 있다. 그림자들이 길어지기 시작했다. 자이언츠와 카디널스 간의 경기가 끝났을 것이다. 한 팀은 이기고 다른 팀은 이기지 못했을 것이다. 청소팀이 프로몬토리 포인트로 가고 있을 것이다. 빌리는 110킬로미터가 조금 못 되게 크루즈 모드를 세팅한다.

"닉은 조엘 앨런에게 살인을 맡겼지만 중개인에 불과했어. 닉이 자기 입으로 한 말이야, 에이전트라는 단어를 썼지만. 그 일을 의뢰하고 수백만 달러를 지불한 사람은 로저 클러크였지. 두 사람은 퓨짓 사운드의 섬에서 만나 거기서 계약서를 썼지."

"그 사람이 누굴 죽여 달라고 했는데요?"

"자기 아들."

3

앨리스는 문을 세게 닫는 소리에 놀란 사람처럼 움찔한다.

"피터인가 폴인가 그런 이름이었는데! 아버지에게 사업체를 물려받을 예정이었고요!"

"패트릭이었어. 그 아들에 대해서 알고 있었니?"

"그냥 대충요. 엄마가 하루 종일 뉴스24를 틀어 놓거든요."

앨리스의 엄마뿐 아니라 미국에서 케이블 TV를 보는 뉴스 중독자들 70퍼센트가 그러겠지.

"나는 그러면 다른 데로 자리를 옮겨 버려요. 그 잡설이 싫지만 엄마랑 옥신각신해 봐야 소용이 없으니까. 그런데 그게 거의 일주일 동안 그 채널의 톱뉴스였거든요, 심지어 트럼프보다 먼저 나오는." 그녀는 그를 쳐다본다. "이제 이유를 알겠어요. 뉴스24의 주인은 클러크니까요."

"맞아."

"뉴스에서는 조폭이 연루됐고 범인이 패트릭 클러크를 다른 사람으로 착각해서 벌어진 일이라고 했는데."

"조폭이 연루되지도, 착각해서 벌어진 일도 아니었어. 클러크의 아파트는 경비가 삼엄한 건물이었거든. 조폭이었다면 건물 안으로 들어가기는커녕 입구 경비 초소를 지나지도 못했을 거야. 게다가 총성을 들은 사람도 없었어. 앨런은 분명 소음기를 썼을 거야."

"소음기요?"

"총소리를 죽이는 장치."

"뉴스24에서는 범인을 잡으려고 여기저기를 들쑤셨지만 잡지 못했죠. 그때쯤이면 앨런은 이미 다른 도시로 피했을 테니까요."

"당연하지. 언덕을 넘어서 저 멀리 떠났지. 도박장에서 돈을 많이 잃었다고 두 남자를 죽이지만 않았다면 아직까지 언덕을 넘어서 저 멀리에 있었을 거야. LA로 가서 어떤 여자 작가를 창녀로 착각하지만 않았던들 계속 그랬을지 모르고."

"클러크가 왜…… 자기 아들을? 왜 그랬대요?"

"닉한테 들은 얘기 말고는 나도 몰라. 내막이 더 있겠지만 시간이 없어서."

"그 남자 어머니 때문에요? 마지라는."

"응, 마지. 그 여자가 정문으로 오고 있었고 비밀번호를 입력해서 문을 열 수도 있을 게 분명했는데 정문 경비……"

"살이요."

"응, 살. 그 녀석이 들고 있던 산탄총을 그냥 두고 왔거든. 그래서 간단하게밖에 못 들었어."

"그럼 그거라도 얘기해 주세요."

"클러크는 늙었어. *아주* 늙은 건 아니었지만 원래 나이보다 늙었고 건강상으로도 문제가 많았지. 그래서 후계자를 지목해야 했어. 이사진을 만족시키기 위해서였을 거야. 다들 맡아들인 패트릭을 지목할 거라고 생각했지. 그런데 패트릭은 4월 말이면 연봉을 탕진하고 5월 1일에 아버지를 찾아와서 손을 벌리는 심한 약물 중독자에 파티광이었거든."

앨리스는 미소를 짓는다.

"어머니를 찾아갔어야지. 그쪽이 더 공략하기가 쉬운데."

"패트릭의 어머니는 약물 남용으로 죽었어. 각성제. 아니면 자살이었을 수도 있지. 심지어 타살이었을 수도 있고. 클러크가 작은아들의 어머니하고는 이혼했어. 그 작은아들이 데빈이고."

"그 사람도 TV에서 본 것 같은데요. 성명인가 뭔가를 발표

하느라."

빌리는 고개를 끄덕인다.

"닉의 설명을 들으니까 개미와 배짱이 얘기가 생각나더군. 그 둘을 구분할 줄 아는 영리한 아버지가 추가됐을 뿐. 패트릭은 배짱이었지. 그보다 네 살 어린 동생 데빈은 개미였고. 부지런하고 영리한. 쉬지 않고 일하는. 열심히 노력하는. 클러크는 두 아들을 불러서 자신이 내린 결정을 알렸어. 패트릭은 분노했지. 패트릭이 생각하기에는 자기야말로 WWE를 발전시킬 반짝이는 아이디어의 소유자고 동생은 사무실의 일벌에 불과했으니까."

빌리는 사진에서 본, 그 조그맣게 야비하게 생긴 눈을 떠올리며 클러크가 이런 민감한 얘기를 꺼내는 광경을 상상한다. *너의 그 반짝이는 아이디어는 대부분 힙합을 추종하는 한심한 진보주의자 친구들과 같이 약을 하다가 떠올린 거잖니.* 그가 어떤 식으로 표현했든 큰아들은 분노했을 것이다. 대부분의 경우 분노해 봐야 소용없었겠지만 로저 클러크에게는 아킬레스건이 있었고, 패트릭은 그걸 그때 이미 알고 있었든지 얼마 안 있어 알게 되었다.

"패트릭이 어쩌다 알게 됐는지는 몰라, 닉한테 듣지 못했거든. 닉도 몰랐을 거야. 같이 어울리던 돈 많고 한심한 친구들한테서 힌트를 얻었을지 모르지. 아니면 무슨 소리를 우연히 들었을 수도 있고. 아무튼 주워 들은 정보를 연결해서 티후아나 외곽의 조그만 집을 찾아낸 걸 보면 영판 바보는 아니었나 봐."

"윤락업소였어요?"

"그건 아니야. 닉의 말로는 클러크가 개인적으로 후원했고 그 말고 다른 손님은 없었다고 했어. 그는 기본적으로 티후아나 카르텔을 운영한 펠릭스 형제에게 해마다 헌금을, 그것도 많이 했거든. 다른 콩고물도 있었을지 모르지. 돈세탁이 아니었을까 싶은데. 뭐가 됐든 상관없어. 닉이 말하길 클러크는 절대 친구를 데려온 적이 없었다고 했어. 소문이 날 테니까."

"패트릭이 카르텔이랑 손을 잡고 일을 하고 있었을까요? 마약 운반이나 뭐 그런 일을? 그런 소문이 있거든요."

"마약 운반이라. 그랬을 수도 있겠네."

"그 일을 하다가 정보를 입수했을지 몰라요. 그게 실마리였을지도요."

빌리는 그녀의 어깨를 두드린다.

"훌륭해. 확실한 건 절대 모르겠지만 친구한테서 들었다는 가설보다 훨씬 말이 되네."

그녀는 칭찬에 미소를 짓지만 아주 살짝이다. 이 이야기의 끝이 어딘지 아는 거지. 빌리는 생각한다. 이 정도로 영리하지 않은 아이라면 모르겠지만, 얼마 전에 성폭행을 당한 적 없는 아이라면 모르겠지만, 이 아이는 양쪽 모두에 해당하니까.

"클러크는 어린 여자애를 좋아해."

"얼마나 어린 여자애를요?"

"닉 말로는 열서너 살 정도래."

"맙소사."

"이보다 더 끔찍한 얘기가 남아 있는데. 계속 듣고 싶니?"

"아뇨. 그래도 얘기해 주세요."

"한번은 상대가 그보다 훨씬 어린 경우도 있었다고 해. 그자가 닉에게 말하기로는 딱 한 번뿐이었다지만 그야 모르지."

"열두 살요?"

그녀는 턱살 늘어진 그 늙은 도마뱀이 아무리 개떡 같더라도 이보다 더 타락하지는 않았을 거라고 믿고 싶어 하는 표정이다.

"클러크 말로는 겨우 열 살이었다고 했고 패트릭에게는 그걸 입증할 만한 사진이 있었어. 로저 클러크는 그 섬에서 닉을 만났을 때 '술이 떡이 됐었고 어떤 느낌인지 궁금했을 뿐'이라고 했다더군."

"하느님 맙소사."

"그 나머지는 도미노가 쓰러지듯 간단해. 패트릭은 USB에 그 사진을 보관하고 있었어. 다른 데는 없고 그 사진을 찍은 남자는 죽어서 사막에 묻혔다고 맹세했고. 그 녀석은 아버지에게 CEO가 되고 싶다고 했어. 그리고 아버지의 의결권 주식을 대부분 양도해 달라고 했고. 그러면 자기가 제시하는 WWE의 새로운 방향에 이사진이 반대하더라도 무의미해질 테니까. 그리고 닉의 말로는 '그 재수없는 새끼'라던 동생이 시카고 지사로 보내 달라고 했는데, 거기가 언론계에서는 시베리아 같은 곳인가 봐. 이 모든 조치는 2019년 1월 1일부로 시행되고 전부 문서로 명시하길 원했지. 그래야 사진이 담긴 USB를 넘기겠다며."

"클러크는 다른 데 보관된 사진은 없다는 걸 무슨 수로 확신했을까요?"

빌리는 어깨를 으쓱했다.

"있었을 거야. 아무튼 그자에게 무슨 선택의 여지가 있었겠어? 그리고 패트릭은 그 사진이 공개되면 CEO가 누구든 회사 주가가 폭락한다는 걸 모를 만큼 멍청하지는 않았지."

앨리스는 곰곰이 생각하다가 이렇게 얘기한다.

"일종의 상호 확증 파괴네요."

"아마도. 내가 닉에게 듣기로 클러크는 동의했고, 그가 회사를 큰아들에게 넘기고 일선에서 물러나려 한다고 공표하는 서신을 변호사가 작성하고 이사회 회의록에 게재하자 패트릭은 USB를 아버지에게 넘겼지. 클러크는 그 USB를 폐기 처분했고. 패트릭은 자기 아버지가 닉 머제리언을 찾아가 청부살인을 의뢰할 줄은 절대 몰랐을 거야. 거기까지 상상하지는 못했던 거지."

"개미와 베짱이 얘기가 아니네요. 셰익스피어의 연극에 더 가깝지. 그것도 유혈이 낭자하는."

"패트릭이 죽었으니 클러크가 물러나면 데빈이 회사를 물려받게 될 거야. 클러크의 건강 상태로 보았을 때 얼마 남지 않았어."

빌리는 휴게소로 들어간다. 차에 기름을 넣어야 하는 데다 목이 말라서 시원한 음료를 마시고 싶기 때문이다. 앨리스는 퀵픽의 진열대에서 필요한 걸 고르고 그가 계산하는 동안 화장실에 다녀온다. 그러고는 다시 차에 올라타는데 울고 있다.

"죄송해요." 앨리스가 고른 물건은 조그만 흰색 봉지에 담겨 있다. 그녀는 거기서 여행용 티슈를 꺼내 코를 풀고 애써 미소를 짓는다. "하지만 화장실에서 웬도버 라마다 인에 예약했어요. 괜찮다고 해서요."

"잘했어. 그리고 미안해할 필요 없어."

"애들한테 그런 짓을 저지른 그 끔찍한 인간이 계속 생각나서요. 그런 인간은 죽어도 싸요."

안 그래도 그렇게 만들 생각이야.

4

이번에도 닉에게 들은 얘기와 프로몬토리 포인트에서 차를 몰고 오는 동안 추론한 내용을 한데 버무린 빌리의 얘기가 끝났을 무렵에는 고속도로를 달리는 일부 차량이 전조등을 켜고 있다.

"클러크는 닉에게 최고 실력자에게 이 일을 맡기고 싶다고 했대. 임무를 완수하면 무사히 빠져나가고 나중에 입도 뻥긋하지 않을 그런 사람을. 닉은 알맞은 친구를 한 명 안다고 했고……"

"아저씨요?"

"맨 처음에는 나를 생각했다지만 버키한테 물어보지도 않았어. 패트릭 클러크 정도면 내 조건에 부합할 정도로 나쁜 인간이 아니라 내가 거절할 거라고 확신했기 때문이라더군. 그래서 평범한 청소인 척 앨런한테 맡겼대."

"그걸 그 사람은 그런 식으로 표현해요? 청소라고?"

"응. 그들이 합의한 금액은 8만 달러였어. 계약금은 2만, 나머지는 성공 후에. 나한테 제안한 방식과 기본적으로 같았지, 금액만 적었을 뿐."

앨리스는 고개를 끄덕인다.

"그 사람은 이게 얼마나 엄청난 일인지 앨런에게 비밀로 하려고 했군요. 얼마나 많은 게 걸린 문제인지."

"당연하지. 닉은 그래도 괜찮다고 생각했던 게, 앨런은 내가 연기한 배역과 같은 인물이었거든. 문제가 생기면 소켓 렌치와 타이밍 컴퓨터가 아니라 총으로 해결하는 정비공. 닉은 앨런에게 패트릭의 아파트 건물 사진, 아파트 구조 사진, 옆문 비밀번호, 일을 마친 뒤에 갈아탈 차, 기타 등등 일을 신속하고 깔끔하게 해치우는 데 필요한 모든 걸 제공했지." 빌리는 말을 하다 말고 잠깐 멈춘다. "닉이 이런 얘기를 다 하지는 않았지만 나는 그 밑에서 일을 해 봤으니까 수법을 알지. 그놈은 앨런에게 이유는 밝히지 않았고 앨런도 묻지 않았어."

"하지만 그 사람이 패트릭한테 물었죠, 그죠? 죽이기 전에."

빌리는 곰곰이 생각해 본다.

"그랬을 수도 있지만 조엘 앨런 같은 녀석이 그랬을 것 같지는 않아. 그는 그냥 일을 해치웠을 가능성이 더 커. 아무 대화 없이 그냥 조준하고 쏘세요."

"패트릭이 그에게 USB를 줄 테니……." 앨리스는 말을 하다 말고 멈춘다. "그랬을 수가 없었겠네요. USB를 안 가지고 있었을 테니까. 이사진에게 임명 사실을 선포하면 그걸로 만사 오케이라고 생각했을 테니까."

"닉은 어떻게 된 일인지 모르고, 앨런이 어쩌다 로저 클러크와 티후아나의 어린아이에 대해 알게 됐는지 본인에게 직접 들을 방법도 없지만 이렇게 된 게 아닐까 싶어. 앨런은 로스앤젤레스에서 마약을 배달하다가 알게 된 같은 약쟁이에게 강도를 당한 것처럼 꾸미라는 얘기를 들었어. 돈이나 보석이 보이면 들고 나오라고. 보석, 시계, 금줄, 그런 건 던져야 했겠지만 돈은 보너스 개념으로 챙겨도 되지 않았을까? 그래서 앨런은 패트릭을 죽인 뒤에 집 안을 뒤지다가 패트릭이 만일의 경우에 대비해 보관한 사진을 발견했을지 몰라. 그……짓을 하는 아버지의 얼굴이 선명하게 찍힌 사진을. 어때?"

앨리스는 머리칼이 들썩일 정도로 열심히 고개를 끄덕인다.

"그랬을 것 같아요. 사진이 금고에 들어 있었더라도 금고 비밀번호도 다른 정보와 함께 앨런에게 전달이 됐겠죠. 그런데 그 사람이 사진 속의 남자를 알아보았을까요?"

빌리가 아는 한 조엘 앨런은 WWE 비즈니스 채널을 보거나 블룸버그 보고서를 읽을 만한 위인이 아니다.

"처음에는 못 알아봤을지 모르지만 얼마 지나지 않아서 전말을 파악했겠지. 인터넷 검색 몇 번이면 자기가 죽인 사람이 소아성애자인 억만장자의 아들이라는 걸 알 수 있었을 테고."

앨리스는 두 눈을 반짝이고 있다. 이 사건에 완전히 빠져들었다. *레드 블러프의 이름 없는 실업학교에서 엄청난 인재를 잃었네.* 빌리는 이 생각을 다시 했다. *그리고 미용학교는? 잊어 주세요.*

"그러니까 이 청부살인업자, 이 정비공, 이 청소부에게는 돈이 될 만한 정보가 두 개 있었어요. 그 아버지가 아들의 청부살인을 지시한 게 거의 분명하다는 것과 그 아버지가 어린아이를 성폭행했다는 것. 그냥 '어떤 느낌인지 궁금해서'."

그렇게 얘기하는 그녀의 눈에서 광선이 뿜어져 나온다.

"그 정보를 가지고 돈을 뜯어내려고 했을 것 같지는 않아. 나중에는 그랬을 수도 있지만. 로저 클러크처럼 돈 많은 유력 인사를 협박했다가는 어마어마하게 위험해질 수 있다는 걸 알았을 거야. 그러니 그걸 비장의 무기로 꼬불쳐 놓고 있었을 거야. 그러다 결국 꺼낼 수밖에 없게 됐지, 돈 때문이 아니라 자기가 저지른 바보짓 때문에."

여자 작가 사건까지 감안하면 이중으로 저지른 바보짓 때문이었지.

"꼭 체포되고 싶은 사람처럼 그런 짓을 저질렀어요. 상습 살인범 중에 그런 경우가 있다는데." 앨리스는 자기가 한 말을 되새김질하더니 그의 손목에 손을 얹는다. "그러니까 윤리의식이 없는 살인범 말이에요."

너는 그걸 그런 식으로 표현하니? 빌리는 궁금해한다.

"앨런이 체포되고 싶어 했을 것 같지는 않아. 그 사진이 귀한 보물이 될 수 있는 이유를 알아차렸다면 완전 바보도 아니었고."

"완전 바보가 아니었다면 포커 게임판에서 왜 남자를 죽였을까요? 그리고 LA에서 그 여자한테는 왜 폭력을 휘둘렀을까요?"

뭐. 포커 게임판에서 그 남자가 사기를 치고 있다고 생각했기 때문이지. 그리고 작가는 그자에게 페퍼 스프레이를 뿌렸고. 하지만 둘 다 앨리스가 던진 질문의 답이 되지는 못한다.

"내 생각이 궁금해? 그냥 오만했던 거야. 어디 들어가서 저녁 먹을래?"

그녀는 고개를 젓는다.

"그냥 거기 가서 먹어요. 얘기를 마저 듣고 싶어요."

5

뒷부분도 대부분 짐작이지만 빌리는 좀 더 자신이 있다. 앨런은 LA에서 폭행과 성폭행 미수로 체포됐을 때 동부의 레드블러프에서 살인 및 살인 미수를 저지른 범인으로 당장 지목을 받을 처지임을 알았을 것이다. 카운티 구치소에서는 대부분 선불 일회용인 휴대전화 매매가 활발하게 이루어졌다. 앨런은 그중 하나를 사서 닉에게 연락해 그가 레드 블러프로 이송돼 사형이 있는 주에서 살인 재판을 받으면 이니셜이 RK인 아주 돈 많은 남자가 죽을 때까지 감옥에 갇혀서 하비 와인스타인*에게 빠구리를 당할 거라고 엄포를 놓았다. LA 구치소에 수감돼 있는 동안 그에게 무슨 일이 벌어지면 RK가 아주아주 후회하게 될 거라고 했다.

"닉은 로저 클러크에게 연락했지. 클러크는 몸값 비싼 변호사에게 신병 인도 반대 소송을 맡겼고. 아마 중개인을 통해 소개를 받았겠지. 닉과 클러크는 그 섬에서 다시 만나 가능한 시나리오를 여러 개 만들었겠지. 몸값 비싼 법률 전문가의 연락처가 단축 다이얼에 저장돼 있었을 거야. 그 전문가는 닉이 이미 아는 사실을 확인시켜 주었을 거야. 신병 인도 반대 소송으로 제법 시간을 벌 수는 있지만, 결국에는 비행기로 송환돼 재

---

* 자신의 영향력을 이용해 여배우들에게 성범죄를 저지르다 유죄 선고를 받은 미국의 영화 제작자.

판을 받아야 할 거라고. 1급 살인이 가중 폭행보다 중대 범죄니까."

"그 시점에서 머제리언이 아저씨를 고용한 거로군요."

"그래, 그 무렵이지. 저격이 이루어질 곳에 나를 심어 놓으려고. 그즈음에 앨런은 공격을 당했기 때문에 일반 재소자들과 분리가 됐어. 아마 사전 협의하에 이루어졌을 거야. 자기 아이디어였든지 아니면 변호사의 아이디어였든지. 어느 쪽이 됐건 그놈은 신병 인도 반대 소송이 진행되는 동안 독방 생활을 하게 됐지. 몸값 비싼 변호사와 주기적으로 만났고 변호사는 모든 게 잘되고 있다고 했어. 아니면 동부로 돌아가는 즉시모든 게 해결될 거라고 했겠지. 완벽하게 신원을 세탁하고 도주할 수 있게 준비해 놓을 거라는 둥, 아니면 어떤 바퀴에 기름칠을 하거나 어떤 증인을 매수하거나 어떤 주요 증거물이 사라져서 자유의 몸으로 풀려날 수 있을 거라면서."

"그리고 그 남자는 그 말을 의심할 이유가 없었겠죠."

빌리는 고개를 젓는다.

"앨런 같은 인간은 모든 걸 의심해. 하지만 선택의 여지가 없었겠지."

"사진은요? 그 남자의 비장의 무기 말이에요."

"신병 인도 반대 소송이 진행되는 동안 닉과 클러크가 사람들을 동원해서 계속 찾고 있었을 거야. 신병 인도 반대 소송이 계속 진행된 이유 중 하나가 그 때문이지. 놈들은 결국 사진을 찾았다고 봐. 내가 확실히 아는 한 가지가 있다면 체포 영장을 들고 로저 클러크를 찾아간 연방 법원 집행관이 아직 없다는 거야."

"어쩌면 우리가 먼저 도착할 수도 있어요."

빌리는 우리라는 대명사가 싫지만 바로잡지는 않는다. 아직은 계획의 얼개만 잡혔을 뿐이고 좀 더 선명해지면 앨리스를 배제시킬 수 있을 것이다. 그는 버키가 한 말을 떠올린다. *저 아이는 자네를 사랑하게 됐고, 자네가 허락하는 한 끝까지 자네를 따라다닐 테고, 그렇게 내버려 두면 저 아이는 망가질 거야.*

6

"우와아아, 저것 좀 보세요. 궁전이에요!" 그 일요일 밤 9시 15분에 웬도버 라마다 인 주차장으로 들어서자 앨리스가 외친다. "지금까지 거친 다른 세 모텔하고 비교하면요."

그들에게 배정된 서로 연결되어 있는 객실은 궁전과는 거리가 멀지만 깔끔하고 복도에 깔린 카펫은 얼마 전에 청소기를 돌린 것처럼 보인다.

"잘 수 있겠어요?"

"응."

그는 대답하지만 사실 잘 모르겠다.

그녀는 그의 눈을 똑바로 쳐다본다.

"같이 자 드릴게요, 아저씨가 원하면."

빌리는 어린아이를 좋아하는 로저 클러크를 떠올리며—그중 최소 한 명은 비도덕적일 만큼 *아주* 어렸다—고개를 젓는다.

"생각해 줘서 고맙지만 그러지 않는 편이 좋겠어."

"진심이에요?"

계속 자기를 똑바로 쳐다보는 앨리스로 인해 빌리가 마음이 흔들렸을까? 물론이다.

"고마워, 앨리스. 하지만 됐어. *너는* 잘 수 있겠니?"

"우리 내일 버키 아저씨네 집으로 돌아갈 거예요?"

"그래야지."

"그럼 잘 수 있어요. 그 아저씨 좋거든요. 뭐랄까, 안전해요."

빌리는 엘머 '버키' 핸슨이 수년 동안 어떤 계약을 주선했는지 절반만 알아도 앨리스의 생각에 변함이 없을지 궁금해지지만, 그녀가 어떤 뜻에서 한 말인지 알고 그도 그 말에 동의한다. 그녀와 버키는 마음을 주고받았다.

"잘 자." 그는 처음으로 그녀의 입가에 입을 맞춘다.

"안녕히 주무세요. 아, 이거요." 그녀는 그에게 퀵픽에서 받은 흰색 봉지를 건넨다. "베이비 오일이랑 물티슈예요. 그 태닝 스프레이 최대한 닦아 내고 샤워하세요. 다 없어지지는 않겠지만 그래도 많이 지워질 거예요." 그녀는 자기 방문 앞으로 가서 카드 키를 갖다 대고는 돌아본다. "그리고 팁 듬뿍 남기세요. 시트에 많이 묻을 테니까."

"알았어."

그건 빌리가 생각하지 못했던 부분이다. 내일 침대 상태를 보고는 생각했겠지만.

앨리스는 방으로 들어가려다 어깨 너머로 그를 쳐다본다. 표정이 엄숙하지만 차분하다.

"사랑해요."

빌리는 거짓말을 할 생각조차 하지 않는다. 그도 사랑한다고 말하고 방으로 들어간다.

6

빌리는 닉에게 전화한다. 받을지 반신반의했는데, 닉이 받는다.

"누구십니까?" 그러더니 그는 대답을 기다리지 않고 묻는다. "자네인가?"

"맞아. 거기 정리 잘하고 있나?"

"내일이면 끝날 거야."

"내가 불필요한 사람을 건드리지는 않았어."

한참 동안 숨소리만 들리다 닉이 말한다.

"알아."

"프랭크는 어떻게 됐나?"

"병원에 있어. 그 친구 어머니가 내 수의사한테 연락했더군. 리버스 선생이 전용 구급차를 보내서 그걸 같이 타고 갔지."

"그 여자, 찔러도 피 한 방울 나지 않겠던데."

"마지 말이야?" 닉은 폭소를 터뜨린다. "자네가 아는 건 반도 안 돼."

그건 아니라고 보는데. 내가 그 글록으로 프랭크 대신 그 여자의 뒤통수를 때렸다면 아마 총이 곧장 튕겨져 나왔겠지.

"우리 뚱뚱이 친구는 아직 숨이 붙어 있고?"

"내가 1시간 전에 전화해서 어떤 일이 벌어졌는지 알려 줬을 때까지는. 나더러 자네를 너무 얕잡아봤다고 하더군. 나는 조폭 네 명에, 거기다 마지가 당했으니 얕잡아볼 문제가 아니라고 했고. 그건 왜 묻나?"

"K씨가 라스베이거스에 왔을 때 그가 접대부를 알선했나? 자네가 그 친구한테 맡겼음직한 일이라."

"자네는 내가 생각했던 것보다 훨씬 영리하군." 닉은 혼잣말처럼 중얼거린다. "모두가 생각했던 것보다 훨씬 영리해. 어쩌면 피그스만 제대로 봤을지 모르겠어."

"맞아, 아니야?"

"뭐, 맞아. 그런 셈이지. K가 온다고 하면 피그스가 주디 블래트너와 접촉했으니까. 둘이서 주디의 사진첩을 들여다보며 그자가 마음에 들어 할 만한 아이를 찾았지. 10년에서 12년 전만 해도 둘을 보내 달라고 했을 텐데 정력이 떨어져서. 신사라고 볼 수는 없지만 금발을 좋아하고.*"

"그리고 어려야 하고."

"그야 당근이지. 하지만 라스베이거스에서는 18세 이하와 만난 적이 없어. 주디는 이 바닥에서 오랫동안 합법적인 윤락업체를 운영 중이거든. 그러니까 데리고 있는 아이들을 접대부라고 대놓고 말할 수 없다는 뜻인데, 사실 그럴 필요가 없어. 다들 알거든. 하지만 그 여자는 미성년자는 절대 사절이야. 독약이나 마찬가지라면서. 맞는 말이지."

그 턱살 늘어진 두꺼비가 앨리스 또래의 여자와 같이 있는 상상만 해도 빌리의 속이 울렁거린다.

"그자는 미성년자와 하고 싶으면 국경을 건너갔겠군."

"맞아."

"뚱보의 연락처를 알고 싶어. 자네가 알려 주겠나?"

"K씨를 잡으러 가려고?"

그럴 작정이지만 아무리 그가 일회용 선불 전화기를 쓰고 있다 한들, 닉의 전화기가 100퍼센트 안전하다 한들 그걸 시인할 생각은 없다. 그는 조르조의 연락처를 알려 달라는 말만 반복한다. 닉은 가르쳐 준다.

---

*「신사는 금발을 좋아해」라는 영화가 있다.

"내 전화를 받을까?"

"내가 그러라고 하면. 자네가 사적인 감정은 배제할 거라고 내가 얘기하면. 그 친구는 어떤 조치를 통해 사는 방식을 바꿀 필요가 없었다면 이번 일에 절대 동조하지 않았을 거야. 욕할 사람을 찾고 싶으면 나를 욕해. 나는 간 이식 수술을 받기 위해 살을 90킬로그램 뺄 필요가 없었으니까. 아까도 얘기했던 것처럼 내가 돈에 눈이 멀었어."

빌리가 보기에는 이것이 닉에게서 들을 수 있는 가장 솔직한 고백이다.

"그 친구한테 사적인 감정을 배제하겠다고 전해. 조엘 앨런은 과거지사라고."

"자네가 언제쯤 전화할 거라고 전할까?"

"오늘 밤은 아니고 가까운 시일 내로도 아니야. 간 이식을 언제 받기로 했지?"

"아직 날짜를 잡지 않았고 최소 12월은 지나야 할 거야. 피그스는 그때까지 단백질셰이크와 케일을 엄청 먹고 마셔야 할 테고."

"알았어." 빌리는 전화번호를 돌턴 스미스의 지갑 속, 돌턴 스미스의 신용카드 뒤에 넣는다. "잘 지내길 바라, 닉."

"잠깐."

빌리는 닉이 무슨 말을 하려는지 궁금해서 끊지 않고 기다린다.

"K가 자네한테 150만을 주기 싫어서 그랬던 건 아니야. 그 자에게 그 정도야 껌값이니까. 그자가 일이 끝나면 자네를 처치해야 한다고 했어. 똑같은 실수를 반복하기 싫다면서. 무슨 말인지 알지?"

"응."

그리고 그는 닉이 거기에 동조했다 것도 안다.

"에드워드 우들리라는 이름 아직 살아 있나? 바베이도스에 개설한 그 계좌 말이야."

"응."

2014년인가 2015년 이후로 푼돈만 넣었다 뺐다 할 뿐 휴면 중이지만 아직 살아는 있다.

"내일 그 계좌 확인해 봐. 자네가 마크 애브로모비츠를 죽이지 않은 게 얼마나 다행인지 몰라. 뭐 그리 대단하지도 않고 우리 조직원도 아니지만 피그스가 남미로 떠난 뒤로 남은 인력이 그 친구뿐이거든. 지금 당장은 안전하게 송금할 수 있는 금액이 30만밖에 안 되지만 나중에 추가로 송금할게. 결국에는 150만을 다 받게 될 거야."

평생에 이번 한 번만이라도 부끄럽지 않은 인간이 되길 바란다. 빌리는 닉의 목숨을 살려 주면서 이렇게 말했고, 이 인간은 자기가 아는 유일한 방법으로 그러기 위해서 열심히 노력 중이다. 돈으로 말이다.

"자네는 고맙다고 하지 않을 테고 나도 그런 인사를 들을 생각은 없어. 자네는 훌륭한 전문가야, 빌리. 자네는 맡은 임무를 완수했어."

빌리는 끊겠다는 인사도 없이 종료 버튼을 누른다.

8

그는 물티슈와 베이비 오일로 최대한 열심히 태닝 스프레이를 닦아 내고 갈색 물이 거의 투명해질 때까지 샤워를 한다. 그래도 몸을 닦은 수건 두 장에 때가 묻어난다.

앨리스가 잘 수 있겠느냐고 물었을 때 그렇다고 대답했지만 한참 동안 잠을 이루지 못한다. 프로몬토리 포인트에서 보낸 시간—1시간 아니면 그보다 더 짧았겠지만 5시간처럼 느껴졌다—이 머릿속에서 계속 재생된다. 특히 데이나 에디슨을 공격한 순간이 그렇다. 사방으로 튀던 나뭇조각. 변기 물 내려가는 소리.

나는 조폭 네 명이면 얕잡아볼 문제가 아니라고 했고. 닉은 이렇게 말했지만 살은 어깨에 둘러멘 산탄총을 내리지도 않은 정문 보초병이었고, 프랭크는 계속 등을 돌리고 있었고, 레지는 총이 없어서 두목이 숨겨 놓은 총을 찾아서 꺼내야 했다. 얕잡아볼 수 없었던 상대는 데이나 에디슨뿐이었다. 그는 화장실에 갈 때도 총을 챙겼다. 그리고 두말하면 잔소리지만 마

지. 그녀는 절대 얕잡아볼 수 없는 상대였고 그의 변장을 거의 단박에 알아차렸다.

메이드한테 팁을 듬뿍 남겨야겠다. 20달러를 남겨야겠다.

몸을 옆으로 돌려 잠이 들려는 찰나 꺼림칙한 생각 하나가 떠오르자 다시 반듯하게 누워서 어둠 속을 응시한다. 그렇다, 정말 꺼림칙한 생각이다. 샌이 그린 플라밍고 프레디—일명 플라밍고 데이브—그림을 그 고물 트럭 계기판에 붙여 놓고 그냥 온 것이다. 떼어서 챙길 시간이 충분했는데, 생각조차 하지 못했다. 그는 그때 얼른 출발하고 싶은 생각뿐이었다.

잊어버려. 그는 속으로 중얼거린다. *아무것도 아니잖아.*

맞는 말이겠지만 그래도 소용이 없다. 왜냐하면 그 그림은 팔루자에 달고 다녔던 아기 신발처럼 분홍색이다. 아니, 이제는 분홍색이었다라고 과거 시제를 써야 맞겠다. 펜트하우스에서 매복 공격을 당했을 때 찾아보니 없었던 신발. 그는 행운의 부적을 또 하나 잃어버렸다. 그건 미신에 불과하다고, 불타 버린 사이드와인더의 그 호텔에 귀신이 산다는 그 동네 사람들 생각과 비슷한 거라고 자신을 설득할 수도 있겠지만 그래도 불길하다. 다른 건 모두 차치하더라도 그건 섀니스가 사랑을 담아서 그를 위해 그린 그림이었다.

잠이나 자라, 등신아.

그는 마침내 잠이 들지만 입이 바짝 마른 채 주먹을 불끈 쥐고서 칠흑 같은 새벽에 번쩍 눈을 뜬다. 꿈이 하도 생생해서 여기가 라마다 인인지 제러드 타워의 사무실인지 헷갈릴 정도다. 그는 원고 작업 중이었고 *바보 빌리*의 말투로 쓰고 있었으니 초기인 게 분명했다. 문을 두드리는 소리가 들렸다. 켄 호프 아니면 필리스 스탠호프겠지만 호프이겠거니 생각하며 들어오라고 했다. 그런데 둘 다 아니었다. 그가 프로몬토리 포인트의 옆문으로 다가갔을 때 입고 있었던 그 큼지막한 파란색 원피스를 입은 마지였다. 다만 이번에는 밀짚모자가 아니라 베이거스 골든 나이츠 야구모자를 눌러썼고 모종삽 대신 살의 모스버그 산탄총을 들고 있었다.

"플라밍고 두고 갔다, 이 씨발 새끼야."

마지가 산탄총을 들었다. 총구가 아이젠하워 터널 입구만큼 커다래 보였다.

그녀가 방아쇠를 당기기 전에 내가 꿈에서 깨어났네. 빌리는 생각하며 화장실로 간다. 그는 오줌을 누며 타코 벨이라고 불렸던 러디 벨을 떠올린다. 이라크에서 악몽은, 특히 팔루자 전투 때는 흔한 일상이었고, 타고는 꿈속에서 죽으면 자다가 죽을 수 있다고 믿었다.(그의 말로는 그랬다.)

"겁에 질려서 죽을 수도 있다고." 타코는 이렇게 말했다. "진짜 개죽음 아니냐?"

하지만 나는 마지가 방아쇠를 당기기 전에 깨어났어. 빌리는 다시 침대로 터벅터벅 걸어가며 생각한다. *그래도 그 여자, 작품이었지. 거기에 비하면 새침하게 머리를 틀어 올린 조폭*

데이나 에디슨이 동네 깡패 같아 보일 정도야.

방이 춥지만 그는 시끄러운 소리가 날 것이 분명하기 때문에 히터를 켜지 않는다. 모텔 벽에 달려 있는 장치들은 항상 덜거덕거린다. 그는 이불 아래로 몸을 웅크리고 거의 곧바로 다시 잠이 든다. 꿈은 더 이상 꾸지 않는다.

9

앨리스는 당장 출발하고 싶다며 그냥 드라이브스루 달걀 프라이 샌드위치로 아침을 때우겠다고 한다.

"그 산맥을 얼른 다시 보고 싶어요. 고도에 적응하기 전까지는 숨이 찼지만 정말 좋았어요."

빌리는 웃으며 말한다.

"오케이. 그럼 출발하자."

콜로라도주 경계선을 넘고 얼마 되지 않았을 때 빌리의 노트북에서 딩동 하는 소리가 들린다. 얼마 만에 듣는 소린지 기억이 나지 않을 정도다. 몇 년 만인가? 그는 다음번 쉼터에 차를 대고 뒷자리에서 노트북을 꺼내 덮개를 연다. 딩동 소리는 그의 비밀 계정으로 이메일이 날아왔다는 뜻인데, 이번 이메일은 주소가 woodyed667@gmail.com이다. 보낸 사람은 트래버틴 엔터프라이즈다. 들어 본 적 없는 회사지만 누가 보낸 건지 의심의 여지가 없다. 그를 이메일을 더블 클릭하고 읽는다.

"뭐예요?"

그는 앨리스에게 보여 준다. 트래버틴 엔터프라이즈에서 에드워드 우들리의 바베이도스 로열 은행 계좌로 30만 달러를 입금했다는 내용이다. 내역은 '제공된 용역 정산'으로 끝이다.

"내가 생각하는 그 사람이 보낸 거예요?"

"두말하면 잔소리."

그들은 다시 출발한다. 날씨가 좋다.

10

그들은 오후 5시 무렵 버키의 집에 도착한다. 빌리가 라이플에서 전화로 도착 예정 시각과 함께 새로운 차량 정보를 알렸기 때문에 버키가 앞마당에 서서 그들을 기다리고 있다. 청바지에 플리스 재킷을 입고 있어서 뉴욕에서 지내며 일을 하던 사람 같아 보이지 않는다. *여기 생활이 잘 맞는 모양이네.* 빌리는 앨리스의 경우에는 그렇다는 걸 안다.

앨리스는 빌리가 차를 세우기도 전에 차에서 내린다. 버키는 두 팔을 활짝 벌리고 "반갑다, 깜찍아!"라고 외친다. 그녀는 그 안으로 달려 들어가고 버키가 꼭 끌어안자 웃음을 터뜨린다.

저것 좀 보게. 빌리는 생각한다. *놀랄 노자로군.*

22장

1

그들은 초겨울 폭설로 (하루 동안) 발이 묶이는 계절이 올 때까지 버키의 산속 피신처에서 한참 동안 신세를 진다. 어마어마한 눈 폭풍을 보고 앨리스는 신기해하고 즐거워하는 동시에 무서워한다. 그녀는 로드아일랜드에서도 눈을 볼 만큼 봤지만 눈송이가 이런 식으로 머리보다 높은 데서 흩날리는 건 처음이라고 한다. 눈이 멈추자 그녀는 버키와 함께 밖으로 나가 뒷마당에서 눈 천사를 만든다. 계속된 간청에 못 이겨 청부 살인업자도 동참한다. 이틀 뒤에 기온이 다시 4도 넘게 올라가자 눈이 녹는다. 숲속이 새들 노랫소리와 눈이 녹아서 흐르는 소리로 가득해진다.

빌리는 그렇게 오랫동안 있을 생각이 없었다. 앨리스 때문에 그렇게 됐다. 그녀가 그에게 원고를 마쳐야 한다고 종용한다. 그냥 말만 그렇게 하는 것이 아니라 확신에 찬 조용한 말투로 이제 와 돌이키기에는 너무 늦었다고 설득한다. 빌리는 잠깐 고민한 끝에 그 말이 맞는다는 결론을 내린다.

그가 펀하우스와 거기서 벌어진 사건에 대해 기록하는 동안 집필실로 삼은 조그만 통나무집에는 전기가 없기 때문에 건전지를 넣어서 쓰는 히터를 들고 가 글을 쓸 수 있을 만큼 공기를 덥힌다. 재킷을 입으면 버틸 만하다. 누군가가 생울타리를 깎아서 만든 동물 그림을 다시 걸어 놓았고 빌리는 사자들이 좀 더 가까워졌고 눈이 더 빨개졌다고 장담할 수 있다. 생울타리를 깎아서 만든 소가 이제는 그들 뒤편이 아니라 그들 사이에 있다.

전에도 그랬겠지. 빌리는 우긴다. *분명 그랬을 거야. 그림은 변하지 않으니까.*

맞는 말이다. 논리적으로는 그게 맞는 말이라야 한다. 하지만 여전히 그 그림은 꺼림칙하다. 빌리는 그림을 (다시) 내려서 (다시) 벽 쪽으로 돌려놓는다. 원고를 저장한 파일을 열고 맨 마지막 부분으로 스크롤을 내린다. 처음에는 작업 속도가 더디고, 그는 그림이 요술을 부린 듯이 다시 벽에 걸려 있을 거라고 생각하는 사람처럼 계속 저쪽 구석을 흘끗거린다. 그림은 계속 그 자리를 지키고 있고 30분쯤 지나자 화면 위 글자가 시야를 채운다. 기억의 문이 열리고 그는 문지방을 넘는다. 10월 거의 내내 그는 사나운 눈보라가 친 날에도 버키에게 빌린 부츠를 신고 천천히 통나무집으로 걸어가 그 안에서 시간을 보낸다.

그는 사막 관광의 마지막 부분과, 어쩌다 말 그대로 거의 막판에 파병 연장을 하지 않기로 결론을 내렸는지를 쓴다. 미국으로 돌아갔을 때 느낀 문화 충격에 대해서도 쓴다. 거기서는 아무도 저격수와 IED 폭탄 길을 걱정하지 않고, 차에서 펑 하는 소리가 나도 아무도 움찔하며 두 손을 머리에 대지 않았다. 마치 이라크 전쟁은 벌어진 적 없었고, 친구들은 아무짝에도 쓸모없는 것과 목숨과 맞바꾼 것 같았다. 그는 여자들에게 폭행을 일삼았던 뉴저지 남자를 죽인, 맨 처음으로 맡았던 일에 대해서도 쓴다. 어쩌다 버키를 만났는지도, 그 이후에 맡은 모든 일에 대해서도 쓴다. 그는 자신을 미화하지 않고, 눈이 녹으면 나무 사이로 물이 흘러내리듯 이야기가 쏟아져 나오는 그 엄청난 속도에도 불과하고 대부분 깔끔하게 정리를 한다.

빌리는 버키와 앨리스가 서로 죽고 못 사는 사이가 됐다는 걸 어렴풋이 느낀다. 그가 보기에 앨리스 입장에서는 어렸을 때 헤어진 아버지를 대신할 훌륭한 대안을 찾은 거나 다름없다. 버키에게는 한 번도 가져 본 적 없는 딸이 생긴 거나 다름없다. 그 둘 사이에서 남녀 간의 감정은 눈곱만큼도 느껴지지 않고 그는 당연하게 받아들인다. 그는 버키가 여자와 같이 있는 걸 한 번도 본 적 없었고, 솔직히 버키를 만난 게 몇 번 되지는 않지만 둘이 있을 때 여자 얘기를 한 적이 거의 없었다. 빌리는 버키 핸슨이 두 번 결혼하기는 했지만 게이일지 모른다는 생각을 한다. 아무튼 앨리스가 행복해하고 있으니 그걸로 됐다.

하지만 10월 동안에는 앨리스의 행복이 빌리의 최우선 관심사가 아니다. 원고가 최우선 관심사고, 그 원고는 이제 책이 되었다. 의심의 여지가 없다. 이 책을 읽을 사람은 아무도 없겠지만(앨리스 맥스웰은 예외일지 모른다.) 그래도 빌리는 전혀 아무렇지 않다. 중요한 건 쓴다는 행위고 그 부분에 관한 한 그녀의 말이 맞았다.

핼러윈을 일주일 정도 남겨 두고 햇살은 화창하고 내륙에서 센 바람이 불던 날, 빌리는 그와 앨리스(이름을 캐서린으로 바꿨다.)가 버키(이름을 헬로 바꿨다.)의 집에 도착한 것과, 버키가 "반갑다, 깜찍아!"라며 두 팔을 벌리자 그녀가 달려가 안긴 것에 대해서 쓴다. *이쯤에서 마무리 지으면 좋겠네.*

파일을 USB에 저장하고 노트북을 닫고 히터를 끄러 가려다 걸음을 멈춘다. 생울타리로 만든 동물을 그린 그림이 다시 저쪽 구석 벽에 걸려 있고 사자들이 전보다 더 가까워졌다. 장담할 수 있다. 그날 저녁을 먹는 자리에서 그는 버키에게 그림을 다시 걸었느냐고 묻는다. 버키는 아니라고 한다.

빌리가 앨리스를 쳐다보자 그녀는 이렇게 말한다.

"난 아저씨가 무슨 그림을 말하는 건지도 모르겠는데요."

빌리는 그 그림이 어디서 났느냐고 묻는다. 버키는 어깨를 으쓱한다.

"모르겠는데. 하지만 그 생울타리를 깎아서 만든 동물은 원래 오버룩 앞에 있었어. 불이 나서 없어진 그 호텔 말이야. 내가 이 집을 샀을 때부터 그 통나무집에 그림이 걸려 있었어. 나는 여기서 지내는 동안 거기는 자주 가지 않아. 여름 별장이라고 부르긴 하지만 심지어 여름에도 썰렁하게 느껴져서."

빌리도 같은 걸 느꼈지만 늦가을이라 그런 줄 알았다. 그래도 거기서 일은 잘돼서 거의 100쪽을 썼다. 오싹한 그림이건 뭐건 간에. *섬뜩한 이야기는 섬뜩한 방에서 써야 하는 건가?* 어차피 글을 쓴다는 과정 자체가 그에게는 미스터리니 그럴듯한 논리일지 모른다.

앨리스가 디저트로 복숭아 코블러를 만들어 놓았다. 그녀가 그걸 식탁으로 들고 오며 묻는다.

"다 끝냈어요, 빌리 아저씨?"

그는 그렇다고 대답하려다 생각을 바꾼다.

"거의. 마무리 지어야 하는 부분이 몇 군데 있어."

2

다음 날은 춥지만 빌리는 통나무집에 가서 히터를 틀지도 그림을 내리지도 않는다. 그는 버키의 이른바 여름 별장에 귀신이 들렸다고 결론을 내린 참이다. 그는 예전에는 그런 걸 믿지 않았지만 지금은 믿는다. 그림 때문만은 아니다. 올해 자체가 귀신 들린 해였다.

그는 딱 하나밖에 없는 의자에 앉아서 곰곰이 생각한다. 앞으로 해야 하는 일―이번 일을 마무리 짓는 것―에 앨리스를 동원하고 싶지 않지만 분위기가 묘한 이 썰렁한 공간에 앉아서 생각해 보니 그러는 수밖에 없겠다는 걸 알겠다. 그리고 다른 이유도 있다. 로저 클러크는 그냥 나쁜 인간이 아니라 빌리가 지금까지 청부살인을 받은 타깃 중에서 가장 악질이라 그녀가 거들고 싶어 할 것이다. 이번에는 살인을 청부한 사람이 그 자신이기는 하지만 중요한 건 그게 아니다.

애들한테 그런 짓을 저지른 그 끔찍한 인간이 계속 생각나서요. 앨리스는 이렇게 말했다. *그런 인간은 죽어도 싸요.*

그녀는 트립 도너번이 죽지 않길 바랐고 클러크가 열일곱 살이나 열여섯 살, 심지어 열다섯 살짜리 아이들로 만족했다면 그 역시 죽지 않길 바랐을 것이다. 그자가 대가를 치르길 바랐겠지만 궁극적인 대가를 원하지는 않았을 것이다. 그런데 클러크는 그런 아이들로 만족하지 않았다. 그자는 어떤 느낌인지 궁금해했다.

빌리는 두 손을 무릎에 얹고 앉아 있다. 손끝이 점점 마비되고 숨을 내쉴 때마다 허연 입김이 나온다. 그는 섀니스 애커먼과 나이 차이가 별로 나지 않는 아이가 티후아나의 그 조그만 집으로 옮겨지는 광경을 상상한다. 아이는 불안한 마음에 인형을 안고 있을지 모른다. 분홍색 플라밍고가 아니라 곰 인형을. 아이의 귀에 복도를 걸어오는 묵직한 발소리가 들린다. 이런 상상을 하고 싶지 않은데 자꾸만 떠오른다. 어쩌면 상상을 계속 해야 하는 것일 수도 있다. 그리고 귀신 들린 그림이 걸린 이 귀신 들린 집이 그의 상상을 돕고 있는 것일 수도 있다.

그는 지갑을 꺼내 조르조의 연락처를 적어 놓은 쪽지를 꺼낸다. 그 번호로 전화를 걸면서도 상대가 전화를 받을 가능성은 낮다는 걸 안다. 체중감량센터라는 감옥의 헬스클럽에 있거나 수영장에 있거나 아니면 심장마비로 죽었을지 모른다. 그런데 조르조는 두 번째 신호에 전화를 받는다.

"여보세요?"

"안녕하세요, 뉴욕 에이전트. 데이브 로크리지입니다. 짜잔. 내가 원고를 끝냈어요."

"빌리, 맙소사! 못 믿겠지만 살아 있어서 다행이야."

헐, 목소리가 전보다 젊어졌잖아. 더 건강해졌고.

"나도 내가 살아 있어서 다행이라고 생각해."

"그런 식으로 자네를 속이고 싶지는 않았어. 믿어 주기 바

라. 하지만……"

"하지만 선택을 해야 했고 자네는 그쪽 길을 선택했지. 내가 믿었던 인간에게 뒤통수 맞는 걸 그 당시에 좋아했을까? 지금은 좋아할까? 그렇지 않아. 하지만 닉에게 다 지난 일이라고 했고 그건 진심이야. 다만 자네가 나한테 진 빚이 있으니 남자답게 갚아 주길 바랄 뿐. 필요한 정보가 있거든."

잠깐 정적이 흐르고 잠시 후.

"내 전화기는 안심해도 되는데. 자네 전화기는 어때?"

"걱정할 것 없어."

"자네 말을 믿겠어. 우리 지금 클러크 얘기하는 거 맞지?"

"맞아. 그자가 어디 있는지 아나?"

"이제 더는 라스베이거스를 찾지 않으니까 로스앤젤레스나 뉴욕에 있을 거야. 내가 알아봐 줄 수 있어. 찾기 힘든 사람이 아니거든."

"LA하고 뉴욕에서는 누가 아이들을 조달하는지 아나?"

"은퇴하기 전에는 내가 주디와 함께 그 일을 맡았지."

그 말투에서 자책하는 기미는 전혀 느껴지지 않는다.

"주디 블래트너? 닉이 말하길 그 여자는 미성년자는 절대 사절이라고 하던데."

"맞아. 18세 이하는 절대. 예전에는 그걸로 충분했거든. 그런데 클러크가 점점 어린아이들을 원하더군. 연락을 하곤 했어. 만두 먹고 싶다고. 그게 암호였지."

만두라니. 맙소사.

"주디 주변에 그런 아이들을 언제든지 알아봐 주는 인간들이 있었거든. 어떨 때는 내가 클러크의 요구를 처리했지. 또 어떨 때는 주디가 직접 처리했고."

"티후아나의 인간들도 주디와 아는 사이일까?"

걱정할 필요가 없는 전화기를 쓰고 있는데도 조르조는 언성을 낮춘다.

"까마득하게 어린애 말하는 거지? 그건 주디나 닉이나 나하고는 상관없는 일이야. 카르텔에서 조치했지. 클러크의 요청 아래."

"내가 제대로 이해한 게 맞는지 확인할게. 그가 LA에 있다가 만두를 먹고 싶어지면 자네나 주디한테 연락했고 그러면 자네나 주디가 그쪽 사람을 연결시켜 줬다는 거지? 그러니까 알선업자를." 빌리는 알맞은 단어를 찾는다. 만두와 잘 어울리는 단어다. "포주를."

"맞아. 그리고 동부의 몬타우크 포인트 집에서 지낼 때는 뉴욕에 연락하고. 내가 그만둔 이후로 클러크가 데이트를 몇 번이나 주선 받았는지는 모르겠네."

데이트라.

"사실상 전문 맞춤 서비스를 받은 거로군?"

"그렇게 보면 될 거야. 그런 서비스를 받으려고 돈을 내는 거니까. 엄청난 액수가 오가거든."

이제 중요한 질문이다.

"주디 쪽에서 그자에게 연락한 적도 있을까? 그자가 마음에 들어할 만한 아이에 대해서 소문을 들었다든지 할 때."

"당연하지. 이제 그 인간이 똘똘이를 일으켜 세우려면 전보다 어려운 나이로 접어들었으니 더 그렇겠지."

"자네가 주디한테 연락해서 그자가 좋아할 만한, 정말 특별한 아이를 발견했다고 하면 주디가 그자에게 그 말을 전할까?"

조르조가 곰곰이 생각하는 동안 정적이 흐른다. 잠시 후에 그가 말한다.

"그럴 거야. 수상하다는 생각은 하겠지. 눈치가 귀신같거든. 그래도 전할 거야. 그 작자를 싫어하거든, 그자가 티후아나에서 저지른 짓 때문에. 그래서 그자에게 엿 먹이려는 사람이 있다고 하면, 심지어 제거하려는 사람이 있다고 하면 만세를 부를걸? 나도 마찬가지 심정이고."

그래도 그런 인간과 계속 거래를 했단 말이지. 그런 여자하고도.

"좋아. 나중에 다시 전화할게."

"나는 계속 여기 있을 거야. 갈 데도 없고 나가고 싶지도 않거든. 처음에는 싫었는데 지금은 아주 좋아. 알코올 중독자들이 정신을 차리면 이런 기분이지 않을까 싶어."

"살이 얼마나 빠졌길래?"

"50킬로그램." 조르조는 뿌듯해하는 목소리로 말한다. 어쩌면 그럴 만한 일인지도 모른다. "앞으로 40킬로그램 남았어."

"목소리가 좋네. 예전처럼 쌕쌕거리지도 않고. 살이 빠지면 수술 안 받아도 될지 모르겠군."

"그건 아니야. 간이 완전히 맛이 가서 복구 불능이거든. 펠리스 나비다드* 이틀 뒤로 수술 날짜가 잡혔으니까 나한테 볼 일이 있으면 그 전에 끝내도록 해. 여기 의사는 너무 솔직해서 잔인할 정도야. 내가 수술 후에 깨어날 확률이 64퍼센트라고 하더군."

"다시 연락할게."

하지만 너를 위해 기도까지 하지는 않겠어.

"어린애들 괴롭히는 그 변태 새끼를 꼭 처단해 주길 바라."

예전에 네가 모셨던 인간을 말이지?

빌리가 굳이 말로 할 필요 없이 조르조가 그 생각을 읽는다.

"그래, 내가 그 인간 뒤치다꺼리를 하긴 했지. 돈을 많이 줬고 나는 살고 싶었거든."

"이해해."

그래도 지옥이 너를 기다리고 있을 거다, 조르조. 만약 지옥이라는 데가 있다면 우리가 거기서 만날지도. 만나면 술 한잔 같이 할까? 얼음을 넣은 유황으로?

"나는 전부터 자네가 바보인 척하는 게 아닐까 생각했지."

---

* 스페인어로 '축 성탄'이라는 뜻이다.

"나중에 통화하자고."

"너무 여유 부리지만 마."

3

이제 앨리스에게 그의 복안을 공개할 때가 됐고 버키도 같이 들을 자격이 있다. 그는 식탁에서 커피를 앞에 두고 얘기를 꺼낸다. 얘기를 마친 뒤에는 앨리스에게 생각해 보라고 한다. 앨리스는 그럴 필요 없다고, 무조건 하겠다고 한다.

버키는 결국 이 아이를 어둠의 편으로 끌어들였군 하고 나무라는 눈빛으로 빌리를 쳐다보지만 아무 말도 하지 않는다.

"술집에 가면 신분증을 보여 달라는 소리를 들었다고 했지?"

"네. 하지만 몇 번 간 적 없어요. 스물한 살이 된 게 그러니까…… 아저씨를 만나기 전달이거든요."

"가짜 신분증은 쓴 적 없고?"

"소용없었을 거야." 버키가 말한다. "얘를 보라고."

두 남자는 동시에 그녀를 쳐다본다. 앨리스는 얼굴을 붉히고 아래를 쳐다본다.

"몇 살이라고 생각했겠어요?" 빌리는 버키에게 묻는다. "이 아이 나이를 몰랐다면요."

버키는 고민한다.

"열여덟 살. 많아 봐야 열아홉 살. 스무 살은 안 됐을 거라고 생각했을 거야."

빌리는 그녀에게 묻는다.

"너 얼마나 어려 보일 수 있겠니? 진짜 열심히 애를 쓰면."

그 질문에 호기심이 동한 그녀는 두 남자가 자기 얼굴과 몸을 뜯어보고 있다는 것도 잊는다. 그 질문은 당연히 그녀의 호기심을 자극할 수밖에 없다. 좀 더 성숙하고 세련돼 보이는 거라면 모를까, 스물한 살의 그녀가 더 어리게 보이려고 노력한 적은 없었다. 그럴 이유가 없었다.

"압박 보호대를 쓰면 가슴을 작아 보이게 만들 수 있을 거예요. 트랜스젠더들이 쓰는 거 말이에요." 앨리스는 다시 얼굴을 붉힌다. "원체 별로 크지도 않다는 건 알지만 보호대를 쓰면 거의 납작해 보일 거예요. 클러크가 그런 걸 좋아하는 거 아니에요? 그리고 머리는……." 그녀는 머리칼을 한 손에 쥔다. "자르면 돼요. 쇼트커트까지는 말고 짧게 하나로 묶을 수 있을 만큼. 고등학생처럼 말이에요."

"옷은?"

"모르겠어요. 그건 고민해 봐야 해요. 화장은 생략하든지 아니면 살짝만 해야겠어요. 풍선껌 비슷한 색깔의 분홍색 립스틱만 살짝 바른다든지……."

"열다섯 살까지 낮출 수 있을까?"

"안 될 말씀." 버키가 말한다. "열일곱 살이라면 모를까."

"열일곱 살보다는 더 어려 보일 수 있을지 몰라요." 앨리스는 말하며 자리에서 일어난다. "잠깐만요. 거울 좀 보고 올게요."

그녀가 나가자 버키는 식탁 위로 몸을 숙이고 조용히 말한다.

"저 아이 무사히 지켜야 해."

"그럴 계획입니다."

"계획은 틀어지기 마련이잖나."

4

다음 날에 빌리는 으스스한 여름 별장에서 조르조에게 다시 전화한다. 앨리스를 동원할 필요가 없을지 모른다는 생각이 들었기 때문이다. 이러니저러니 해도 그는 저격수고 장거리 전문이지 않은가. 그는 통화하는 동안 그림에 시선을 고정하고서 생울타리를 깎아서 만든 동물들이 움직이지는 않을까 기대하지만 그런 일은 없다.

그는 조르조에게 자신의 저격술로 로저 클러크 문제를 처리할 수 있을 것 같으냐고 먼저 묻는다.

"꿈 깨. 몬타우크 포인트에 있는 그 인간 집은 면적이 16만 제곱미터야. 그에 비하면 닉의 네바다 집은 셋방이라고."

빌리는 실망하지만 놀라지는 않는다.

"지금 그자가 거기 있나?"

"응. 그리스의 무슨 신 이름을 따서 에오스라고 부르는 곳에.《뉴욕 포스트》6면에 따르면 추수감사절 전까지 거기서 지내다 걸프스트림 전용기를 타고 라라랜드로 가서 남은 아들 겸 후계자와 명절을 같이 보낼 거라고 하더군."

랄라팔루자.

"수행단을 데리고 가겠지?"

조르조는 웃음을 터뜨리지만 웃음소리가 이내 쌕쌕거리는 소리로 바뀌는 걸 보면 *완전히* 새로 태어나지는 않은 모양이다.

"닉이 그러듯이? 천만의 말씀. 클러크는 방마다 TV를 설치하고, 전부 무음으로 서로 다른 채널을 틀어 놓는다고 들었어. 그게 그 인간의 수행단이지."

"경호원이 없단 말이야?"

믿기지가 않는다. 클러크는 미국에서 손꼽히는 갑부이지 않은가.

"자기 집에 사람을 두지 않았겠느냐고? 자네가 죽은 줄 알면 그럴 리 없지. 게다가 앨런 일을 맡긴 배후가 누군지 자네는 전혀 몰랐다고 생각할 테니."

"내가 닉을 찾아간 것도 단순히 돈을 받기 위해서라고 생각하겠군."

"맞아. 요청 시 출동하도록 보안업체와 얘기가 되어 있고 비상 버튼도 있겠지만 풀타임으로 곁을 지키는 사람은 어시스턴트뿐이야. 윌리엄 피터슨.「CSI」주인공하고 이름이 같은."

빌리는 그 프로그램을 들어 본 적은 있지만 본 적은 없다.

"피터슨이 어시스턴트 겸 보디가드인가?"

"그자가 유도나 크라브 마가, 그런 걸 배웠는지는 모르겠지만 젊고 몸이 좋고 아마 총기를 잘 다룰 거야. 집에서는 허리춤이나 어깨에 총을 메고 다니지 않을지 모르겠지만."

빌리는 그 정보를 따로 보관한다.

"내가 자네한테 요청하려는 건 이거야. 뭐 하나 전송해 달라는 거. 그거 전송해 주면 우리 서로 빚진 거 없는 셈 치자고."

"잠깐만…… 됐어." 이제 완전히 사무적인 투다. "할 수 있는 일이면 할게. 하지 못할 일인 것 같으면 얘기하고. 뭔지 말해 봐."

빌리는 얘기한다. 조르조는 듣고 질문을 두어 가지 하지만 빌리가 예상하지 못했던 문제를 제기하지는 않는다.

"검열을 통과할 만한 여자아이만 확보됐다면 성공할 수도 있겠어. 나한테 이메일로 사진을 좀 보내 줘. 여러 장. 주로 얼굴 사진으로. 전신 사진은 얌전한 옷을 입은 걸로 몇 장만. 그중에 제일 어려 보이는 걸로 내가 고를게." 그는 말을 하다 말고 잠깐 멈춘다. "진짜로 미성년자는 아니지?"

"응."

미성년자에 *가깝긴* 하지, 남자와의 경험이라고는 로히프놀 아니면 그 비슷한 약물로 희석된 (그래서 오히려 다행이었을) 악몽밖에 없는.

"좋아. 주디의 뉴욕 쪽 인맥은 대런 번이야. 클러크가 전에도 번과 거래를 한 적이 있으니 자네가 그자 행세를 할 수는 없겠지만 형제는 될 수 있지. 아니면 사촌이라도."

"응. 그렇지." 포주에 걸맞은 장치가 필요하겠지만. "클러크는 그 아이가 다음 날까지 있어 주길 바랄까?"

"하, 그럴 리가. 자네는 차를 대놓고 기다리면 돼. 그자의 볼일이 끝나면, 그러니까 비아그라가 효과를 발휘하면, 그 아이가 나와서 차에 탈 거야. 1시간, 길어야 2시간 뒤에."

그렇게 오래 걸리지는 않을 거야. 전혀. 그리고 먹은 비아그라는 헛수고가 될 테고.

"오케이. 우리가 여기서 동부로 출발할 때……"

"자네랑 버키하고?"

"나랑 그 여자애하고. 몬타우크 근처에 숙소를 잡고……"

"리버헤드에 알아봐. 하얏트 아니면 힐튼 가든 인."

여전하구먼. 이러다 조르조가 방을 대신 잡아 주겠다고 하는 건 아닌가 싶을 정도다.

"숙소를 잡고 연락할게."

"오케이. 하지만 먼저 그 냄비 사진부터 몇 장 보내 봐."

"냄비?"

"그 여자애 말이야. 그리고 알맞은 조건을 갖춰야 해. 어린 건 기본이고 파릇파릇해야 해. 후줄근해 보이면 그 길로 끝이야."

"알았어." 또 생각난 게 있다. "혹시 프랭크 매킨토시 소식

들은 거 있나? 내가 거기서 나왔을 때 살아 있긴 했지만 나한테 워낙 세게 맞았거든."

"리버스 선생이 안정제를 투여했지만 이후로는 딱히 할 게 없었다더군. 뇌출혈이 있었고 닉 말로는 심장 마비도 같이 온 것 같다고 했어. 그 친구 어머니가 리노로 옮겼어. 장기 시설로. 완화치료센터라고 하는 데 말이야."

"유감이로군."

진심이다.

"마지는 그 근처에 아파트를 얻었어. 닉이 모든 비용을 부담하고 있고."

"혼수상태인가?"

"혼수상태면 차라리 낫지. 닉이 마지에게 들은 바로는 계속 잠만 자다가 정신이 들면 뭔지 모를 소리만 지껄인다더군. 발작을 일으키고 비명도 자주 지르고."

빌리는 아무 말도 하지 않는다. 뭐라고 하면 좋을지 모르겠다.

조르조는 감탄이 섞인 투로 말한다.

"자네가 엄청 세게 쳤나 봐. 엘비스의 공연이 끝났으니 말이지."

5

빌리, 버키, 앨리스는 볼더에 간다. 거기서 앨리스는 세 군데 쇼핑몰을 샅샅이 훑어 가며 뎁, 포에버21, 틴 비트 이런 매장에서 쇼핑을 한다. 뭐 하나를 고를 때마다 조르조에게(아니면 주디 블래트너에게) 보낼 사진 촬영을 책임지기로 한 버키와 의논을 한다. 빌리는 일부 매장 직원들에게 의심의 눈초리를 사가며 졸졸 따라다니기만 한다. 앨리스는 경량 누빔 재킷, 치마 네 벌, 셔츠 두 벌, 블라우스 한 벌, 원피스 세 벌을 산다. 보트넥 원피스가 한 벌 있기는 하지만 눈곱만큼이라도 섹시하달 수 있는 옷은 그게 전부다. 버키는 굽 낮은 구두를 내치고 운동화를 추천한다.

그리고 앨리스가 마음에 들어한 로우 라이즈 청바지도 사진용으로는 퇴짜를 놓는다.

"입고 싶으면 사도 돼. 하지만 그놈은 원피스를 좋아할 거다."

400달러어치 쇼핑이 끝나자 앨리스는 그레이트 클립스에서 머리를 자른다. 그녀가 머리를 자르는 동안 빌리는 구두, 바지, 안주머니가 있는 보머 재킷을 산다. 그가 라임색 실크 셔츠를 보여 주자 버키는 머리를 감싸쥔다.

"자네가 맡을 역할은 길모퉁이 기둥서방이 아니야. 컨시어지 서비스라고, 응?"

빌리는 라임색 셔츠를 다시 걸고 회색을 집는다. 버키는 대충 훑어보고 고개를 끄덕인다.

"칼라가 살짝 릭 제임스 스타일인 게 마음에 안 들지만 뭐, 신경 쓰지 마."

"릭 누구요?"

"신경 쓰지 말라고."

둘이서 쇼핑백을 들고 그레이트 클립스로 돌아가는데, 앨리스가 깡충깡충 뛰어나온다. 머리가 짧아졌고 스타일링을 받았다. 콜로라도 로키스 모자를 쓰고 하나로 묶은 머리를 뒤로 뺐다. 그녀가 묶은 머리를 흔들며 달리기 시작하자 빌리는 생각한다. *맙소사, 정말 성공할 수도 있겠어.*

"헤어 디자이너가 날 설득하려고 했어요. 몇 년 동안 길렀을 텐데 이 예쁜 머리를 왜 자르려고 하냐면서. 그런데 대박은 뭐였는지 알아요? 밖에서도 고등학생인 티를 낼 정도로 학교가 그렇게 좋으냐고 묻지 뭐예요!"

앨리스가 웃으며 손바닥을 벌리고 손을 든다. 버키가 하이 파이브를 한다. 빌리도 하이파이브를 하지만 그의 반응은 가짜다. 앨리스는 폭풍 쇼핑하느라 신이 나서 그들이 쇼핑하는 이유를 잊어버렸다. 같이 희희낙락하는 걸 보면 버키도 마찬가지인 것 같다. 하지만 빌리는 기억하고 있다. 그는 장난감을 끌어안고 점점 다가오는 발소리를 듣고 있는 티후아나의 그 어린 여자아이를 생각하고 있다.

6

앨리스는 돌아가자마자 사진을 찍고 싶어 하지만 버키는 다음 날 아침에 가장 어리고 상큼해 보일 테니 그때까지 참으라고 한다. 그는 그걸 '9월의 아침 룩'이라고 표현한다.

"닐 다이아몬드 노래죠? 우리 엄마가 그 가수 엄청난 팬이에요." 앨리스가 그러더니 이번에는 빌리에게 말한다. "물어보지 마세요. 어제 전화 드렸어요."

버키는 닐 다이아몬드를 떠올리고 있을지 몰라도 빌리는 폴 샤바*와 티후아나 외곽의 집으로 불려간 아이와 섀니스 애커먼을 생각하고 있다. 그의 머릿속에서 그 둘은 한 쌍이 되었다.

7

버키는 다음 날 아침에 촬영 장비를 설치한다. 자연광이 비치는 동쪽 창문 앞에서 찍고 싶어 한다. 그 자리에 소파가 있지만 치우고 대신 의자를 놓자고 한다. 빌리가 이유를 묻자 버키는 소파는 섹스를 의미하고 그들이 추구하는 건 그런 분위기가 아니기 때문이라고 한다. 그들이 추구하는 건 순진한 어

---

* 프랑스의 화가. 대표작으로 호숫가에 서 있는 여성의 누드를 그린 「9월의 아침」이 있다.

린애 분위기라고 한다. 개털이 된 어머니를 도우려고 이번 한 번만 매춘을 결심한 아이.

앨리스가 새로 산 치마에 윗도리를 입고 나오자 버키는 다시 들어가서 화장을 지우고 오라고 한다.

"뺨에 블러서 가볍게 바르고 눈썹 풍성해 보이게 마스카라만 하면 돼. 거기에 립스틱 살짝. 알겠니?"

"알겠어요."

앨리스는 어른 흉내 내기 놀이를 하는 어린애처럼 신이 났다.

그녀가 다시 들어가자 빌리는 버키에게 그런 걸 다 어떻게 아느냐고 묻는다.

"오해는 하지 마세요. 저라면 이 절반도 못 했을 거라 다행스럽게 생각하고 있으니까. 옷만 해도 작전 성공에 많은 도움이……"

"아냐. 옷도 훌륭하지만 결정타는 헤어스타일이야. 포니테일 말이지."

"그런 걸 다 어디서 배우셨어요? 설마하니……"

빌리는 말끝을 흐린다. 그가 버키 핸슨에 대해 아는 게 뭐가 있을까? 청부살인업자를 중개한다는 것, 범죄자를 나라 밖으로 빼돌리는 재주가 있다는 것, 법조계와 어쩌면 뉴욕의 고위급 법관들에게까지 연줄이 있다는 것. 그렇다 한들 빌리는 그 연줄이 누군지 모른다. 버키는 입이 무겁다. 어쩌면 아직까지 목숨을 부지하고 있는 이유 중에 그것도 있을지 모른다.

"미성년자처럼 꾸민 젊은 아가씨 사진은 찍어 본 적 없지 않으냐고? 그렇지, 하지만 《펜트하우스》니 《허슬러》 같은 포르노 잡지에서 한동안 유행했던 콘셉트거든. 1980년대, 포르노 잡지라는 게 존재했던 시절에. 사진이라면 우리 아버지 어깨너머로 배웠지."

"예전에 아버지가 장의사였다고 하지 않으셨나요? 펜실베이니아 어딘가에서."

"맞아. 그래서 화장하는 법도 아버지 어깨너머로 많이 배웠지. 사진 촬영은 아버지의 부업이었어. 대개는 연감이랑 결혼 사진. 내가 가끔 조수로 뛰었지. 본업과 부업 양쪽 모두."

"제가 제대로 찾아왔네요." 빌리는 웃으며 말했다.

"그러게." 하지만 버키는 마주 웃어 보이지 않는다. "저 아이 다치지 않게 잘 지켜. 안 그러면 여기로 돌아올 생각을 하지 마. 그 길로 내쫓을 테니까."

빌리가 뭐라고 대답할 겨를도 없이 앨리스가 돌아온다. 흰색 블라우스와 파란 치마 차림에 니삭스까지 신고 있어서 정말 어려 보인다. 버키는 그녀를 의자에 앉히고 한숨 죽인 아침 햇살이 얼굴을 비추는 각도가 마음에 들 때까지 고개를 이리저리 돌려보라고 한다. 그는 빌리의 휴대전화로 사진을 찍는다. 그에게 라이카 카메라가 있고 그걸 쓰고 싶지만 그러면 너무 프로같이 보일 거라고 한다. 클러크가 그걸 알아차리고 의심스러워할 것 같지는 않지만 모를 일이다. TV와 영화가 그의 사업에서 차지하는 비중이 워낙 높으니 말이다.

"오케이, 이제 시작해 보자고. 앨리스, 활짝 웃지는 말고 살짝 미소를 짓는 건 괜찮아. 우리의 목표를 기억해. 귀엽고 수줍게."

앨리스는 귀엽고 수줍은 표정을 시도하려다 키득키득 웃음을 터뜨리고 만다.

"그래. 웃어도 괜찮아. 그런 다음 웃음기 빼고 이 사진을 볼 남자는 빌어먹을 아동 성범죄자라는 걸 기억해."

그러자 그녀의 표정이 진지하게 바뀌고, 버키는 작업에 착수한다. 사전에 호들갑을 떨었던 것에 비해 실질적인 촬영에는 시간이 얼마 걸리지 않는다. 그는 옷을 바꿔 가며(하지만 심지어 보트넥 원피스에도 납작한 운동화를 신게 한다.) 포니테일 앨리스를 열여섯 장인가 열여덟 장 찍는다. 그런 다음 머리핀을 한 앨리스를 열두어 장 찍고 이상한 나라의 앨리스 머리띠를 한 앨리스로 마무리한다. 각자 한 장씩 놓고 볼 수 있게 컬러 프린터를 써서 8×10 사이즈로 세 장씩 출력한다. 버키는 빌리와 앨리스에게 제일 잘 나왔다고 생각하는 걸 대여섯 장 고르라고, 자기도 그렇게 하겠다고 한다. 중간에 앨리스가 환호와 경악이 뒤섞인 투로 외친다.

"맙소사, 이 사진에서는 제가 열네 살쯤으로 보여요!"

"표시해 놔." 버키가 말한다.

선별이 끝났을 때 그들은 만장일치로 세 장을 고른다. 버키가 여기에 두 장을 추가하고 빌리에게 이 다섯 장을 조르조에게 이메일로 보내라고 한다.

"그 늙고 추잡한 도마뱀한테 예전에도 매춘을 알선한 적 있으니까 그자라면 클러크가 미끼를 물겠는지 안 물겠는지 알 수 있겠지."

"나중에요. 여길 떠나서 뉴욕으로 출발한 다음에 보낼게요."

"클러크가 조르조한테 관심없다고 하면 어쩌려고?"

"그래도 가서 제가 어떻게든 들어갈 방법을 찾아볼 겁니다."

"우리가요. 이번에는 날 모텔에 두고 갈 생각하지 말아요."

빌리는 아무 대꾸도 하지 않는다. 그는 때가 되면 결정을 해야겠다는 생각을 한다. 그러다 앨리스가 겪은 일과 클러크가 그녀보다 어린 아이들에게 저지른 짓이 떠오르자 그가 결정할 문제가 아닐지 모른다는 사실을 깨닫는다.

8

그날 저녁에 그는 마지막으로 닉에게 전화를 한다.

"아직 120만 남았어."

"알아, 보내 줄게. 우리 친구가 입금 완료했어. 그 친구 입장에서 자네는 죽은 사람이야."

"거기에 20만 달러 추가해. 너 때문에 내가 개고생한 것에 대한 보상금이라고 치고. 그리고 그걸 마지한테 보내 줘."

"프랭크의 엄마한테? 진심이야?"

"응. 내가 보낸 돈이라고 해. 프랭크 간호하는 데 쓰라고 전해 줘. 그리고 어쩔 수 없었다고, 미안하다고도 전해 주고."

"사과한들 별 소용이 있을까 싶은데. 마지는……." 그는 한숨을 쉰다. "마지는 마지거든."

"프랭크가 그렇게 된 건 따지고 보면 내가 아니라 너 때문이라고 얘기해 줘도 돼. 네가 그럴 것 같지는 않지만."

잠깐 정적이 흐르고 잠시 후에 닉이 남은 돈은 어떻게 하느냐고 묻는다. 빌리는 어떻게 해 주길 원하는지 얘기한다. 잠깐 의견을 주고받은 끝에 닉은 알았다고 한다. 빌리가 죽어서 확인할 사람이 없어지더라도 약속대로 이행하겠다는 뜻일까? 닉이 목숨을 부지한 것에 대해 감사하는 마음이 언제까지 갈지 알 수 없기 때문에 빌리는 의구심이 든다. 하지만 그는 뉴욕에서 죽을 생각이 없기에 그의 바람대로 이행되고 있는지 확인할 것이다. 죽을 사람은 로저 클러크다.

"행운을 빌게. 진심으로."

"으흠. 잊지 말고 프랭크 잘 챙겨 줘. 그리고 다른 것들도."

"빌리, 내가 이 말 한마디만 하고 싶은데……"

빌리는 전화를 끊는다. 그는 닉이 하고 싶다는 말에 관심이 없다. 정산은 끝났다. 그와 닉은 더 이상 엮일 일이 없다.

9

 빌리는 다음 날 아침 일찍 떠날 준비를 마치지만 버키가 해
야 할 일이 있다며 10시까지 기다려 달라고 한다. 그가 그 일
을 처리하는 동안 빌리는 마지막으로 여름 별장에 들른다. 벽
에 걸려 있던 생울타리 동물 그림을 떼어 내서 오솔길 끝까지
들고 간다. 귀신이 들린 것으로 유명했던 호텔이 있었던 터를
골짜기 너머로 잠깐 동안 바라본다. 앨리스는 그 호텔을 본 것
같다고 했지만 빌리의 눈에 보이는 것이라고는 군데군데 시
커멓게 남은 잔해뿐이다. *어쩌면 저 부지에 아직까지 귀신이
출몰하는지 모르지.* 빌리는 생각한다. *그래서 이렇게 입지가
훌륭한데도 아무도 재건축을 하지 않는 거야.*

 그는 그림을 골짜기 아래로 던진다. 낭떠러지 가장자리에
서서 내려다보니 그림이 30미터쯤 아래에 서 있는 소나무 꼭
대기에 걸렸다. *저기서 썩게 두자.* 그는 생각하고 다시 집으로
돌아간다. 앨리스가 몇 개 안 되는 짐을 미쓰비시에 실어 놓았
다. 동부까지 그 차를 타고 가면 안 될 이유가 없다. 성능이 좋
고 추적이 되지 않으며 레지가 아쉬워할 일도 없다.

 "어디 갔다 왔어요?"

 "그냥 좀 걷다 왔어. 다리도 풀 겸."

 그들이 현관 앞 베란다의 흔들의자에 앉아 있을 때 버키가
돌아온다.

"친구 만나서 조그만 작별의 선물을 사 왔지." 버키는 앨리스에게 권총을 건넨다. "지크 자우어 P320 서브컴팩트야. 탄창에 열 발, 파이프에 한 발. 작아서 핸드백에 넣고 다니기 좋지. 장전이 되어 있으니까 꺼낼 때 조심해서 잡아라."

앨리스는 황홀한 표정으로 총을 쳐다본다.

"지금까지 한 번도 총을 쏴 본 적이 없어요."

"간단해. 그냥 겨누고 쏘면 돼. 바로 앞에서 쏘지 않는 한 못 맞히겠지만 그래도 겁을 줘서 쫓아낼 수는 있겠지." 버키는 빌리를 본다. "이 아이가 총을 들고 다니는 게 싫으면 이 자리에서 얘기해."

빌리는 고개를 젓는다.

"한 가지만, 앨리스. 그걸 써야 할 상황이면 *반드시 쓰겠다*고 약속해 줘."

앨리스는 약속한다.

"오케이, 그럼 한번 안아 주렴."

앨리스는 버키를 끌어안고 울음을 터뜨린다. 빌리는 바람직한 현상이라고 생각한다. 자조 모임을 하는 사람들이 강조하듯 감정을 느끼고 있는 것이다.

두 사람이 한참 동안 부둥켜안는다. 30초쯤 지났을 때 버키가 포옹을 풀고 빌리를 돌아본다.

"이제 자네 차례."

빌리는 남자들끼리 끌어안는 걸 좋아하지 않지만 그래도 버키를 끌어안는다. 몇 년 동안 버키는 사업 파트너에 불과했는데 한 달 새 친구가 되었다. 그들에게 필요한 쉼터를 제공해주었고 앞으로의 계획을 지원했다. 가장 중요하게는 앨리스에게 잘해 주었다.

빌리는 미쓰비시 운전석에 올라탄다. 버키는 조수석 쪽으로 다가가는데, 청바지에 플란넬 셔츠를 입고 있어서 이보다 더 콜로라도 주민 같을 수가 없다. 그가 크랭크 돌리는 흉내를 내자 앨리스가 창문을 내린다. 버키는 몸을 숙여 앨리스의 관자놀이에 입을 맞춘다.

"다시 만나고 싶다. 다시 만나 줘."

"그럴게요." 앨리스는 말하고 다시 눈물을 흘린다. "꼭 그럴게요."

"오케이." 버키는 허리를 펴고 뒤로 물러선다. "이제 가서 그 개새끼 조져 버려."

10

빌리는 롱몬트의 월마트 슈퍼센터로 들어가 와이파이가 잘 터지도록 건물과 최대한 가까운 데 차를 댄다. VPN이 장착된 전용 노트북으로 앨리스의 사진을 조르조에게 보내고 클러크에게 최대한 빨리 전달해 달라고 한다.

그자에게 이 아이의 이름은 로절리라고 전해. 이 아이에게는 창구가 있어. 지금으로부터 사흘간 열려 있다가 4일째 되는 날 닫힐 거야. 화대는 흥정 가능하지만 시간당 8000달러에서 시작해. 로절리는 '특급'이라고 해. 못 믿겠으면 주디 블래트너한테 확인해 보라고 하고. 자네만 괜찮다면, 그자에게 앨런과 관련해 일이 부득이하게 꼬인 걸 만회하는 차원에서 수수료 없이 알선하겠다고 해. 배달은 대런 번의 사촌 스티븐 번이 할 거라고 하고. 소식 듣는 대로 알려 줘.

그는 맨 아래에 B라고 서명한다.

그들은 그날 밤에 네브래스카주 링컨의 홀리데이 인 익스프레스에서 묵는다. 빌리가 호텔 측에서 제공하는 카트에 짐을 실어서 옮기는데, 휴대전화 문자 알림음이 들린다. 그는 예전 에이전트에게서 온 문자라는 걸 확인하지만 일말의 향수도 느끼지 않는다.

"조르조예요?"

"응."

"뭐래요?"

빌리는 그녀에게 휴대전화를 건넨다.

G러소: 그 아이 만나겠대. 11월 4일, 8PM. 몬타우크 하이웨이 775번지. 엄지손가락 위 아니면 아래로 답장 바람.

"정말 할 생각 있니? 네가 결정해, 앨리스."

그녀는 👍을 찾아서 보낸다.

23장

우리는 일찌감치 링컨을 출발해 80번 고속도로를 타고 동쪽으로 달렸다. 처음 1시간 정도는 별로 대화가 없었다. 앨리스는 내 노트북을 펼쳐 놓고 내가 여름 별장에서 쓴 글을 전부 읽었다. 카운실 블러프스 외곽에서 뒷자리에 피에로와 발레리나를 실은 차 한 대가 우리 옆을 쌩하니 지나갔다. 피에로가 우리를 보고 손을 흔들었다. 나도 마주 손을 흔들어 주었다.

"앨리스! 오늘이 무슨 날인지 알아?"

"목요일 아니에요?"

앨리스는 화면에서 고개를 들지 않았다. 에버그린 가에서 뭐가 나오는지 모를 휴대전화에 코를 박고 있었던 데릭 애커먼과 그 친구 대니 파치오가 연상되는 대목이었다.

"그냥 목요일이 아니야. 핼러윈이지."

"그렇구나."

여전히 앨리스는 고개를 들지 않았다.

"너는 뭐였니? 네가 제일 좋아했던 캐릭터 말이야."

"음…… 한번은 레아 공주였어요." 여전히 읽고 있는 문서에서 눈을 뗄 기미가 없었다. "언니가 나를 데리고 동네를 한 바퀴 돌았죠."

"킹스턴에서?"

"그쵸."

"사탕 많이 받았니?"

앨리스가 마침내 고개를 들었다.

"이거 좀 읽을게요, 아저씨. 조금밖에 안 남았어요."

그래서 나는 더 이상 방해하지 않았고, 우리 차는 아이오와주로 점점 깊숙이 들어갔다. 별로 볼 건 없었고 평지만 계속 이어졌다. 마침내 앨리스가 노트북을 닫았다. 나는 전부 읽었느냐고 물었다.

"내가 등장하는 부분까지요. 토하다가 하마터면 질식할 뻔했던 부분까지. 읽기 괴로워서 관뒀어요. 그나저나 내 이름 바꾸는 건 깜빡하셨더라고요?"

"기억해 놓을게."

"그 나머지는 아는 얘기라." 앨리스는 미소를 지었다. "넷플릭스로 「블랙 리스트」 봤던 거 기억나요? 그리고 꽃에 물 줬던 것도?"

"대프니하고 월터."

"걔네들, 살았을까요?"

"분명 살았을 거야."

"뻥치시네. 살았을지 죽었을지 아저씨가 어떻게 알아요?"

나는 맞는 말이라고 시인했다.

"그리고 나도 모르죠. 하지만 살았다고 믿고 싶으면 그래도 되는 거 아니에요?"

"맞아. 그래도 되지."

"그게 모른다는 것의 장점이에요." 앨리스는 이제 전부 갈색으로 변해 겨울을 기다리는 넓디넓은 옥수수밭을 창밖으로 물끄러미 내다보며 말했다. "우리 인간은 뭐든 원하는 대로 믿겠다고 마음먹을 수 있잖아요. 저는 우리가 몬타우트 포인트에 가서 거기로 찾아간 목적을 완수하고 무사히 빠져나와서 오래오래 행복하게 살 수 있다고 믿을래요."

"오케이. 나도 그렇게 믿을게."

"어찌 됐든 아저씨는 지금까지 잡히지 않았잖아요. 사람을 그렇게 여러 번 죽였어도 전부 무사히 빠져나왔잖아요."

"그 부분을 읽게 해서 미안. 하지만 네가 하나도 남김없이 써야 된다고 해서."

그녀는 어깨를 으쓱했다.

"나쁜 사람들이었잖아요. 모두 공통적으로. 아저씨가 성직자나 의사나 또…… 횡단보도 지킴이를 쏜 것도 아니잖아요."

그 말에 나는 웃음을 터뜨렸고 앨리스도 살짝 미소를 지었지만 그 애가 뭔가를 곰곰이 생각하고 있다는 걸 알 수 있었다. 나는 가만히 내버려 두었다. 풍경이 계속 지나갔다.

"난 산속으로 돌아갈 거예요." 한참 만에 앨리스가 말했다. "잠깐 동안 버키 아저씨랑 같이 살 수도 있어요. 아저씨 생각에는 그러면 어떨 것 같아요?"

"버키가 좋아하겠다."

"다시 시작하기 전까지요. 일자리를 찾고, 집을 정하고, 학비를 모으기 시작할 수 있을 때까지. 대학은 아무 때나 갈 수 있어요. 40대, 심지어 60대가 되어서야 대학 공부를 시작하는 사람들도 있잖아요, 그죠?"

"일흔다섯 살에 시작해서 여든 살에 학위를 딴 할아버지도 TV에서 봤어. 내 직감상 네가 실업학교를 두고 고민하는 것 같지는 않다만."

"네, 일반학교요. 어쩌면 콜로라도 대학교가 될 수도 있겠어요. 볼더에서 살아도 좋아요. 그 도시 마음에 들었거든요."

"무슨 공부를 하고 싶은지 생각은 해 봤고?"

앨리스는 어떤 생각이 떠올라 마음이 바뀌기라도 한 것처럼 머뭇거렸다.

"아마도 역사요. 아니면 사회학. 공연 예술이 될 수도 있어요." 그러더니 내가 반대라도 한 것처럼 이렇게 덧붙였다. "연기 말고요 그건 관심 없을 거예요. 다른 거요. 무대 장치, 조명, 그런 거. 궁금한 게 진짜 많아요."

나는 좋은 것 같다고 말했다.

"아저씨는요? 아저씨는 다 끝나면 뭐 하고 싶어요?"

고민할 필요도 없었다.

"상상하는 거니까, 나는 책을 쓰고 싶어." 나는 앨리스가 아직까지 들고 있는 노트북을 톡톡 두드렸다. "그 원고를 쓰기 전에는 내가 글을 쓸 수 있을 줄 몰랐거든. 이제는 알아."

"이 이야기는요? 살짝 고쳐서 소설로 만들면……."

나는 고개를 저었다.

"너 말고는 아무한테도 보여 주지 않을 거야. 그리고 그래도 괜찮아. 그 원고는 자기 할 일을 다 했어. 문을 열었잖아. 그리고 너를 가명으로 쓰지 않아도 되고."

앨리스는 잠깐 침묵하다가 물었다.

"여기 아이오와죠?"

"응."

"심심하다."

나는 웃음을 터뜨렸다.

"아이오와 사람들은 그렇게 생각하지 않을걸?"

"그렇게 생각할 거예요. 특히 애들은."

그 점에 대해서는 나도 반론을 제기할 수 없었다.

"아무 얘기라도 해 주세요."

"생각나는 게 없네."

"60대 남자가 로절리처럼 어린 여자애를 찾는 이유가 뭘까요? 이해가 안 돼요. 진짜…… 뭐랄까…… 엽기적이에요."

"불안해서? 아니면 잃어버린 활력을 다시 느끼고 싶어서? 자기 청춘 시절로 돌아가 그걸 느끼고 싶어서?"

앨리스는 내 말을 곰곰이 생각했지만 오래 그러지는 않았다.

"다 헛소리 같아요."

사실 내가 듣기에도 그랬다.

"아니, 생각해 보세요. 클러크가 열여섯 살짜리 애한테 무슨 얘기를 하겠어요? 정치? 국제적인 사건? 자기 TV 방송국? 그리고 그 아이는 무슨 얘기를 하겠어요? 치어리딩이랑 자기 페이스북 친구들?"

"그놈이 오래 만날 여자를 찾는 건 아니라고 본다. 시간당 8000달러가 계약 조건이었어."

"그러니까 섹스를 위한 섹스잖아요. 착취를 위한 착취. 너무 무의미하게 느껴져요. 너무 공허하기도 하고. 그리고 멕시코의 그 꼬마는……."

앨리스는 입을 다물고 지나가는 아이오와의 풍경을 바라보았다. 그러다 뭐라고 말을 했는데, 목소리가 하도 작아서 뭐라는지 알 수가 없었다.

"뭐라고?"

"괴물." 앨리스는 여전히 끝없이 이어지는 죽은 옥수수밭을 내다보고 있었다. "괴물이라고요."

우리는 인디애나주 사우스 벤드에서 핼러윈 밤을 보냈고, 11월의 첫날은 펜실베이니아주 록 헤이븐에서 보냈다. 체크인을 하는데, 내 휴대전화가 조르조에게서 문자가 왔음을 알렸다.

G러소: RK의 어시스턴트 피터슨이 신원 확인차 대런 번의 사촌 사진을 달래. 사진을 judy14455@aol.com으로 보내 줘. 그럼 주디가 수수료 없이 전달할 거야. RK가 불행한 일을 당하면 그 여자도 기뻐할 거거든.

피터슨이 사진을 요청하다니 걱정스럽긴 하지만 놀라운 일은 아니었다. 이러니저러니 해도 그는 어시스턴트 겸 현장 보안 담당이었다.

앨리스가 걱정할 것 없다고 했다. 내가 프로몬토리 포인트에 갔을 때 썼던 검은 머리 가발을 자기가 잘라서 스타일링을 다시 해 주겠다고 했다.("언니가 미용사라 좋을 때도 더러 있거든요.") 우리는 월마트에 갔다. 앨리스는 보잉 선글라스와 콜드 크림을 골랐다. 그 크림을 바르면 아일랜드 출신처럼 얼굴이 창백해 보일 거라고 했다. 앨리스는 내 왼쪽 귀에 달아야겠다며 조그만 금색 이어링도 샀다. 다시 모텔로 돌아갔을 때 앨리스는 내게 검은 머리 가발을 씌워서 앞머리를 뒤로 넘기더니 그 위에 선글라스를 얹으라고 했다.

"자기가 영화배우인 줄 아는 사람처럼 말이에요. 셔츠는 하이 칼라가 달린 걸로 입으세요. 그리고 클러크와 이 피터슨이라는 남자는 빌리 서머스가 죽은 줄 알고 있다는 걸 기억하고요."

앨리스가 눈에 띄지 않는 배경(우리가 묵었던 베스트 웨스턴의 벽돌담이었다.) 앞에서 사진을 찍었고 우리는 같이 사진을 유심히 들여다보았다.

"괜찮지 않아요? 그렇게 퉁명스럽게 웃으니까 내 눈에도 아저씨 같아 보이지 않아요. 버키 아저씨가 찍어 줬다면 좋았겠지만."

"그러게, 괜찮네. 네가 말한 것처럼 놈들은 내가 파이우트 언덕에 묻힌 줄 알 테니까 그것도 도움이 되겠지."

"우리, 상당히 어마어마한 음모를 꾸미고 있네요." 다시 안으로 들어가면서 앨리스가 말했다. "버키 아저씨, 아저씨의 가상의 에이전트 그리고 이제 라스베이거스의 거물급 마담까지."

"닉도 빠뜨리면 섭섭하지."

앨리스는 우리 객실까지 복도를 걸어가다 중간에 멈추고 미간을 찌푸렸다.

"그중 한 명이라도 클러크에게 연락해서 무슨 일이 벌어지고 있는지 알리면 돈 잔치를 벌일 수 있을 텐데. 머제리언이나 피그 릴리 씨 그리고 버키 아저씨는 그럴 리 없겠지만 그 블래트너라는 여자는요?"

"그 여자도 그럴 리 없어. 기본적으로 다들 그자라면 이를 갈고 있으니까."

"그야 아저씨의 희망사항이죠."

"확실해."

그러길 바랐다. 어찌됐든 나는 들어갈 작정이었고 앨리스도 나와 같이 들어갈 가능성이 점점 커지는 것 같았다.

우리는 11월 2일 밤에는 뉴저지에서 묵었다. 다음 날 밤에는 몬타우크 포인트에서 80킬로미터 거리의 리버헤드 하얏트 호텔에 체크인했다. 조르조가 정말로 남아메리카의 체중감량센터에서 예약을 해 놓았다. 내게 스티븐 번 신분증이 없다는 걸 알았기에 조르조는 돌턴 스미스 이름으로 예약을 했다. 그리고 여기는 우리가 지금까지 묵었던 모텔보다 상당히 으리으리해서 앨리스는 새로 만든 엘리자베스 앤더슨 신분증을 보여 주어야 했다. 조르조가 살은 빠졌을지 몰라도 머리는 여전히 빠릿빠릿해서 스티븐 번과 로절리 포레스터 이름으로 더블 룸도 선불로 잡아 놓았다. 클러크는 귀찮게 체크하고 그러지 않겠지만, 피터슨은 할지도 몰랐다. 직원이 피터슨에게 번과 포레스터가 아직 체크인하지 않았다고 해도 피터슨은 별로 걱정하지 않을 것이다. 포주들은 원래 규칙적인 생활을 하지 않았다.

나는 체크인이 끝났을 때 내 앞으로 온 우편물이 있느냐고 물었다. 라스베이거스의 펀 앤드 게임스 노블티스에서 보낸 우편물이 있었다. 두말하면 잔소리지만 그건 없는 회사였다. 내가 부탁한 대로 조르조가 주문해서 보내 준 거였다. 나는 앨리스가 지켜보는 가운데 내 방에서 그걸 열었다. 안에 롤온 데오도런트 튜브만 한 크기의 조그맣고 아무 라벨도 없는 에어로졸 용기가 들어 있었다. 이번에는 오븐 클리너가 아니다.

"그게 뭐예요?"

"카펜타닐.* 2002년에 러시아군이 40명인가 50명의 체첸 반군이 700명의 인질을 억류하고 있던 극장에 이 성분의 가스를 뿌렸지. 모두 잠재워서 포위 공격을 끝낼 생각으로. 효과는 있었지만 가스가 너무 독해서 100명이 그냥 잠든 게 아니라 죽었어. 푸틴은 상관이나 했을까 싶다만. 이건 약효가 그 절반이라고 해. 우리가 노리는 건 클러크잖니. 피터슨은 웬만하면 죽이고 싶지 않아."

"효과가 없으면 어떻게 해요?"

"그럼 내가 무슨 방법이든 써야지."

"우리가요."

11월 4일은 하루가 길었다. 기다리는 시간은 원래 그렇다. 앨리스는 탱크톱 수영복을 꺼내 풀장에서 수영을 했다. 나중에 우리는 산책을 하고 핫도그 트럭에서 점심을 포장해 왔다. 앨리스는 낮잠을 자겠다고 했다. 나도 자 보려고 했지만 잠이 오지 않았다. 나중에 앨리스는 사진에 맞게 가발을 다시 만지며 자기도 자지 못했다고 실토했다.

"어젯밤에도 별로 못 잤는데. 이 일이 끝나면 잘 거예요. 그것

---

* 대형 동물 마취제.

도 아주 많이."

"망할. 너는 그냥 여기 있어. 내가 알아서 할게."

앨리스는 살짝 미소를 짓는다.

"8000달러짜리 여자애 없이 찾아가서 피터슨한테 뭐라고 하려고요?"

"뭔가 방법을 생각해 낼게."

"아예 들어가지도 못할걸요? 들어가려면 피터슨을 죽여야 할 테고요. 아저씨는 그러기 싫잖아요. 나도 아저씨가 그러는 거 싫어요. 그러니까 나도 갈 거예요."

이렇게 결론이 내려졌다.

우리는 6시에 출발했다. 앨리스는 구글 어스에서 그 저택 지도를 검색하고 내비게이션으로 거기까지 가는 길을 파악해 놓았다. 늦가을이라 차량이 많지 않다. 나는 리버헤드 외곽의 패스트푸드점에 들르고 싶으냐고 물었고 앨리스는 거북하게 웃음을 터뜨렸다.

"아무거라도 먹으면 새로 산 원피스에 다 토해 놓을 거예요."

조그만 하얀색 꽃무늬가 있는 자주색 보트넥이었다. 앨리스는 새로 산 재킷을 입었지만 생기기 시작한 가슴골이 보이도록 지퍼를 잠그지 않았다. 그 아래에 브래지어가 아니라 가슴 아래까지 내려오는 브라톱을 입었기 때문에 앞쪽은 별게 없었다. 핸드백은 무릎 위에 놓여 있었다. 안에 지크 권총이 들어 있었다. 나는 새로 산 보머 재킷을 입고 있었다. 한쪽 안주머니에 글록이 있었다. 다른쪽에는 에어로졸 용기가 있었다.

"몬타우크 하이웨이는 원형이에요." 나도 그날 오후에 잠이 오지 않았을 때 노트북으로 레이아웃을 보았기 때문에 알고 있었지만 잠자코 듣기만 했다. 앨리스는 말을 하며 긴장을 풀고 있었다. "라이트하우스 미술관 지나서 첫 번째 네거리에서 좌회전하세요. 에오스는 바닷가에 있는 저택이 아니에요. 그 인간은 바다 대신 전망을 선택했나 봐요. 그 나이에 수상스키나 보디서핑을 탈 것 같지도 않고요. 아저씨 무서워요?"

"아니."

적어도 내 걱정을 하느라 무섭지는 않았다.

"그럼 내가 아저씨 몫까지 무서워할게요. 그래도 되면." 앨리스는 휴대전화로 지도를 다시 체크했다. "775번지는 몬타우크 팜 스토어 지나자마자 1.5킬로미터쯤 들어가면 나오나 봐요. 살기 편하겠네. 신선한 채소나 그런 거 거기서 살 수 있고. 아저씨, 변장 잘됐다, 진짜 아일랜드 사람 같아요. 그런데 차 좀 잠깐 세워 줄래요? 오줌 마려워 죽겠어요."

나는 리버헤드와 몬타우크의 중간쯤에 있는 브리즈웨이 다이너라는 곳에 차를 세웠다. 앨리스는 안으로 달려 들어갔고 나는 그 애를 두고 가 버릴까 고민했다. 버키가 그 애에게 하지 말라고 한 짓을 내가 지금 모조리 하고 있었다. 조만간 앨리스는 돈 많고 유명한 남자가 살해당한 사건의 종범이 될 테고 그것도 일이 잘 풀렸을 때 얘기였다. 일이 잘 풀리지 않으면 죽을 수도 있었다. 하지만 나는 혼자 출발하지 않았다. 앨리스가 필요하기도 하지만 그 애에게도 결정한 권리가 있기 때문이었다.

앨리스는 웃으며 나왔다.

"이제 살 것 같아요." 그리고 내가 다시 고속도로로 합류하자 이번에는 이렇게 말했다. "아저씨가 날 두고 갔을 수도 있다고 생각했어요."

"그런 생각은 한 적도 없는데."

나를 쳐다보는 눈빛을 보면 내 말을 곧이곧대로 믿지 않는 눈치였다.

앨리스는 허리를 똑바로 펴고 치맛단을 무릎까지 잡아당겼다. 그래서 요즘은 학교에서 배출되지 않는, 새침하고 참한 고등학생처럼 보였다.

"이제 우리 시작해요."

라이트하우스 미술관을 지나서 100미터도 되지 않았을 때 왼쪽으로 들어가는 길이 나왔다. 이제는 완전히 어둠이 내렸다. 오른쪽 어딘가에서 바다 소리가 들렸다. 초승달이 나무 사이로 언뜻언뜻 고개를 내밀었다. 앨리스는 몸을 앞으로 숙여서 내 가방을 잠깐 만지작거리다가 다시 똑바로 앉았다. 우리는 서로 아무 말도 하지 않았다.

몬타우크 하이웨이의 번지수가 600부터 시작되는 이유는 오래전에 영면한 도시 계획 입안가들 말고는 아무도 모를 것이다. 집들이 관리가 잘돼 있기는 해도 의외로 평범했다. 대부분 에버그린 가에 가져다 놓아도 어색하게 느껴지지 않을 랜치하우스와 케이프코드*였다. 심지어 트레일러하우스 주차장도 있었다. 물론 마차용 램프가 불을 밝혔고 자갈길이 깔렸지만 그래도 트레일러하우스 주차장은 트레일러하우스 주차장이었다.

몬타우크 팜 스토어는 이름만 그럴듯한 채소 가게에 불과했고 그마저 불이 꺼지고 셔터가 내려져 있었다. 문가에 호박 몇 개 외로이 쌓여 있었고, 뒤편에도 앞 유리창의 한쪽 면에는 비누로 '팝니다'라고, 다른 쪽 면에는 '상태 좋음'이라고 적힌 낡은 트럭 짐칸에 몇 개 쌓여 있었다.

그 가게를 지났을 때 앨리스가 우편함을 가리켰다.

"저기예요."

나는 속도를 늦췄다.

"마지막 기회야. 진짜 할 수 있겠니? 안 되겠다 싶으면 여기서 핸들 돌리면 돼."

"할 수 있어요."

앨리스는 무릎을 모으고 핸드백 끈을 움켜쥐고 젓가락처럼 꼿꼿하게 앉아 있었다. 두 눈은 똑바로 앞을 바라보았다.

나는 사설 도로라는 팻말이 꽂힌 개떡 같은 흙길로 방향을 틀

---

* 박공지붕과 굴뚝이 특징인 1.5층짜리 집.

었다. 알고 보니 흙길은 호기심 많은 관광객들을 속이기 위한 장치였다. 첫 번째 언덕을 넘자 차량이 양쪽으로 편하게 오갈 수 있을 만큼 넓은 타르 도로가 등장했다. 나는 악당의 대저택을 찾아가는 것이 이번이 두 번째라는 생각을 하며 상향등을 켜고 천천히 기어갔다. 이번에는 전보다 더 빠르게, 더 효율적으로 일을 처리할 수 있기만을 바랄 따름이었다.

우리는 커브를 돌았다. 높이가 2미터쯤 되어 보이는 나무 대문이 앞에서 길을 가로막고 있었다. 콘크리트 기둥에 인터폰이 달려 있었고 금속 갓이 달린 전등이 인터폰을 비추고 있었다. 나는 그 옆에 차를 대고 창문을 내린 다음 엄지손가락으로 버튼을 눌렀다.

"안녕하세요."

내 생각에 어설픈 아일랜드 억양을 시도했다가는 대참사를 초래할 수 있었다.(앨리스와 버키의 생각도 같았다.) 그리고 번이 평생 뉴욕에서 살았다면 아일랜드 억양을 쓸 이유도 없었다.

그런데 인터폰에서는 아무 소리도 들리지 않았다.

"안녕하세요. 헤이, 스티브 번입니다. 대런 사촌이요. K씨한테 보여 드릴 게 있어서 왔는데요."

계속 정적이 흐르자 일이 잘못돼서 이 집 안으로, 적어도 이쪽 대문으로는 못 들어가게 됐나 보다는 생각이 들었다. 표정을 보아하니 앨리스도 그렇게 생각하는 눈치였다.

하지만 잠시 후에 인터폰이 지직거리더니 어떤 남자의 목소리가 들렸다.

"차에서 내려요." 밋밋하고 억양이 없었다. 경찰일 수도 있었다. "아가씨도 같이. 대문 앞 정중앙에 X자가 보일 거예요. 거기서서 왼쪽을 봐요. 둘이 바짝 붙어 서서."

나는 앨리스를 쳐다봤고 앨리스도 눈을 동그랗게 뜨고 나를 쳐다봤다. 나는 어깨를 으쓱하고 고개를 끄덕였다. 우리는 차에서 내려 대문 앞으로 걸어갔다. 예전에는 파란색이었겠지만 지금은 회색으로 바랜 X자가 콘크리트 사각형 안에 그려져 있었다. 우리는 몸을 바짝 붙이고 그 위에 서서 왼쪽을 보았다.

"위. 위를 봐요."

우리는 위를 보았다. 두말하면 잔소리지만 거기에 카메라가 달려 있었다.

희미하게 웅얼거리는 소리가 들리더니 집 안에서 인터폰 버튼을 누르고 있었던 사람이 누군지 몰라도—피터슨이었을 것이다—손을 뗐는지 정적만이 흘렀다. 바람도 불지 않았고 귀뚜라미가 울 만한 계절은 지났다.

"무슨 일일까요?"

나도 알 수가 없었지만 저들이 듣고 있을 수도 있었으니 앨리스에게 입 다물고 기다리라고 했다. 그 애는 눈을 동그랗게 떴지만 이내 알아듣고 조그만 목소리로 고분고분하게 "알겠어요."라고 했다.

인터폰에서 딸깍 하는 소리가 났고 남자가 말했다.

"재킷 왼쪽이 불룩한 게 보이는데요, 번 씨, 무기를 들고 왔나요?"

성능이 끝내주는 카메라였다. 내가 아니라고 하면 클러크가 이 아이를 아무리 간절히 원해도 문이 열릴 리 없었다.

"네, 맞습니다. 호신용이에요."

"꺼내서 높이 들어요."

나는 글록을 꺼내 카메라 쪽으로 높이 들었다.

"인터폰이 달린 기둥 하단에 내려놓아요. 이 집 안에서 호신용 무기는 필요 없고 아무도 그걸 건드리지 않을 거예요. 나가는 길에 챙기면 됩니다."

나는 남자가 시킨 대로 했다. 에어로졸 용기는 훨씬 작아서 그쪽 재킷은 불룩하지 않았고, 인터폰에 대고 얘기하는 남자를 꼼짝 못 하게 만들면 클러크는 아무 문제 없을 것이었다. 내가 바라기로는 그랬다.

내가 콘크리트 사각형 안으로 돌아가려고 하자 인터폰의 그 남자가 가로막았다.

"아뇨, 번 씨, 그 자리에 가만히 계세요." 잠깐 정적이 흐른 뒤에 남자가 다시 말했다. "뒤로 두 발짝 물러나 주세요."

나는 차를 세워 놓은 쪽으로 두 발짝 물러났다.

"한 발짝 더요."

나는 그제야 알아차렸다. 그들은 나를 카메라 밖으로 내치고 싶은 것이었다. 클러크가 상품을 평가하고 살 건지 아니면 우리를 돌려보낼 건지 결정하려는 것이었다. 카메라에서 희미하게 끽끽대는 소리가 들렸다. 이제 보니 렌즈가 밖으로 점점 튀어나오고 있었다. 이미지를 줌으로 당기고 있었다.

나는 이제 인터폰의 그 남자가 앨리스에게 핸드백 안을 보여달라고 할 테고, 그럼 지크 자우어도 글록과 함께 인터폰이 달린 기둥 하단 신세를 지게 되겠구나 생각했지만 그게 아니었다.

"치마를 들어요, 아가씨."

피터슨의 목소리였지만 클러크가 보고 있을 것이었다. 쭈글쭈글한 눈꺼풀 아래에서 탐욕스러운 눈빛으로.

앨리스는 카메라가 아니라 땅바닥을 쳐다보며 치마를 허벅지까지 들어 올렸다. 멍 자국은 오래전에 지워졌다. 이제는 다리가 매끈했다. 젊었다. 나는 그 목소리가 싫었다. 그 둘이 모두 싫었다.

"더 높이."

순간 나는 앨리스가 거부할지 모르겠다는 생각이 들었다. 하지만 앨리스는 잠시 후 여전히 땅바닥을 쳐다보며 치마를 허리까지 들어 올렸다. 누가 봐도 치욕스러워하고 있었고 클러크는 그걸 보며 흥분하고 있을 게 분명했다.

"이제 카메라를 쳐다봐요."

앨리스가 카메라를 올려다봤다.

"치마 계속 들고 있어요. 클러크 씨가 혀로 입술을 핥아보라고 하십니다."

"아니." 나는 말했다. "그만해."

앨리스는 치마를 내리고 지금 뭐 하느냐는 눈빛으로 나를 쳐다봤다.

나는 다시 카메라 안으로 들어가 올려다보았다.

"이만하면 볼 만큼 봤잖아요. 그 이상은 안으로 들어가서 봐요. 여기 씨발, 얼마나 추운지 알아요?" 나는 '헤이'라고 다시 추임새를 넣을까 하다 그러지 않기로 했다. "그리고 먼저 돈부터 줘요. 이 아이가 대문을 넘는 순간부터 카운트가 시작되는 거예요. 알아들었어요?"

한 30초 정도 정적이 흘렀다. 나는 또다시 그 수상한 예감을 느꼈다.

"가자." 나는 앨리스의 팔을 잡으며 말했다. "씨발, 됐다 그래."

하지만 그때 대문에 달린 조그만 고무바퀴가 스르르 움직이기 시작했다. 인터폰에서 남자가 말했다.

"1.3킬로미터쯤 오시면 됩니다, 번 씨. 돈은 준비해 놓겠습니다."

앨리스는 조수석에, 나는 운전석에 올라탔다. 그 애는 벌벌 떨고 있었다.

나는 창문을 올리고 그 애에게 미안하다고 들릴락 말락 하게 속삭였다.

"저 사람들한테 속옷을 보인 건 상관없어요. 핸드백 열어 보라고 하면 그 망할 카메라에 총이 보일까 봐 그걸 걱정했지."

"넌 어린애잖아." 백미러를 보니 대문이 뒤에서 덜컹덜컹 닫히고 있었다. "네가 총을 들고 왔을지 모른다는 생각은 하지도 못했을 거야."

"그리고 들어오라고 하지 않을까 봐 걱정됐어요. 그 남자가 '너 열여섯 살 아니잖아. 괜히 시간 낭비하지 말고 꺼져.' 이럴까 봐서요."

고풍스러운 램프가 도로 양쪽을 비추고 있었다. 노인네가 장밋빛 손가락을 한 새벽의 여신 이름을 따서 에오스라고 부른다는 저택의 불빛이 앞쪽에서 보였다.

"그 총, 나한테 주는 게 좋겠다."

앨리스는 고개를 저었다.

"내가 가지고 있고 싶어요. 아저씨는 스프레이 있잖아요."

옥신각신할 시간이 없었다. 그 집, 그 대저택이 눈앞에 등장했다. 최소 8000제곱미터는 되어 보이는 잔디밭 위에 얼기설기 지은 석조 건물이었다. 돈 많은 재벌의 놀이터인 건 분명했지만, 닉이 좋아하는 공간들과는 비교도 안 될 만큼 품위가 있었다. 전면에 회차로가 있었다. 나는 동그란 출입문으로 올라가는 석조 계단 앞에 차를 댔다. 앨리스가 문손잡이를 잡았다.

"아니. 내가 매너남처럼 가서 문 열어 줄 때까지 기다려."

나는 미쓰비시 보닛을 돌아가서 조수석 문을 열고 앨리스의 손을 잡았다. 손이 얼음장이었다. 앨리스는 눈을 동그랗게 뜨고 입을 꾹 다물고 있었다.

나는 앨리스가 차에서 내릴 수 있게 거들며 귀에 대고 속삭였다.

"내 뒤에서 걸어오다가 계단 입구에서 멈춰. 금세 끝날 거야."

"무서워요."

"무서워하는 티 내도 돼. 그 인간은 아마 좋아할 거야."

우리는 계단 앞까지 걸어갔다. 모두 네 칸이었다. 앨리스는 입구에서 걸음을 멈추었다. 바깥쪽 불이 들어오자 앨리스의 그림자가 길쭉하게 드리워지는데, 핸드백을 움켜쥐고 있었다. 앞으로 300초 정도 동안 벌어질 일로부터 그녀를 지켜 줄 방패라도 되는 듯이 그걸 앞으로 들고 있었다. 커다란 현관문이 열리자 안에서 새어 나온 불빛이 직사각형으로 나를 감쌌다. 문 앞에 서 있는 남자는 키가 크고 체구가 탄탄했다. 불빛을 등지고 있어서 나이는 물론이고 생김새조차 짐작하기 어려웠지만 허리춤에 달린 홀스터는 똑똑히 보였다. 소형 권총을 넣는 소형 홀스터였다.

"저 아이는 왜 저기 있습니까? 올라오라고 하세요."

"돈부터 먼저 주시죠." 그리고 나서 나는 어깨 너머로 지시를 내렸다. "거기 가만히 있어."

피터슨은 앞주머니—유사시에 얼른, 거치적거림 없이 꺼낼 수 있도록 안에 비닐을 댔을 게 분명한 홀스터가 있는 쪽과 반대편 주머니—에서 지폐 다발을 꺼내 내게 건네며 말했다.

"아일랜드 출신의 말투가 아니로군요."

나는 웃으며 돈을 세기 시작했다. 전부 100달러짜리였다.

"하, 퀸스에서 40년을 살았으니 그럴 만도 하죠. 영감님은 어디 계십니까?"

"그건 신경 쓸 것 없고. 아이 올려보내고 차고 옆에 차 대고 그 안에서 기다려요."

"네, 여부가 있겠습니다. 그런데 그쪽 얘기 듣느라 얼마까지 셌는지 잊어버렸네."

나는 다시 돈을 세기 시작했다. 뒤에서 앨리스가 말했다.

"빌리? 나 추워지려고 해요."

피터슨은 살짝 긴장했다.

"빌리? 저 아이가 당신을 빌리라고 부르는 이유가 뭐지?"

나는 웃음을 터뜨렸다.

"아오, 만날 나를 그렇게 불러요. 남자친구 이름이거든요." 나는 피터슨을 보며 씩 웃었다. "그 남자친구는 쟤가 여기 온 줄 몰라요, 무슨 말인지 알죠?"

피터슨은 아무 말도 하지 않았다. 미심쩍어하는 표정이었다. 그의 손이 홀스터 쪽으로 슬금슬금 움직였다.

"좋았어. 액수가 맞네요."

나는 보머 재킷 주머니에 돈을 욱여넣고 에어로졸을 꺼냈다. 피터슨은 그걸 봤을 수도 있고 보지 못했을 수도 있지만 아무튼 권총을 꺼내려고 했다. 나는 에어로졸을 쥐지 않은 쪽 손으로 주먹을 쥐고 가위 바위 보라도 하는 것처럼 놈의 손을 내리쳤다. 그런 다음 스프레이를 뿌렸다. 하얀 구름이 놈의 얼굴을 덮었다. 구름의 크기는 작았지만 결과는 만족스러웠다. 놈은 두 번 앞뒤로 휘청거리다 쓰러졌다. 현관 입구 계단 위로 떨어진 총이 조그만 폭죽 소리를 내며 발사됐다. 원래는 그러면 안 되는 건데 조작을 해 놓은 모양이었다. 총알이 내 발목 옆을 지나는 게 느껴지자 나는 몸을 돌려서 앨리스를 맞히지는 않았는지 확인했다.

앨리스가 경악한 표정으로 계단을 달려 올라왔다.

"미안해요, 미안해요, 내가 바보짓을 했어요. 깜빡하고……"

안에서 골초 특유의 갈라진 목소리로 누군가가 외쳤다.

"빌? 빌!"

나는 하마터면 대답할 뻔했지만 현관 앞에 쓰러진 남자의 이름도 애칭이 빌리라는 사실을 기억해 냈다. 그만큼 흔한 이름이었다.

"방금 무슨 소리야?" 가래 기침 소리에 이어 헛기침하는 소리가 들렸다. "아이는 어디 있나?"

복도 중간쯤에 달린 문이 열렸고 클러크가 나왔다. 파란색 실크 잠옷을 입고 있었다. 백발을 뒤로 높게 빗어 넘겨서 프랭크를 연상시키는 구석이 있었다. 한 손에는 지팡이를 짚고 있었다.

"빌, 아이는……"

클러크는 말을 하다 말고 눈을 가늘게 뜨고 우리를 쳐다보았다. 아래로 시선을 떨어뜨려 바닥에 대자로 쓰러진 자기 부하를 확인했다. 그러더니 몸을 돌려 장대높이뛰기 선수처럼 두 손으로 지팡이를 짚고 요란하게 바닥을 찍어 가며 비틀비틀 다시 안으로 들어가려고 했다. 나이와 건강 상태를 감안했을 때 생각보다 몸놀림이 빨랐다. 나는 현관 앞을 지날 때 잊지 않고 숨을 참아 가며 달려가 문을 닫으려던 순간 그를 따라잡았다. 내가 문을 잡고 밀치자 클러크는 넘어졌고 지팡이는 날아갔다.

클러크는 일어나 앉아서 나를 빤히 쳐다보았다. 그곳은 거실이었다. 그가 대자로 쓰러졌던 카펫은 비싸 보였다. 터키 아니면 오뷔송 카펫인가 싶었다. 벽에는 역시 비싸 보이는 그림들이 걸려 있었다. 가구는 묵직하고 벨벳이 씌워져 있었다. 비쌀 게 뻔한 샴페인이 담긴 크롬 스탠드도 있었다.

클러크는 앉은 채 더듬더듬 지팡이를 찾으며 뒤로 물러나기 시작했다. 조심스럽게 빗어서 올린 머리가 좌우로 갈라지면서 쭈글쭈글하게 늘어진 그의 얼굴 주변으로 뭉텅뭉텅 떨어졌다. 침으로 번들거리는 아랫입술은 비죽거리듯 앞으로 내밀어져 있었다. 향수 냄새가 코를 찔렀다.

"빌에게 무슨 짓을 한 거야? 왔나? 아까 그게 총소리였어?"

클러크는 다리를 벌린 채로 앉아서 지팡이를 쥐고 나를 향해 휘둘렀다. 잠옷 바지가 내려와서 패드를 댄 엉덩이와 희끗희끗한 음모가 드러났다.

"여기서 당장 나가! 그나저나 너, 정체가 뭐야?"

"당신 아들을 죽인 사람을 죽인 사람."

클러크는 눈을 휘둥그레 뜨고 나를 향해 지팡이를 내질렀다. 나는 지팡이를 잡아서 홱 당겨 빼앗고 거실 저편으로 던졌다.

"당신이 사람을 시켜서 코디에 불을 질렀지? 약속한 대로 됐을 때 당신 방송사 뉴스팀이 유일하게 법원 앞을 지킬 수 있게. 맞지?"

클러크는 윗입술을 위아래로 들썩이며 나를 빤히 쳐다보았다. 그 윗입술 때문에 성질 더러운 늙은 개처럼 보였다.

"지금 무슨 소리를 하는지 모르겠군."

"알 거라고 보는데. 그건 나를 위해 설치한 시선 돌리기 작전이 아니었어. 그렇다고 하기엔 너무 일찍 터졌거든. 그렇다면 그런 작전을 동원한 이유가 뭐였을까?"

클러크는 무릎을 꿇고 소파를 향해 엉금엉금 기어갔다. 나는 만천하에 드러난 엉덩이 골을 내 뜻과 상관없이 들여다보고 말았다. 클러크는 바지 허리를 추어올리려고 했지만 소용이 없었다. 하마터면 안쓰러워질 뻔했지만 그건 아니었다. *클러크 씨가 네 속옷을 보고 싶어 하신다. 클러크 씨가 혀로 입술을 핥아 보라고 하신다.*

"이유가 뭐였냐니까?" 나는 이유를 모르는 사람처럼 물었다. "대답해."

클러크는 소파 팔걸이를 잡고 몸을 일으켰다. 숨을 헐떡이고 있었다. 한쪽 귀에 꽂힌 피부색 보청기가 내 눈에 들어왔다. 클러크는 숨을 토하며 털썩 소파에 주저앉았다.

"좋아, 대답하지. 앨런이 나를 협박하려고 했기 때문에 그놈이 죽는 걸 내 눈으로 똑똑히 보고 싶었기 때문이야."

당연히 그랬겠지. 일반 속도로 그리고 슬로 모션으로 몇 번이

고 돌려 보고 싶었겠지.

"너는 서머스겠군. 머제리언한테는 죽었다고 들었는데." 그러더니 놈이 뜬금없이 섬뜩하게 분통을 터뜨렸다. "그 유대인 새끼한테 수백만 달러를 줬는데! 이런 도둑놈!"

"사진을 보여 달라고 했어야지. 왜 안 그랬어?"

클러크는 대꾸가 없었고 나도 대답을 들을 필요가 없었다. 놈은 너무 오랫동안 황제로 군림했던 터라 불복종을 상상조차 하지 못했다. *처형 장면을 찍어. 처형 집행인을 죽여. 치마 올리고 팬티 보여. 이번에는 정말 어린애를 원해.*

"내가 너한테 진 빚이 있지. 그것 때문에 찾아온 건가?"

"다른 얘기를 좀 해 보지그래? 네 혈육을 공격했을 때 기분이 어땠는지, 그런 거."

클러크의 입술이 다시 들리며 얼굴에 비해 너무 완벽한 치아를 드러냈다.

"그 녀석은 당해도 쌌어. 멈추려고 들어야 말이지. 그 녀석은……." 클러크는 말을 하다 말고 실눈을 뜨며 내 옆을 보았다. "쟤는 누구야? 내가 돈을 주고 산 아인가?"

앨리스가 안으로 들어와 내 옆에 섰다. 왼손에 핸드백을 들고 있었다. 오른손에는 권총을 들고 있었다.

"너는 어떤 느낌인지 궁금하다고 했지?"

"뭐? 지금 무슨 소리를……."

"어린애를 성폭행하는 거 말이야. 어떤 느낌인지 궁금해했잖아."

"이런 미친! 도대체 무슨 소리를……"

"아프지 않을까? 이렇게 말이지."

앨리스가 놈을 쐈다. 고환을 겨냥했던 것 같은데, 복부를 맞히고 말았다.

클러크가 비명을 질렀다. 귀청이 떨어져라 고래고래 질렀다. 그 소리에 앨리스의 이성을 장악하고 방아쇠를 당기게 했던 잔인한 여자가 사라졌다. 앨리스는 핸드백을 떨어뜨리고 손으로 입을 덮었다.

"*아파!*" 클러크는 배를 부여잡고 악을 썼다. 손가락 사이로 스며 나온 피가 실크 잠옷 허벅지로 떨어졌다. "*으아아, 아파아아!*"

앨리스는 눈물이 맺힌 눈을 동그랗게 뜨고 입을 벌리고 나를 돌아보았다. 그녀가 뭐라고 중얼거렸지만 지크 자우어의 총성이 피터슨의 조그만 권총보다 훨씬 컸기 때문에 나는 듣지 못했다. *나는 몰랐어*요라고 했을 수도 있다.

"*의사 불러, 아프다고오오오오오!*"

이제는 배에서 피가 뿜어져 나왔다. 비명을 지르니 그럴 수밖에 없었다. 나는 앨리스의 축 늘어진 손에서 총을 건네받아 클러크의 왼쪽 관자놀이에 총구를 대고 방아쇠를 당겼다. 놈은 소파 위로 털썩 주저앉아 발길질을 한 번 하더니 바닥으로 떨어졌다. 어린아이를 성폭행하고 자식을 죽이고 또 무슨 끔찍한 짓을 저질렀을지 모를 놈의 시절은 끝났다.

"내가 그런 거 아니에요. 아저씨, 내가 방아쇠를 당긴 게 아니에요. 진짜예요."

하지만 앨리스가 방아쇠를 당긴 게 맞았다. 앨리스의 안에서 낯선 누군가가 눈을 떴으니 이제 앨리스는 그 누군가와 함께 살아야 했다. 그 누군가도 앨리스였다. 다음번에 앨리스가 거울을 들여다보면 그 누군가가 보일 것이었다.

"가자." 나는 지크를 허리춤에 넣고 핸드백 끈을 그녀의 어깨에 메어 주었다. "이제 그만 여기서 나가야 해."

"나는 그냥…… 내가 내가 아닌 것 같았고 또……."

"알아. 이제 그만 여기서 나가야 해, 앨리스."

"소리가 너무 컸어요. 그렇지 않았어요?"

"응, 엄청 컸지. 가자."

나는 앨리스를 데리고 복도로 나갔다가 기사, 숙녀, 그리고 이유를 알 수 없는 풍차를 수놓은 태피스트리가 줄줄이 걸려 있는 것을 그제야 알아차렸다.

"저 사람도 죽었어요?"

앨리스는 피터슨을 쳐다보고 있었다.

나는 피터슨 옆에 무릎을 꿇고 앉았지만 맥을 짚을 필요는 없었다. 튼튼하고 일정한 숨소리가 들렸다.

"살아 있어."

"저 사람이 경찰에 신고할까요?"

"결국에는. 하지만 이자가 정신을 차렸을 즈음에 우리는 멀리 떠난 뒤일 테고 정신이 돌아오더라도 한참 동안 골이 지끈거릴 거야."

"클러크는 죽어도 쌌어요." 같이 계단을 내려오며 앨리스가 말했다. 가스를 좀 마셨는지 아니면 충격 때문인지 아니면 양쪽 모두인지 휘청거렸다. 나는 앨리스의 허리를 한 팔로 감싸안았다. 그 애가 나를 올려다보았다. "그렇지 않아요?"

"나도 그렇게 생각한다만 이제는 잘 모르겠다. 내가 아는 게 있다면 저런 인간들은 대부분 정의의 심판을 받지 않는다는 것뿐이야. 우리가 내린 그런 심판이 아닌 이상. 멕시코의 그 아이를 대신해서. 친자식을 죽인 것도 그렇고."

"하지만 나쁜 놈이었잖아요."

"맞아. 아주 나쁜 놈이었지."

우리는 차를 타고 왔던 길을 되짚어 달렸다. 나는 두 남자가 지켜보고 있었던 모니터가 녹화도 되는지 궁금했다. 그렇다 한들 검은 머리 남자와 치마를 들었지만 고개는 두 번밖에—그것도 잠깐—들지 않았던 여자아이가 녹화됐을 것이었다. 그 애는 그 금발을 바꾸면 거의 알아볼 수 없는 수준이 될 것이었다. 나는 그보다 대문이 더 걱정이었다. 암호를 입력해야 열 수 있다면 큰일이었다. 하지만 가까이 다가가자 보이지 않는 광선에 차가 닿았는지 대문이 덜커덩거리며 열렸다. 나는 대문을 지나서 차를 세우고 문을 열었다.

"왜 차를 세웠어요?"

"총. 저 기둥에 놓고 들어오라고 했잖아. 거기 내 지문이 찍혀 있으니까."

"오 마이 갓, 그러네요. 제가 바보 같았어요."

"바보 같은 게 아니야, 정신이 멍한 거지. 그리고 쇼크 상태이고. 차차 괜찮아질 거야."

앨리스가 나를 돌아보았다. 이제는 제 나이보다 어려 보이는 게 아니라 많아 보였다.

"그래요? 확실해요?"

"그럴 거야. 확실해."

나는 차에서 내려 보닛을 돌아가기 시작했다. 무대에 선 배우처럼 내가 아직 전조등 불빛 안에 있었을 때 대문에서 3미터 거리에 심긴 나무 뒤에서 어떤 여자가 나왔다. 파란색 원피스가 아니라 카모 바지에 카모 재킷을 입었고, 손에는 모종삽 대신 권총을 들었고, 미국의 이쪽 지역은 물론 다친 아들의 병상이 아닌 다른 어디에도 볼일이 없는 여자였지만, 나는 그 여자의 정체를 알았다. 단 1초의 의구심도 없었다. 나는 지크를 들었지만 그 여자가 더 빨랐다.

"이 시팔 새끼야."

마지가 총을 쐈다. 나는 1초 뒤에 쐈고 그 여자의 머리가 뒤로 꺾였다. 그 여자는 나무 밖으로 운동화를 내민 채 쓰러졌다.

앨리스가 비명을 지르며 달려왔다.

"다쳤어요? 빌리 아저씨, 다쳤어요?"

"아니. 빗나갔어."

하지만 잠시 후에 내 옆구리에서 통증이 느껴졌다. 완전히 빗나가지는 않은 것이었다.

"누구였어요?"

"화가 난 여자. 이름은 마지."

말하고 보니 똑똑한 사람들이 예술관으로 보러 오는 영화 제목 같다는 생각이 들었다. 나는 웃음을 터뜨렸고 그러자 옆구리가 더 아팠다.

"아저씨?"

"내가 어디로 갈지 알아차렸나 봐. 닉이 그 여자에게 클러크 애기를 했을 수도 있지만 그건 아니라고 봐. 그 여자가 점심과 저녁 시중을 들면서 사람들이 흘리는 말을 귀담아듣는 걸 워낙 잘했던 거지."

"아저씨가 옆문으로 갔을 때 꽃밭에서 일을 하고 있었다는 여자예요?"

"응, 맞아."

"죽었어요?" 앨리스는 손으로 입을 막는다. "혹시 살아 있다면 제발…… 제발 아까처럼 그러지는……."

"아직 살아 있다면 죽이지 않을게."

내가 그렇게 말할 수 있었던 이유는 마지가 죽었다는 걸 알기 때문이었다. 머리가 뒤로 꺾인 각도를 보면 알 수 있었다. 나는 마지 옆에 무릎을 꿇었다가 금세 일어났다.

"죽었어."

나는 일어나며 움찔했다. 어쩔 수가 없었다.

"빗나갔다면서요!"

"아까는 정신이 없어서 그런 줄 알았는데. 그냥 스치고 지나간 거야."

"보여 주세요!"

나도 상태를 보고 싶었지만 그때 당장은 아니었다. 나는 마지가 쓴 총—스미스 앤드 웨슨 ACP였다—을 챙기고 지크 자우어를 내 셔츠로 깨끗하게 닦은 다음 죽은 그 여자의 손에 들렸다. 에어로졸 용기도 잘 닦고 마지의 지문을 묻힌 다음 재킷 주머니에 넣어 주었다. 두 번째로 일어났을 때는 옆구리가 아까보다 좀 더 아팠다. 끔찍한 정도는 아니었지만 배어 나온 피가 고급 포주용 셔츠를 적시는 것을 느낄 수 있었다. 한 번 입고 버리게 생겼네. 아까워라. 그냥 초록색 셔츠를 살 걸 그랬나?

"끝났다. 얼른 가자."

우리는 리버헤드로 돌아가던 길에 밴드, 거즈, 과산화수소, 베타딘 연고를 샀다. 나는 차에서 기다리고 앨리스가 월그린스에 들어가서 사 왔다. 호텔에 도착했을 무렵에는 내 몸통과 왼팔이 상당히 단단하게 뭉쳤다. 앨리스가 자기 객실 열쇠로 옆문을 열었다. 내 객실로 들어가서 앨리스가 보며 재킷을 벗을 수 있게 나를 거들었다. 앨리스는 거기에 뚫린 구멍과 내 셔츠 왼쪽 옆면을 보았다.

"오 마이 갓."

나는 보기보다 심각하지는 않다고 했다. 피가 거의 말랐다고 했다.

앨리스는 내가 셔츠를 벗을 수 있게 거들고는 다시 하느님을 불렀지만 이번에는 두 손으로 입을 막고 있었기 때문에 조금 뭉개지게 들렸다.

"그냥 스치고 지나간 게 아닌데요?"

그랬다. 총알이 골반 바로 위로 가르고 지나가 피부와 살이 벌어졌다. 깊이는 1센티미터가 조금 넘었다. 피가 다시 새어 나와서 흘렀다.

"화장실로 가요. 사방에 핏자국 남기고 싶지 않으면……"

"거의 멎었어."

"말도 안 돼! 움직일 때마다 다시 나오잖아요. 옷 벗고 욕조 안으로 들어가서 내가 상처 소독하는 동안 서 있어요. 참고 삼아 얘기하자면 상처 소독은 처음 해 봐요. 내가 자전거를 타다가 시메키스 씨네 우편함에 부딪혔을 때 언니가 소독해 준 적은 한 번 있지만."

우리는 화장실로 들어갔고, 앨리스는 나를 변기 뚜껑에 앉혀 놓고 신발과 양말을 벗겼다. 내가 다시 피를 흘려 가며 일어나자 앨리스는 바지 허리띠를 풀었다. 내 손으로 벗고 싶었지만 그 애가 허락하지 않았다. 그 애는 나를 다시 변기에 앉힌 다음 무릎을 꿇고 앉아서 바지 다리를 잡고 당겼다.

"속옷도요. 왼쪽이 다 젖었어요."

"앨리스……"

"다른 소리 하지 말아요. 아저씨는 내 알몸을 봤잖아요, 아니에요? 피장파장을 만드는 거라고 생각하세요. 욕조 안으로 들어가요."

나는 일어나 사각팬티를 벗고 욕조 안으로 들어갔다. 그러는 내내 앨리스는 내 팔꿈치를 단단히 붙잡았다. 왼쪽 다리를 타고 무릎까지 피가 묻어 있었다. 내가 샤워기 핸들을 향해 손을 내밀자 그녀가 내 손을 쳐서 치웠다.

"내일 해요. 아니면 모레. 오늘 저녁에는 안 돼요."

앨리스는 욕조 수도꼭지를 틀어서 수건에 물을 적신 다음 상처 부위만 피해서 내 몸을 닦았다. 핏물과 조그만 핏덩이가 구멍으로 흘러 내려갔다.

"맙소사, 상처가 크게 벌어졌어요. 꼭 칼에 베인 것처럼."

"이라크에서는 이보다 더 심한 것도 봤어. 그러고도 다들 다음 날이면 복귀해서 소개 작전에 임했지."

"진짜예요?"

"뭐…… 이틀 뒤면. 아니면 3일."

앨리스는 수건을 꼭 짜서 비닐이 씌워진 휴지통에 넣고, 새 수건을 내게 건네 얼굴에 난 땀을 닦게 했다. 그것도 좀 전의 수건과 함께 휴지통에 넣었다.

"저건 우리가 들고 갈 거예요."

앨리스는 손 닦는 수건으로 내 몸을 톡톡 두드려 물기를 없애고 그것도 휴지통에 넣은 다음 나를 부축해 욕조에서 나오게 했다. 들어가는 것보다 나오는 것이 더 어려웠다.

나는 앨리스와 함께 침대까지 걸어가 조심스럽게, 허리가 접히지 않도록 신경 쓰며 그 위에 앉았다. 그 애는 내가 마지막 한 장 남은 속옷을 입도록 거들고 상처를 소독해 주었다. 총알이 살을 깎으며 지나갔을 때보다 지금이 더 아팠다. 밴드는 소용이 없었다. 상처가 너무 길었고 옆으로 벌어져서 내 옆구리에 V자 모양으로 움푹 파인 자리가 생겼다. 앨리스는 밴드 대신 가제와 반창고를 썼다. 마침내 처치가 끝나자 발뒤꿈치에 몸을 실으며 뒤로 앉았다. 손가락이 내 피로 범벅되어 있었다.

"오늘 밤에는 잘 때 되도록 움직이지 말아야겠어요. 똑바로 누워서. 옆으로 돌아누웠다가 상처가 벌어지면 시트에 피가 묻을 테니까. 수건을 깔아야 할 수도 있겠다."

"좋은 생각이야."

앨리스는 화장실에서 이번에는 목욕용 수건을 들고 왔다. 그리고 수건을 담은 비닐봉지도 들고 왔다.

"핸드백에 타이레놀 있어요. 두 알 드리고 나중에 먹게 두 알 놓고 갈게요, 알았죠?"

"그래. 고마워."

앨리스가 나를 똑바로 쳐다보았다.

"고마워할 거 없어요. 난 아저씨를 위해서라면 뭐든 할 수 있으니까."

나는 그런 소리 말라고 얘기하고 싶었지만 그러지 않았다. 대신 이렇게 말했다.

"내일 여기서 빠져나가야 해. 아침 일찍. 사이드와인더까지 한참을 가야 하는데……"

"3000킬로미터가 조금 넘더라고요. 구글로 찾아봤어요."

"……내가 얼마나 운전을 할 수 있을지 모르겠거든."

"적어도 처음에는 전혀 하지 않는 게 좋겠죠. 상처가 다시 벌어지지 않게 하려면. 꿰매야 하는데, 그건 시도하지 않을래요."

"나도 네가 시도해 주길 바라지 않아. 흉터 좀 있어도 사는 데는 아무 지장 없어. 몇 센티미터 더 안쪽에 맞았다면 진짜 큰일 날 뻔했지만. 마지. 맙소사. 염병할 마지. 베드스프레드 걷지 마, 앨리스. 그 위에서 잘 거니까." 잠을 잘 수 있을지 알 수 없었다. 과산화수소의 자극이 사라져서 찌를 듯이 아프지는 않았지만 통증은 여전했다. "수건만 깔아 줘."

앨리스는 내가 부탁한 대로 하고, 내가 앉았던 곳에 앉았다.

"내가 여기 있을까 봐요. 옆에서 자면 되는데."

나는 고개를 저었다.

"아니. 타이레놀 갖다 주고 네 방에서 자. 잠을 좀 자야 내일 운전을 하지." 손목시계를 흘끗 확인해 보니 11시 15분이었다.

"아무리 늦어도 8시에는 여기서 출발하고 싶어."

우리는 7시에 출발했다. 앨리스는 뉴욕 근처까지 가서 운전대를 내게 넘기며 누가 봐도 안도하는 표정을 지었다. 뉴저지를 지나 펜실베이니아로 건너갈 때까지 내가 운전을 했다. 주 경계선을 지나자마자 환영 표지판이 등장하는 곳에서 우리는 다시 자리를 바꿨다. 옆구리 상처에서 다시 피가 나기 시작했기 때문에 숙소—또다시 이름 없는 모텔이 되겠지만—로 들어가기 전에 거즈를 좀 더 사야 할 것이었다. 나는 괜찮아지겠지만 반만 남은 엄지발가락과 잘 어울리는 엄청난 전투의 흉터가 남게 될 것이었다. 그리고 이번에는 퍼플 하트 훈장도 없었다.

그날 밤에 우리는 '짐 앤드 멜리사스 로드사이드 캐빈스'에서 묵었고 현금 할인 10퍼센트를 받았다. 다음 날이 되자 나는 컨디션이 좋아졌고 옆구리가 전처럼 단단하게 뭉쳐서 쑤시지 않았기 때문에 운전을 좀 더 할 수 있었다. 우리는 데번포트 외곽의 '바이드 어 위'라는 다 쓰러져 가는 모텔로 들어갔다.

나는 그날 거의 온종일 앞으로의 행보에 대해 고민했다. 세 군데 계좌에 돈이 입금돼 있었고 그중 하나는 돌턴 스미스만 접근할 수 있는 계좌였다. 내가 알기로 돌턴 스미스의 신원은 (하느님이 보우하사) 아직 안전했다. 닉이 방법을 찾으면 우들리 계좌에도 좀 더 입금이 될 테고 내가 생각하기에는 그가 방법을 찾을 것이었다. 로저 클러크 문제가 그에게 아주 좋은 쪽으로 해결됐지 않은가.

나는 앨리스를 방으로 들여보내기 전에 안아 주고 양쪽 뺨에 입을 맞췄다.

그 애는 내가 새니스 애커먼의 짙은 갈색 눈을 사랑했듯 사랑하게 된 짙은 파란색 눈으로 나를 쳐다봤다.

"왜 그런 거예요?"

"그냥 그러고 싶었어."

"좋아요." 앨리스가 까치발을 하고서 내 입술에 자기 입술을 꼭 맞대고 한참 동안 키스를 했다. "난 이러고 싶었어요."

내가 어떤 표정을 지었는지 모르겠지만 그걸 보고 앨리스는 미소를 지었다.

"아저씨는 나랑 잘 리 없을 테고 그건 나도 이해하지만, *아저씨는 내가 아저씨의 딸은 아니고 아저씨를 향한 내 감정도 딸의 감정과는 전혀 다르다는 걸 이해해 주셔야 해요.*"

앨리스가 걸음을 옮겼다. 나는 이제 두 번 다시 그 애를 볼일이 없었지만 마지막으로 확인해야 하는 것이 있었다.

"저기, 앨리스?" 그 애가 돌아보자 나는 물었다. "그건 어쩌고 있니? 클러크 일 말이야."

앨리스는 한 손으로 머리를 쓸어넘기며 곰곰이 생각했다. 그 애는 다시 우울해졌다.

"점점 나아지고 있어요. 노력 중이에요."

나는 그거면 충분하다고 결론을 내렸다.

그날 밤에 나는 그 애가 잠들고 한참 지났을 새벽 1시로 알람을 맞췄다. 그 시각에 일어나 붕대를 체크했다. 피는 묻지 않았고 통증도 거의 없었다. 대신 깊숙한 곳이 버석버석하게 가려웠다. 낫고 있다는 뜻이었다. 모텔에는 당연히 비치된 메모지가 없었지만 제러드 타워에서 쓰던 스테이플스 메모지가 여행가방 안에 들어 있었다. 나는 몇 장을 뜯어서 작별의 편지를 썼다.

앨리스에게

네가 이 편지를 읽을 때쯤이면 나는 가고 없을 거야. 내가 이 모텔을 선택한 이유 중 하나가 800미터쯤 가면 해피 잭스라는 화물 자동차 휴게소가 있기 때문이었어. 거기 가서 100달러를 주겠다고 하면 나를 옆자리에 태우고 갈 장거리 자영 운송업자를 찾을 수 있을 거야. 서쪽이나 북쪽은 어디든 상관없어. 남쪽이나 동쪽만 아니면 돼. 거기는 겪을 만큼 겪었으니까.

난 너를 버리는 게 아니야. 진짜야.

그 멍청하고 못된 세 놈이 피어슨가 길가에 너를 버렸을 때 내가 가서 구해 줬잖니? 나는 지금 너를 다시 한번 구제하려는 중이야. 적어도 구제하려고 시도하는 중이야. 내가 깜빡하고 있었던 걸 버키가 알려 주더라. 너는 내가 허락하는 한 끝까지 나를 따라다닐 테고, 그렇게 따라다니도록 내버려 두면 너는 망가질 거라고. 나는 몬타우크 포인트의 클러크네 집에서 그런 일이 벌어졌을 때 네가 나를 끝까지 따라다닐 거라고 한 말이 맞는다는 걸 알게 됐어. 아마 네가 망가질 거라는 말도 맞겠지만 아직은 네가 망가지지 않았다고 생각해. 내가 클러크 일을 어쩌고 있느냐고 물었을 때 너는 노력 중이라고 했지. 나는 네가 노력 중이라는 거 알아. 시간이 지나면 그걸 분명 극복할 수 있을 거야. 하지만 너무 금세 극복하지 않았으면 좋겠어. 클러크가 비명을 질렀잖아. 아프다고. 나는 네가 나와의 이별을 극복한 뒤에도 한참 동안 그 비명이 네 머릿속에서 지워지지 않았으면 좋겠어. 그자는 멕시코에서 그 아이에게 그런 짓을 저질렀으니 아파해도 자업자득이었을 거야. 자기 아들에게, 그리고 다른 아이들에게 저지른 짓도 있잖니. 하지만 타인에게 고통을 가하면, 나아가고 있는 내 옆구리의 상처처럼 작은 고통이 아니라 결정타를 날리면. 흉터가 남거든. 몸이 아니라 머리와 마음에. 그럴 수밖에 없지, 사소한 게 아니니까.

내가 너를 떠나야 하는 이유는 나도 나쁜 놈이기 때문이야. 전에는 이런 생각을 대개는 책을 읽으며 머릿속에서 떨쳐 버리려고 했지만 이제는 더 이상 떨쳐 버릴 수가 없고 너를 지금보다 더 오염시킬 수는 없어.

버키를 찾아가. 하지만 거기 눌러앉지는 마. 버키는 너를 좋아하고 너한테 잘해 주겠지만 그 사람 역시 나쁜 인간이거든. 만약 네가 엘리자베스 앤더슨으로 새출발하고 싶다 하면 그가 도와줄 거야. 에드워드 우들리라는 남자의 이름으로 개설된 계좌에 돈이 있고 닉이 약속을 지키면 액수가 늘어날 거야. 그리고 비미니 은행에도 제임스 링컨의 이름으로 입금된 돈이 있어. 버키가 양쪽의 비밀번호와 계좌 정보를 알고 있어. 어떻게 하면 네 계좌로 이체할 수 있는지 버키가 가르쳐 주고 세무사도 소개해 줄 거야. 그 부분을 해결하는 게 아주 중요해. 출처를 밝힐 수 없는 돈이 가장 예상치 못했던 순간에 네 발목을 잡을 수가 있거든. 그 돈의 일부는 버키 몫이야. 나머지는 네 것이니까 학비로, 번듯하고 독립적인 여성으로 첫걸음을 내디딜 때 종자돈으로 쓰길 바라. 네가 바로 그런 여자거든, 앨리스. 그리고 네 미래의 모습이기도 하고.

거기가 마음에 들면 계속 산속에서 살아도 돼. 볼더도 좋은 곳이니까. 그릴리와 포트 콜린스와 에스테스 파크도 마찬가지고.* 인생을 즐겨. 나중에, 너는 40대, 나는 60대가 됐을 때 내가 연락할지도 몰라. 그때 만나서 술 한 잔 하자. 아니, 두 잔 하자! 너는 대프니를 위해, 나는 월터를 위해 건배를 하는 거지.

나는 너를 사랑하게 됐어, 앨리스. 아주 많이. 네가 얘기했던 것처럼 너도 나를 사랑한다면 훌륭하고 유익한 삶을 사는 것으로 그 사랑을 세상에 표현하길 바라.

사랑을 담아서
빌리

추신. 내 노트북은 오랜 친구라 들고 가지만 내 원고가 저장된 USB는 두고 갈게. SUV 열쇠와 함께 내 방에 있어. 그 원고는 우리

---

* 모두 콜로라도주에 있는 도시다.

가 몬타우크 포인트로 출발하는 것으로 끝이 나지만 네가 끝을 맺어도 되겠다. 지금쯤이면 내 스타일에 아주 익숙해졌을 테니까! 그 원고, 네가 좋을 대로 해. 다만 돌턴 스미스의 이름만 빼 줘. 그리고 네 이름도.

나는 내 방 열쇠를 안에 넣고 편지를 접어서 위에 대문자로 앨리스의 이름을 적고 그 애의 방문 아래로 넣었다. 안녕, 앨리스.

나는 오른쪽 어깨에 노트북을 걸고 오른손으로 여행가방을 들고 옆문으로 빠져나갔다. 800미터쯤 갔을 때 걸음을 멈추고 숨을 돌리며 용건을 하나 더 처리했다. 여행가방에서 총 두 자루—내 글록과 마지가 나를 쏠 때 쓴 ACP—를 꺼내 총알을 빼고 있는 힘껏 멀리 던졌다. 총알은 화물 자동차 휴게소의 쓰레기통에 버릴 것이다.

그 일까지 처리한 뒤에 나는 불빛과 대형 트럭과 내 남은 인생을 향해 걸음을 옮겼다. 일종의 속죄를 향한 발걸음일 수도 있겠지만 그건 너무 염치없는 바람일지 모른다.

24장

1

추수감사절이 일주일 앞으로 다가온 2019년 11월 21일이
지만 에지우드 마운트 드라이브 맨 끝집에 사는 사람들은 추
수감사절을 즐길 기분이 아니다. 밖은 춥고─버키의 표현에
따르면 우물 파는 사람의 벨트 버클보다 더 춥다─눈 예보가
있다. 그는 부엌 벽난로에 불을 지피고 양말을 신은 발을 난로
망에 얹고 현관 앞 베란다에서 들고 들어온 흔들의자에 앉아
있다. 여기저기가 긁힌 낡은 노트북을 펼쳐서 허벅지 위에 올
려놓았다. 뒤에서 문이 열리고 다가오는 발소리가 들린다. 앨
리스가 부엌으로 들어와 식탁 앞에 앉는다. 얼굴에 핏기가 없
고 버키가 맨 처음 만났을 때에 비해 살이 최소 5킬로그램은

빠졌다. 뺨이 움푹 들어가서 쫄쫄 굶는 패션모델 같다.

"다 읽으셨어요 아니면 아직 남았어요?"

"다 읽고 마지막 부분만 다시 보고 있어. 그 부분이 납득이 잘 되지 않아서."

앨리스는 아무 말도 하지 않는다.

"그 친구가 너한테 USB를 남겼다면 거기 저장된 원고에는 그 친구가 걸어가다 말고 총을 버리는 부분이 있을 수가 없잖니."

앨리스는 아무 말도 하지 않는다. 그녀는 버키의 집에 온 뒤로 말을 거의 하지 않고 버키도 대화를 강요하지 않는다. 그녀는 거의 하루 종일 자고, 버키가 지금 닫아서 내민 노트북에 글만 쓴다.

"맥북 프로. 좋은 장비지만 이 녀석이야말로 산전수전을 겪었지."

"그러게요. 맞는 말씀인 것 같아요."

"그러니까 이 원고에서는 빌리가 자기 노트북을 들고 가지만 그 노트북은 여기 이렇게 있어. USB에 있을 수 없는 내용을 추가하면 SF 비슷한 소설이 되지."

식탁 앞에 앉은 아가씨는 아무 말도 하지 않는다.

"그렇다고 해서 앞뒤가 안 맞는다고 간주할 이유는 없지. 원고를 읽은 사람들이 그 친구가 그냥 사라져 버린 게 아니라 서부 어딘가에 살고 있다고 생각할 이유도 없고. 아니면 그 친구가 항상 얘기했던 오스트레일리아. 어쩌면 책을 쓰고 있을지도. 이것 말고 다른 걸. 그것도 그 친구가 항상 얘기했던 거야. 나는 그 친구 소원이 실현될 거라고는 꿈에도 생각하지 못했지만."

그는 그녀를 본다. 그녀도 마주 본다. 밖에서는 찬바람이 불고 눈이 내리는 것 같지만 여기 이 부엌은 따뜻하다. 난로 안에서 옹이가 펑 하고 터진다.

이윽고 버키가 묻는다.

"사람들이 이걸 *읽게* 될까, 앨리스?"

"모르겠어요……. 이름을 바꿔야 하는데……."

버키는 고개를 젓는다.

"클러크 살해 사건은 전 세계적인 뉴스였어. 그래도……." 그는 앨리스의 실망한 표정을 보고 어깨를 으쓱한다. "사람들은 이걸 로망 아 *클레*라고 생각할 거야. 프랑스어로 실화소설이라는 뜻인데, 그 친구한테 배운 단어야. 내가 스트랜드 서점에서 고른 옛날 옛적 페이퍼백을 읽고 있었을 때 그 친구가 알려 주었지. 『인형의 계곡』이라는 책이었는데." 그는 다시 어깨를 으쓱한다. "나만 빼 주면 어느 쪽이든 상관없어. 내 이름을 트레버 위틀리나 뭐 그런 걸로 바꾸고 서스캐처원이나 매니토바에 산다고 해. 닉 머제리언으로 말할 것 같으면 그 개새끼는 알아서 하겠지."

"원고가 괜찮아 보이세요?"

그는 빌리의 오랜 친구였던 노트북을 식탁에 내려놓는다.

"괜찮은 것 같지만 내가 문학 평론가는 아니니까."

"아저씨가 쓴 것 같아요?"

버키는 웃음을 터뜨렸다.

"아가, 그 친구가 쓴 글을 읽어 본 적이 없으니 장담은 못 하겠지만 그 친구가 쓴 것 같아. 처음부터 끝까지 같은 톤을 유지하고 있고. 뭐랄까, 어디서부터 네가 배턴을 넘겨받았는지 모르겠다고 할까?"

앨리스는 다시 돌아온 이후로 거의 보여 준 적 없는 웃는 얼굴을 보여 준다.

"다행이네요. 그게 제일 중요한 부분인데."

"나도 나쁜 인간이라고 한 건 네가 지어낸 부분이니?"

그녀는 시선을 떨어뜨리지 않는다.

"아뇨. 아저씨가 얘기한 거예요."

"너는 네 희망사항대로 썼지. 이야기의 주인공이 여행가방을 들고 미래를 향해 걸어가는 것으로. 이제 실제로는 어떻게 됐는지 들어보자."

그래서 그녀는 이야기한다.

2

그들은 리버헤드로 돌아가는 길에 밴드, 거즈, 과산화수소 그리고 베타딘 연고를 산다. 빌리는 차에서 기다리고 앨리스가 월그린스에 들어가서 사 온다. 호텔에 도착하자 그들은 옆문으로 들어간다. 그의 객실로 들어가 보며 재킷을 벗을 수 있게 그녀가 거든다. 재킷과 셔츠에 구멍이 뚫려 있다. 그냥 찢어진 게 아니라 구멍이고 그가 말한 옆구리가 아니다. 훨씬 안쪽이다.

"오 마이 갓." 두 손으로 입을 막고 있기 때문에 조금 뭉개지게 들린다. "그냥 스치고 *지나간* 것도 아니고 거긴 복부잖아요."

"아마 그런 것 같네. 복부보다 좀 더 아래일 수도 있고."

빌리는 멍한 말투다.

"화장실로 가요. 온 사방에 피 묻히지 않게."

하지만 화장실로 들어가 빌리의 셔츠를 벗기고 보니 시커멓고 불그스름한 구멍에서 흘러나오는 피가 거의 없다. 앨리스는 과산화수소로 소독하고 베타딘 연고를 살짝 바른 뒤 밴드를 붙인다.

침대까지 가는 동안 빌리는 부축을 받아야 한다. 그는 오른쪽으로 몸을 기울이고 천천히 걷는다. 얼굴이 땀으로 번들거린다.

"마지. 염병할 마지."

그는 침대에 앉지만 몸이 구부러지자 헉하고 숨을 토한다. 앨리스는 얼마나 아프냐고 묻는다.

"별로 심하진 않아."

"거짓말이죠?"

"아니야. 뭐, 조금 아프네."

그녀가 구멍 오른쪽 배를 건드리자 그는 다시 헉하고 숨을 토한다.

"만지지 마."

"병원에 가야……." 그녀는 말을 하다 말고 멈춘다. "그런데 못 가죠? 총상이라 병원에서 경찰에 신고해야 할 테니까."

"네가 나 때문에 범법자가 되어 가고 있네." 그는 씩 웃는다. "정말로 그렇게 되어 가고 있어."

앨리스는 고개를 젓는다.

"그냥 TV를 많이 봐서 아는 거예요."

"나 괜찮을 거야. 이라크에서는 이보다 더 심한 것도 봤는데, 그러고도 다들 다음 날이면 복귀해서 소개 작전에 임했어."

앨리스는 고개를 젓는다.

"내부에서 피가 나고 있는 거잖아요. 맞죠? 그리고 총알이 아직 거기 박혀 있고요."

빌리는 대답하지 않는다. 그녀는 밴드를 물끄러미 쳐다본다. 밴드라니 한심해 보인다. 긁힌 상처에나 붙이는 거 아닌가.

"오늘 밤에는 잘 때 되도록 움직이지 말아야겠어요. 똑바로 눕고. 타이레놀 드릴까요? 핸드백에 있는데."

"타이레놀 가지고 있으면 그거 먹을게."

그녀는 두 알을 주고 물과 함께 약을 먹을 수 있게 그를 부축해서 앉힌다. 그는 손으로 입을 감싸고 기침을 한다. 그녀는 그 손을 잡고 들여다본다. 손바닥에 피가 묻어 있지 않다. 좋은 징조일까? 나쁜 징조일까? 그녀로서는 알 수가 없다.

"고마워."

"고마워하실 거 없어요. 저는 아저씨를 위해서라면 뭐든 할 수 있으니까."

그는 입술을 꾹 다문다.

"날이 밝으면 여기서 빠져나가야 해. 아침 일찍."

"아저씨, 그건 안 돼……"

"여기 계속 있는 건 더 안 돼."

"내가 버키 아저씨한테 연락할게요. 아저씨가 발이 넓잖아요. 아는 사람 중에 총상을 치료할 수 있는 뉴욕의 의사가 있을지 몰라요."

빌리는 고개를 젓는다.

"그런 건 TV에서나 가능한 일이야. 실제 현실이 아니라. 버키는 그런 부류의 해결사가 아니야. 하지만 우리가 사이드와인더까지 가면 거기는 총기 소지가 허용된 주라 버키가 누굴 알아봐 줄 수 있을지 모르겠다."

"거기까지는 3000킬로미터가 넘잖아요! 구글로 찾아봤어요!"

빌리는 고개를 끄덕인다.

"네가 운전을 좀 해야겠다. 어쩌면 거의 다 네가 해야 할지도 모르겠고 최대한 빨리 가야 해. 가다가 눈보라를 만나면 하늘에 운명을 맡길 수밖에."

"3000킬로미터라니!"

그녀는 돌덩이가 어깨를 누르는 느낌이다.

"쟁기질에 박차를 가할 방법이 있을 거야."

"쟁기질에 박차를……"

"연극 제목이야. 신경 쓰지 마." 그는 인상을 쓰며 뒷주머니에서 지갑을 꺼내 그녀에게 건넨다. "안에서 현금카드 찾아봐. 1층과 2층 사이에 현금 인출기 있더라. 비밀번호는 1055야. 외울 수 있겠니?"

"네."

"ATM으로 400달러까지 인출할 수 있을 거야. 내일 아침에 출발하기 전에 다시 400달러 인출할 수 있고."

"왜 그렇게 많이 뽑아요?"

"지금은 몰라도 돼. 내가 계획한 대로 되지 않을 수도 있지만 긍정적으로 생각하자고. 일단 카드 찾아봐."

앨리스는 지갑을 뒤져서 카드를 찾는다. 돌턴 커티스 스미스의 이름이 새겨져 있다. 그녀는 눈썹을 추켜세우며 그걸 들어 보인다.

"다녀와."

앨리스는 밖으로 나간다. 1층과 2층 사이에는 아무도 없다. 백그라운드 음악만 나지막이 흐른다. 그녀는 플라스틱 카드를 넣고 비밀번호를 누른다. 기계가 카드를 먹어 버리는 건 아닐까, 경보가 울리는 건 아닐까 생각하는데 카드도 나오고 돈도 나온다. 전부 구겨진 데 없이 빳빳한 20달러짜리다. 그녀는 지폐를 접어서 핸드백에 넣는다. 빌리의 객실로 돌아가 보니 그가 누워 있다.

"좀 어때요?"

"아주 끔찍하지는 않아. 화장실 가서 소변도 봤어. 피도 나지 않고. 총알이 그대로 박혀 있는 게 잘된 일인가 봐. 그래서 지혈이 된 걸지도 모르지."

앨리스가 듣기에는 귀가 아플 때 담배 연기를 불어넣으면 괜찮아진다고 했던 할머니의 말처럼 가당치 않게 느껴지지만 그녀는 아무 소리도 하지 않는다. 그저 핸드백을 뒤져서 타이레놀 통을 꺼낸다.

"이거 더 드실래요?"

"오, 좋지."

그녀가 화장실에서 물을 떠서 돌아가 보니 그가 옆구리에 손을 대고 일어나 앉아 있다. 그는 약을 먹고 인상을 쓰며 다시 눕는다.

"내가 여기 같이 있을게요. 왈가왈부할 생각하지 마세요."

그는 왈가왈부하지 않는다.

"6시에는 출발하고 싶어. 아무리 늦어도 7시. 그러니까 눈 좀 붙여라."

3

"그래서? 좀 잤니?"

"조금요. 많이는 아니고요. 빌리 아저씨는 아마 못 잤을 거예요. 저는 아저씨가 얼마나 아픈지, 총알이 얼마나 깊숙이 박혔는지 몰랐어요."

"아마 창자에 구멍이 뚫렸을 거야. 아니면 위에."

"아저씨가 의사를 찾아 줄 수 있었을까요? 제가 만약 연락을 했더라면?"

버키는 곰곰이 생각한다.

"아니. 하지만 급하게 부를 수 있는 사람, 그런 의료계 종사자를 아는 사람에게 연락할 수는 있었겠지."

"빌리 아저씨는 그렇다는 걸 알았을까요?"

버키는 어깨를 으쓱한다.

"그 친구는 내가 여러 분야의 아는 사람이 많다는 걸 알아."

"그럼 저더러 전화라도 해 보게 하지 않은 이유가 뭘까요?"

"아마 그러고 싶지 않았을 거야. 그냥 너를 여기로 보내고 끝내고 싶었을 거야, 앨리스."

4

그들은 6시 30분에 호텔을 나선다. 빌리는 차를 세워 놓은 곳까지 부축을 받지 않고 걸어갈 수 있다. 그는 앨리스의 타이레놀을 두어 개 더 먹으면 통증을 잠재울 수 있을 거라고 한다. 앨리스는 그 말을 믿고 싶지만 믿을 수가 없다. 그는 왼쪽 옆구리를 손으로 누르고 절뚝절뚝 걷는다. 골반에 관절염이 있는 노인처럼 천천히, 유리로 된 몸 다루듯 조수석에 앉는다. 그녀는 시동을 걸고 쌀쌀한 아침 기운을 없애기 위해 히터를 튼 다음 얼른 안으로 들어가 ATM에서 400달러를 인출한다. 카트를 낚아채 짐을 싣고 터덜터덜 차로 옮긴다.

"출발하자." 그는 안전벨트를 매려고 한다. "젠장, 못 하겠네."

그녀가 대신 매 주고 그들은 출발한다.

27번 도로로 가다가 롱 아일랜드 고속도로로, 여기서 다시 95번 고속도로로 갈아타는 코스다. 고속도로로 접어들자 교통량이 꾸준히 늘어난다. 앨리스는 꼿꼿하게 앉아서 10시와 2시 방향으로 운전대를 잡고 좌우 양쪽으로 지나가는 차량 행렬에 신경을 곤두세운다. 면허를 딴 지 3년이 조금 지났을 뿐이고 이렇게 차가 많은 길은 달린 적이 없다. 그녀는 운전 미숙으로 대여섯 건의 교통사고가 벌어지는 상상을 한다. 최악의 경우에는 4중 충돌로 두 사람 모두 즉사할 수도 있다. 둘 다 목숨은 부지하지만 출동한 경찰이 동행의 배 속에 총알이 박혀 있는 걸 알아차리는 것이 그다음으로 피하고 싶은 사태다.

"다음번 출구에서 빠져나가. 자리를 바꾸자. 뉴욕 주변이랑 뉴저지까지 내가 운전할게. 펜실베이니아로 넘어가면 그때부터 네가 해. 거기서부터는 괜찮을 거야."

"할 수 있겠어요?"

"당연하지." 빌리의 억지 미소를 보고 그녀는 꺼림칙해진다. 그의 얼굴은 실개천처럼 흐르는 땀으로 다시 축축해졌고 볼이 벌겋다. 벌써 감염이 돼서 열이 나는 걸까? 앨리스로서는 알 수 없지만 만약 그런 거라면 타이레놀로는 해결이 안 된다는 건 안다. "운이 좋으면 비교적 편안하게 운전할 수 있을지 몰라."

앨리스는 출구로 빠져나가기 위해 차로를 변경한다. 누가 클랙슨을 울리자 움찔한다. 심장이 쿵쾅거린다. 차가 이렇게 많다니 *미쳤다*.

"너는 잘못한 거 없어. 그렇게 꽁무니에 바짝 붙어서 달리다니 나쁜 새끼. 아마 양키스 팬일 거야. 저기…… 저 표지판 보이지? 저기로 빠져나가면 돼."

표지판에는 바퀴 열여섯 개짜리 트럭 위에서 점프하며 손을 흔드는 트럭 운전자가 형광 분홍색으로 그려져 있다. 그 아래에 역시 형광 분홍색으로 이렇게 적혀 있다. 해피 잭스 화물자동차 휴게소.

"지나가던 길에 봤지. 좋았던 시절에, 마지가 내 몸에 구멍을 내기 전에."

"기름은 거의 가득 있는데요, 아저씨."

"기름 넣으려는 거 아니야. 뒤쪽으로 가서 주차해. 그리고 이거 네 핸드백에 넣고."

그는 조수석 아래에서 마지의 스미스 앤드 웨슨 ACP를 꺼낸다.

"가지기 싫어요."

진심이다. 그녀는 평생 두 번 다시는 총을 건드리고 싶지 않다.

"이해하지만 그래도 받아. 총알 없어. 그리고 네가 그 총을 보여 줘야 하는 경우가 생길 가능성도 1퍼센트밖에 안 돼."

그녀는 총을 받아서 핸드백에 넣고, 장거리 화물 트럭 수십 대가 줄지어 서서 대부분 나지막이 으르렁대고 있는 곳으로 차를 몰고 간다.

"주차장의 도마뱀들은 없네. 자고 있나 보다."

"주차장의 도마뱀이 뭐예요? 매춘부요? 트럭 휴게소에서 영업하는?"

"응."

"대단하다."

"쇼핑몰을 돌아다니면서 옷을 샀을 때처럼 저 트럭들 사이를 어슬렁어슬렁 걸어다녀. 왜냐하면 네가 여기서 쇼핑을 해야 하거든."

"날 도마뱀으로 오해하지 않을까요?"

이번에는 그가 씩 웃는 게 아니라 그녀가 사랑해 마지않게 된 미소를 짓는다. 그는 그녀의 청바지와 파카와 무엇보다도 화장을 전혀 하지 않은 얼굴을 쓱 훑어본다.

"그럴 일 전혀 없네요. 선바이저를 접어 놓은 트럭을 찾아. 거기에 초록색 종이 쪼가리나 셀룰로이드가 꽂혀 있는 트럭. 아니면 문손잡이에 리본이 달려 있을 수도 있어. 기사가 운전 석에 앉아 있으면 가서 창문을 두드려. 여기까지 이해됐니?"

"네."

"기사가 저리 가라고 손을 흔들지 않고 창문을 내리면 대륙 횡단, 뭐 이런 장거리 여행 중인데 네 남자친구가 허리에 경련 이 왔다고 해. 그래서 거의 네가 운전하는 중이라고, 남자친구 먹일 아스피린이나 타이레놀보다 강한 진통제랑 네가 먹을 커피나 몬스터 에너지보다 더 효과 좋은 각성제를 찾고 있다 고 해. 알겠니?"

이제 그녀는 ATM에서 돈을 두 번 뽑은 이유를 이해한다.

"옥시콘틴이 있으면 좋겠지만 퍼코셋이나 바이크도 괜찮 아. 옥시콘틴 있다고 하면 10짜리면 10에, 아니면 80짜리면 80에 사겠다고 해."

"그게 무슨 소리예요?"

"10밀리그램짜리면 10달러, 80밀리그램짜리, 그러니까 초 록이면 80달러에 사겠다는 뜻이야. 만약 그가 두 배로 바가지 를 씌우려고 하면……." 빌리는 앉은 자세를 바꾸다 얼굴을 찡그린다. "됐다고 해. 네가 먹을 건 스피드. 애더럴도 좋고 프로 비질이면 더 좋고. 알겠니?"

앨리스는 고개를 끄덕인다.

"안에 들어가서 오줌부터 싸야겠어요. 너무 긴장돼요."

빌리는 고개를 끄덕이고 눈을 감는다.

"문 잠그고 가, 알았지? 내가 차량 탈취범이랑 싸워서 물리칠 만한 상태가 아니라."

앨리스는 볼일을 보고 가게에서 간식과 음료수를 몇 개 산 다음 뒤편에 주차된 트럭들 사이를 걸어다니기 시작한다. 누군가가 뒤에서 휘파람을 분다. 그녀는 못 들은 체한다. 선바이저에 초록색의 뭔가가 꽂혀 있거나 문손잡이에 매달린 리본이 바람에 나부끼는 트럭을 찾는다. 포기하려던 찰나, 계기판에 초록색 예수를 꽂고서 으르렁거리고 있는 피터빌트 트럭이 눈에 들어온다. 겁이 나고, 운전자가 그녀를 보고 웃거나 미친 거 아니냐는 표정으로 쳐다볼지 모른다는 생각이 들지만, 빌리가 고통스러워하고 있고 그녀는 그를 위해서라면 뭐든 못할 게 없다.

그녀는 다가가 창문을 두드린다. 창문이 내려온다. 지푸라기 색 금발이고 배가 젤리처럼 출렁이는, 북유럽 출신처럼 생긴 남자다. 눈은 연한 파란색이다. 그가 그 눈으로 무표정하게 그녀를 바라본다.

"도움이 필요하면 자동차 협회에 연락해."

그녀는 허리 경련과 장거리 운전에 대해 설명하고 너무 비싸지 않으면 돈을 낼 수 있다고 말한다.

"네가 경찰이 아니라는 걸 무슨 수로 증명할 수 있지?"

너무 뜻밖의 질문이라 그녀는 웃음을 터뜨리고 이것이 확인 도장이다. 그들은 흥정을 한다. 그녀는 결국 500달러에 10밀리그램짜리 옥시 열 개, (빌리가 초록이라고 한) 80짜리 한 개 그리고 주황색 애더럴 열두 개를 산다. 대놓고 바가지를 씌운 게 분명하지만 앨리스는 상관하지 않는다. 그녀는 웃으며 차로 달려간다. 안도감 때문이기도 하고 성취감 때문이기도 하다. 난생처음 약물 매매를 한 것이다. 정말 범법자가 되어 가고 있는지 모른다.

빌리는 고개를 뒤로 젖히고 턱을 앞 유리창 쪽으로 들고서 졸고 있다. 얼굴이 야위었다. 뺨에 자란 수염이 희끗희끗하다. 창문을 두드리자 그는 눈을 뜨고 인상을 쓰며 몸을 구부려 문을 열어 준다. 그녀는 운전대를 밀어 가며 허리를 펴는 그를 보고, 그 상태로는 막히는 차를 뚫고 뉴욕과 뉴저지를 지나기는커녕 2킬로미터도 못 가겠다는 생각을 한다.

"성공했니?"

앨리스가 운전석에 올라타자 빌리가 묻는다.

그녀는 손수건을 펼쳐서 안에 넣어 가지고 온 알약을 보여 준다. 그는 보더니 훌륭하다고, 잘했다고 한다. 그 말을 듣고 그녀는 행복해진다.

"총을 보여 줬니?"

그녀는 고개를 젓는다.

"그럴 필요 없을 거라고 생각하긴 했지." 그는 초록이를 먹는다. "나머지는 아껴 둬야겠다."

"그거 먹으면 정신이 몽롱해지는 거 아니에요?"

"아니. 흥분제로 먹는 사람들은 비몽사몽이 되지만, 나는 그런 용도로 쓰는 게 아니니까."

"진짜로 운전할 수 있겠어요? 내가 한번……"

"할 수 있겠는지 10분만 기다려 보자."

15분이다. 15분이 지나자 그가 조수석 문을 열고 말한다.

"나랑 자리 바꾸자."

그는 별로 절뚝거리지도 않고 보닛을 빙 돌아서 얼굴을 전혀 찡그리지 않고 운전석에 앉는다.

"조니 캡스 말이 맞았어. 이 약 끝내주네. 물론 그렇기 때문에 엄청 위험하지만."

"괜찮으세요?"

"문제없어. 당분간은."

빌리는 대형 트럭들이 잠들어 있는 주차장 뒤편에서 빠져나와 롱아일랜드 고속도로로 자연스럽게 합류해 보트 트레일러를 끌고 가는 픽업트럭과 덤프트럭 사이로 깔끔하게 끼어든다. 앨리스는 자기였다면 출구로 빠져나가려다가 막혀서 미친 듯이 경적을 울려대는 차량들을 뒤에 줄줄이 거느리고 몇 분

동안 망설이다가 마침내 끼어들지만 뒤에서 들이받혔을 거라는 생각을 한다. 그들은 이내 100킬로미터로 속도를 높이고 빌리는 일말의 망설임도 없이 좀 더 속도가 빠른 쪽으로 차로를 넘나든다. 그녀는 약 때문에 그의 타이밍이 어긋나기 시작할까 봐 긴장하지만 그런 일은 벌어지지 않는다.

"라디오 뉴스 좀 듣자. AM으로 1010 WINS를 틀어 봐."

그녀는 WINS 채널을 찾는다. 노스다코타에서 벌어진 수도관 파열, 텍사스에서 벌어진 비행기 추락 사고, 산타클라라에서 벌어진 학교 총기 난사 사건이 다루어진다. 미디어 재벌이 몬타우크 포인트의 자택에서 살해당했다는 소식은 없다.

"다행이네. 우리야 시간을 벌면 벌수록 좋지."

범법자들이야 그렇죠. 그녀는 생각한다.

뉴욕 스카이라인이 지평선상에 나타났을 무렵, 빌리는 다시 땀을 흘리기 시작하지만 운전은 여전히 믿음직하고 자신만만하다. 그들은 링컨 터널을 타고 뉴저지로 건너간다. 앨리스가 휴대전화 내비게이션을 보며 길을 알려 주는 가운데 빌리는 80번 고속도로로 진입한다. 그는 펜실베이니아주 경계선까지 가지 못하고 넷콩 자치구의 조그만 쉼터에 차를 댄다.

"여기까지가 내 한계다. 네가 운전할 차례야. 지금 애더럴을 먹고 4시쯤 기운이 떨어지기 시작하면 다시 두 알을 먹어. 그런 다음 최대한 오래 운전을 해. 10시까지 버티려고 해 봐. 10시까지 하면 거의 1300킬로미터를 이동할 수 있을 거야."

앨리스는 주황색 알약을 쳐다본다.

"이거 먹으면 어떻게 되는데요?"

빌리는 미소를 짓는다.

"별일 없어. 나를 믿어 봐."

그녀는 약을 삼킨다. 빌리는 운전석에서 천천히 몸을 일으켜 보닛을 절반쯤 돌아가다가 다리에서 힘이 풀리는 바람에 보닛을 붙잡는다. 앨리스가 얼른 차에서 내려 그를 부축한다.

"얼마나 아파요?"

"별로 아프지 않아." 그러나 그녀가 똑바로 쳐다보자 빌리는 다시 말한다. "사실 많이 아파. 뒤에 타서 최대한 몸을 뻗고 있어야겠다. 옥시 10밀리그램짜리 두 알 줘. 그거 먹고 잘 수 있을지도 모르겠다."

그녀는 뒷문까지 최대한 조심스럽게 그를 부축하고 안으로 올라탈 수 있게 돕는다. 셔츠를 걷어 올리고 밴드 주변을 확인하고 싶지만 그가 허락하지 않고 그녀도 밀어붙이지 않는다. 이제 그만 출발하길 바라는 그의 마음을 알기 때문이기도 하고 확인해 봐야 좋을 게 없다는 걸 알기 때문이기도 하다.

약이 효과가 있다. 처음에는 상상인가 싶지만 심장 박동이 빨라지는 것도, 시야가 또렷해지는 것처럼 느껴지는 것도 상상이 아니다. 쉼터의 조그만 벽돌 정자 주변으로 풀이 자라는데, 각 풀잎의 그림자가 보일 정도다. 펄럭이는 감자칩 봉지는 맛있어 보인다. 그 단어 말고는 달리 표현할 방법이 없다. 그녀는 이제 달리고 싶다. 미쓰비시가 질주하는 것을 보고 싶다.

빌리는 그녀의 생각을 읽었든지 아니면 모닝 커피보다 더 강한 자극제는 접한 적 없는 아이가 애더럴을 먹으면 어떻게 되는지 경험으로 안다.

"시속 100킬로미터를 유지해. 세미트레일러 추월해야 하면 110킬로미터. 과속으로 경찰차 쫓아오게 하지는 말고, 알겠지?"

"알겠어요."

"그럼 출발하자."

5

"우리는 무사히 출발했어요. 저는 입 안이 말라서 제 다이어트 콜라랑 아저씨 스프라이트까지 다 마셨지만 태어나서 그렇게 오랫동안 화장실에 가지 않은 건 처음이었어요. 꼭 해피잭스 화물 자동차 휴게소에 방광을 두고 온 것 같더라고요."

"스피드를 먹으면 그렇게 되지. 배도 고프지 않았을걸?"

"맞아요. 하지만 챙겨 먹어야 한다는 걸 알았어요. 저는 한 3시쯤 차를 세우고 샌드위치를 먹었어요. 빌리 아저씨는 그냥 뒷자리에 있었어요. 자고 있길래 깨우지 않았어요."

버키는 내부 출혈이 있고 감염이 점점 번지는 와중에 빌리가 잘 수 있었을지 매우 의심스럽지만 굳이 짚고 넘어가지는 않는다.

"저는 약을 두 알 더 먹고 계속 운전을 했어요. 그날 밤은 우리 전공대로 인디애나주 게리 외곽의 아무 특징 없는 모텔에서 잤어요. 빌리 아저씨는 그때쯤 깨어 있었지만 나더러 체크인을 하게 했어요. 객실까지 아저씨를 부축해야 했어요. 거의 걷지도 못했거든요. 아저씨한테 옥시콘틴을 좀 더 먹으라고 했더니 내일 먹게 아껴야 된다고 하더라고요. 나는 아저씨를 침대에 눕히고 상처를 봤어요. 아저씨는 보여 주지 않으려고 했지만 그때쯤에는 기운이 하나도 없어서 나를 막지 못했어요."

앨리스는 줄곧 침착한 말투를 유지하지만 스웨터 소매로 눈을 훔치고 또 훔친다.

"시커멓게 변해 가고 있었니? 괴사해서?"

앨리스는 고개를 끄덕인다.

"네, 그리고 부었고요. 제가 도움을 요청해야겠다고 했더니 아저씨가 안 된다고 했어요. 저는 제가 의사를 불러온다 한들 아저씨는 막을 방법이 없지 않으냐고 했어요. 그랬더니 아저씨가 그건 맞는 말이지만 그랬다가는 제가 30년 아니면 40년 동안 감옥에서 살게 될 거라고 했어요. 그때쯤에는 보도가 됐거든요. 클러크 사건 말이에요. 아저씨가 그냥 저를 겁주려고 한 말이었을까요?"

버키는 고개를 젓는다.

"너를 책임지려고 그랬던 거야. 경찰이 클러크의 집에서 벌어진 사건과 너와의 연관성을 파악하면 너는 아주 오랫동안 철창신세를 져야 할 테니까. 거기다 FBI도 관여할 게 분명했지. 그리고 그 하얏트에 빌리와 함께 묵은 사람이 너라는 게 밝혀지면 너와의 연관성은 금세 파악이 될 테고."

"저 우울해하지 말라고 그렇게 말씀하시는 거죠?"

버키는 짜증 섞인 눈빛으로 그녀를 쳐다본다.

"당연하지. 하지만 사실 맞는 말이기도 해." 그는 말을 하다 말고 잠깐 멈춘다. "그래서 그 친구가 언제 죽었니, 앨리스?"

6

빌리는 뼈를 깎는 듯한 고통 때문에, 앨리스는 한 번도 그녀의 몸에 흡수된 적 없는 각성제의 여파 때문에 둘 다 한숨도 잠을 이루지 못한다. 새벽 4시 반쯤, 동이 트기 한참 전에 그가 그녀에게 이제 출발하는 게 좋겠다고 한다. 차까지 가는 동안 부축을 받아야 하기 때문에 온 세상이 아직 잠들어 있을 때 이동하자고 한다.

빌리는 남은 10밀리그램짜리 옥시콘틴을 네 알 먹고 화장실에 다녀온다. 앨리스가 그 뒤에 다녀온다. 그가 가장 심한 핏자국은 물로 씻었음에도 불구하고 변기 테두리와 타일 바닥에 자국이 남아 있다. 그녀는 남은 자국을 닦고 쓰레기봉지를 들고 나온다. 범법자의 자세다.

그때쯤에는 진통제가 약효를 발휘하기 시작하지만 그래도 그가 두세 걸음마다 쉬어야 하기 때문에 차까지 걸어가는 데 거의 10분이 걸린다. 그는 그녀에게 체중을 엄청나게 싣고 방금 마라톤을 뛴 사람처럼 헉헉거린다. 입에서는 악취가 난다. 그녀는 그가 기절해서 끌고 가야 할까 봐(안고 가지는 못할 테니) 걱정하지만 무사히 도착한다.

그는 조그맣게 낑낑거리는 듣기 괴로운 소리를 내가며 천천히 뒷자리로 기어 들어간다. 하지만 한쪽 팔을 베개 삼아 머리를 눕히고 최대한 편안하게 자리를 잡은 뒤에는 놀랍도록 환하게 미소를 짓는다.

"염병할 마지. 1센티미터만 왼쪽을 맞혀 줬더라면 이런 한심한 작태는 모면할 수 있었는데."

"염병할 마지 맞네요."

"추월할 때 말고는 시속 100킬로미터를 유지해. 아이오와하고 네브래스카에서는 120킬로미터. 경찰차 쫓아오게 하지 말고."

"경찰차 쫓아오게 하지 말 것. 알겠습니다, 오버."

그녀는 거수 경례를 한다.

그는 미소를 짓는다.

"사랑한다, 앨리스."

앨리스는 애더럴을 두 알 먹는다. 잠깐 고민하다가 한 알 더 먹는다. 그러고는 출발한다.

왕복 6차선인가 8차선으로 이루어진 시카고 남쪽은 교통지옥이지만 앨리스는 애더럴에 힘입어 거침없이 이리저리 누빈다. 서쪽으로 대도시를 빠져나가자 통행량이 좀 줄고 라살, 프린스턴, 셰필드, 애너완, 이런 도시들이 지나간다. 심장이 힘차고 팽팽하게 가슴을 두드린다. 그녀는 컨트리 송에 등장하는 트럭 운전수처럼 정신을 바짝 차리고 액셀을 힘차게 밟고 있다. 그러면서 뒷자리에 구부정하게 엎드려 있는 형체를 가끔 백미러로 체크한다. 그들이 데번포트를 등지고 이제 잠잠히 겨울을 기다리는 아이오와의 칙칙하고 광활한 평지로 접어들었을 때 그가 얘기를 하기 시작한다. 말이 되면서도 안 되는 얘기를 늘어놓기 시작한다. *아저씨는 지금 어둠 속에 있는 거야. 어둠과 고통 속에서 탈출할 방법을 찾고 있는 거야. 아, 아저씨, 너무너무 마음이 아파요.*

캐시 얘기가 많다. 그는 캐시에게 쿠키 만들지 말라고, 엄마가 퇴근할 때까지 기다리라고 한다. 밥 레인스가 다쳤기 때문에 집에 와서 엄청 짜증을 낼 거라고 한다. 코린은 그를 변호했다고, 유일하게 그 사람만큼은 그랬다고 한다. 섀니스 얘기도 한다. 사격 연습장 어쩌고 한다. 데릭이라는 사람과 대니라는 사람 얘기도 한다. 이 유령들에게 어리다고 해서 봐주지 않겠다고 한다. 얼른 주사위 던지라고, 철도는 사면 좋지만 공공시설은 별로라고 하는 것을 듣고 앨리스는 모노폴리 얘긴가 보다고 짐작한다. 한번은 그가 고함을 지르는 바람에 그녀가 움찔하며 핸들을 튼 적도 있다. 들어가지 마, 조니, 문 뒤에 반군이 숨어 있어, 섬광탄 던져서 놈을 끄집어내. 그는 어머니가 양육권을 빼앗겨 위탁 가정 신세를 지게 됐을 때 거기서 만난 페기 파이 얘기도 한다. 그 빌어먹을 집이 무너지지 않는 유일한 이유가 페인트라고 한다. 짝사랑했던 여자아이 얘기도 하는데, 로니라고 불렀다가 로빈이라고 불렀다가 한다. 앨리스도 알다시피 본명은 로빈이다. 그는 머스탱 컨버터블과 주크 박스도 운운하고("한 지점을 제대로 때리면 밤새도록 노래가 나왔잖아, 택, 기억나?") 일부가 날아간 발가락과 감쪽같이 사라진 아기 신발과 버키와 앨리스와 테레즈 라캥이라는 사람도 운운한다. 그러다가도 계속 동생 얘기와 그를 페인트칠을 하다가 미칠 집까지 데려다준 경찰 얘기로 돌아간다. 자동차 수천 대가 햇빛을 받고 앞 유리창을 반짝였다고 한다. 다 박살났지만 근사했다고 한다. 이 훔친 차 뒷자리에서 삶의 보따리를 풀어 놓는 빌리를 보고 앨리스의 억장이 무너진다.

마침내 이야기가 끊기자 그녀는 처음에는 잠이 들었나 보다고 생각하지만, 세 번인가 네 번째로 백미러를 확인했을 때 무릎을 끌어올리고 미동도 없이 누워 있는 그를 보고 죽었나 보다는 생각이 든다.

그들은 이제 네브래스카를 지나고 있다. 그녀는 헤밍퍼드 홈 출구로 빠져나가 올해 농사를 마친 옥수수의 벽 사이로 끈처럼 곧게 이어지는 2차로짜리 아스팔트 도로로 올라탄다. 해가 거의 저물고 있다. 1.5킬로미터쯤 더 가서 흙길이 나오자 그쪽으로 핸들을 틀어 아스팔트 도로에서는 보이지 않을 만큼 멀찌감치 들어간다. 그녀는 내려서 뒷문을 연다. 빌리가 쳐다보자 처음에는 안도하지만 그가 눈을 뜨고 죽었을지 모른다는 생각이 들자 겁에 질린다. 하지만 그가 눈을 깜빡인다.

"왜 섰어?"

"다리 스트레칭 좀 하려고요. 몸은 어때요, 아저씨?"

바보 같은 질문이지만 그것 말고는 물어볼 만한 게 또 뭐가 있을까? 내가 누군지 알겠어요? 아니면 내가 아저씨의 죽은 동생으로 보여요? 잠깐 정신 차릴 수 있겠어요? 그래 봐야 이제는 너무 늦었을까요? 앨리스는 마지막 질문에 대한 답은 알 것 같다.

"나 일으켜서 앉혀 줘."

"그건 좋은 생각이 못 될……"

"나 일으켜서 앉혀 줘, 앨리스."

그러니까 그는 그녀가 누군지 아는 거다. 그리고 적어도 지금은 제정신이다. 그녀는 그의 손을 잡고, 헤밍퍼드 홈이라는 도시의 이름 모를 흙길에 발을 딛고 앉을 수 있도록 부축한다. 콜로라도의 산속은 이미 해가 거의 졌을 것이다. 여기 이 평지 지방에서는 11월인데도 오후가 길게 이어지고 있다. 이곳에서는 서쪽 하늘의 붉은 저녁노을이 산들바람에 바스락거리며 한숨을 토하는 옥수수 밭 위로 번진다. 그의 손은 뜨겁고 얼굴은 이글거린다. 입술에는 수포가 생겼다.

"난 이제 거의 끝났어."

"안 돼요, 아저씨. 안 돼요. 버텨야 해요. 옥시 두 알 드릴게요. 그리고 스피드도 두어 개 남았어요. 내가 밤새 운전할게요."

"그러면 안 돼."

"할 수 있어요, 아저씨. 진짜예요."

그는 고개를 젓는다. 그녀는 계속 그의 손을 잡고 있다. 그 손을 놓으면 그가 뒤로 풀썩 쓰러지고 셔츠가 올라가면서 그의 가슴까지, 그의 심장까지 벌건 덩굴처럼 세균이 번진, 거무스름한 복부가 드러날지 모른다.

"이제 내 말 잘 들어라. 듣고 있니?"

"네."

"그 인간들이 너를 버렸을 때 내가 너를 구해 줬잖아, 그렇지? 나는 지금 너를 다시 한번 구제하려는 중이야. 구제하려고 노력하는 중이야. 버키가 그러더라, 너는 내가 허락하는 한 끝까지 나를 따라다닐 테고 그렇게 따라다니도록 내버려 두면 너는 망가질 거라고. 그의 말이 맞았어."

"아저씨는 나를 망가뜨리지 않았어요, 나를 살려 줬지."

"쉿. 너는 아직 망가지지 않았어. 중요한 건 그거지. 네가 멀쩡하다는 거. 내가 그걸 아는 이유는 내가 클러크 일을 어쩌고 있느냐고 물었을 때 네가 노력 중이라고 했기 때문이야. 나는 그 말이 무슨 뜻인지 이해했고, 지금 네가 노력 중이라는 걸,

시간이 지나면 그걸 극복할 수 있을 거라는 걸 알아. 꿈속은 예외겠지만."

벌건 태양이 반짝이고 또 반짝이며 옥수수밭을 물들인다. 사방은 온통 고요하고 그의 손은 그녀의 손안에서 이글거린다.

"클러크가 비명을 질렀잖아, 그렇지?"

"네."

"아프다고 비명을 질렀잖아."

"그런 끔찍한 얘기 그만해요, 아저씨. 이제 다시 고속도로로……"

"그자는 아파해도 싼 인간이었지만 타인에게 고통을 가하면 흉터가 남거든. 네 머릿속에. 네 *마음*속에. 그럴 수밖에 없지, 누굴 아프게 하는 건, 누굴 죽이는 건 사소한 일이 아니니까. 경험자가 하는 말이야."

빌리의 입가에서 피가 흘러내린다. 양쪽 입가에서 흘러내린다. 그녀는 그의 말을 막으려던 것을 포기한다. 그녀는 이것이 임종 진술이라는 것을, 그에게 말할 기운이 남아 있는 한 들어주는 것이 그녀에게 주어진 역할이라는 것을 안다. 그녀는 그가 자기는 나쁜 놈이라고 할 때조차 아무 말 하지 않는다. 그 말을 믿지 않지만 지금은 옥신각신할 때가 아니다.

"버키를 찾아가. 하지만 거기 눌러앉지는 마. 그 사람은 너를 좋아하고 너한테 잘해 주겠지만 그 역시 나쁜 인간이거든." 빌리가 기침을 하자 피가 사방으로 튄다. "만약 네가 엘리자베스 앤더슨으로 새출발하고 싶다고 하면 그 사람이 도와줄 거야. 돈은 있어, 그것도 제법 많이. 에드워드 우들리라는 없는 사람 이름으로 개설된 계좌가 있거든. 비미니 은행에도 제임스 링컨의 이름으로 입금된 돈이 있고. 기억할 수 있겠니?"

"네. 에드워드 우들리. 제임스 링컨."

"버키가 비밀번호랑 모든 계좌의 정보를 알고 있어. 어떻게 하면 국세청 모르게 네 계좌로 이체할 수 있는지 버키가 가르쳐 줄 거야. 그게 중요해. 그러다 발목 잡히는 경우가 제일 많거든. 신고하지 않은 소득은 함정과 같아. 내 말……."

다시 기침을 한다. 다시 피가 튄다.

"내 말 무슨 뜻인지 알겠니?"

"네, 아저씨."

"그 돈의 일부는 버키 몫이야. 나머지는 네 것이고. 대학 다니고 이후에 새출발하기에 충분할 거야. 버키가 너를 속이거나 그러지는 않을 테고. 알겠지?"

"알겠어요. 이제 다시 누워야 하는 거 아니에요?"

"누울 거야. 하지만 밤새 운전하려고 하면 사고가 날 수밖에 없어. 월마트가 있을 정도 규모의 가장 가까운 도시가 어딘지 휴대전화로 검색해. 월마트에 가서 RV들이 있는 곳에 차를 대. 눈을 좀 붙여. 날이 밝으면 쌩쌩해질 테고 늦은 오후면 버키의 집에 도착할 수 있을 거야. 산속 그 집에. 너는 산을 좋아하잖아, 그지?"

"네."

"약속해."

"밤새 운전하지 않겠다고 약속할게요."

"저 옥수수밭." 그는 그녀의 어깨 너머를 돌아보며 말한다. "그리고 태양. 코맥 맥카시 작품 읽은 적 있니?"

"아뇨."

"읽어 봐.『핏빛 자오선』." 그는 그녀를 보며 미소를 짓는다. "염병할 마지. 그렇지?"

"맞아요. 염병할 마지."

"메모지에 내 노트북 비밀번호 적어서 네 핸드백에 넣어 놨어."

그 말을 끝으로 빌리는 앨리스의 손을 놓고 뒤로 쓰러진다. 그녀는 그의 종아리를 들어서 끙끙대며 다리를 차 안으로 옮긴다. 그러느라 통증이 엄습하더라도 그는 티를 내지 않는다. 그녀를 쳐다보기만 한다.

"여기 어디니?"

"네브래스카요."

"무슨 수로 여기까지 오게 됐지?"

"신경 쓰지 말고 눈 감아요. 쉬세요."

그는 미간을 찌푸린다.

"로빈? 로빈이니?"

"응."

"사랑해, 로빈."

"나도 사랑해, 빌리."

"우리, 지하실 내려가서 사과 남은 거 있는지 보자."

7

난로 안에서 또다시 옹이가 펑 하고 터진다. 앨리스는 일어나 냉장고에서 맥주를 꺼낸다. 뚜껑을 돌려서 따고 절반을 마신다.

"아저씨가 저한테 마지막으로 한 말이 그거였어요. 키어니 월마트에 가서 다른 RV 옆에 차를 댔을 때만 해도 아저씨는 살아 있었어요. 숨소리가 들렸어요. 거친 숨소리가. 그러고 다음 날 새벽 5시에 눈을 떠 보니 죽어 있었어요. 맥주 드실래요?"

"그래, 고맙다."

앨리스는 그에게 맥주를 가져다주고 자리에 앉는다. 피곤해 보인다.

"'우리, 지하실 내려가서 사과 남은 거 있는지 보자.' 로빈 아니면 친구 개드에게 하는 말이었겠죠. 마지막 대사치고는 그저 그래요. 셰익스피어의 작품이었다면 좀 더 근사한 인생이었을까, 그런 생각이 들어요. 하지만……『로미오와 줄리엣』을 생각해 보면……."

남은 맥주를 마저 마시자 앨리스의 뺨에 혈색이 돈다. 버키는 그녀가 이제 좀 괜찮아 보인다는 생각을 한다.

"월마트가 문을 열 때까지 기다렸다가 안에 들어가서 이것저것 좀 샀어요. 담요, 베개, 그리고 침낭도 산 것 같은데."

"맞아. 침낭이 있더라."

"그걸로 아저씨를 덮고 다시 고속도로를 탔어요. 아저씨가 시킨 대로 제한 속도를 5킬로미터 이상 안 넘기면서. 한번은 콜로라도주 순찰차가 뒤에서 빨간 불을 반짝이길래 망한 줄 알았는데 쌩하니 지나가더라고요. 그렇게 여기 도착했고 아저씨랑 같이 빌리 아저씨를 묻었어요. 몇 개 되지도 않는 소지품이랑 같이." 그녀는 말을 하다 말고 멈춘다. "하지만 여름 별장 근처에 묻지는 않았어요. 아저씨는 거길 좋아하지 않았으니까. 거기서 원고를 쓰긴 했지만 꺼림칙하다고 했죠."

"귀신이 들린 것 같다고 했지. 이제 어떻게 할 거니?"

"잘래요. 아무리 자도 졸려요. 아저씨 이야기를 완성하면 괜찮아질 줄 알았는데……." 그녀는 어깨를 으쓱하더니 자리에서 일어난다. "그 문제는 나중에 생각할래요. 스칼렛 오하라가 뭐랬는지 아저씨도 아시죠?"

버키 핸슨은 씩 웃는다.

"그건 내일 생각해야지. 내일은 내일의 태양이 뜰 테니까."

"맞아요." 앨리스는 이 집으로 돌아온 이래 거의 하루 종일 틀어박혀 글을 쓰고 잠을 자고 있던 방을 향해 걸음을 옮기려다 뒤를 돌아본다. 미소를 짓고 있다. "빌리 아저씨는 그 대사 싫어했을 거예요."

"그럴지도 모르지."

앨리스는 한숨을 쉰다.

"출간 못 하겠죠? 아저씨 원고 말이에요. 로망 아 클레로 포장하더라도. 5년 뒤에도, 10년 뒤에도. 제 자신을 속여 봐야 부질없는 짓이겠죠?"

"아마도. D. B. 쿠퍼*가 '나는 이렇게 했다'는 제목으로 자서전을 출간하는 것과 비슷하지 않을까?"

"D. B. 쿠퍼가 누군데요?"

"그자가 누군지는 아무도 몰라, 그게 포인트지. 비행기를 납치해 거금을 챙기고 낙하산을 메고 비행기에서 뛰어내려 그 길로 영영 자취를 감췄거든. 네가 쓴 뒷부분의 빌리처럼."

"아저씨가 그 부분을 좋아했을까요? 아저씨를 살아 있게 한 걸?"

"우라지게 좋아했을 거다, 앨리스."

"제 생각도 그래요. 만약 그 원고를 출간할 수 있다면 제목을 뭐라고 할 건지 아세요? 『빌리 서머스: 사라진 사나이의 이야기』. 어때요?"

"딱인 것 같구나."

---

* 1971년 미국 상공에서 항공기를 납치한 신원 미상의 남자를 지칭하는 별명이다.

8

밤에 몇 센티미터의 눈이 내리지만 앨리스가 7시에 일어나
보니 멈추었고 아침 하늘이 어찌나 맑은지 거의 투명해 보일
정도다. 버키는 아직 일어나지 않았다. 방문을 닫았는데도 그
의 코 고는 소리가 들린다. 그녀는 커피를 안치고 집 옆에 쌓
여 있는 장작을 들고 와서 난로에 불을 지핀다. 그사이 커피가
끓었길래 그녀는 커피를 마시고 외투에 부츠를 신고 귀를 덮
는 털모자를 쓴다.

그녀는 버키가 내어준 방으로 들어가 빌리의 노트북을 한번
만지고 그 옆에 놓인 페이퍼백을 집어서 청바지 뒷주머니에
넣는다. 밖으로 나가서 오솔길을 걷는다. 새로 쌓인 눈에 사슴
발자국이 여러 개 찍혀 있고 라쿤 한 마리 아니면 두 마리가
남긴 희한한 손 모양의 발자국도 있지만 여름 별장 앞은 눈에
확 들어올 정도로 눈밭이 깨끗하다. 사슴과 라쿤이 이곳은 피
해 다닌 것이다. 앨리스도 마찬가지다.

오솔길이 끝나는 지점에서 그리 멀지 않은 곳에 몸통이 갈
라진, 오래된 미루나무가 있다. 거기가 그녀의 표지물이다. 앨
리스는 숲속으로 들어가 나지막이 숫자를 세며 걷기 시작한
다. 빌리를 여기로 옮긴 날에는 210걸음이었지만 오늘 아침
에는 길이 조금 미끄럽기 때문에 240걸음 만에 조그만 공터
에 도착한다. 쓰러진 로지폴 소나무가 있어서 타고 넘어야 안

으로 들어갈 수 있다. 공터 한가운데에 정사각형의 갈색 흙이 있고 그들이 그 위에 솔잎과 낙엽을 뿌려 놓았다. 솔잎과 낙엽 위로 얇게 눈까지 쌓이자 누가 봐도 무덤이다. 버키는 시간이 지나면 해결될 문제라며 그녀를 안심시켰다. 내년 11월이면 지나가던 등산객이 그 위를 밟더라도 아래에 뭐가 있는지 전혀 모를 거라고 했다.

"등산객이 지나갈 일도 없어. 여긴 내 땅이고 내가 사유지라고 팻말에 적어 놨으니까. 내가 없는 동안에는 사람들이 오솔길을 걸어가서 오버룩 호텔이 있던 자리를 구경했을지 몰라도 지금은 내가 여기 있고 또 당분간 떠나지 않을 작정이다. 빌리 덕분에 은퇴를 해서 산에 사는 노인네가 됐거든. 엉덩이까지 머리를 기르고 그 옛날 스테픈울프 음반을 듣는 그런 노인들이 여기에서부터 웨스턴 슬로프까지 수천 명이야."

이제 앨리스는 무덤 발치에 서서 말한다.

"아저씨, 나 왔어요." 그에게 말을 거는 것이 자연스럽게 느껴진다. 이 정도로 자연스럽게 느껴질 줄은 미처 몰랐는데. "아저씨 원고 완성했어요. 결말을 바꿨어요. 버키 아저씨가 읽어 보더니 아저씨도 그 결말을 괜찮게 생각했을 거래요. 아저씨가 그 사무실에서 작업을 시작했을 때 썼던 그 USB에 저장해 놨어요. 포트 콜린스에 가면 안전 금고 대여해서 제 앨리스 맥스웰 신분증이랑 같이 보관할게요."

그녀는 쓰러진 로지풀 소나무 앞으로 가서 걸터앉고 주머니에서 페이퍼백을 꺼내 무릎에 올려놓는다. 여기 있으니 좋다. 평화롭다. 시신을 방수포로 감싸기 전에 버키가 어떤 조치를 취했다. 어떤 조치였는지 그녀에게 가르쳐 주지는 않았고, 다만 다시 날이 더워지더라도 냄새가 거의 또는 전혀 나지 않을 거라고 했다. 동물들이 시신을 건드리지 않을 거라며, 마차가 다니고 은광을 캐던 시절에는 이런 일이 벌어지면 그런 식으로 처리했다고 했다.

9

"포트 콜린스에서 학교를 다니기로 했어요. 콜로라도 주립대학교요. 사진 봤는데 예쁘더라고요. 아저씨가 나더러 무슨 공부하고 싶으냐고 물어봤던 거 기억해요? 역사 아니면 사회학 아니면 공연 예술 공부하고 싶다고 했잖아요. 부끄러워서 진짜로 무슨 공부를 하고 싶은지 말 못 했는데 그래도 아저씨, 눈치챘죠? 어쩌면 그때 이미 눈치챘을 수도 있겠어요. 고등학교 때 영어 수업을 제일 좋아해서 몇 번 고민한 적 있었는데, 아저씨 원고를 완성하면서 어쩌면 가능할 수도 있겠다는 생각이 들었어요."

그녀는 말을 하다 말고 멈춘다. 아무리 듣는 사람이 없더라도 그다음 부분은 말을 꺼내기가 어렵다. 어째 허세를 부리는 것처럼 느껴진다. 그녀의 어머니가 듣는다면 *주제 파악 못 한 다*고 할 것이다. 하지만 그에게 진 빚을 생각하면 그래도 얘기 해야 한다.

"나는 내 이야기를 쓰고 싶어요."

그녀는 다시 말을 하다 말고 멈추고, 재킷 소매로 눈을 훔친 다. 이곳은 춥다. 하지만 섬세한 정적이 흐른다. 까마귀들마저 잠든 아주 이른 시각이다.

"그걸 하는 동안에는요, 그러니까⋯⋯." 그녀는 머뭇거린 다. 그 단어를 말하기가 왜 이렇게 힘이 든 걸까? 이렇게 힘들 어야 하는 이유가 뭘까? "글을 쓰는 동안에는 슬픈 걸 잊을 수 있었어요. 미래에 대한 걱정을 잊을 수 있었어요. 여기가 어딘 지 잊을 수 있었어요. 그럴 수 있을 줄 몰랐는데. 아저씨랑 같 이 아이오와주 데번포트 외곽의 바이드 어 위 모텔에 있는 척 할 수 있었어요. 아니, 그런 모텔은 없다 하더라도 설정이 아 니었어요. 인조 나무로 된 벽과 파란색 베드스프레드와 위생 소독됨이라고 적힌 비닐 백 안에 들어 있는 화장실 유리컵이 보이는 듯했어요. 하지만 가장 중요한 건 그게 아니었어요."

그녀는 눈가를 훔치고 코를 닦고 그녀가 숨을 내뱉을 때마 다 입김이 멀리 흩어져 가는 것을 바라본다.

"마지가, 그 염병할 마지가 쏜 총알이 아저씨를 그냥 스쳐 지나간 척할 수 있었거든요." 그녀는 머릿속을 정리하려는 듯 고개를 젓는다. "아니, 그건 아니에요. 정말로 그 총알은 아저씨를 그냥 스쳐 지나갔어요. 아저씨는 정말로 그 편지를 써서 내가 자는 동안 내 방문 아래로 넣고 갔어요. 아저씨는 그 트럭 휴게소까지 걸어가서, 사실 그 트럭 휴게소는 뉴욕에 있었지만, 거기서부터 계속 이동했어요. 지금도 이동 중이에요. 그럴 수 있다는 거 알았어요? 모니터나 종이 앞에 앉아서 세상을 바꿀 수 있다는 거? 영원히 유지되지는 않고 세상은 항상 원래대로 돌아가지만 그래도 그러기 전까지는 얼마나 근사한지 몰라요. 그게 제일 중요해요. 뭐든 내가 원하는 대로 할 수 있거든요. 나는 아저씨가 아직 살아 있길 바라고, 이야기 안에서 아저씨는 아직 살아 있고 앞으로도 계속 그럴 거예요.”

그녀는 나무에서 일어나 버키와 함께 판 정사각형 모양의 흙이 있는 곳으로 다가간다. 현실에서는 그가 그 아래에 묻혀 있다. 그녀는 한쪽 무릎을 꿇고 책을 무덤 위에 올려놓는다. 눈이 그 책을 덮을지 모른다. 바람에 날아가 버릴지 모른다. 그래도 상관없다. 그녀의 마음속에서는 계속 그 자리에 있을 테니까. 그 책은 에밀 졸라의 『테레즈 라캥』이다.

“이제는 아저씨가 누구 얘기를 하고 있었는지 알아요.”

10

앨리스는 오솔길이 끝나고 칼로 베어 놓은 듯한 골짜기가

시작되는 곳으로 걸어가 예전에 호텔이 있었던 평지를 건너
다본다. 버키의 말에 따르면 귀신이 들렸다던 호텔이다. 호텔
을 보았다고 생각한 적이 한 번 있었는데, 산소 농도가 낮은
고산 지대는 처음이라 허깨비를 본 게 분명하다. 오늘은 아무
것도 보이지 않는다.

*하지만 그 호텔이 저기 있다고 내가 설정하면 돼. 내가 소개
하지 않은 디테일, 예를 들면 화장실의 유리잔은 비닐 백에 담
겨 있고 카펫에는 텍사스 모양의 얼룩이 있었던 바이드 어 위
모텔을 내가 만들었던 것처럼 그 호텔이 저기 있다고 설정하
면 돼. 내가 설정하면 돼. 원하면 그 안을 유령으로 가득 채울
수도 있어.*

그녀는 주머니에 손을 넣고 이쪽과 저쪽 중간의 차가운 공
기가 담긴 심연을 건너다보며 그녀가 세상을 창조할 수 있다
는 생각을 한다. 빌리가 그녀에게 그런 기회를 주었다. 그녀는
여기 있다. 그녀는 발견되었다.

2019년 6월 12일~2020년 7월 3일

감사의 글

로빈 퍼스와 마이크 콜이 자료 조사를 돕고 원고 내부의 오류를 찾고 편집적인 측면에서 값진 충고를 아낌없이 전해 주었다. 두 사람에게 고맙다고 인사를 전하는 바다. 늘 하는 통보지만 만약 틀린 부분이 있다면 그들이 아니라 내 잘못이다. 그리고 팔루자에서 벌어진 두 번의 전투를 탁월하게 묘사한 『노 트루 글로리』의 저자 빙 웨스트에게도 고맙다는 말을 전하고 싶다. 도움이 많이 됐다.

옮긴이 | 이은선

연세대학교에서 중어중문학을, 국제학대학원에서 동아시아학을 전공했다. 편집자, 저작권 담당자를 거쳐 전문 번역가로 활동 중이다. 옮긴 책으로는 스티븐 킹의 『11/22/63』, 『닥터 슬립』, 『리바이벌』, 빌 호지스 3부작 (『미스터 메르세데스』, 『파인더스 키퍼스』, 『엔드 오브 왓치』), 『악몽을 파는 가게』, 『자정 4분 뒤』, 『악몽과 몽상』, 『아웃사이더』, 『인스티튜트』, 『피가 흐르는 곳에』를 비롯하여 『실크하우스의 비밀』, 『모리어티의 죽음』, 『맥파이 살인 사건』, 『그레이스』, 『도둑 신부』, 『아킬레우스의 노래』, 『키르케』 등이 있다.

빌리 서머스 2

1판 1쇄 찍음 2022년 9월 1일
1판 1쇄 펴냄 2022년 9월 8일

지은이 | 스티븐 킹
옮긴이 | 이은선
발행인 | 박근섭
편집인 | 김준혁
책임편집 | 장은진
펴낸곳 | 황금가지

출판등록 | 2009. 10. 8 (제2009-000273호)
주소 | 06027 서울 강남구 도산대로 1길 62 강남출판문화센터 5층
전화 | 영업부 515-2000 **편집부** 3446-8774 **팩시밀리** 515-2007
홈페이지 | www.goldenbough.co.kr

도서 파본 등의 이유로 반송이 필요할 경우에는 구매처에서 교환하시고
출판사 교환이 필요할 경우에는 아래 주소로 반송 사유를 적어 도서와 함께 보내주세요.
06027 서울 강남구 도산대로 1길 62 강남출판문화센터 6층 민음인 마케팅부

© ㈜민음인, 2022. Printed in Seoul, Korea
ISBN 979-11-7052-188-4 04840(2권)
ISBN 979-11-7052-189-1 04840(set)

㈜민음인은 민음사 출판 그룹의 자회사입니다.
황금가지는 ㈜민음인의 픽션 전문 출간 브랜드입니다.